Klemens Ludwig
Die Schwarze Hofmännin

Klemens Ludwig

Die Schwarze Hofmännin

Ein Bauernkriegsroman

Klemens Ludwig, geboren 1955 in Warstein (Sauerland), hat in Tübingen Theologie und Anglistik für Lehramt studiert und war ab 1976 bei der Gesellschaft für bedrohte Völker in Göttingen für Kampagnen sowie Presse- und Öffentlichkeitsarbeit zuständig. Seit 1989 arbeitet er als freier Journalist und Autor im Bereich Journalismus, Sachbuch und Belletristik für verschiedene Hörfunkanstalten, Zeitungen, Verlage und Institutionen. Schwerpunkte seiner Veröffentlichungen – darunter rund 30 Bücher – sind europäisches Mittelalter, Asien und Buddhismus. »Die Schwarze Hofmännin« ist erstmals 2010 im Verlag Josef Knecht, Freiburg, erschienen.
www.klemensludwig.de

1. Auflage 2017

© 2017 by Silberburg-Verlag GmbH,
Schönbuchstraße 48, D-72074 Tübingen.
Alle Rechte vorbehalten.
Umschlaggestaltung: Anette Wenzel, Tübingen.
Coverbild: © akg-images / Erich Lessing.
Druck: Gulde-Druck, Tübingen.
Printed in Germany.

ISBN 978-3-8425-2053-0

Besuchen Sie uns im Internet
und entdecken Sie die Vielfalt unseres Verlagsprogramms:
www.silberburg.de

Ihre Meinung ist wichtig …

… für unsere Verlagsarbeit. Wir freuen
uns auf Kritik und Anregungen unter:

www.silberburg.de/Meinung

1. Kapitel

Als ahnte sie, dass ihre reife Schönheit bald der Vergänglichkeit anheimfallen würde, verausgabte sich die Natur noch einmal mit all ihrer verschwenderischen Kraft. Es war wenige Tage nach Michaelis, und die Bauern fuhren die letzte Ernte ein, die in diesem Jahr nicht sehr üppig ausfiel. Leichter Nebel hatte sich in den frühen Morgenstunden wie ein schützender Schleier über das Land gelegt, doch die Sonne war noch kräftig genug, um ihn rasch zu vertreiben. So weit das Auge reichte, wetteiferten die rot und gelb gefärbten Blätter der Bäume miteinander um die sattesten Farben. Die Strahlen der Sonne verliehen dem Wald einen Glanz, von dem Hildegard Renner vermutete, so müssten die Kronjuwelen des Kaisers aussehen. In ihren Kindertagen hatte sie die Worte von einem vagabundierenden Bader gehört. Ehrfurchtsvoll hatte sie damals seinen Geschichten gelauscht und sich in ihrer Fantasie ausgemalt, wie Rubinrot schimmern könnte oder das Goldgelb eines Diamanten. Nie hatte sie seine Erzählungen vergessen, und in ihrem Herzen nannte sie den Herbst seitdem die Zeit der Kronjuwelen. Diese kurze Zeit der Farben ließ das Schwere in ihrem Leben leichter werden.

Die etwa dreißig Jahre alte Frau lächelte still in sich hinein. Ihr Leben als Leibeigene hatte seine Spuren hinterlassen.

Um den Mund herum waren ihre Züge hart geworden, und manchmal ging sie leicht gebeugt, als ob die schwere Last der Kornsäcke, die im Herbst zur Mühle getragen werden mussten, für immer auf ihrem Rücken drückte. Ihr zierlicher Körper war für solche Tätigkeiten nicht geschaffen, doch danach fragte im Dorf keiner.

Nur ihre Augen passten nicht zu ihrer sonstigen Erscheinung. In ihnen glühte ein Feuer, das ihren Hunger nach Leben verriet, der ungestillt geblieben war. Sie konnte sich nur schwer damit abfinden, dass ihr Leben nur aus Arbeit bestand.

Den anstehenden Aufgaben hatte sich Hildegard jedoch nie entzogen. Auf den Feldern der Herren von Hirschhorn band sie wie alle anderen Frauen Jahr für Jahr das Getreide, das die Männer geschnitten hatten. Dreschen und Worfeln war Aufgabe der Männer, dann trugen die Frauen die Kornsäcke zur Mühle. Anschließend begann die Weinlese, die Hildegard mehr liebte. Tag um Tag verbrachten die Leibeigenen in den Weinbergen, um die reifen Trauben abzuernten. Dabei ließ sich wunderbar träumen oder den Gedanken nachhängen, ohne dass es irgendjemand merkte und sich beklagte, wenn nur die Körbe schnell genug voll wurden.

Mit Bewunderung und Beklemmung dachte Hildegard häufig an ihre Tochter Margarethe. Das dreizehnjährige Mädchen konnte einem schon jetzt großen Respekt, ja Furcht einflößen. Mit dunklen Augen fixierte es ohne Scheu seine Umgebung, selbst wenn hohe Herrschaften ihre Aufwartung im Dorf machten. Margarethe lebte in einer anderen Welt und war so selbständig, dass es die Mutter manchmal ängstigte. Nie würde Hildegard den schönen Sommertag kurz vor Johannis vergessen, als die Sonne ihren höchsten Stand erreicht hatte. Das Mädchen war in den Wald gelaufen. Als es nach Einbruch der Dunkelheit noch immer nicht heimgekehrt war, machte sich Hildegard auf die Suche. Der

Wald erschien ihr gespenstisch, der beinah volle Mond stand niedrig, und nur selten fiel sein Lichtstrahl durch die dichten Blätter der sommerlichen Bäume. Etwas knackte im Unterholz und ließ sie aufschrecken; vielleicht ein Vogel oder ein anderes Tier? Dann war es wieder ruhig, doch die Stille hatte nichts Beruhigendes. In ihr verbarg sich Gefahr. Während der Dunkelheit mochte Hildegard den Wald und die Stille nicht. Warum tat Margarethe ihr das an?

Bald sah sie einen Feuerschein am Rande einer Lichtung. Die Angst drang in ihr Herz ein und verbreitete eine unangenehme Kälte in allen Fasern ihres Körpers. Sollte Margarethe entführt worden sein? Von einer Räuberbande, die Kinder aufgriff und weiterverkaufte? Davon hatte sie schon gehört. Hildegard hastete mühsam voran. Als sie näher kam, sah sie zwei Personen am Feuer sitzen, ein Kind und eine erwachsene Frau. Sie warfen Kräuter in die Flammen und murmelten Worte, die Hildegard nicht verstand. Irgendetwas hielt sie davon ab, zu den beiden hinzugehen. Es schien ihr, als ob die zwei von einem unsichtbaren Schutzschild umgeben waren, durch das sie nicht hindurchschlüpfen konnte. Um nicht gesehen zu werden, duckte sich Hildegard hinter einen Busch. Sie erkannte Luise, die Hebamme und Kräuterfrau, die mit Margarethe am Feuer saß. Luise lebte, wie es sich für eine Frau ihres Standes gehörte, ein wenig außerhalb des Dorfes, doch war sie dort hoch angesehen. Nur selten hatte ihr jemand vorgeworfen, sie würde sich mit dem Teufel verkuppeln oder mit dem bösen Blick die Milch verderben und anderes Unglück bringen. Und wenn so etwas vorgekommen war, dann hatte der Zorn des Dorfes den Ankläger getroffen, der aus eigennützigen Gründen schlecht über eine weise Frau sprach.

Hildegard kannte Luise recht gut. Sie war eine bemerkenswerte Erscheinung, größer als die meisten Frauen. Ihre Haut war dunkler und ihr Gesicht von zahlreichen Falten geprägt. Viele Tage und Nächte im Freien hatten ihre Spuren hinterlassen. Niemand wusste so genau, wie viele Jahre sie zählte. Ihr einst kräftiges schwarzes Haar hatte noch nicht alle Farbe verloren. Von ihren Mundwinkeln zogen sich tiefe Falten bis zum Kinn. Sie sprach Deutsch mit einem Akzent, von dem keiner so genau wusste, woher er kam, und keiner fragte danach. Man ließ Geheimnisse lieber auf sich beruhen. Auf den Dorffesten war sie gern gesehen, doch wenn sie lachte, machte es immer den Eindruck, als ob sich ihr Mund dagegen wehrte.

Als sie die beiden erkannt hatte, spürte Hildegard Tränen der Erleichterung und Empörung. Margarethe hätte ihr sagen müssen, dass sie sich mit Luise im Wald traf. Hier konnte sie ihre Tochter nicht zur Rede stellen, und so zog sie sich langsam zurück.

Später zu Hause ließ sie es ebenfalls. Sie spürte, es gab etwas, woran sie keinen Anteil hatte, und an diesem Tag wurde ihr bewusst, dass ihre Tochter anders war als andere. Hildegard war sich nicht sicher, ob sie stolz darauf sein sollte. Nie wieder war sie Margarethe nachgegangen, wenn das Mädchen im Dunkeln noch nicht zu Hause war. Es schmerzte, sich von ihrer ältesten Tochter abgeschnitten zu fühlen, aber sie konnte es nicht ändern und war froh, dass ihre anderen Kinder nicht so waren wie Margarethe. Ihrem Mann Hans erzählte sie nichts von dem, was sie an jenem Abend beobachtet hatte.

Margarethes Verbindung zum Wald hatte auch seine nützlichen Seiten. Sie kannte bereits viele Schätze, die sich dort befanden; Schätze, an denen sie, die Leibeigenen, Anteil haben konnten. Das Mädchen kannte bereits mehr Kräuter als die meisten Erwachsenen und es wusste, wozu sie verwendet werden konnten. Wann immer die Vorräte der Familie zur Neige gingen, bat Hildegard ihre Tochter, neue Kräuter zu sammeln. Tausendgüldenkraut, das gegen Fieber half, und Beifuß, den die Hebammen so schätzten, fehlten schon länger.

Mit einem Korb und einem Messer machte sich Margarethe auf den Weg. Heute durfte sogar ihr drei Jahre jüngerer Bruder Philipp mitkommen, der seine Schwester am Tag zuvor rührend eindringlich darum gebeten hatte. Erneut meldete sich ein beklemmendes Gefühl in Hildegard, doch sie scheuchte es weg. Ihr Leben war anstrengend und gefährlich genug, jede Geburt konnte den Tod für Mutter oder Kind bringen; da wollte sie sich keine weiteren Sorgen machen, wenn Margarethe mit Philipp in den Wald ging.

Von ihrem Dorf Böckingen aus überquerten sie den Neckar und steuerten auf den Wald zu, der sich nördlich der freien Reichsstadt Heilbronn erstreckte. Dabei ließen sie sich viel Zeit, denn der strahlende Morgen war viel zu schade, um sich zu beeilen. Am Weg, der durch abgeerntete Felder zum Wald führte, fanden sie viele Kräuter, und Margarethe war stolz darauf, ihrem Bruder die unterschiedlichen Pflanzen erklären zu können. »Schau, die Ringelblumen, sie sind nicht nur sehr schön, sie helfen auch, wenn du Ausschlag bekommst. Wir pflücken sie auf dem Heimweg, sonst welken sie, bevor wir sie trocknen können«, bremste sie Philipp, der voller Eifer am liebsten sofort den Korb gefüllt hätte.

Die Sonne stand bereits kurz vor dem Zenit, als die Kinder endlich den Wald erreichten. Unterwegs war ihnen heiß geworden, doch jetzt sorgte das dichte Dach der Bäume für angenehme Kühle. Margarethe kannte einen kleinen Bach in der Nähe, zu dem sie liefen. Als sie das Wasser plätschern hörten, formten sich auch in ihnen die Töne, ohne dass sie selbst etwas dazu beisteuern mussten. Singend und lachend rannten sie auf den Bach zu, warfen im Lauf ihre Kleider fort und sprangen hinein. Ein paar Wildenten flatterten auf, sie hatten nicht mit einer solchen Störung ihrer Mittagsruhe gerechnet.

Philipp sammelte einige Steine aus dem Flussbett und zielte auf die Enten. Beinah hätte er sie getroffen, doch schon beim zweiten Versuch spürte er, wie Margarethe seinen Arm von hinten festhielt. Zornig packte sie ihn und tauchte seinen Kopf so lange unter Wasser, bis er wild um sich schlug.

Mit hochrotem Kopf tauchte Philipp wieder auf, prustete, schnaufte und drohte: »Du Scheusal, wenn du das noch einmal machst, sag ich's der Mutter.«

Margarethe zuckte nur unbeeindruckt mit den Achseln. Sie achtete die Tiere im Wald. Manchmal gelang es ihr, sich ihnen behutsam zu nähern. Vor ein paar Monaten hatte sie ein paar spielende kleine Dachse am Rande eines Weges beobachtet. Wie eine Kugel hatten sie sich ineinander verknäult, waren zur Seite gerollt, hatten den Halt verloren, sich aufgerappelt und waren wieder aufeinander zugewackelt.

Nach einiger Zeit merkten die Kinder, dass es sie fröstelte. Sie suchten eine kleine Lichtung auf, in der sie sich in die Sonne legen, trocknen und wärmen konnten. Um ihren noch immer gereizten Bruder versöhnlich zu stimmen, schlug Margarethe vor, zu den Dachsbauten zu gehen. Die Tiere würden ihrem Bruder gefallen, auch wenn die Jungen inzwischen groß waren.

Philipp jedoch hatte andere Pläne. »Komm, lass uns Verstecken spielen«, bettelte er.

Auf Schloss Hirschhorn am Neckar war alles für eine große Jagd vorbereitet. Die besten Reitpferde und eine große Meute von Hunden standen seit Tagen bereit, nur das Wetter hatte bisher den Aufbruch verzögert. Der Schlossherr nannte zahlreiche Zelter sein Eigen, leichte Reitpferde, die für Ritterturniere ungeeignet waren, sich aber auf langen Ritten als bequem, ausdauernd und schnell erwiesen, also genau richtig, um sich auf den großen Ländereien des Adelsgeschlechts zu bewegen.

Als der Graf von Hirschhorn noch vor Sonnenaufgang an das Fenster seines Schlafgemachs trat, wusste er sofort, dass dieser heraufbrechende Herbstmorgen ideale Voraussetzungen für die Jagd bot, der alle seit Tagen entgegenfieberten. Der leichte Nebel über dem Fluss würde sich bald verziehen und einer klaren Luft weichen, die ihnen gute Sicht bescherte. Er würde also sein Versprechen einlösen können, das er Hans von Waldburg gegeben hatte. Die Herren von Waldburg waren nicht weniger bedeutend als die von Hirschhorn. Seit den Zeiten der Stauferkaiser bekleideten sie das einflussreiche Amt des Truchsesses.

Hans Truchsess von Waldburg war ein Respekt einflößender Herr. Seine bullige Gestalt überragte seine Umgebung, die er gewöhnlich mit kalten Augen fixierte. Diesem Blick wichen seine Untertanen lieber aus, denn er strafte mehr als Worte. Selten sah man ihn lachen. Ebenso fiel der Truchsess durch seinen akkurat geschnittenen braunen Bart auf. Exakt im rechten Winkel gingen die Koteletten in den Schnurrbart über. Vom schmalen Kinnbart führte ebenfalls rechtwinklig ein kleiner Haarstrang bis zur Lippe. Offenbar liebte der Truchsess klare Formen, und der gesamte Bart wirkte wie ein Symbol der strengen Ordnung, die er vertrat. Es war nicht irgendeine Ordnung. Er sah sich als Vertreter der göttlichen Ordnung, in der jeder seinen angestammten Platz einnahm. In manchen Gegenden des Reiches versuchten ungebildete Bauern, ihren Platz zu verlassen und diese Ordnung in Frage zu stellen. Da war es seine Aufgabe, diese zu verteidigen; mit allen Mitteln. Dafür hatte der Schöpfer ihn und sein Geschlecht auserwählt, und er würde sie für ihre Mühe reich entlohnen.

Nach Hirschhorn war er wegen einer Hetzjagd mit Hunden gekommen. Die Jagd der Adeligen war ein aufwändiges Unternehmen. Dabei hielt sich der Herr von Hirschhorn gern an das Vertraute. Natürlich nannte er, schon um seinem Stand gerecht zu werden, einige der neuen Luntengewehre sein Eigen. Ging es gegen feindliche Truppen, würden sie sich als sehr nützlich erweisen, das hatte der Graf erkannt. Aber er war auch froh, dass er noch nicht gezwungen gewesen war, diese Errungenschaften der modernen Technik bei einer Belagerung oder einer Feldschlacht einzusetzen.

Für die Jagd hatten sich die Luntengewehre als ausgesprochen nutzlos erwiesen. Der mit Bleizucker gebeizte Hanfstrick, mit dem das Pulver entzündet wurde, verbreitete einen so scharfen Geruch, dass die Tiere im Wald mit ihrer guten Nase längst Witterung aufgenommen und das Weite gesucht hatten, bevor die Jäger in Schussweite gekommen waren. Nein, der Graf von Hirschhorn bevorzugte nach alter Tradition die Hetzjagd mit seinen geliebten Pferden und Hunden und den Lappen. Die Hunde spürten die Beute auf, bevor sie ihre Witterung aufgenommen hatte, und dann mussten die Jäger mit ihren Armbrüsten, Pfeilen oder Speeren ihre Zielsicherheit beweisen.

In einiger Entfernung folgten den Reitern Männer, die mit Fuhrwerken die erlegte Beute einsammelten. Dabei handelte es sich zumeist um Leibeigene aus den umliegenden Dörfern, die von Bediensteten des Schlosses beaufsichtigt wurden. Diese Männer wünschten die Jagd ebenfalls herbei, denn während sie in den niederen, verlausten Behausungen neben den gräflichen Stallungen warten mussten, blieb die Arbeit auf ihren Feldern liegen.

Es war ein stattlicher Zug, der sich auf den Weg machte. Mehr als ein Dutzend Berittene, standesgemäß aufgemacht, führten ihn an. Ihnen allein war das Jagdrecht vorbehalten. Wurde ein Bauer dabei erwischt, dass er auf die Jagd ging oder Fallen stellte, kannten die Herren keine Gnade. Darin unterschied sich der Graf von Hirschhorn nicht vom strengen Truchsess, auch wenn er sich sonst bemühte, seine Leibeigenen nicht über die Maßen zu belasten. Aber Bauern auf der Jagd? Undenkbar.

Margarethe und Philipp hörten die Hundemeute bereits aus der Ferne.

Das Mädchen wusste, was zu tun war. »Auf einen Baum, Philipp! Sofort auf einen Baum!«, rief sie ihrem Bruder zu, der sich im Unterholz versteckt hatte.

Selbst wenn die Hunde noch weit entfernt waren, wollte sie kein Risiko eingehen. Philipp erkannte am Tonfall ihrer Worte, dass er ihr unverzüglich Folge leisten musste, obwohl es ihn ärgerte, das Spiel zu unterbrechen. Doch wenn sie sprach wie eine Erwachsene, folgte man ihr besser.

Hastig suchten die beiden eine ausladende alte Eiche, von der aus sie das Schauspiel beobachten konnten, ohne selbst entdeckt zu werden. Margarethe sorgte dafür, dass sie einen guten Sitzplatz fanden, denn sie würden einige Zeit dort ausharren müssen. Und sie wusste, Geduld war nicht die Stärke ihres Bruders. Dieser Baum aber hatte selbst in der Höhe noch kräftige Zweige, die einen bequemen Sitz und einen weiten Blick boten. Hier würde Philipp hoffentlich keine Dummheiten anstellen.

Auf Menschen waren die Hunde offenbar nicht abgerichtet, denn sie nahmen die Fährte nicht auf, als sie durch das Unterholz streiften, in dem kurz zuvor die beiden Kinder gespielt hatten. Auch dem Baum, auf dem zwei Augenpaare das eindrucksvolle Treiben beobachteten, schenkten die Hunde keine Beachtung.

Philipp hatte noch nie eine Jagdgesellschaft gesehen, noch dazu aus solcher Nähe. Die purpurroten Mäntel der Adeligen, ihre mit Adlerfedern geschmückten Hüte, die edlen, mit kostbarem Zaumzeug versehenen Pferde, all das weckte seine kindliche Neugierde. Rasch vergaß er, wo er sich befand. Offenbar waren die Jäger sehr erfolgreich gewesen, denn die Kinder erkannten in größerer Entfernung Hirsche und Eber, die leblos auf Fuhrwerken oder Packtieren mitgeführt wurden.

»Schau, die Pferde! Und die Federn auf den Hüten, kann ich auch solche haben?«, fragte Philipp.

Als sein Blick jedoch den der Schwester traf, wusste er, dass es besser war zu schweigen, solange sich die Jäger in ihrer Nähe befanden. Also wandte er sich wieder ganz dem großartigen Anblick zu. Als die Reiter direkt unter ihnen waren, beugte er sich unwillkürlich immer weiter vor.

Zu spät bemerkte Margarethe, wie er immer näher an den Rand des Astes rutschte, wie er langsam das Gleichgewicht verlor und wie er im letzten Moment versuchte, sich an einem Ast festzuhalten. Seine Arme waren jedoch nicht kräftig genug. Sekunden später hörte Margarethe einen dumpfen Aufprall und die Jagdgesellschaft den durchdringenden Schrei eines jungen Mädchens.

Behände wie eine Katze glitt Margarethe den Stamm hinab und stürzte an den Männern vorbei zu ihrem Bruder. Er atmete noch, aber aus vielen Wunden am Kopf und am Körper floss Blut. Auch aus Mund und Nase blutete er. Seine Beine waren seltsam verzerrt vom Körper weggestreckt. Solche Verrenkungen konnte normalerweise kein Mensch machen.

Hilfesuchend schaute sie zu den Männern auf und sah einen Mann mit kalten Augen und einem seltsam geschnittenen Bart über sich. Sein Blick verhieß nichts Gutes, doch sie war viel zu benommen, um sich zu ängstigen.

»Schnell, schnell«, flehte sie ihn an. »Bringt ihn ins Dorf. Unsere Kräuterfrau wird ihn retten!«

Sie erntete ein höhnisches, gefährliches Grinsen. »Was habt ihr Bälger hier im Wald zu suchen? Fallen stellen, um Hasen zu fangen? Obwohl ihr wisst, dass das verboten ist? Seid froh, wenn wir euch nicht mitnehmen und einsperren wegen Jagdfrevel.«

Margarethe verstand kein Wort. »Bitte, schnell, sonst stirbt er«, hörte sie sich stammeln. Ungläubig nahm sie wahr, wie der Reiter wendete und auch die anderen, die noch zögerten, zum Aufbruch drängte. »Ihr lasst ihn sterben!«, schrie sie die Männer an.

Da sprang der Reiter mit den kalten Augen von seinem Pferd und schlug ihr mit solcher Wucht ins Gesicht, dass sie laut aufschrie. Im nächsten Augenblick spürte sie den Geschmack von Blut im Mund. Sie taumelte. Als sie wieder aufblickte, erkannte sie, dass die herrschaftlichen Reiter sich bereits entfernt hatten.

Dann sah sie Philipp am Boden liegen. Er atmete schnell und flach, war jedoch ansprechbar. So schnell sie konnte, rannte sie ins Dorf. Einige Zeit später trafen Hans und Hildegard Renner mit Luise und anderen Bauern an der Unglücksstelle ein.

»Er atmet nicht mehr«, war alles, was Luise sagen konnte.

Zum ersten Mal sah Margarethe ihren Vater weinen. Er gab sich keine Mühe, seine Trauer zu verbergen. Sonst kannte sie ihn nur als strengen Mann. Er war einige Jahre älter als ihre Mutter. Sein derbes, vom Wetter gegerbtes Gesicht war immer glatt rasiert. Das hervorstehende Kinn verriet Disziplin und die Fähigkeit sich zu behaupten. Träumereien waren nicht seine Art. Doch auch wenn es ihm schwerfiel, seine Gefühle zu zeigen, war er stolz auf seine Familie. Hildegard wusste das auch ohne Worte und Gesten.

Wenn Margarethes Mutter gehofft hatte, ihre Tochter würde nach dem Unglück nicht mehr so häufig in den Wald gehen, dann sah sie sich getäuscht. Der Wald zog sie mehr denn je an, und sie verbrachte immer mehr Zeit mit Luise, nicht nur im Wald. Sie trafen sich auch im Haus der Hebamme. Luises einfache Lehmhütte bestand aus einem großen Raum und war mit Stroh bedeckt. Als Schlafstätte diente ein Strohlager, das sie mit Wanzen und Flöhen teilte. Obwohl Luise Wert auf Sauberkeit legte, war ihre Hütte durch eine kleine Feuerstelle verrußt. Immerhin reichten ihre Einkünfte für ein paar Hühner und ein kleines Feld direkt neben ihrem Haus, das sie gepachtet hatte. Dort baute sie Gemüse und Getreide an. Ihr größter Schatz war eine Holztruhe neben dem Strohlager. Ein schweres Schloss, dessen Schlüssel sie immer bei sich trug, verdeutlichte, wie wichtig ihr der Inhalt war. In der Truhe befanden sich ihre Heilmittel aus Kräutern, Salben und Essenzen, von denen keiner wusste, woher sie stammten.

Es war Luise leichtgefallen, sich in Böckingen niederzulassen, obwohl sie niemanden gekannt hatte, als sie hier aufgetaucht war. In den Orten, die zur freien Reichsstadt Heilbronn gehörten, wurden Hebammen den freien Künsten zugeordnet. Sie mussten sich nicht wie anderswo in Zünften organisieren, wurden nicht in Ämterbüchern aufgelistet und von ihnen wurde kein Eid verlangt. Deshalb konnten auch fremde Frauen, die über keinen Leumund verfügten, den Beruf ausüben.

Dennoch war es nicht üblich, dass eine Hebamme und Kräuterfrau mitten im Dorf wohnte, auch wenn ihre Heilkünste geschätzt wurden. Vor allem die Frauen suchten sie auf, und sie wusste für alle Rat. Kam ein Mann seinen ehelichen Pflichten nicht nach, half Menstruationsblut, das unter das Essen gemischt werden musste. Manche hatten ganz andere Probleme. Wer sich mehr Ruhe vor dem Mann im Bett wünschte, besonders an den fruchtbaren Tagen, dem gab sie für ein paar Kreuzer Blüten von Pappeln und Weiden mit auf den Weg, und die Frauen erzählten sich kichernd hinter vorgehaltener Hand, wie wirkungsvoll Luises Rezepte doch seien. In einigen Fällen und auf besondere Bitten hin hatte sie, für ein paar zusätzliche Heller, 40 Ameisen weitergereicht, die im Saft einer Narzisse gekocht werden mussten.

Die unglücklichen Frauen waren seitdem vor allen Nachstellungen sicher, während sich die Männer über die unerwartete Veränderung ihrer Bedürfnisse wunderten. Keiner erfuhr je, wie es zu diesen Veränderungen gekommen war.

Seit jenem Unglückstag machte sich Margarethe Vorwürfe. Die Mutter hatte Philipp in ihre Obhut gegeben, und sie hatte ihn nicht retten können. Daneben verspürte sie eine unbändige Wut auf den Truchsess. Wie kam der Mann dazu, sie so heftig zu schlagen, nur weil sie um Hilfe für ihren verunglückten Bruder gebettelt hatte? Nie war sie ernsthaft geprügelt worden, auch wenn ihr Vater manchmal damit drohte. Er war nicht der Mann, der Schwächere schlug. Margarethe hatte schon mitbekommen, dass Knechte und Mägde geschlagen wurden, doch dann gab es einen Grund dafür.

Unter Tränen gestand sie Luise, dass sie sich durch den Truchsess gedemütigt fühlte, und Luise wunderte sich, dass die minderjährige Tochter eines Leibeigenen ein solch ausgeprägtes Gefühl für ihre Würde besaß. Bei ihrem Stand konnte das eine schwere Bürde werden, doch Luise gefiel das. Es lag ihr fern, das Verhalten des Truchsesses zu erklären oder gar zu entschuldigen. Stattdessen versuchte sie behutsam, dem Mädchen deutlich zu machen, wohin seine Gedanken führten und dass es sehr vorsichtig sein musste.

»Die Herren haben alle Rechte an dem Wald«, erklärte sie Margarethe, »und nicht nur daran«, fügte sie bitter hinzu. »Allein die Kräuter lassen sie uns, weil sie um deren Wert nicht wissen. Alles, was sie als wertvoll betrachten, ist uns verboten. Wenn dich der Truchsess tatsächlich in den Kerker geworfen hätte, wäre es für jede Hilfe zu spät gewesen.«

»Mutter hätte uns wieder herausgeholt. Sie würde uns doch nicht in einem Kerker lassen!«, protestierte Margarethe, die nicht ganz verstand, was Luise meinte.

Ein flüchtiges Lächeln glitt über das Gesicht der älteren Frau, als sie Margarethes Vertrauen und Erregung spürte, aber tief im Herzen war die weise Kräuterfrau traurig. Als sie einige Jahre älter gewesen war als Margarethe, hatte sie die Willkür der Herren auf noch grausamere Art erfahren. Nun erkannte sie sich in dem Mädchen wieder, das voller Glauben an die Gerechtigkeit und die Möglichkeiten ihrer Mutter war. Und sie wusste aus eigener Erfahrung, wie gefährlich ein solcher Glaube werden konnte, vor allem wenn der Wald Margarethe anzog.

»Natürlich würden deine Eltern alles für dich tun, wenn es wirklich darauf ankommt, aber gegen die Herren können sie nichts ausrichten. Ich will dir die Geschichte einer jungen Frau erzählen, die nur ein paar Jahre älter war, als du es bist. Sie hat auf der anderen Seite der Alpen gelebt. Obwohl sie Grund hatte vorsichtig zu sein, ging sie gern in den Wald und sammelte Kräuter. An einem warmen Sommertag war sie am Rande einer Lichtung eingeschlafen und hatte nicht gemerkt, wie sich ihr einige adelige Reiter genähert hatten. Sonst war sie denen immer aus dem Weg gegangen, aber nun war es zu spät. Erst als die Männer bereits von den Pferden gestiegen waren und um sie herumstanden, wachte sie auf. Sie spürte Blicke voll Gier über sich, unheilvolle Blicke. Verzweifelt versuchte sie zu fliehen, doch die Herren lachten nur. Rohe Hände rissen ihr die Kleider vom Leib. Als sie vollkommen nackt war und die Blicke immer gieriger wurden, begannen sie ein böses Spiel. Sie gaben ihr das Gefühl, als würden sie sie laufen lassen, und die junge Frau rannte um ihr Leben. Die Angst schien ihr Flügel zu verleihen, doch weit kam sie nicht. Ihre Peiniger hatten ja Pferde. Und die Panik der Frau steigerte ihre Gier nur. So trieben sie sie im Wald umher. Mal überholte sie einer und ritt dann direkt auf sie zu, dann wich sie nach links aus oder nach rechts, bis dort der nächste Reiter lachend und johlend auftauchte. Es war eine gnadenlose Jagd, die so lange ging, bis die Frau völlig entkräftet auf dem Waldboden niedersank. Im Nu waren die Männer auf ihr. Als sie erkannten, dass ihr Opfer noch jungfräulich war, gerieten sie in Streit, wer ihr zuerst Gewalt antun durfte. Sie wechselten sich ab, immer wieder.«

Luise erzählte mit tonloser Stimme wie von einem Ereignis, das vor sehr langer Zeit stattgefunden hatte, doch zitterte sie dabei, wie es Margarethe noch nie erlebt hatte. Das Mädchen hörte mit wachsendem Entsetzen zu. Es war alt genug, um die Grausamkeit zu verstehen und zu spüren, dass Luise von sich selbst sprach. Für kurze Zeit vergaß Margarethe, was ihr selbst widerfahren war. »Aber, aber ...«, stammelte sie unter Tränen.

Doch Luise ließ sie nicht zu Wort kommen. Sie wollte ihre Geschichte zu Ende bringen.

»Am folgenden Tag fanden Dorfbewohner die nackte Frau bewusstlos auf der Wiese. Sie gaben ihren Eltern Bescheid, die ihre Tochter bereits verzweifelt gesucht hatten. Die Mutter, eine frei geborene Frau, wollte diese Schmach nicht hinnehmen. Gegen die Warnung der Dorfbewohner begab sie sich zu ihrem Grundherrn, um die Peiniger ihrer Tochter ausfindig zu machen und anzuklagen; ein verhängnisvoller Fehler für sie. ›Eine Bäuerin will meine Gäste anklagen, weil sie ihrer Tochter ein bisher unbekanntes Vergnügen bereitet haben?‹, höhnte der hohe Herr. ›Da hat sie Anrecht auf das gleiche Vergnügen.‹ Zwei Tage lang hielten sie die Frau gefangen. Als sie wieder freigelassen wurde, war sie nicht mehr die Gleiche. Verwirrt im Kopf starb sie bald darauf. Das Dorf aber wollte mit der Familie nichts mehr zu tun haben. Sie musste weit weggehen, wo niemand etwas von der Schmach wusste. Die Herren verfügen über uns nach Belieben, vor allem über uns Frauen. Also sei vorsichtig, Margarethe.«

Zum ersten Mal im Leben hatte die Kräuterfrau jemandem ihre Geschichte anvertraut, oder zumindest einen Teil davon.

Den letzten Satz hörte das Mädchen nicht mehr. Empörung, Wut, Hass angesichts des eigenen Schmerzes und der Erniedrigung sowie des Schicksals von Luise brachen sich Bahn.

»Niemals werde ich mich ihnen beugen!«, schrie sie in die Stille des Raumes, in dem sich Luises Worte drohend ausgebreitet hatten. »Sie haben kein Recht dazu, sie haben kein Recht!« Margarethes Stimme überschlug sich. Dann sank sie erschöpft in Luises Arme und weinte sich in einen unruhigen Schlaf.

2. Kapitel

Die Böckinger Männer trafen sich nach getaner Arbeit zumeist im Gasthof Dörzbach. In der letzten Zeit war auch Hans Renner häufig dort anzutreffen. Der groß gewachsene Mann wurde von allen respektiert, auch wenn er zurückhaltend war und seine eigenen Wege ging. Ihn umgab eine natürliche Autorität, doch lag es ihm fern, daraus Vorteile zu ziehen. Hans Renner war Erbpächter des Klosters Schönthal und die Mönche schätzten seine Arbeitskraft und Disziplin. Der Tod seines Sohnes Philipp hatte ihn verändert. Wenn Bauern früher auf die Herren geschimpft hatten, war er stets abseits geblieben, ja bisweilen hatte er sogar die Ordnung der Herren verteidigt. »Wenn Gott die Herren nicht wollte, hätte er keine geschaffen«, pflegte er dann zu sagen. Seit dem Vorfall mit dem Truchsess gesellte er sich jedoch immer häufiger zu denen, die auf die alten Rechte pochten und die Herren damit herausforderten. Das Wirtshaus suchte er gerne auf, weil dort, anders als früher, nicht Würfel oder Karten die Runde machten, sondern Ereignisse aus Franken und dem Elsass, wo Bauern immer offener gegen ihre Herren aufbegehrten. Darüber wollte Hans mehr erfahren.

Fahrende Händler wussten zu berichten, dass es in Franken fast zum Aufstand gekommen sei. Der Pfeifer von Niklashausen, ein junger Musikant, hatte den Anlass dazu gegeben. Ihm war im Traum die Jungfrau Maria erschienen und sie hatte ihm aufgetragen zu predigen. Alle Menschen sollten gleich sein vor Gott, forderte er, deshalb seien Jagd und Fischfang nicht nur ein Privileg der Herren, sondern stünden auch den Bauern zu. Die Leibeigenschaft und Abgaben wie der Zehnte müssten abgeschafft werden. Ganz besonders aber missfiele der Heiligen Jungfrau der Luxus und die Gier der Pfaffen.

Tausende Menschen strömten nach Niklashausen, um die Predigten des Pfeifers zu hören, und die Obrigkeit sah es mit wachsendem Argwohn. Der Bischof von Würzburg beschuldigte ihn schließlich der Ketzerei. Ungeachtet seiner vielen Anhänger wurde er von schwer bewaffneten Landsknechten gefangen genommen und auf dem Scheiterhaufen verbrannt. Die Empörung war groß, doch mit Gewalt und falschen Versprechungen besänftigte der Bischof das aufgebrachte Volk.

Auch am Tage nach dem Osterfest traf sich eine bäuerliche Runde bei Jakob Dörzbach. Die Versammelten genossen das dünne Gerstenbier, denn die Fastenzeit war vorüber, und das galt es zu feiern. In den sechs Wochen vor Ostern wurde des Leidens Jesu gedacht. Das war eine harte Zeit. Jeden Abend legten sich die Männer und Frauen hungrig ins Bett, denn am Tag war nur eine volle Mahlzeit erlaubt. Sie wurde zumeist mittags eingenommen. Dann gab es eine Getreidesuppe mit Gemüse oder Brot. Selbst wer sich Fleisch leisten konnte, verzichtete in der Fastenzeit darauf. Nur Fleisch von Kaltblütern erlaubte die Kirche. Nach einem harten Arbeitstag fühlte sich der Magen abends flau an, doch es gab nur noch eine kleine Schale Dinkelbrei, der den Hunger nicht stillte. Manche verzichteten darauf; nicht, weil sie besonders fromm waren, sondern weil das Hungergefühl in der Nacht weniger nagend war, wenn sich der Magen daran gewöhnt hatte, nach dem Mittagessen nichts mehr zu bekommen. So gab es viele Gründe, Ostern herbeizusehnen, das wichtigste Fest im christlichen Jahreslauf. Anschließend durften sich die Menschen wieder leiblichen Genüssen hingeben; zumindest nach der Arbeit.

An diesem Abend feierten die Männer im Gasthof Dörzbach aber nicht nur das Ende der Fastenzeit, und es waren nicht allein Bauern, die sich dort eingefunden hatten. Auch einige Handwerker waren gekommen und ein paar Bürger aus dem nahegelegenen Heilbronn. An ihrer Kleidung unterschieden sich die Stände. Die Bauern trugen derbe, grob genähte Hosen aus Wolle und weite Hemden. Darüber hatten sie einen ärmellosen Umhang geworfen, der bis zu den Knien reichte und von einer Schnur um den Bauch zusammengehalten wurde. Die Schuhe waren aus Stroh oder Holz hergestellt, manche auch gebunden aus Leinen. Ihre gehäkelten Wollhüte oder -kappen, die als Schutz vor dem Regen mit heißem Wasser verfilzt wurden, setzten sie selbst im Wirtshaus nicht ab. Die besser betuchten Bürger bevorzugten Kleidung aus Leinen, die feiner geschnitten war und enger anlag. Zudem trugen sie Lederschuhe.

Die Runde im Wirtshaus Dörzbach störte sich jedoch nicht an den Standesunterschieden, zumal die Bauern nicht arm waren und sich ein üppiges Zechgelage hin und wieder leisten konnten. Auch als Leibeigene bearbeiteten sie selbständig ihre Scholle, die sie von ihrem Leibherrn gepachtet hatten. Ihm mussten sie die Abgaben leisten, die das alte Recht vorsah. Was übrig blieb, gehörte ihnen, und das reichte bei einer guten Ernte zum Leben. Knechte, Mägde oder Kostgänger ohne Acker gesellten sich nicht zu dieser Runde.

Die Ereignisse im nahen Elsass beherrschten das Gespräch. Die dortigen Bauern hätten einen geheimen Bund geschlossen, berichteten Reisende. Sein Zeichen sei eine ganz besondere Fahne, die zum Symbol für die Einheit und Kampfeslust aller Bauern im süddeutschen Raum werden sollte. Auf der einen Seite wehte ein gebundener Schuh, das Zeichen für den Bauernstand. Die andere Seite zeigte einen knienden Bauern in Respekt vor dem göttlichen Gesetz. Daneben war zu lesen: ›Nichts denn die Gerechtigkeit Gottes‹. Die Fahne war so wichtig, dass sie der Bewegung sogar ihren Namen gab: Bundschuh.

Alle, die sich anschließen wollten, mussten einen Eid auf die Fahne leisten; Verrätern drohten harte Strafen. Gerüchte gingen um, der Bundschuh wolle Schlettstadt plündern, eine gut befestigte freie Reichsstadt mit einem begüterten Kloster. Damit sollten die nötigen Geldmittel für den weiteren Kampf beschafft werden.

Die Böckinger Bauern sprachen voller Bewunderung von den mutigen Elsässern. Deren Forderungen waren eine Kampfansage an die Landesherren. Die Gemeinden sollten sich selbst verwalten und die Gerichtsbarkeit ausüben. Alle Schulden und Zölle sollten aufgehoben, die Privilegien der Pfaffen eingeschränkt und ihre Einkünfte auf 50 oder 60 Gulden im Jahr reduziert werden. Das hatte bereits der Pfeifer von Niklashausen gefordert. Die Ohrenbeichte sollte abgeschafft werden.

»Genau«, stimmte die Runde zu, »damit kontrollieren sie uns nur und machen uns abhängig von ihrer eigenen Gnade statt der des Herrn Jesus Christus.«

»Wie kommt der Landesfürst dazu, unsere alten Rechte zu beschneiden und uns vorzuschreiben, wie wir die Felder aufteilen und wann wir die Weiden nutzen dürfen? Das ist seit Jahrhunderten unser Privileg, und das werden wir nicht hergeben, von der niederen Gerichtsbarkeit ganz zu schweigen«, eiferte sich Jakob Rohrbach, ein angesehener und gut betuchter Mann, der dennoch zu den Heißspornen gehörte, wenn es darum ging, die eigenen Rechte gegen die Obrigkeit zu verteidigen.

»Und wie kommt er dazu, immer neue Abgaben von uns zu fordern?«, heizte Vogeler die Stimmung weiter an. Er war ein unbeherrschter, bulliger, junger Mann, der von manchen gefürchtet wurde. »Wir sind nur unserm Lehnsherrn verpflichtet. Dem gebe ich gern, was ihm zusteht, so war es schon immer und wer das ändern will, wird unsern Zorn zu spüren bekommen.«

Ein anderer pflichtete ihm bei. »Und überhaupt, was will der Landesfürst mit all den Abgaben? Er hebt immer neue Söldner aus, vergrößert sein Schloss, nur um uns kümmert er sich nicht. Sogar seine Beamten und Verwalter müssen wir bezahlen und wir haben nichts davon.«

»Aber seine Söldner haben die Straßen sicherer gemacht«, versuchte jemand einzuwenden.

Doch sofort fielen ihm andere ins Wort. »Ja, für seine Güter. Wann hast du denn Böckingen zuletzt verlassen? Oder betreibst du heimlich Handel?«

Zustimmendes Lachen begleitete den Redner, die Runde wurde immer forscher, und Vogeler ergriff erneut das Wort. »Vielleicht sollten wir den Elsässern zu Hilfe kommen. Die Herren werden nicht erfreut sein, wenn Schlettstadt geplündert wird. Dann benötigen die Bauern dort jeden Mann.«

»Was redest du da, Vogeler, willst du Krieg?«

Solche Reden gingen Hans Renner zu weit. Sein scharfer Einwurf verfehlte seine Wirkung nicht. Mehr als allen anderen Böckingern war ihm bewusst, welche Folgen die Pläne der Bauern im Elsass haben konnten. So sehr sie sich gegen die Ansprüche der Landesfürsten wehrten, nach einer offenen Rebellion stand den meisten nicht der Sinn.

Während sich die Versammelten beim üppig fließenden Gerstenbier noch über die Anmaßung der Landesfürsten und den Mut der Elsässer ausließen, platzte ein Händler herein.

»Der Bundschuh ist verraten worden! Die Herren nehmen grausame Rache.«

Die Anwesenden starrten den neuen Gast an, und nach einem ersten Moment der Verblüffung redeten alle durcheinander.

»Was ist vorgefallen? – Wer hat die Bauern verraten? – Wo ist die Fahne? – Bist du selbst dabei gewesen?«

Es dauerte einige Zeit, bis der Mann sich setzen und Bericht erstatten konnte.

Die Plünderung des Klosters von Schlettstadt war für den Beginn der Karwoche vorgesehen gewesen. Nicht nur Bauern aus der Umgebung, auch Bürger der Stadt wollten sich daran beteiligen, doch unter ihnen musste ein Verräter gewesen sein. Niemals hätte ein Bauer den Bundschuh verraten. Die Namen der Anführer und ihrer Mitverschwörer waren den Herren zugetragen worden. Noch bevor sie losschlagen konnten, waren die Rädelsführer von Landsknechten ergriffen worden. Daraufhin hatten viele versucht, nach Basel zu fliehen, denn die Schweiz bot ihnen Schutz, doch die Landsknechte kontrollierten die Wege. Die meisten Verschwörer wurden gefangen genommen und der Rache der Herren ausgeliefert. Einige wurden geviertelt, andere enthauptet, manchen nur die Schwurfinger abgehackt.

»Aber«, berichtete der Händler weiter, »die Fahne mit dem Bundschuh haben die Herren nicht bekommen. Deshalb gibt es noch Hoffnung.«

Immer häufiger fiel der Name Jos Fritz, wenn sich die Bauern und andere Unzufriedene zwischen Schwarzwald und Odenwald trafen. Der geheimnis umwobene Mann aus dem nordbadischen Untergrombach war nur wenige Jahre älter als Margarethe und ein Leibeigener wie sie. In seiner Jugend hatte er als Landsknecht verschiedenen Herren gedient und dabei einiges von der Welt gesehen. Sogar Lesen und Schreiben hatte er gelernt, was für einen Leibeigenen ungewöhnlich war. Am meisten aber hatte ihn in der Ferne die Ungerechtigkeit, Ausbeutung und Unterdrückung geprägt, worunter die Bauern litten. Fortan sah er seine Aufgabe darin, sie zu einer großen Bewegung zu vereinen, die sich den Herren und ihren ungerechten Forderungen widersetzte. Sein Name verbreitete sich hinter vorgehaltener Hand rasch weit über seine Heimat hinaus, und die Menschen sprachen ihn mit großer Hochachtung aus. Der Führer des Bundschuhs war ein Meister im heimlichen Organisieren.

Die Erfahrung der Verschwörer von Schlettstadt hatte ihn keinesfalls entmutigt, sondern gelehrt, noch vorsichtiger und umsichtiger vorzugehen. Zudem wollte er die Bauern aus den verschiedenen Regionen zusammenschließen und verlässliche Verbündete in den Städten finden. Mit großem Geschick ging er in den folgenden Jahren an sein Werk. Zunächst zog er in seiner nordbadischen Heimat von Dorf zu Dorf und befragte die Menschen nach ihren Nöten und Anliegen. Die harte Steuerpolitik des Bischofs von Speyer, die willkürlichen Abgaben, die er erhob, die Brutalität der Landsknechte, all das prägte den Alltag der Bauern noch mehr als vor dem fehlgeschlagenen Aufstand von Schlettstadt.

Jos Fritz versuchte ihnen klar zu machen, dass es nicht Gottes Wille und Gottes Ordnung sei, wenn sie von den Herren ausgenommen wurden. Der junge Leibeigene war davon überzeugt, die göttliche Gerechtigkeit auf Erden verwirklichen zu können, die den Bauern ein Leben als Freie auf eigenem Grund und Boden ermöglichte, so wie es vor Generationen gewesen war.

Er ließ sich viel Zeit, die Menschen von dieser Vision zu überzeugen, er ging auf ihre Bedenken ein, setzte sich mit ihren Einwänden auseinander, verbrachte ungezählte Nächte in Wirtshäusern und privaten Unterkünften. Erst wenn die Zuhörer von seinen Ideen begeistert waren, ging er einen Schritt weiter. Diese Vision aber, so legte er ihnen dar, hätte nur dann eine Möglichkeit, wenn sie alle gemeinsam handeln würden. Ja, es sei ihre göttliche Pflicht, das alte, göttliche Recht wieder zur Geltung zu bringen. Um den eigenen Vorteil gehe es dabei erst in zweiter Linie.

Ein immer größerer Kreis griff die Vision des Jos Fritz auf und verbreitete sie über den nordbadischen Raum hinaus in den Süden, ins Elsass und nach Schwaben. Wenn sie das nächste Mal zuschlügen, dann müssten sie besser vorbereitet sein, sonst wäre die Rache der Herren noch grausamer – auch das machte Jos Fritz seinen Zuhörern klar.

Margarethe interessierte sich sehr für die Auseinandersetzungen. Das war ungewöhnlich für eine junge Frau, und deshalb zögerte ihr Vater lange, sie darin einzuweihen. Mit der Zeit aber ließ er sich dazu überreden, denn er schätzte ihren Gerechtigkeitssinn und bewunderte ihr mutiges Auftreten gegenüber dem Truchsess, auch wenn er das nicht offen aussprach. In Anerkennung dieses Mutes gab er seiner beinah erwachsenen Tochter weiter, was er im Wirtshaus über den Kampf der Bauern in Franken und im Elsass sowie über Jos Fritz und den Bundschuh erfuhr.

Margarethe war eine aufmerksame Zuhörerin. Was sie im Laufe der Zeit über Jos Fritz erfuhr, faszinierte sie, und sie sah keinen Grund, das zu verheimlichen.

»Ja, Vater, göttliche Gerechtigkeit, das ist ein Ziel, für das es sich zu kämpfen lohnt«, offenbarte sie ihm eines Tages.

Obwohl Hans Renner ebenso wie seine Frau Hildegard inzwischen eingesehen hatte, dass seine Tochter eigene Vorstellungen vom Leben hatte, ging ihm das zu weit. Er sah es als seine väterliche Pflicht an, sie in die Schranken zu weisen, zumal sie längst im heiratsfähigen Alter war, aber noch keinerlei Anstalten machte, sich auf einen ihrer Verehrer einzulassen.

Margarethe war eine attraktive Frau geworden. Ihr schlanker Körper war wohlproportioniert. Dabei bemühte sie sich, ihre Formen durch weite Gewänder nicht allzu sehr zur Schau zu stellen, denn die Aufmerksamkeit der jungen Männer war ihr eher lästig. Auch bevorzugte sie hochgeschlossene Kleider, um niemanden in Versuchung zu führen. Ihr üppiges schwarzes Haar trug sie jedoch offen, und darin ähnelte sie Luise. Die Haare umrahmten ein fein geschnittenes Gesicht, das von zwei dunklen, manchmal jedoch geradezu funkelnden Augen dominiert wurde. Es war ihr Blick, der die jungen Männer davon abhielt, zudringlich zu werden, denn er verriet eine Tiefe, eine Stärke und eine Entschlossenheit, die man lieber nicht herausfordern sollte. Da sie sich nach wie vor häufig draußen aufhielt, war ihre Haut braun gebrannt, was das Dunkle, Geheimnisvolle an ihr verstärkte.

»Du bist eine junge Frau«, herrschte ihr Vater sie an jenem verhängnisvollen Abend in ungewohnter Strenge an, »überlass das Kämpfen den Männern. Als Landsknecht würdest du eine lächerliche Figur abgeben. Deine Neigungen gehen entschieden in die falsche Richtung. Ich werde dir nicht länger davon berichten, was sie im Wirtshaus über den Bundschuh erzählen. Ich hatte gehofft, irgendwann würde es dich langweilen, aber das Gegenteil scheint der Fall zu sein. Das dulde ich nicht länger, denn wer weiß, wohin das noch führt. Außerdem möchte ich, dass du dich um eine Heirat bemühst. An Bewerbern mangelt es dir nicht. Das Dorf bekommt allmählich das Gefühl, als seiest du dir zu schade für einen der unsrigen. Wenn du aber weiter irgendwelchen Träumen vom Bundschuh, vom Kampf gegen die Herren und von göttlicher Gerechtigkeit nachhängst, dann werde ich dafür sorgen, dass du unter die Haube kommst. Ich lasse mich durch dich nicht zum Gespött der Leute machen.«

So hatte Margarethe ihren Vater noch nie erlebt, und sie war durchaus nicht gewillt, sich das gefallen zu lassen.

Trotzig bot sie ihm die Stirn. »Vater, ich möchte Sie nicht missachten, aber über meine Heirat entscheide allein ich, und wenn mich die Männer nicht interessieren, dann ist das meine Sache. Ja, der Bundschuh und Jos Fritz interessieren mich mehr als die jungen Männer in unserm Dorf. Ich möchte ihn gern treffen und direkt von ihm erfahren, wie er sich die göttliche Ordnung vorstellt und wer dabei die Regierung übernehmen soll.«

In ihrer Begeisterung unterschätzte sie die Entschlossenheit ihres Vaters und sie merkte nicht, wie er die Geduld verlor.

»Genug«, unterbrach er sie barsch, »das ist noch viel schlimmer, als ich dachte. Es ist nicht deine Aufgabe und es ist überhaupt nicht die Aufgabe von Frauen, sich Gedanken über die Regierung zu machen. Deine Mutter war auch nie wie andere Frauen, aber auf solche Ideen ist sie nicht gekommen. Ich muss mir vorwerfen, dir viel zu sehr entgegengekommen zu sein. Wenn ich gewusst hätte, was ich damit anrichte, hätte ich dir niemals etwas von den Männertreffen im Dörzbach erzählt. Wenn die anderen das erfahren, bin ich der Lächerlichkeit preisgegeben. Ich werde einen Mann für dich aussuchen, damit du endlich auf andere Gedanken kommst.«

»Das werden Sie nicht«, fuhr ihm Margarethe ins Wort.

»Wer gibt dir das Recht, deinen Vater zu unterbrechen?« Dann holte er aus.

Die heftige Ohrfeige des sonst so besonnenen Mannes schmerzte Margarethe. Wut und Hilflosigkeit ergriffen sie und riefen die Erinnerung an Philipps Tod wach. Diesmal wollte sie sich wehren.

»Wie der Truchsess«, gab sie ihrem Vater zurück.

Hans Renner konnte auch später nicht sagen, was ihn daran mehr erschütterte, die Worte oder die Kälte in ihrer Stimme. Er starrte Margarethe an, als stünde der Teufel persönlich vor ihm, drehte sich um und verließ den Raum.

Margarethe spürte, dass sie zu weit gegangen war, sie wollte sich entschuldigen, doch dafür war es zu spät. Sie wusste nicht, wohin ihr Vater gegangen war, sie sah ihn viele Tage nicht, und das war schwerer als irgendeine andere Strafe. In ihrer Not wandte sie sich einmal mehr an Luise, doch auch die weise Kräuterfrau hielt sich in diesem Fall zurück.

»Du kannst nur hoffen, dass die Zeit seinen Schmerz heilt. Wir können Vergangenes nicht mehr rückgängig machen; wir können nur daraus lernen. Erinnerst du dich, was ich dir vor Jahren schon einmal geraten habe? Wenn du anders bist als die anderen, dann ist das gefährlich. Du musst genau bedenken, was du sagst, Margarethe.«

Am folgenden Tag kam ihre Mutter zu Luises Haus.

»Margarethe«, eröffnete sie ihrer Tochter mit einer Ernsthaftigkeit, die jeden Widerspruch unterband, »du hast bis zum Ende des Jahres Zeit, dir einen Mann zu suchen. Wenn dann noch keine Ehe in Sicht ist, wirst du verheiratet. Es ist wirklich an der Zeit. Als ich so alt war wie du, hatte ich bereits einer Tochter das Leben geschenkt. Ich habe den Schritt nie bereut, denn ich habe einen sehr guten Mann gefunden.«

Margarethe verstand zu gut, worauf ihre Mutter anspielte, und sie hasste sich für ihre Unbeherrschtheit.

Nach einer Pause fügte die Mutter in einem ganz anderen Tonfall hinzu: »Mehr konnte ich nicht für dich erreichen.«

Margarethe fühlte, wie Tränen in ihr aufstiegen. Im selben Moment warf sie sich ihrer Mutter an den Hals und all der Kummer dieser Tage bahnte sich seinen Weg.

Als sich Margarethe beruhigt hatte, griff ihre Mutter den Faden wieder auf. »Ich muss dich dennoch bitten, endlich die Gedanken vom Bundschuh, göttlicher Gerechtigkeit und Kämpfen aus deinem Kopf zu verbannen. Du wirst bald eine Familie haben. Wenn du einen angenehmen Mann findest, ist das keine schlechte Aussicht. Du kannst dich auch weiterhin mit dem befassen, wozu wir Frauen eine besondere Begabung haben.« Dabei lächelte sie Luise zu.

Ihre Mutter hatte recht. Es gab noch so viel zu lernen über Heilkräuter und was die Natur sonst noch schenkte. Und Margarethe war fest entschlossen, sich den Mann selbst auszusuchen, einen Mann, der die Frau nicht nur im Bett und an der Kochstelle schätzte.

Schließlich fand Margarethe Trost bei Luise. Die Lebenserfahrung der weisen Frau half ihr, zum Vertrauen im Glauben zu finden, und zwar auf eine Art, die ihr noch nicht begegnet war. Margarethe mochte die Rituale der Kirche, aber von dem, was der Pfarrer in einer fremden Sprache vortrug, verstand sie wenig. Häufig erschien es ihr, als wolle die Kirche die Menschen nur davon überzeugen, ihr Schicksal als gottgegeben anzunehmen, was immer auch passieren mochte.

Luise war offenbar mit dem Wort Gottes direkt vertraut, wer immer ihr das auch nahegebracht hatte, und sie erzählte andere Geschichten als die meisten Pfarrer. Ihre Ausführungen gaben dem Leiden Jesu einen neuen Sinn.

»Nicht die Kirche entscheidet am Ende, ob ein Mensch erlöst wird, sondern Gott allein, und da er uns alle liebt, möchte er, dass wir alle zu ihm kommen. Viele Pfaffen verschweigen das ihrer Gemeinde.«

»Aber wofür brauchen wir denn dann die Kirche?«, wandte Margarethe ein und erntete dafür ein verständnisvolles Lächeln.

»Margarethe, du stellst zielsicher immer die Fragen, die dich in große Schwierigkeiten bringen, wenn jemand anders sie hört als ich. Pass bitte auf, wer dir zuhört, wenn es um die Kirche und den Glauben geht. Du stehst aber nicht allein mit deiner Meinung. Es gibt Bewegungen, die predigen, dass wir die Kirche nicht zu unserem Heil brauchen. Meine Eltern haben solch einer Bewegung angehört, und ich tue es im Herzen auch, selbst wenn ich nach jenem Ereignis, das ich dir geschildert habe, keinen Kontakt mehr mit der Gemeinschaft pflege. Es sind die Waldenser.«

An Margarethes verständnislosem Blick sah Luise, dass ihre junge Freundin noch nie von der Bewegung gehört hatte. »Ich kann dir davon erzählen, wenn du mehr wissen willst, es ist ein Teil meiner Herkunft.«

Margarethe nickte nur.

Luise gefiel es, ein weiteres Geheimnis nicht länger für sich behalten zu müssen und begann zu erzählen.

»Unsere Bewegung wurde vor über 300 Jahren von einem Kaufmann in Lyon gegründet. Das ist in Mittelfrankreich, und dort haben wir uns zuerst ausgebreitet. Der Mann hieß Petrus Waldes. Obwohl er sehr begütert war, erkannte er, dass man Gott nur in Armut dienen kann, dass wahrhaftiger Glaube auf alle weltlichen Dinge verzichtet. Er hat diese Erkenntnis direkt aus dem Evangelium gewonnen, wo Markus im 10. Kapitel folgende Geschichte erzählt:

Als sich Jesus wieder auf den Weg machte, lief ein Mann auf ihn zu, fiel vor ihm auf die Knie und fragte ihn: Guter Meister, was muss ich tun, um das ewige Leben zu gewinnen? Jesus antwortete: Warum nennst du mich gut? Niemand ist gut außer Gott, dem Einen. Du kennst die Gebote: Du sollst nicht töten, du sollst nicht die Ehe brechen, du sollst nicht stehlen, du sollst nicht falsches Zeugnis reden, du sollst niemanden berauben und Vater und Mutter ehren. Er erwiderte ihm: Meister, all die Gebote habe ich von Jugend an befolgt.

Da sah ihn Jesus an, und weil er ihn liebte, sagte er: Eines fehlt dir noch. Geh hin, verkaufe alles, was du hast, gib das Geld den Armen, und du wirst einen Schatz im Himmel haben. Dann komm und folge mir nach! Der Mann aber war betrübt, als er das hörte, und ging traurig davon, denn er hatte ein großes Vermögen.

Da sah Jesus seine Jünger an und sagte zu ihnen: Wahrlich, wahrlich, ich sage euch, wie schwer ist es für Menschen, die viel besitzen, in das Reich Gottes zu kommen. Die Jünger waren über seine Worte bestürzt. Jesus aber sagte noch einmal zu ihnen: Meine Kinder, wie schwer ist es, in das Reich Gottes zu kommen. Eher geht ein Kamel durch ein Nadelöhr, als dass ein Reicher in das Reich Gottes gelangt.

Petrus Waldes nahm das sehr ernst, und er redete nicht nur. Er verschenkte alles, was er hatte, an die Armen, predigte das Evangelium und ließ die Bibel in die Volkssprache übersetzen, denn er wollte, dass jeder Christ das Wort Gottes selbst lesen könne.

Und noch andere Regeln führte er ein: Wir benötigen keine Priester. Auch Frauen und sogar Sünder dürfen die Taufe spenden und das Brot brechen, denn die Sakramente wirken nur durch Christus selbst, da spielt es keine Rolle, wer sie spendet. Es gibt nämlich eine unmittelbare Beziehung zwischen Gott und den Menschen, für die kein Geistlicher als Vermittler zuständig ist. Wir haben nur Prediger, die das wahre Wort Gottes denen verkünden, die es noch nicht kennen. Das können auch Frauen sein, die deshalb bei uns die gleiche Bildung erhalten wie die Männer. Wer Prediger werden möchte, muss in Armut leben und auf Schwert und Eid bei der Verbreitung der Lehre verzichten, denn wir sind allein Gott verpflichtet, nicht aber den Menschen, welche Position sie auch bekleiden. Wir können uns auch nicht vorstellen, dass ein Kreuzzug im Sinne Jesu Christi sein kann.

Viele Menschen schlossen sich unserer Bewegung an, Reiche und Arme, Gebildete und Ungebildete. Sie haben keinen festen Wohnsitz und sind immer zu zweit unterwegs mit nackten Füßen und Wollkleidern, so wie es Jesus und die Apostel vorgelebt haben. Der Kirche mit all ihren Reichtümern und Palästen waren wir natürlich ein Dorn im Auge.

Nur kurze Zeit nach Petrus Waldes trat in Italien ein Mann auf, der ebenfalls aus reichen Verhältnissen stammte und nahezu die gleichen Forderungen erhob: Franziskus aus Assisi.« Margarethe strahlte. »Den kenne ich. Ein großer, verehrungswürdiger Heiliger. Gehört er zu der gleichen Bewegung?«

Luise bremste sie. »Leider nicht, und wir Waldenser sind nicht gut auf die Franziskaner zu sprechen. Sie wurden zunächst genauso wie wir als Ketzer angeklagt. Jeder, der nach dem Vorbild Jesu in Armut lebt, ist für die Kirche ein Ketzer. Um von der Verfolgung abzusehen, verlangte Papst Lucius die vollkommene Unterwerfung unter die Autorität der Kirche und bedingungslosen Gehorsam gegenüber ihren Anweisungen. Franziskus war dazu bereit. Er wurde belohnt, seine Ordensregel anerkannt, und heute ist er ein großer Heiliger.«

Das klang beinah wie ein Vorwurf an Margarethe, die inzwischen bereute, so enthusiastisch von dem heiligen Franziskus gesprochen zu haben. Aber woher hätte sie das auch wissen sollen? Die Kirche sprach ganz anders über ihn.

»Wir dagegen sind überzeugt, dass man Gott mehr gehorchen muss als der Kirche«, setzte Luise ihre Gedanken fort. »Für unsere Standfestigkeit wurden wir schließlich als Ketzer verfolgt. Die meisten von uns sind daraufhin in die Alpen geflohen. Dort, wo Frankreich an Italien grenzt, gibt es viele abgelegene Täler, in die der Arm der Kirche nicht reicht. Auch meine Vorfahren lebten dort für Generationen unauffällig nach unseren Grundsätzen. In meiner Familie befanden sich viele Prediger. Getarnt als Kaufleute zogen sie von Gemeinschaft zu Gemeinschaft und verkündeten das Reich Gottes. Ich war auch dazu ausersehen, und erhielt früh eine gute Ausbildung.«

Luises Stimme verriet die Wehmut, mit der sie daran dachte. Offenkundig wäre sie lieber eine Predigerin der Waldenser geworden als eine Kräuterfrau und Hebamme.

»Aber dann wären wir uns nie begegnet«, flüsterte Margarethe.

Das traurige Lächeln im Gesicht ihrer Freundin verriet ihr, wie zerrissen diese innerlich war.

»Ja, es kam alles ganz anders«, fuhr Luise fort, »denn auch in den Tälern der Alpen blieben wir nur geduldete

Gäste. Wenn wir mit der Obrigkeit in Zwist gerieten, erfuhren wir, dass wir rechtlos waren. Du kennst die Geschichte meiner Familie.«

Margarethe spürte, wie Luise jetzt mit den Tränen rang. Noch nie hatte sie ihre Freundin weinen sehen, doch die Wunden waren noch immer frisch. Sanft berührte sie Luises Hand, und die ließ es geschehen.

Es fiel Margarethe nicht leicht, die Stille zu ertragen, die sich schwer im Raum ausbreitete, und sie war froh, als Luise endlich fortfuhr.

»Danach ist mein Vater mit mir über die Berge nach Württemberg gezogen, wo uns niemand kannte. Das war unser Glück, denn vor nicht einmal zehn Jahren hat die offene Verfolgung der gesamten Gemeinschaft wieder begonnen – schlimmer als je zuvor. Papst Innozenz hat den Kreuzzug gegen unsere Brüder und Schwestern befohlen. Die Söldner der Inquisition durchstreifen die entlegenen Winkel der Alpen, um uns aufzuspüren. Sie kennen keine Gnade mit denen, die sie ergreifen, ich habe schreckliche Nachrichten gehört, aber auch, dass wir Widerstand leisten. Ich bete zu Gott, dass die Alpen genug Rückzugsgebiete für uns bereithalten, wo wir vor der Inquisition sicher sind.«

Trotz und Stolz klang aus Luises letzten Sätzen. Die Gemeinschaft gab sich ungeachtet aller Verfolgung nicht auf.

»Jetzt verstehe ich vieles«, flüsterte Margarethe ehrfürchtig. »Ich habe mich schon immer gefragt, woher du die Heilige Schrift so gut kennst. Und woher dein Akzent kommt. Gibt es auch hier Waldenser?«

»Nein«, schmunzelte Luise, »hier in Böckingen gibt es keine außer mir, und du bist die Erste, der ich es erzähle. Aber es gibt einige im Dorf, die sich für die Bibel interessieren, und wenn sie mich fragen, gebe ich gern weiter, was ich weiß. Du aber«, und dabei wurde sie sehr ernst, »sei vorsichtig mit dem, was du sagst und was du fragst. Lehren wie die von Peter Waldes fallen bei dir auf fruchtbaren Boden. Die Zeiten aber verschlechtern sich wieder.«

Voller Sympathie sah sie ihre junge Freundin an, in der sie so vieles von sich selbst wiedererkannte. Was würde das Schicksal für sie bereithalten? Sie wollte Margarethes rebellischen Geist nicht gezielt auf Bereiche lenken, wo die Gefahr bei jeder falschen Bemerkung lauerte.

Bevor Margarethe etwas entgegnen konnte, nahm Luise den Faden wieder auf. »Ich will dir etwas anderes nahebringen, das dir im Moment mehr hilft. Die Gnade Jesu, der für unser aller Sünden gestorben ist, bedeutet auch eine Möglichkeit für dich, wieder Frieden mit deinem Vater zu finden. Jesus ist keine Schuld zu groß, solange wir ehrlich bereuen. Bitte ihn um Verzeihung, und wenn du im Gebet deinen Frieden findest, dann wird ihn dir dein Vater auf die Dauer nicht verweigern. Auch er wird spüren, dass du ehrlich bereust.«

Margarethes Dankbarkeit fand keine Worte. Einmal mehr hatte ihre mütterliche Freundin ihr einen Ausweg gewiesen, als sie selbst keinen mehr sah. Sie wollte Jesus vertrauen; und sie wollte ihr Schicksal selbst in die Hand nehmen.

Kirchweih stand vor der Tür, eines der schönsten Feste im bäuerlichen Jahreslauf, das in Böckingen in den späten Sommer fiel. Die Sonne hatte zwar ihren höchsten Stand überschritten, doch spendete sie noch immer intensive Wärme. In der Kirche wurde das erste Brot der neuen Ernte gesegnet. Dafür war das Böckinger Gotteshaus prunkvoll geschmückt. Sträuße aus Sonnenblumen, Gladiolen, Dahlien und Klatschmohn umrahmten den Altar. Zwischen ihnen waren Ährenbüschel verteilt, die von der Ernte übrig geblieben waren. Pfarrer Massenbach räucherte großzügig mit Weihrauch und verstärkte dadurch die festliche Stimmung. Dann trugen junge Männer aus dem Dorf das Brot an den

Altar, wo es für alle sichtbar aufgereiht wurde. Würdevoll sprach der Geistliche seinen Segen und besprenkelte die Laibe mit geweihtem Wasser.

Nach der Zeremonie ließen sich die Gläubigen an langen Tischen vor der Kirche nieder. Gemeindediener verteilten Brot und Gebratenes vom Schwein und Geflügel. Für die meisten war es ein seltener Schmaus, den sie sich schmecken ließen. Lautes Schmatzen und Rülpsen begleitete das Mahl. Ebensolcher Beliebtheit erfreute sich das Bier. Es war dünn und machte niemanden betrunken. Für das starke Bier war es noch zu früh. Pfarrer Massenbach war streng, wenn es um Alkohol ging.

Die Böckinger beeilten sich mit dem Essen, denn sie wollten nichts von dem versäumen, was anschließend auf dem Dorfplatz begann. Bereits vor einer Woche war eine Gruppe von Spielleuten auf den Wiesen am Neckar aufgetaucht. Sie wurden jedes Jahr sehnsüchtig erwartet, auch wenn niemand einen engen Kontakt zu ihnen suchte. Es gab zahlreiche Herbstfeste im Neckartal, da lohnte es sich für das fahrende Volk, auch einmal etwas länger an einem Ort zu bleiben. Die Spielleute waren in Planwagen unterwegs, die von Ochsen gezogen wurden. Wenn sie irgendwo lagerten, schlugen sie ihre Zelte auf, über denen bunte Wimpel lustig im Wind flatterten und von der Leichtigkeit ihres Lebens kündeten. Zumindest sahen das die ehrbaren Bürger und Bauern so. Die Frauen unter den Spielleuten trugen ihr Haar offen, was zu allerlei obszönen Blicken oder Andeutungen führte. Doch niemand wagte es im nüchternen Zustand, ihnen zu nahe zu treten, denn die Männer der Truppe waren raue, wilde Gesellen, deren leicht entflammbarer Zorn man besser nicht herausforderte. Wenn der Alkohol einigen Kerlen genug Mut dazu gab, endete manch Kirchweih- oder Hochzeitsfest vorzeitig mit einer handfesten Keilerei.

In Böckingen geschah das selten, vielleicht weil die Vorstellung der Spielleute im Schatten der Kirche stattfand. Pfarrer Massenbach ließ sie gewähren, auch wenn sie kein Vorbild für die guten Sitten waren, aber vor seiner Kirche hatte er das bunte Treiben besser im Griff.

Während der Messfeier hatten die Spielleute auf dem Dorfplatz eine Bühne errichtet.

»Meine Damen und Herren, ehrwürdige Bürger von Böckingen«, ertönte es laut über den Platz, als sich alle eingefunden hatten, »tretet näher, sehet und staunet, was Euch Pablos Spielmannszug an Sensationen und Kurzweil zu bieten hat. Zuerst will ein tanzender Bär die Herrschaften begrüßen.«

Bei diesen Worten erschien ein Bärenführer mit einem riesigen Braunbären an der Kette, der ihn um mehrere Köpfe überragte, wenn er sich aufrichtete. Ein ehrfürchtiges Raunen ging durch die gaffende Menge, das sich noch verstärkte, als der Bär begann, sich im Takt einer Flöte zu bewegen. Der Bärenführer machte sich einen Spaß daraus, seinen zottelige Riesen immer wieder dicht an seine Zuschauer heranzuführen, die daraufhin kreischend in alle Richtungen davonpreschten. Das gehörte zum Spiel, und niemand schien wirklich Angst zu haben.

Anschließend betraten zwei Feuerschlucker die Bühne, verwegen schauten sie aus mit finsteren Blicken unter buschigen Augenbrauen, kräftigen Armen und nackten Oberkörpern, auf denen alle Haare wegrasiert waren. Ihre Haut glänzte ölig, und einige der jungen Frauen warfen sich bewundernde Blicke zu. Alle hielten den Atem an, als sich die Männer mit ihren brennenden Fackeln über Arme und Brust strichen. Schließlich sogen sie die Flamme tief in sich hinein und spien sie im hohen Bogen wieder aus.

Der Applaus war kaum verstummt, da tauchten Frauen mit weiteren Fackeln auf. Sie warfen sie den Feuerschluckern zu, die sie behände auffingen und zu jonglieren begannen. Fünf brennende Fackeln ließen sie in atemberaubendem Tempo durch ihre Hände gleiten. Dann warfen sie sich die Fackeln gegenseitig zu. Ein Trommelwirbel ertönte, und die Spannung erreichte ihren Höhepunkt, als sich die Frauen zwischen die Männer stellten. Doch sie wichen den Fackeln ebenso schnell aus, wie die Männer sie warfen. Es war kaum zu glauben, dass keine Frau getroffen wurde, denn die Fackeln sausten oft nur um Haaresbreite an ihnen vorbei.

Derweil liefen die Kinder der Truppe mit kleinen Beuteln zwischen den Zuschauern umher und erbaten Gaben für die Darbietung. Der Zeitpunkt war gut gewählt, denn die Dorfbewohner waren so hingerissen, dass sie großzügig in ihre Taschen griffen. Außerdem waren sie noch nüchtern, dann gab es selten Streit wegen des Geldes.

Das konnte sich rasch ändern, denn nach dem Bärenführer, den Feuerspuckern, Jongleuren und anderen Gauklern erschienen diejenigen, auf die sich alle im Dorf am meisten freuten: die Musikanten. Endlich konnte nach Herzenslust gesungen, getanzt und getrunken werden. Ein langer, lauter Zug erschien; manche in lustiger Kostümierung mit Narrenhüten sowie Schellen an Händen und Füßen. Mit Fiedeln und Flöten, Pauken und Trompeten, Harfen und Dudelsäcken verstanden sie es, die Stimmung anzuheizen. Es wurde getanzt und getrunken bis in die Nacht.

Margarethe hatte sich vorgenommen, in diesem Jahr das Kirchweihfest mitzufeiern. Der Zeremonie in der Kirche hatte sie schon immer gern beigewohnt, sich dem anschließenden Schmaus aber entzogen und damit viele enttäuscht. Jetzt hatte sie sich schick zurechtgemacht. Ihr Kleid war nicht ganz so hoch aufgeschlossen wie gewöhnlich, und es ließ ihren zierlichen, wohlgeformten Körper gut erkennen.

Sogar eine Kette mit einem kleinen Kreuz hatte sie angelegt, ein für Frauen ihres Standes kostspieliger und seltener Schmuck, der zum Familienerbe gehörte.

Im Gegensatz zu den meisten jungen Bäuerinnen wirkte Margarethe elegant. Das gefiel den jungen Männern, insbesondere solchen, die selbst eher grobschlächtig daherkamen. Vogeler, der unbeherrschte Draufgänger, der am liebsten mit einem Trupp bewaffneter Bauern ins Elsass gezogen wäre, forderte Margarethe als Erster zum Tanz auf. Er war ein guter Tänzer, doch unberechenbar, wenn er getrunken hatte. Die Musiker forderte er auf, immer schneller und wilder zu spielen. In seinen Armen wirkte Margarethe beinah wie eine Puppe. Zunächst ließ sich die unerfahrene Tänzerin darauf ein, von ihm im Kreis herumgewirbelt zu werden, und sie erwiderte sogar sein Grinsen. Vogeler nahm ihre Reaktionen als Aufforderung, sich noch ungezügelter zu gebärden. Während sie sich drehten, warf er Margarethe immer wieder mit einem solchen Schwung in die Höhe, dass ihr Kleid den Blick auf ihre Beine freigab. Dabei entwickelte er eine erstaunliche Geschicklichkeit, denn noch bevor Margarethe wieder den Boden erreichte, fand sie sich in seinen kräftigen Armen wieder. Einige Gaffer bückten sich, um noch tiefere Blicke unter Margarethes Kleid erhaschen zu können. Gejohle und anzügliche Rufe begleiteten die zwei, die längst im Mittelpunkt des Festes standen.

So hatte sich Margarethe das Kirchweihfest nicht vorgestellt, und sie spürte kein Verlangen, eine Schar angetrunkener Männer zu vergnügen. Entschlossen versuchte sie, sich aus Vogelers Griff zu befreien, doch seinen körperlichen Kräften war sie nicht gewachsen, und der hatte Gefallen an dem wilden Tanz.

Wütend versuchte Margarethe die Musiker zu übertönen. »Lass mich los!«, schrie sie Vogeler an, doch der lachte nur.

Ein solcher Mann ließ sich nicht einschüchtern. Und während sie fieberhaft überlegte, wie sie das Spiel beenden konnte, ließ Vogeler unvermittelt von ihr ab. Ein anderer Mann hatte ihn unsanft angerempelt, so dass der von ihr lassen musste. Vogeler ließ sich das nicht gefallen, sondern stürzte sich auf den Störenfried, der ihm körperlich unterlegen war. Bevor Margarethe reagieren konnte, hatten die Besonnenen sie abgedrängt und ihr geraten, das Fest möglichst rasch zu verlassen.

Erst zu Hause wurde ihr bewusst, dass sie ihren Retter schmählich allein gelassen hatte. Sie kannte ihn flüchtig, hatte ihn aber nie sonderlich beachtet. Er hieß Peter Abrecht, Leibeigener wie ihre Familie und Pächter der Herren von Schönthal.

Zwei Tage später suchte sie ihn auf. Er war weniger schwer verletzt, als sie befürchtet hatte, denn mehrere Männer hatten Abrecht vor dem tobenden Vogeler in Schutz genommen. Margarethe war erleichtert.

Dennoch brannte ihr vor allem eine Frage unter den Nägeln: »Warum hast du das gemacht?«

Darauf war Peter Abrecht offenbar nicht gefasst. »Warum?«, gab er verständnislos zurück.

»Ja, warum?«, beharrte sie. »Wir kennen uns doch gar nicht, und jeder weiß, wie kräftig und unbeherrscht Vogeler ist. Warum tust du das für mich?«

In dem Moment gewahrte Margarethe, wie unwohl sich ihr Gegenüber durch die Fragerei fühlte. Und gleichzeitig erkannte sie, dass sie diesem Mann keineswegs fremd war. Er mochte sie, das war offenkundig in seinen Augen zu lesen. Sie spürte ebenfalls Zuneigung in sich aufsteigen, auch wenn sie nicht wusste, ob das Liebe war.

Nicht einen Moment länger wollte sie ihn in dieser unangenehmen Lage lassen. »Entschuldige bitte«, stammelte sie jetzt ihrerseits, »ich bin eigentlich gekommen, um mich herzlich zu bedanken. Ich habe noch nie erlebt, dass sich ein Fremder für mich einsetzt und sogar Schläge für mich in Kauf nimmt. Ich werde dir dafür immer dankbar sein.«

Margarethes Eltern waren mit der Wahl ihrer Tochter aus vollem Herzen einverstanden. Ihr Vater kannte Peter Abrecht gut. Der junge Mann war häufig bei den Zusammenkünften im Gasthof Dörzbach dabei, und er hatte ihn dort als besonnen und zurückhaltend, aber auch entschlossen kennen gelernt. In seinem Herzen stand Abrecht der Sache der Bauern ebenso nahe wie Heißsporne vom Schlage Vogelers, und wenn es darauf ankam, war auf ihn vermutlich mehr Verlass. Zudem hatte er durch seinen Einsatz auf dem Kirchweihfest bewiesen, dass er bei aller Zurückhaltung viel Mut besaß.

Die Verbindung seiner Tochter half Hans Renner, die Verletzung zu überwinden, die sie ihm zugefügt hatte. Im Hause des Peter Abrecht würde seine Tochter bei aller Liebe die notwendigen Grenzen erfahren, die ihr ein Leben in Frieden ermöglichten.

3. Kapitel

Noch bevor alle Vorbereitungen für die Hochzeit getroffen waren, besuchte Luise die junge Braut. »Margarethe, die Hochzeit ist ein großer Schritt. Vieles wird sich ändern in deinem Leben, du wirst mit deinem Mann in einem Haus wohnen, du wirst Kinder bekommen und sie versorgen. Gleichzeitig hast du Anteil an der zeitlosen Weisheit. Das alte Wissen wird von der Kirche immer wirkungsvoller bekämpft, und das betrifft nicht nur uns Waldenser. Darum ist es wichtig, es im Geheimen weiterzugeben. Es darf niemals ganz in Vergessenheit geraten. Du gehörst zu denen, die aufgerufen sind, es zu bewahren. Deine Fähigkeiten müssen nur noch mehr erweckt werden, als du es selber schon vermocht hast. Wenn du bereit bist, führe ich dich mit einigen meiner Schwestern in die Mysterien der weisen Frauen ein. Du solltest dich rasch entscheiden, denn ein solches Ritual findet immer an Neumond statt, und der ist in drei Tagen.«

»Ich bin entschieden, ich danke dir aus tiefem Herzen für die Möglichkeit.«

Margarethes Eltern waren nicht überrascht, als ihre Tochter ihnen erklärte, sie wolle vor der Hochzeit noch einmal ihre Freundin Luise aufsuchen und ein paar Tage mit ihr verbringen. Mehr musste sie dazu nicht sagen, und das wollte sie auch nicht. Ihre Eltern würden es nicht verstehen.

Am Morgen des vereinbarten Tages erschien Luise früh bei Margarethe. Sie trug ein Bündel bei sich und wirkte heiter und konzentriert zugleich. Margarethe wusste, wie sehr Luise solche Rituale liebte und wie glücklich es sie machte, dass sich ihre junge Freundin darauf einließ.

Margarethe selbst hatte keine Vorstellung, was sie erwartete, sie ahnte nur, es würde eine besondere Erfahrung werden. Und um davon nichts vorwegzunehmen, fragte sie besser nicht nach.

Entschlossen ging Luise Richtung Neckar. Dort bestieg sie resolut ein riesiges Floß. Margarethe folgte ihr, doch sie konnte nicht verbergen, wie unbehaglich ihr war. Es handelte sich um ein Gestör, eines jener Langholzflöße, die aus zahlreichen zusammen- und hintereinandergebundenen Baumstämmen bestanden. Sie waren so groß, dass in der Mitte, auf höher geschichteten kleinen Baumstämmen, einige Personen Platz hatten. Margarethe hatte sie schon häufig gesehen, aber noch nie das Bedürfnis verspürt, sich auf sie zu begeben. Dabei waren es die häufigsten und billigsten Transportmittel auf dem Neckar zwischen Heilbronn und seiner Mündung in den Rhein. Große Mengen von Holz wurden auf diese Art aus dem Schwarzwald in die großen Städte am Rhein und die Niederlande transportiert, wo der Bedarf unermesslich war. Auch für den Personenverkehr wurden sie benutzt, denn die bequemeren Handelsschiffe verkehrten seltener und waren teurer. So musste sich Margarethe auf das Abenteuer einlassen, und sie vertraute ihrer Freundin, dass es gut gehen würde.

Es wurde eine recht unangenehme Erfahrung. Der Neckar wies an manchen Stellen ein starkes Gefälle auf. Die Stromschnellen erforderten das ganze Geschick der Mannschaft, um das Floß nicht am Ufer stranden oder gar kentern zu lassen. Zu den Schnellen und dem Gefälle kamen extreme Flusskrümmungen, die zu bewältigen ebenfalls alle Erfahrung der Flößer verlangte. Bisweilen erschien es Margarethe, als würden sie in die Richtung zurückfahren, aus der sie gekommen waren.

Margarethes Magen rumorte heftig, und Luise gab ihr den Rat, all ihre Aufmerksamkeit auf einen Punkt vor sich zu lenken, um damit Schwindel und Übelkeit zu bekämpfen. Auf diese Weise nahm sie zwar wenig von der schönen Landschaft wahr, aber es half.

Da sich das Floß mit der Strömung bewegte, kamen sie rasch voran, und gegen Mittag legte es in Gundelsheim an. Luise zahlte dem Flößer zwei Heller, und die beiden Frauen dankten ihm und verabschiedeten sich.

Margarethe sah als Erstes das Neckartor, durch das die Menschen Einlass begehrten, die vom Fluss in die Stadt wollten. Über den furchterregenden Stadtmauern erhob sich ein Schloss des Deutschen Ordens, der dort seinen Hauptsitz für Süddeutschland hatte. Bereits seit über 200 Jahren besaß Gundelsheim Stadt- und Marktrechte.

Während Margarethe die Umgebung musterte, bemerkte sie kaum, dass Luise auf fünf Frauen zusteuerte, die am Ufer auf sie warteten. Bei der Begrüßung wirkte Luise so glücklich wie selten. Die weise Frau hatte ihr noch nie von ihren Schwestern erzählt, allerdings konnte es sich nicht um leibliche Schwestern handeln, dazu war der Altersunterschied zu groß. Zwei der Frauen waren nur wenig älter als Margarethe selbst, zwei in Luises Alter, und eine schlohweiße Schwester kam Margarethe uralt vor, auch wenn sie sehr energisch und drahtig wirkte. Alle trugen die Haare offen nach der Art der unverheirateten Frauen, aber es konnte auch sein, dass sie nur für das Ritual ihre Hauben abgelegt hatten. Margarethe machte sich keine weiteren Gedanken darüber; es war nicht wichtig.

Nachdem die Frauen Luise begrüßt hatten, wandten sie sich Margarethe zu. Ihr Blick war voll Wärme, Offenheit und Zuneigung.

»Willkommen, Schwester«, begrüßte sie die Älteste. »Wir haben von dir gehört, und es freut uns, dich in das Mysterium der weisen Frauen einzuweihen.«

Margarethe nickte nur. Sie fand keine passenden Worte.

Die Frauen hielten sich nicht lange am Fluss auf, sondern bedeuteten Margarethe, ihnen zu folgen. Die kleine Gruppe nahm nicht den Weg zum Neckartor, wie die anderen Passagiere, sondern wendete sich nach links, an der Stadtmauer vorbei. Margarethe sah ein vertrautes Bild vor sich. An den Südhängen, auf die sie zuliefen, waren Weinberge angelegt, die sich weit hinzogen. Ihr Weg führte unterhalb der Weinberge an der Stadtmauer entlang, bis er nach links in ein Waldstück abbog. Der Schatten der Buchen und Eichen tat gut an diesem heißen Sommertag, denn nun ging es steil bergan, und die Frauen schwitzten bald. Als der Weg abflachte, öffnete sich vor ihnen eine weite Wiesenlandschaft. In der Mitte sah Margarethe eine kleine Kapelle.

Aber es war nicht das Gebäude selbst, das die Frauen hierhergeführt hatte. Die Alte führte die kleine Gruppe auf eine Erhebung links von der Kapelle.

»Der Michaelisberg, ein Heiligtum seit Menschengedenken«, sagte sie zu Margarethe gewandt. »Und damit der richtige Ort, um dich in die Mysterien der weisen Frauen einzuweihen. Zunächst aber schau dich um. Wir benötigen ein wenig Zeit für die Vorbereitung und beginnen, wenn sich die Sonne allmählich dem Westen nähert.«

Margarethe verstand die Aufforderung und begab sich zu der Kapelle. Sie war von mächtigen Kastanienbäumen umgeben, die gerade ihre Blütenblätter abgeworfen hatten. Man konnte bereits die kleinen Früchte erkennen. Der Bau selbst war aus Stein, obwohl auch noch Spuren von hölzernen Säulen aus einer älteren Epoche zu erkennen waren. Der Turm war klein, kaum höher als das Dach der einschiffigen Kapelle. Durch die schmalen Fenster fiel nur wenig Licht nach innen. Somit wirkte der ganze Bau gedrungen und düster, nicht so wie die Kirchen, die in neuerer Zeit gebaut wurden und himmelwärts strebten. Dennoch strahlte sie eine eigenartige Faszination aus. Margarethe fühlte sich umhüllt von einer schützenden Kraft, wie von einem Kokon.

Sie fiel vor dem Altar nieder, der von einer Statue des heiligen Michael beherrscht wurde. Aber es war nicht der Heilige selbst, von dem die Kraft ausging, es war etwas viel Älteres, Tieferes, etwas ohne Namen und Erklärung, das schon lange vor den Menschen existiert hatte und sie lange überdauern würde. Das Göttliche selbst offenbarte sich an diesem Ort in besonderer Weise. Margarethe spürte, wie die rotbraune Erdenergie in ihr aufstieg, ihr Körper zitterte leicht, und sie war eins mit der Umgebung.

Sie wusste nicht, wie lange sie dort versunken gekniet hatte, als sie eine Hand an ihrer Schulter spürte. Es war Luise, sie hatte sie nicht einmal durch die Tür kommen hören.

»Es ist Zeit«, flüsterte Luise, um die Stimmung nicht zu zerstören. »Genau die richtige Zeit für deine Einweihung.«

Schweigend folgte Margarethe der Freundin zurück zu den anderen Frauen, wo sie die Alte empfing.

»Wenn sich die Mondgöttin vollständig zurückgezogen hat, um neu zu entstehen, wirst auch du, Margarethe, neu in unseren Kreis aufgenommen; in einen Kreis, der ebenso unsichtbar sein muss wie die neue Mondgöttin, der aber gleichwohl ebenso lebendig ist und dir immer Kraft und Hilfe geben wird, wenn du sie benötigst.«

Margarethe verstand nach wie vor nicht so recht, worauf das alles hinauslief und was auf sie zukam, aber sie fragte auch jetzt nicht, sondern ließ es einfach geschehen.

Die Alte fuhr fort. »Die drei Phasen der Mondgöttin, die wachsende, die volle und die abnehmende, entsprechen der Erscheinung der drei weisen Frauen, der Jungen, der Reifen und der Alten, und auch den drei Prinzipien, denen alles Lebendige unterworfen ist: dem Aufbauenden, dem Bewahrenden und dem Auflösenden, das manche auch das Zerstörende nennen. Auch wenn alles in drei Formen erscheint, ist es doch ungeteilt eines. Tauche ein in dieses Geheimnis.«

Eine der Frauen begann zu trommeln, und die anderen bewegten sich langsam in ihrem Rhythmus. Margarethe wollte sich ihnen anschließen, doch die Alte wies sie mit ihren Augen an, sich nicht zu bewegen.

Langsam sprach sie weiter. »Wer der dreifachen Göttin folgt, muss die Furcht besiegen. Dazu gibt es nur einen Weg, den alle Eingeweihten zu allen Zeiten gegangen sind: den Weg des Vertrauens. Du bist hier, weil du stark genug bist, dich im Vertrauen zu bewähren.« Mit diesen Worten nahm sie ein Tuch und verband Margarethe die Augen. »Ohne sehen zu können, ist Vertrauen ein noch größerer Wert.«

Die Trommel schlug den immer gleichen, langsamen Rhythmus, und die anderen Frauen formten mit ihren Bewegungen einen Kreis um Margarethe und die Alte.

»Jetzt entledige dich all deiner Kleider. Du benötigst keinen Schutz und keine Fassade, wenn du vor die Göttin trittst. Du tust es so, wie sie dich geschaffen hat.«

Margarethe stutzte einen Moment, damit hatte sie nicht gerechnet, aber dann tat sie, wie die Alte ihr geheißen hatte.

»Nun leg dich auf den Rücken«, lautete die nächste Anweisung, der Margarethe gerne nachkam.

Sie nahm die Hände der Alten wahr, die sie leicht stützten, damit sie mit ihrer Augenbinde nicht die Orientierung verlor. Ihr nackter Rücken schmiegte sich in das warme Gras. Selten hatte sie sich so sanft umschmiegt gefühlt wie in diesem Augenblick.

Dann ergriff die Alte ihre Hände, legte sie auf ihrem Bauch ineinander und band sie mit einer Kordel zusammen. Es war nur ein lockerer Knoten, aus dem Margarethe sich leicht hätte befreien können, aber dennoch waren ihre Hände nicht mehr frei.

»Nun kannst du nichts mehr selber tun. Du bist schutzlos, gebunden und blind. Dir bleibt nur, dich im Vertrauen der Göttin hinzugeben.«

Margarethe merkte, wie die anderen Frauen weiter um sie herumtanzten. Ihr war noch immer sehr warm, obwohl sich die Sonne allmählich dem westlichen Horizont näherte und die Schatten länger wurden. Der heiße Sommertag hatte die Erde kräftig aufgewärmt.

Je länger sie dort lag, allein die Trommelschläge im Ohr und die Füße der tanzenden Frauen erahnend, desto vernehmlicher meldeten sich Zweifel. Die Frauen hatten ihr noch immer nicht genau erzählt, was sie mit ihr vorhatten. Wenn sie nur dumme Scherze mit ihr machten? Aber das würde Luise nicht zulassen, und es passte nicht zu dem Platz. Dennoch fiel es ihr schwer, sich einfach der Erfahrung hinzugeben. Sie war es nicht gewohnt, die Kontrolle zu verlieren, und diese Frauen verlangten viel.

Mit der Zeit spürte sie, wie sich die Strahlen der Sonne von ihrem Körper zurückzogen. Sie konnte sich leicht ausmalen, wie sie hinter dem Horizont verschwanden. Noch immer rührte sich nichts um sie herum als die Schritte der tanzenden Frauen.

Allmählich gelang es ihr, ihre Gedanken und Zweifel zurückzudrängen. Sie hatte sich freiwillig in diese Situation begeben, und sie sollte hier Vertrauen lernen. Es wäre vergebens, wenn sie sich ihren Zweifeln überlassen würde. Und je mehr sie sich auf die Erfahrung einließ, desto besser fühlte sie sich. Diese Frauen waren ihre Schwestern und Freundinnen. Sie konnte ihnen vertrauen.

Irgendwann hörte sie die Alte wieder. »Am Anfang, wenn sich das Leben aus dem ewig Unsichtbaren herausbildet, steht die junge Göttin, der zunehmende Mond, das aufbauende Prinzip. Es ist der Schöpfer, der sich zunächst selbst geschaffen hat und dann aus sich heraus alles andere.

Das Prinzip gibt die Impulse, es bringt uns voran mit unerschöpflicher Energie.«

Plötzlich wurde es Margarethe sehr heiß an einigen Stellen ihres Körpers. Flammen brannten unmittelbar neben ihr. Da sie immer an der gleichen Stelle blieben, vermutete sie, dass es sich um Fackeln handelte, die von den Frauen in den Boden gesteckt worden waren. Sie war erschreckt und wollte sich wehren, doch im gleichen Moment wusste sie, dass es sinnlos war. Mit jeder Bewegung lief sie Gefahr, sich erst recht zu verbrennen.

»Feuer ist die Grundlage allen Lebens«, fuhr die Alte fort, »für uns sichtbar in der Sonne, ohne die nichts existieren kann. Feuer ist das Element der Läuterung und der Wandlung. Es hilft uns, neue Wege zu gehen. Spüre das Feuer des Lebens, Margarethe, das Feuer der Läuterung, das Feuer der Wandlung und gib dich ganz hin, ohne Zweifel und Widerstand, denn nur der Widerstand führt zum Schmerz. Als Symbol für das aufbauende Prinzip übergebe ich dir einige Körnchen Gold.«

Margarethe spürte, wie die Alte ihre rechte Hand nahm, etwas hineinlegte, das sich wie grobkörniges Pulver anfühlte und sie dann zusammenpresste. Sollte es tatsächlich Gold sein? Noch nie hatte sie dieses kostbare Metall in seiner reinen Form gesehen, geschweige denn berührt. Am liebsten hätte sie sich aus den Fesseln befreit, die Bänder weggerissen und nachgeschaut, aber das konnte sie nicht.

Erneut schwieg die Alte, die unablässig tanzenden Frauen und der Rhythmus der Trommel waren alles, was Margarethe wahrnahm; neben den Fackeln, die gefährlich nahe an ihrem Körper flackerten.

Nachdem sich die erste Verwunderung über die Kostbarkeit in ihrer Hand gelegt hatte, fiel es ihr noch schwerer, sich im Vertrauen zu bewähren. Sie fühlte sich hilfloser als zuvor. Vorher hatte sie zumindest das Gefühl gehabt, sie könne jederzeit aufstehen, wenn sie es nicht mehr aushielte. Das war jetzt nicht mehr möglich, ohne ein großes Risiko einzugehen.

»Nach dem Aufbau und dem Wachsen kommt die Reife, die Göttin im vollen Mond, das herrlich anzusehende bewahrende Prinzip. Es will die Fülle auskosten, Glück und Reichtum genießen, will das alles festhalten und ausdehnen.«

Margarethe spürte, wie der Feuerring um ihren Körper immer dichter wurde. Offensichtlich wurde sie ganz eng mit Fackeln abgesteckt, selbst zwischen ihren leicht gespreizten Beinen spürte sie das Feuer.

»Symbol für die Fülle ist Weihrauch, der dir ebenfalls gegeben wird, damit du immer in der Fülle leben kannst.«

Nun spürte sie kleine Kügelchen, die ihr in die linke Hand gelegt wurden.

Größer als die Freude darüber war indes ihr Unbehagen. Sie hatte den Eindruck, sie würde sich nicht nur verletzen, wenn sie aufstand, sondern sogar, wenn sie nur tiefer atmete oder eine andere, kaum wahrnehmbare Bewegung ausführte. Sie war wie festgenagelt von Flammen auf der immer noch angenehm warmen Wiese.

Gleichzeitig aber beruhigte sie eine innere Stimme, die sich umso lauter meldete, je verzweifelter sie sich fühlte. »Du kannst nichts machen, also mach auch nichts«, flüsterte sie ihr zu. »Es liegt eine große Kraft im Verweilen.«

Als sie sich entschloss, sich mit dem abzufinden, was sie nicht ändern konnte, stieg die Kraft in ihr auf, von der alle sprachen und die sie in der Kapelle gespürt hatte. Jetzt war sie in einen Flammenkokon eingehüllt. Ein Teil von ihr wuchs über ihren Körper hinaus, als ob er fliegen könnte, er dehnte sich aus, strotzend von Kraft. Sie hätte laut jubeln können, doch das ließ sie in ihrer Lage lieber.

Beinah beschlich sie Enttäuschung, als die Alte ihre Hochstimmung unterbrach.

»Jeder Fülle ist es beschieden, weniger zu werden und zu verschwinden. Das zeigt uns die Göttin im abnehmenden Mond, das zeigt uns das auflösende, das zerstörende Prinzip, das gleichwohl ebenso unverzichtbar ist. Wenn alles zerstört und verschwunden ist, gibt es keine Werte mehr. Deshalb lehrt uns dieses Prinzip auch, andere zu verstehen und zu verzeihen, wenn es nötig ist.«

Noch während die Alte sprach, bemerkte Margarethe, wie die Fackeln entfernt wurden. Was sie sich zuvor sehnlich gewünscht hatte, bedauerte sie jetzt, denn sie hatte sich mit ihnen angefreundet. Es wurde merklich kühler und auch feucht unter ihrem Rücken. Die Nacht musste bereits fortgeschritten sein.

»Symbol für die alte Göttin, den abnehmenden Mond und das auflösende Prinzip ist Myrrhe. Auch das ist dir als Geschenk bereitet.«

Mit den Worten wurden einige Körner in ihren Bauchnabel gestreut. Margarethe wusste nicht, was Myrrhe war, Luise würde es ihr später erklären.

»Es ist dunkel um dich herum, selbst wenn du die Augenbinde wegnimmst, aber du hast die Prüfung bestanden, und jetzt scheint das Licht der Weisheit in dir heller als die Sonne. Deshalb können wir es dir überlassen, den Weg zurück nach Böckingen selbst zu finden. Du bist reif dafür, und es ist dir erlaubt, wieder selbst zu handeln. Du wirst von nun an deinen Weg immer finden.«

Erneut fiel es Margarethe schwer zu verstehen, was die Alte meinte. Sie hatte den Eindruck, die Frauen entfernten sich. Die Trommel schlug nicht mehr und keiner tanzte um sie herum.

»Bitte ...«

Sie wollte etwas sagen, doch sie wusste sogleich, dass ihr niemand zuhörte. Sie hatten sie hier einfach liegen gelassen, nackt, gefesselt.

»Wie schwer es dir fällt, deiner eigenen Stärke zu vertrauen«, meldete sich die vertraute innere Stimme.

Behutsam ließ sie die kostbaren Geschenke, die sie in ihren Händen hielt, ebenfalls in ihren Bauchnabel fallen, damit sie die Finger frei hatte und sich der Fessel entledigen konnte. Das war nicht schwer. Dann nahm sie sich die Augenbinde ab und war ergriffen vor Ehrfurcht angesichts des Sternenhimmels, den sie über sich sah. Selten hatte sie unter einem solchen Dach gelegen.

Ansonsten war es stockfinster, doch ihre an die Dunkelheit gewöhnten Augen konnten sich orientieren. Nicht weit von ihrem Platz entfernt lagen ihre Kleider und zwei Decken. Sie musste lächeln. Die Frauen hatten vorgesorgt.

Margarethe war klar, dass sie die Nacht auf dem Michaelisberg verbringen würde. Es hatte keinen Sinn, in der Dunkelheit zurück an den Neckar zu laufen, zumal nachts ohnehin keine Flöße und Schiffe fuhren. Die Nacht war kurz, schon bald würde im Osten der Tag dämmern und wenig später die Sonne aufgehen. Rasch zog Margarethe sich an, denn die sternenklare Nacht war inzwischen merklich kühl geworden. Sorgfältig verstaute sie daraufhin die Geschenke der Frauen in ihrer Tasche. Es war noch zu dunkel, um die Kostbarkeiten genauer zu erkennen, aber sie erahnte ihren Wert. Noch nie hatte sie etwas so Wertvolles ihr Eigen genannt.

Beseelt von dem Gefühl, überreich beschenkt worden zu sein, und benommen von der Erfahrung, im Feuer liegend über sich hinauszuwachsen, schlug sie die Decken um sich und schlief ein. Im Traum sah sie eine Brücke, die über eine Schlucht führte. Auf der einen Seite befand sich ein neues Haus, das kaum fertiggestellt war, auf der anderen Seite ein altes, in dem bereits viele Generationen gelebt hatten. Eine Person aus dem alten Haus musste die Brücke überqueren, doch es war gefährlich und anstrengend. Der Weg zu dem

Neuen führte steil bergan, er war glitschig und übersät mit Löchern, durch die man in den Abgrund blicken konnte. Dennoch hatte die Person keine andere Wahl, als dem Weg zu folgen. Wäre sie stehen geblieben, hätte sie das in die Tiefe gerissen. Zurück konnte sie ebenso wenig.

Aber es gab auch Passagen, da lief sie leicht und voller Freude. Je weiter sie kam, desto steiler wurde der Weg, und Margarethe wunderte sich, wie die Person solche Anstiege bewältigen konnte. Für diese Person galten andere Regeln als diejenigen, die Margarethe kannte. Immer wenn sie sich nicht über den Anstieg und den schlechten Zustand des Weges beklagte, ging es leicht und unbeschwert, egal wie die Bedingungen waren. Auch Vertrauen beflügelte ihre Schritte, machte sie stark und federnd. Wenn sie aufbegehrte, wurde der Weg schwer.

Die Person benötigte viel Zeit, um das Ziel zu erreichen. Bisweilen schien sie abzustürzen oder sie fühlte sich bedroht, obwohl keine Gefahr zu sehen war, doch die Angst war spürbar für die Träumende.

Mit der ersten Morgenröte wachte Margarethe auf und die Traumbilder waren so scharf und klar in ihrem Bewusstsein, als ob sie es selbst erlebt hätte. Was hatte diese geheimnisvolle Person mit ihr zu tun, warum drängte sie sich ihr so auf? Solche Wege war sie nie gelaufen, noch hatte sie jemals davon gehört, dass Wege leichter werden, wenn man sie gerne geht. Also konnte sie sich keinen Reim auf den Traum machen. Stattdessen entschloss sie sich, frühzeitig zum Neckar zurückzukehren. Vielleicht gab es am Morgen bereits eine Möglichkeit, nach Böckingen zu fahren.

Obwohl sie nicht viel geschlafen hatte, fühlte sie sich stark. Sie ließ ihren Blick schweifen, doch weit und breit sah sie keinen Menschen. In dem Moment tauchte der erste Sonnenstrahl hinter einer sanften Hügelkette im Osten auf. Es war ein überwältigendes Ereignis. Die Morgenröte verwandelte sich in ein kräftiges Gelb, dann erschienen konzentrische Kreise über dem Horizont wie Vorboten der Himmelskönigin, und schließlich war es eine winzige Sichel, dem neuen Mond nicht unähnlich, die den gesamten Osten in ein strahlendes Gold tauchte. Als immer mehr von dem gleißenden Licht hinter dem Horizont erschien und aus der Sichel ein Halbkreis wurde, fiel es Margarethe schwer, ihren Blick in die Richtung zu lenken. Schließlich stand ein goldener Feuerball über dem Horizont, der schon eine erstaunliche Wärme ausstrahlte. Die junge Frau blickte mit zusammengekniffenen Augen und weit geöffneten Armen Richtung Sonne und atmete deren Kraft ein.

Plötzlich riss der strahlende Morgen den Schleier fort, hinter dem der nächtliche Traum verborgen war: Sie hatte ihr Leben geträumt, die Häuser waren ihre Vergangenheit und ihre Zukunft und die Brücke ihr Lebensweg. Die Botschaft war eindeutig: Je mehr du deinen Weg annimmst, wie er ist, desto weniger Mühe macht er dir.

Als die Sonne weiter aufstieg, konnte Margarethe den Blick nicht länger dorthin wenden. Es zog sie hinunter nach Gundelsheim an den Neckar. Im Hellen war der Weg nicht schwer zu finden, und es störte sie nicht, dass sie alleine war. Ihr Herz war erfüllt von Stärke und Glück.

Am Neckar sah sie eine Frau auf ein Floß warten. Es war Luise.

Margarethes Eltern wunderten sich über sie. So strahlend hatten sie ihre Tochter selten erlebt, aber sie führten es auf die bevorstehende Hochzeit zurück. Für viele Frauen war es das schönste Fest ihres Lebens.

Die Hochzeit sollte im kleinen Kreise stattfinden; darin waren sich beide einig. Auch über den Kapitalstock fanden die Familien rasch eine Übereinkunft. 100 Gulden hatten Renners als Mitgift für ihre Tochter angespart und den Betrag konnten auch Abrechts aufbringen. Das Geld war eine Versicherung für die Familie, falls der Mann starb, oder für die Nachkommenschaft, falls beide Eltern früh dahinscheiden sollten. Das junge Brautpaar gab das Geld, wie gemeinhin üblich, an die Kirche, die damit ihre sozialen Dienste unterhalten konnte und einmal im Jahr fünf Prozent Zinsen an die Kapitalgeber auszahlte. Margarethes Hausstand war beachtlich, auch wenn das für Peter nie ein Grund gewesen war, sich um sie zu bemühen. Sie brachte ein großes Bett mit Vorhängen, einen großen Esstisch, einen Waschtisch, Kannen, Töpfe, Rechen und sogar eine Sense mit in die Ehe.

»Meinst du, du heiratest einen armen Schlucker?«, scherzte Peter, als sie ihm ihr Vermögen zeigte.

Einig waren sich beide auch darin, die immer üblicher werdende Gewohnheit aufzugreifen und die Ehe vor einem Priester zu schließen. Zwar reichte es manchen Brautpaaren, sich nach alter Tradition vor Zeugen das Eheversprechen zu geben, doch da Margarethe um die Bedeutung von Ritualen wusste, zogen sie die Kirche vor. Sie war überrascht, wie gerührt sie war, als der Priester in der Böckinger Kirche ihre Hände ineinanderlegte und die Ehe damit besiegelt war. Nun konnte sie auch ihre Haare nicht mehr offen tragen wie Luise. Margarethe war unter der Haube.

»Auf diesen Moment habe ich lange gewartet«, flüsterte Peter in der Hochzeitsnacht, als sie zum ersten Mal ungestört beisammen waren.

»Und was hast du jetzt mit mir vor?«, neckte sie ihn.

»Du musst keine Angst vor mir haben«, antwortete er irritiert.

Margarethe seufzte leise. »Ich habe keine Angst vor dir«, entgegnete sie zärtlich.

Peter war noch schüchterner, als sie es vermutet hatte. Er besaß keinerlei Erfahrung mit Frauen, auch nicht mit

Freudenmädchen, die in Heilbronn ihre Dienste anboten und manchen jungen Mann auf die Ehe vorbereiteten, ohne dass es die Auserwählte jemals erfuhr. Das freute seine junge Braut, doch gleichzeitig wünschte sie sich, er wäre etwas forscher.

»Komm, nimm mich in den Arm«, forderte sie ihn auf.

Sein Griff wirkte unbeholfen, wie wenn Lust und Schüchternheit gegeneinander kämpften.

Lange lagen sie so, und Margarethe spürte, dass er erregt wurde. Sie zog sich ihre Kleider über den Kopf und machte sich an seinen zu schaffen. Unter seinem Obergewand trug er ein Hemd aus Leinen, das bis zum Bauchnabel reichte. Eine ebenfalls leinene Unterhose bedeckte nur das Nötigste, jedoch waren seine Strümpfe darangebunden. Das hatte sie noch nicht gesehen, denn bei den Frauen endeten die Strümpfe unterm Knie. Margarethe benötigte etwas Zeit, um ihn davon zu befreien.

Peter ließ es geschehen, ohne selbst aktiv zu werden.

»Halt mich wieder«, forderte sie erneut, und er tat, wie ihm geheißen.

In der Umarmung presste sie ihre Brust an ihn, was ihm offenbar gefiel. Er atmete schwer, wirkte aber noch immer verkrampft.

»Berühr mich, wo immer du magst«, sagte sie.

Dabei nahm sie sanft seine Hand und führte sie an ihre Brust. Sie spürte, wie sein Herz im Hals klopfte, seine Hand zitterte.

»Davon hast du doch immer geträumt.«

Sie hoffte, ihn mit kleinen Neckereien zu entspannen, aber mehr als ein sehnsüchtiges »Ja« brachte er nicht hervor.

»Manchmal erfüllen sich Träume.«

Dann umschloss sie mit ihren Oberschenkeln sein Glied. Sie fand es an der Zeit, entjungfert zu werden, doch seine Erregung ließ nach. Er begann heftiger zu zittern.

»Ich weiß nicht was mit mir los ist«, stotterte er.

Liebevoll drückte sie ihn an sich. »Nichts ist mit dir los, gar nichts.«

»Aber ich müsste doch ...«

»Gar nichts musst du, mein Liebling.« Sie hielt ihn ganz fest. »Es ist so schön, an deiner Seite zu liegen. Wir haben viel Zeit, eine Nacht und noch eine, unser ganzes Leben.«

Das schien ihn zu beruhigen.

Sie hielten sich lange umschlungen, ohne sich zu bewegen. Margarethe hatte nicht gelogen. Es war ein schönes Gefühl, von seinen starken Armen umschlossen zu sein, auch wenn es nicht zu dem gekommen war, was alle von einer Hochzeitsnacht erwarteten.

»Du bist mir nicht böse?«, fragte er irgendwann.

»Aber nein!«

Ihre Antwort war so überzeugend, dass sie zu hören glaubte, wie ein Stein von seinem Herzen fiel.

Gegen Morgen fanden sie ein wenig Schlaf. Als sie das Bett verließen, war Margarethe bester Laune. Peters irritiertem Blick entnahm sie, dass er sich darauf keinen Reim machen konnte.

»Ich habe zum ersten Mal eine Nacht im Arm eines Mannes verbracht, es war wundervoll, und ich glaube, dass manche Hochzeitsnacht ganz anders verläuft, als es sich die Leute erzählen. Oder würden wir verraten, wie unsere war?«

»Danke«, entgegnete er kaum vernehmlich.

Margarethes Stimmung hielt den Tag über an. Es war ein Tag ohne Pflichten auf den Feldern und im Haus. Ihre Fröhlichkeit und Unbefangenheit tat Peter gut. Er hatte so häufig gehört, was Frauen von Männern in der Hochzeitsnacht erwarteten, aber noch nie hatte er gehört, dass Männer dem nicht gerecht geworden wären. Der Gedanke seiner Frau war ihm neu. Wer würde schon darüber reden, wenn es anders war, als alle sagten? Womöglich ging es nicht nur ihm so?

»Manchmal glaube ich, du bist wirklich nicht böse«, bemerkte er.

Statt einer Antwort nahm Margarethe ihn in den Arm, knabberte an seinem Ohrläppchen und flüsterte: »Ich freue mich auf die nächste Nacht in deinen Armen, an deiner Seite. Schöneres habe ich nie erlebt.«

Peter war so gerührt, dass er mit den Tränen kämpfen musste. Wie verständnisvoll seine Frau war; keine Vorhaltungen, keine abschätzigen Blicke oder Bemerkungen. Er liebte sie und schwor sich in diesem Moment, alles für sie zu tun, was immer das Leben für sie bereithielt.

Seine Gefühle erregten ihn. Er erwiderte ihre Umarmung und drückte sich eng an sie. Dabei spürte auch sie, wie erregt er war. Sein Griff wurde fester und fordernder. Unvermittelt nahm er sie auf den Arm und trug sie zur Schlafstätte.

Sie schlang ihre Arme um seinen Hals, schmiegte sich an ihn und übersäte ihn mit Küssen. »Mein starker Held«, lachte sie.

Auf ihrer Schlafstätte entkleideten sie sich ohne Umschweife, doch als er sie nackt sah, zögerte er erneut.

»Du tust mir nicht weh«, sagte sie leise.

»Ich bin überwältigt von so viel Schönheit.«

»Mein kleiner Schmeichler, komm!« Dann streckte sie sich auf der Schlafstätte aus.

Er legte sich auf sie, und als er versuchte, in sie einzudringen, blieb die Erregung. Margarethe presste sich so fest an ihn, wie sie konnte. Sie spürte ihn zwischen ihren Schenkeln. Diesmal war er stark und kraftvoll. Nach wenigen Stößen schrie sie auf. Etwas Blut vermischte sich mit ihrem Schleim. Irritiert stoppte er, doch sie hielt ihn fest umschlungen.

»Bleib«, stöhnte sie, »es ist wunderschön!«

Nach weiteren Stößen bäumten sich ihre Körper auf und pressten sich noch enger aneinander. Er schrie so hemmungslos, dass sie meinte, das halbe Dorf müsse es mitbekommen. Dann sank er wieder auf sie hinab, und sie entspannten sich.

»Ich werde alles für dich tun, was immer das Leben uns bringt«, flüsterte er, als er wieder bei Atem war.

»Ich hoffe, das wirst du nie bereuen«, dachte sie und wunderte sich über die Schwere in ihrem Herzen.

4. Kapitel

»Diesmal ist alles perfekt vorbereitet. Wir werden sie überraschen, denn niemand kann uns verraten. Jos Fritz hat gute Arbeit geleistet.«

Der Mann war sich ganz sicher, und obwohl seine Ausführungen immer enthusiastischer wurden, sprach er mit gedämpfter Stimme. Dabei befand sich Kilian Wurzer mit vertrauten Gästen in seinem eigenen Haus.

Peter und Margarethe Abrecht waren mit ihrem wenige Monate alten Philipp nach Bruchsal gekommen, um den alten Jugendfreund Peters zu besuchen. Es war in der Fastenzeit, und da es relativ mild war, hatte sich das junge Ehepaar zu dem Besuch entschlossen. Der ausgehende Winter war trotz der Witterung die beste Jahreszeit für die Bauern, wenn sie ihr Dorf verlassen wollten. Sonst wartete die Arbeit auf den Feldern oder es war so kalt und dunkel, dass an Wanderungen nicht zu denken war. Mit dem Kind war die Reise jetzt noch recht wenig beschwerlich, denn es konnte leicht in einem Tuch getragen werden, wobei sich die Eltern abwechselten.

Peter und Margarethe hatten die viertägige Fußreise von Böckingen nach Bruchsal so geplant, dass sie nachts für ein paar Kreuzer in einem Gasthof übernachten konnten. Eine Nacht im Freien wollten sie dem kleinen Philipp zu dieser Jahreszeit nicht zumuten.

Ihre erste Station war Schwaigern, ein Ort, der von sich behauptete, den besten Wein Süddeutschlands zu keltern. Weinberge bedeckten die hügelige Umgebung, so weit sie schauen konnten. Dazwischen waren einige Apfelplantagen angelegt, in denen sich noch keine Blüten zeigten. Südlich von Schwaigern zog sich der Heuchelberg hin, den man auch von Böckingen aus sehen konnte. Margarethe genoss den vertrauten Anblick.

Am folgenden Tag erreichten sie Eppingen, den Heuchelberg im Rücken. Die Weinberge wurden weniger, die Wiesen mit Apfelbäumen mehr. Schließlich liefen sie von Unteröwisheim, ihrer letzten Station, in die Rheinebene hinab.

Peters geübtes Auge erkannte, dass der Boden fruchtbarer war als zu Hause. Auf einigen Feldern waren die Bauern bereits bei der Aussaat, woran in Böckingen noch nicht zu denken war. Neben Getreide, Spargel und anderem Gemüse wurde auch Hopfen angebaut.

»Die Bauern hier sind gesegnet«, hatte er zu seiner Frau gesagt.

Doch die mochte sich dem nicht anschließen: »Wenn die Ländereien besonders fruchtbar sind, dann verlangt der Landesfürst vermutlich besonders viele Abgaben. Die Bauern hier sind sehr unzufrieden.«

Kilian Wurzer bestärkte sie darin, obwohl er selbst kein Bauer war. Seine Eltern hatten sich vor Jahren von ihrem Grundherrn freigekauft und waren in den nördlichen Schwarzwald gezogen. Dort war der Boden zwar nicht so fruchtbar wie in der Rheinebene, aber sie konnten als freie Bauern leben. Kilian hatte sich von klein auf als ausgesprochen kräftig und handwerklich geschickt erwiesen. Deshalb war es ihm möglich gewesen, das Schmiedehandwerk zu erlernen. Nach der Meisterprüfung hatte er sich in Bruchsal am Rande des Handwerkerviertels niedergelassen, angezogen von dem Lockruf »Stadtluft macht frei«.

Seine Schmiede ging gut, denn die Bauern aus der Umgebung kamen immer mit irgendwelchen Aufträgen; ein Pferd war zu beschlagen, ein Pflug musste repariert werden. Nach alter Sitte trug er seinen Lohn für den Auftrag auf dem Kerbholz ein, einem gespaltenem Stück Holz, über dessen zwei Teile Kerben liefen, die genau zueinanderpassten. Für jeden Auftrag brachte Wurzer auf beiden Seiten eine neue Kerbe an. Damit konnten Gläubiger und Schuldner immer genau sehen, wie viel einer auf dem Kerbholz hatte und am Jahresende zahlen musste. Die meisten Bauern zahlten mit Getreide oder anderen Naturalien, einige städtische Kunden dagegen mit Geld.

Wurzer fühlte sich den Bauern in seinem Herzen verbunden. Da er wusste, was es bedeutete, Leibeigener zu sein, waren die Reden von Jos Fritz bei ihm auf fruchtbaren Boden gefallen. Er hatte auf die Bundschuhfahne geschworen. So erfuhr Margarethe aus erster Hand, was sich in den letzten Jahren in der Rheinebene ereignet hatte und welche Pläne Jos Fritz schmiedete. Bruchsal war das Zentrum der Verschwörung, denn seine Bewohner waren ebenso unzufrieden wie die Bauern. Deshalb sollte dort der Aufstand beginnen.

Ihr Landesfürst, Bischof Ludwig von Speyer, war über sein Bistum hinaus dafür bekannt, dass er Bauern wie Städtern unmäßig hohe Abgaben auferlegte. Tatsächlich brachte die fruchtbare Gegend den Menschen wenig Segen. Die Speicher der geistlichen Besitztümer waren zu jeder Zeit prall gefüllt, doch Bischof Ludwig reichte das nicht. Er verfolgte ehrgeizige und kostspielige Pläne. Das Schloss Udenheim, seine bevorzugte Ferienresidenz, sollte renoviert werden. Somit hatte er die Abgaben in den letzten Jahren noch einmal erhöht, was dem Bundschuh großen Zulauf bescherte. Die Verschwörer fühlten sich gerüstet.

Kilian Wurzer ließ es sich nicht nehmen, seinen Gästen die Stadt zu zeigen, eine reiche Stadt, in der häufig Kaiser und hohe Adelige Station gemacht hatten, wenn sie sich in diesem Teil des Reiches aufhielten. Bereits vor Jahrhunderten hatte Heinrich III. Bruchsal dem Bischof von Speyer geschenkt, und noch immer gehörte es zu dessen Bistum.

Manche der engen Gassen waren gepflastert, die Häuser aus Stein und mit Ziegeln bedeckt. Den Abrechts gefiel das, denn dadurch war es weniger schmutzig. In Böckingen war an gepflasterte Straßen nicht zu denken.

»Steinhäuser schützen weit besser vor Feuer als Fachwerk«, erklärte Wurzer, und das leuchtete seinen Gästen ein.

Aber nicht weit von Wurzers Unterkunft gab es auch Viertel, in denen war der Gestank schlimmer, als es Margarethe zu Hause jemals erlebt hatte. Im Handwerkerviertel, wo Werkstatt an Werkstatt grenzte, war vom modernen, sauberen Bruchsal nicht viel zu spüren. Die Müller, Bäcker und Metzger, die Gerber, Schuhmacher, Sattler, Kürschner, Schmiede, Schlosser, Kesselmacher und Drechsler, die Leinen- und Wollweber, Färber und noch andere, die Margarethe nicht vertraut waren, lebten auf engstem Raum ohne gepflasterte Straßen und steinerne Häuser. Der Gang vorbei an den Werkstätten der Gerber blieb ihr noch lange in Erinnerung, denn der Gestank war kaum zu ertragen. Margarethe sah von Schmutz übersäte Männer Tierhäute zuschneiden und dabei die Geschlechtsteile entfernen, die für die Lederherstellung nicht zu gebrauchen waren. Die besser gestellten Bürger der Stadt nahmen es den Gerbern übel, dass sie die Abwässer in die Rinnsale neben den schmutzigen Gassen kippten, so dass sie zum nächsten Bach oder gar zum Dorfbrunnen gespült wurden. In manchen Orten war es dadurch zu Vergiftungen gekommen, so dass immer mehr Städte dazu übergingen, ihre Brunnen abseits der Handwerkerviertel zu errichten.

Margarethe und Peter hielten sich nicht lange bei den Gerbern auf, sondern wandten sich lieber der Oberstadt zu, wo zwei beeindruckende Gebäude die engen Gassen überragten, das Schloss, auch Königshof genannt, und die Peterskirche. Beide waren im vergangenen Jahrhundert beschädigt und im modernen Stil wieder aufgebaut worden. Ihre Türme ragten himmelwärts und in die Mauern waren zahlreiche Fenster eingelassen, die den Innenraum hell erscheinen ließen. Düster wirkte dagegen die mächtige Stadtmauer, die den Ort umfasste und erst vor ein paar Jahren vollendet worden war. Vor den vier Stadttoren kontrollierten die Wachtposten jeden, der Einlass begehrte.

Bei einem Rundgang trafen sie auf einen Kunden und Freund Wurzers, Lux Rapp, ein ehemaliger Landsknecht. Er hatte seine Waffen abgelegt, »um nicht irgendwann auf die Bauern schießen zu müssen«, wie er sagte, und war zu den Verschwörern gestoßen. Mit seinen großen, braunen Augen, die sie unverhohlen anblickten, und seinen buschigen Augenbrauen, die ihm beinah seine Sicht verdeckten, wirkte er auf Margarethe etwas einfältig.

Da Wurzer wegen seiner Schmiede die besten Kontakte hatte, wollte Rapp Näheres über die Verschwörung erfahren. »Haben sich weitere Männer angeschlossen? Können wir bald losschlagen?«

Offenbar gehörte Lux Rapp zu den Hitzköpfen unter den Verschwörern, doch Wurzer störte das nicht. Er wusste, dass man ihm vertrauen konnte, und das war das Wichtigste. Rapp seinerseits schien keinen Anstoß daran zu nehmen, dass sich in Wurzers Begleitung zwei ihm Unbekannte befanden, darunter eine Frau mit einem Kleinkind. Frauen hielten sich gewöhnlich aus solchen Dingen heraus. Argwöhnisch um sich schauend offenbarte Wurzer Rapp die neuesten Pläne. Von Bruchsal aus sollten die umliegenden Dörfer und Marktflecken eingenommen werden. Wäre das gelungen, würden sich alle Bauern und ausgebeuteten Städte des Bistums dem Bundschuh anschließen, davon waren sie überzeugt. Dann würde ihr Gesetz gelten, nach dem sich Pfaffen und Edle würden richten müssen.

Voller Stolz schloss er seinen Bericht: »Und stell dir vor, Rapp, die beiden Wächter der bischöflichen Burg Untergrombach haben sich uns angeschlossen. Keiner ahnt das. Mit ihrer Hilfe wird es ein Leichtes sein, die Burg beim allgemeinen Aufstand einzunehmen.«

Wenn der Bundschuh kurz nach Ostern zuschlug, wollten Peter und Margarethe Bruchsal verlassen haben. Ihre Pläne sahen vor, das Osterfest in ihrem Heimatdorf zu feiern, doch Margarethe war daran nicht mehr interessiert.

»Peter, hier sind die Bauern dabei, sich endlich aus der Unterdrückung durch die Herren zu befreien. Danach sehnen wir uns alle. Und da willst du dich davonstehlen? Lass uns den Aufstand abwarten; wenn die Bauern gesiegt haben, können wir in Böckingen allen davon erzählen und Mut machen.«

»Um auch dort Gewalt zu säen? Meine Frau, auch wenn ich die Sache der Bauern genauso mittrage wie du, glaube ich nicht an einen solchen Aufstand. Der Bischof hat genug bewaffnete Reiter. Er wird nicht einfach zulassen, dass die Bauern die Macht an sich reißen und er aus Amt und Würden vertrieben wird. Es wird nicht so einfach, wie Wurzer oder Rapp denken. Wir sind hier mit unserem Sohn. Willst du mit ihm in den Krieg ziehen? Und zu Hause wartet die Aussaat. Nein, wir treten wie geplant den Heimweg an.«

So rasch ließ sich Margarethe jedoch nicht überzeugen, und sie unternahm nie etwas gegen ihren Willen.

»Wenn du meinst, die Bauern laufen in eine Falle und werden am Ende von den bischöflichen Truppen geschlagen, dann ist es deine Aufgabe sie zu warnen, damit das nicht geschieht«, entgegnete sie spitz.

»Es ist nicht mein Aufstand«, setzte Peter an, doch weiter kam er nicht.

»Nicht dein Aufstand? Es ist unsere Sache, die Sache aller Bauern, für die der Bundschuh kämpft, und du bist einer von ihnen. Willst du immer nur Knecht der Herren sein? Ich jedenfalls nicht!«, schrie Margarethe wütend.

Peter blieb gelassen. »Bevor du mich weiter beschimpfst, höre mir wenigstens zu. Ich habe Wurzer eines Abends, als du dich mit Philipp bereits zum Schlafen gelegt hattest, meine Zweifel mitgeteilt. Ich wollte ihn warnen vor der Macht des Bischofs und möglichen Verrätern wie seinerzeit in Schlettstadt. Aber er hört nicht auf mich. Der Bundschuh ist vollkommen überzeugt von seiner Sache; zu überzeugt nach meinem Geschmack.«

Nur mühsam konnte Margarethe ihren Ärger unterdrücken und Peters Worte hinnehmen.

Nach einer kurzen Pause fuhr er fort: »Und belehre mich bitte nicht über die Sache der Bauern. Niemand kann daran zweifeln, dass es auch meine Sache ist; meine eigene Frau sollte das erst recht nicht.«

»Es tut mir leid.« Mühsam rang sie sich diese Entschuldigung ab.

Warum konnte sie sich immer nur so schwer beherrschen, wenn es um die Sache der Bauern ging?

Die Gefahr für ihren Sohn bei möglichen Kämpfen überzeugte sie schließlich, wie geplant den Rückweg nach Böckingen anzutreten. Das Osterfest verbrachte die kleine Familie also in ihrer vertrauten Umgebung.

In den Tagen danach erfasste Margarethe eine seltsame Unruhe. Sie spürte ein Kribbeln in ihrem Körper, das sie ungehalten und reizbar machte. Auch wenn sie sich noch so viel Mühe gab, es gelang ihr nicht, ihre Stimmung gegenüber ihrer Umgebung zu verbergen. Immer wieder gab es wegen Nichtigkeiten Streit mit Peter, der ihr von Herzen leid tat, doch sie wusste sich nicht zu helfen.

Nachts war die Unruhe noch intensiver. Im Traum sah sie diffuse Bilder, die sie kaum erkennen konnte, weil alles im Nebel verhangen war. Doch von Nacht zu Nacht lichtete sich der Nebel. Sie sah immer klarer eine Gruppe von Menschen, die von einem Führer auf einen Berg geleitet wurde.

Alle waren guter Stimmung und voller Optimismus. Auf dem Gipfel ließen sie sich von einem Pfad leiten, der gar keiner war. Er führte unmittelbar in den Abgrund. Doch das merkte die Gruppe erst, als es zu spät war. Margarethe wollte sie warnen, doch sie war zu weit weg. Alle stürzten sie in den Abgrund, während ihr Führer grinsend danebenstand.

Mit jeder Nacht wurden auch die Gesichter deutlicher. Es handelte sich um die Verschwörer aus Bruchsal, Kilian Wurzer und seine Vertrauten. Der Abgrund war nicht einfach ein Abgrund. Er war gespickt mit Speeren und Lanzen, von denen die Gestürzten aufgespießt wurden. Selbst den falschen Anführer erkannte sie, es war Lux Rapp, Wurzers Freund.

Als sie die Traumbilder verstand, wusste Margarethe, woher ihre Unruhe kam; und sie wusste, was zu tun war.

»Peter, ich habe Bilder von Bruchsal gesehen. Lux Rapp ist ein Verräter, der die Bauern den Lanzen und Speeren der bischöflichen Truppen ausliefert. Jemand muss so schnell wie möglich nach Bruchsal reiten, um sie zu warnen. Sonst ist alles verloren!«

Peter nahm die Träume ernst. Bestätigten sie ihn doch in seinem Misstrauen gegenüber seinen Freunden in Bruchsal, die so optimistisch gewesen waren.

»Hast du gesehen, wann der Verrat stattfindet?«

»Nein, das weiß ich nicht, vielleicht ist es schon zu spät, aber wir müssen alles versuchen, um sie zu erreichen.«

Da selbst die reichen Bauern nur schwerblütige Pferde für den Pflug besaßen, die für einen solchen Ritt nicht in Frage kamen, benötigten sie fremde Hilfe. Sie kannten jedoch niemanden, der ein gutes Reitpferd besaß.

Dann hatte Margarethe eine Eingebung. Es war geradezu vermessen, doch für die Verschwörer wollte sie es wagen, egal welche Folgen es für sie haben könnte. Sie zog ihre schönste Garderobe an, ein eng anliegendes Kleid, das Peter sehr verführerisch fand, zog für die Reise allerdings einen Mantel darüber, und machte sich damit auf zum gräflichen Schloss, das noch viel weiter neckarabwärts lag als Gundelsheim. Ihr Leibherr besaß die besten Reitpferde, und vielleicht stellte er ihnen einen Reiter zur Verfügung.

»Und was willst du ihm sagen, dass wir Verschwörer gegen den Landesfürsten warnen wollen?«, wandte Peter ein, dem bei diesem Gedanken nicht wohl war.

»Das ganz bestimmt nicht, mein Liebster, ich sage ihm, es geht um eine Familienangelegenheit«, strahlte ihn Margarethe mit einem bezaubernden Lächeln an, als mache sie sich gerade zur Kirchweihfeier fertig.

Und bevor er weiter nachfragen konnte, war sie verschwunden.

Margarethe trug einen Brief an Kilian Wurzer mit sich. Darin hatte sie mit Luises Hilfe ihrem Freund alles geschildert, ohne jedoch darauf einzugehen, woher sie es wusste. Sie hoffte, der Graf würde die Geschichte von der Familienangelegenheit glauben und den Brief nicht öffnen.

Als sie zum Heilbronner Hafen kam, erwartete sie eine angenehme Überraschung. Ein Handelsschiff löste gerade seine Taue und machte sich auf den Weg Richtung Neckarmündung. Damit würde die lange Reise angenehmer werden als mit einem Floß. Doch auch eine Schiffsreise war nicht einfach. Neben den bereits vertrauten Hindernissen durch Stromschnellen und Krümmungen, die Margarethes Magen erneut beanspruchten, wartete ein weiteres Problem auf die Schiffer. Sie mussten häufig Zollstationen anlaufen. Margarethe sah darin zunächst eine angenehme Unterbrechung, weil sich ihr Magen erholen und sie sogar die Weinberge und ausgedehnten Hügel wahrnehmen konnte. Doch bald musste sie feststellen, dass sich die Stimmung der Schiffer jedes Mal verschlechterte. Sie fühlten sich übervorteilt und ausgenommen von den Zöllnern, die genau auf die Frachtbestimmungen achteten, die Ladung prüften und den Zoll festlegten.

»Ihr glaubt wohl, wir seien Gänse, die man ausnehmen kann«, hörte sie einmal den ersten Fährmann laut werden.

»Und ihr denkt wohl, wir seien Dummköpfe, die man betrügen kann«, entgegnete der Zöllner gelassen. »Wir wissen, welchen Gewinn ihr mit eurer Ladung in Mannheim, Köln oder Amsterdam macht. Würdet ihr sie über Land transportieren, würdet ihr viel länger brauchen und noch mehr Zollstationen hätten Freude an eurer Fracht und euch bliebe nichts.«

»Wenn alle Schiffszöllner so wären wie ihr, bliebe uns auch nichts.«

Mit grimmigem Blick zahlte der Schiffer den geforderten Betrag. Es blieb ihm nichts anderes übrig, denn die Zöllner konnten bestimmen, wen sie an den Zollstationen durchließen und wen nicht. Für die Fuhrunternehmen gab es keine Alternative zu dem Wassergang. Es war ausgesprochen schwierig, kostspielig und gefährlich, neben Holz Güter wie Uhren, Getreide oder Nahrungsmittel aus dem Schwarzwald und von der Schwäbischen Alb bis Heilbronn zu transportieren, und sie waren froh, wenn es von dort mit dem Schiff weiterging. Dennoch fürchtete Margarethe häufig, der Schiffer könne ihr noch mehr als den vereinbarten Preis abverlangen, aber das blieb ihr erspart. Sie war sehr froh, als die Schiffer am Nachmittag auf eine mächtige Anlage wiesen, die sich majestätisch über den Neckar erhob.

»Hirschhorn«, meinte der erste Fährmann knapp. »Da willst du doch hin.«

Hirschhorn wurde vom Schloss von Margarethes Leibherrn überragt und beherrscht. Etwa 300 Jahre alt war das Geschlecht und es war Gläubiger des Kaisers und anderer bedeutender geistlicher und weltlicher Herrscher geworden. Diese hatten es den Herren von Hirschhorn mit Schenkungen und wichtigen Ämtern gedankt. Als vor 200 Jahren überall Juden verfolgt und getötet worden waren, gewährten die Grafen von Hirschhorn ihnen in ihren Städten Zuflucht – gegen ein entsprechendes Schutzgeld. Vom Schloss aus verwalteten und vermehrten sie weiter ihre Güter.

Der Bau war quadratisch angelegt, mit einem tiefen Halsgraben darum herum. Eine starke Schildmauer setzte sich von der Anlage ab und bot Schutz bei Angriffen feindlicher Heere. Überragt wurden die Mauern von einem Turm. Im unteren Teil der Anlage erkannte Margarethe Wirtschaftsgebäude, die neueren Datums waren. Ebenfalls neu war ein Karmeliterkloster, das sich auf dem Weg vom Neckar zum Schlosshof befand. Dort wurden die Schlossherren begraben, und entsprechend reich war das Gotteshaus ausgestattet. Üppig verzierte Kreuze, Kelche und Monstranzen zeugten davon, welchen Wert das Geschlecht darauf legte, seinen verstorbenen Ahnen die letzte Ehre zu erweisen. Die Gräber waren mit steinernen Platten bedeckt, auf denen die Bestatteten in ihrer Rüstung zu sehen waren. Auf ihrem Weg den steilen Anstieg zum Schloss hinauf blieb Margarethe kurz vor der mit einem Steinrelief umgebenen Klostertür stehen.

In die Erleichterung über das Ende der Fahrt mischte sich ein unangenehmes Gefühl. Ihre heikle Mission wurde ihr wieder bewusst. Doch dann dachte sie an ihre Einweihung in die Mysterien der weisen Frauen, reckte sich kurz, blinzelte der Sonne entgegen und machte sich auf den Weg. Sie hatte den beschwerlichen Weg nicht unternommen, um kurz vor dem Ziel umzukehren. Schließlich ging es darum, ihre Freunde in Bruchsal zu warnen.

Als sie vor dem Tor angekommen war, musterte die Wache sie misstrauisch. Aber sie trat nicht auf wie eine arme Bäuerin oder Marketenderin, und als sie ihren Namen sagte, war einer der Wachhabenden sofort bereit, sie bei dem Schlossherrn zu melden. Eine halbe Stunde später empfing sie Jörg von Hirschhorn, einer der Söhne des Alten, der von seinem Vater mit der Verwaltung betraut worden war, im kleinen Saal des Schlosses.

Ihr Leibherr war etwas jünger als sie selbst und von schmächtiger Statur. Er wirkte noch wesentlich jugendlicher als sie. Ein spitzbübisches Lächeln umspielte sein Gesicht, was Margarethe darauf zurückführte, dass ihm harte Arbeit erspart blieb. Sie fragte sich, ob er diesen Ausdruck auch zur Schau trug, wenn er mit seinesgleichen verkehrte.

Ohne Umschweife trug sie ihm ihr Anliegen vor.

»Das muss aber eine sehr wichtige Familienangelegenheit sein, wenn du dich dafür auf einen so weiten Weg machst und deinen Leibherrn um einen berittenen Boten bittest«, gab Jörg von Hirschhorn zurück.

Doch Margarethe ließ sich nicht beirren. »Das ist es auch, gnädiger Herr.«

»Wie nah steht euch der Empfänger des Briefes denn?«, wollte der Sohn des Schlossherrn wissen.

»Ein Cousin meines Mannes«, log Margarethe rasch. »Und es ist etwas sehr Vertrauliches, das wir ihm mitteilen müssen.«

»Und wenn es womöglich etwas Verbotenes ist?«

Mit so viel Widerstand hatte Margarethe nicht gerechnet, und sie riskierte viel, wenn ihre Notlüge aufflog.

»Dann, Herr, werdet Ihr mich bestrafen und ich werde Euch mein ganzes Leben noch untertäniger dienen.«

Und in ihrem Herzen flehte sie zu Gott: »Lass es nicht zu spät sein, damit mein Opfer einen Sinn hat!«

Unvermittelt änderte Jörg von Hirschhorn seinen Ton. »Deine Hartnäckigkeit gefällt mir. Du bist eine außergewöhnliche Frau. Morgen früh wird sich ein Reiter mit dem Brief an deinen Verwandten nach Bruchsal aufmachen.«

Margarethe atmete erleichtert auf, und ihr Leibherr fügte schmunzelnd hinzu: »Schließlich hat dein Name hier im

Schloss einen sehr guten Klang. Einer Margarethe können wir nur schwer etwas abschlagen.«

Verwundert sah seine Leibeigene ihn an, was ihn noch mehr amüsierte.

»Das kannst du natürlich nicht wissen. Es gibt einen dunklen Punkt in unserer Ahnenreihe, und das war Engelhard II. von Hirschhorn. Er war ein Raubritter und wurde wegen Landfriedensbruch mit der Reichsacht belegt. Das hätte das Ende unseres Geschlechts sein können, doch seine Frau bewahrte uns vor dem Ruin, indem sie mit einem Geschick die Güter bewirtschaftete, das niemand einer Frau zugetraut hätte. Mit ihr begann sogar unsere große Zeit, denn ihr Sohn Hans brachte es zum Berater des Königs, er war Gesandter am englischen Hof und schließlich Truchsess von der Pfalz. Der Name dieser außergewöhnlichen Frau war Margarethe von Erbach.«

Jetzt musste auch Margarethe lachen. Welch seltsame Blüten das Schicksal bisweilen gedeihen ließ. Die Namensgleichheit mit einer verdienten Ahnin hatte ihr die Tür geöffnet, und ihr sollte es recht sein.

Nach einer Nacht in einer billigen, dreckigen Herberge nahe am Hafen wollte sie so schnell wie möglich ein Schiff nach Böckingen anheuern, doch sie musste mit einem Floß vorliebnehmen.

Auf der Rückfahrt meldeten sich wieder Zweifel. Wenn alles aufgedeckt würde? Sie hatte sich dem jungen Grafen ausgeliefert, der auch körperlich über sie verfügen konnte, selbst wenn das gewöhnlich nicht zu den Praktiken der Herren von Hirschhorn zählte. In dieser Situation aber hätte sie sich nicht dagegen wehren können. Obwohl sie den jungen Mann durchaus sympathisch fand, schauderte ihr bei dem Gedanken, und sie verdrängte ihn rasch. Es ging immerhin darum, den Bundschuh zu retten.

Sie hoffte auf eine Botschaft im Traum, aber die Nächte blieben traumlos und unruhig, die Tage voller Spannung.

Die löste sich jedoch viel zu schnell auf.

Bereits am Abend des zweiten Tages kehrte der Bote zurück. Er war gar nicht bis Bruchsal gekommen, und nur weil er die Insignien des Grafen von Hirschhorn trug, war er noch am Leben. Schwer bewaffnete Reiter von Bischof Ludwig kontrollierten alle Straßen um Bruchsal. Sie machten Jagd auf die Verschwörer. Alles war verraten worden und jetzt nahmen die Herren grausame Rache. Die Gefangenen wurden aufgespießt, gehängt, geviertelt, aufs Rad gespannt. Margarethe hatte einen Blick in die Vergangenheit und nicht in die Zukunft geworfen.

Eine Woche später bestellte Jörg von Hirschhorn sie in seine Heilbronner Residenz, ein bescheidenes, aber geschmackvolles Haus, das die Familie erworben hatte, um einen Anlaufpunkt zu haben, wenn sie ihre ausgedehnten Ländereien im Süden des Stammsitzes inspizierte.

Margarethe hatte alles riskiert, alles verloren und sich noch dazu freiwillig seiner Strafe unterworfen. Als sie sich aufmachte, diesmal gekleidet in ein einfaches graues Leinenkleid, das sie wie eine niedere Magd aussehen ließ, blieb ein aufgewühlter Peter zurück.

»Ich bewundere deinen Mut und deinen Einsatz, aber wenn ich mir vorstelle, was der Graf jetzt alles mit dir anstellen kann, dann verzweifele ich. Warum kannst du nicht eine ganz normale Frau sein?«

Statt einer Antwort gab sie ihm einen zärtlichen Kuss auf den Mund und machte sich schweren Herzens auf zu ihrem Leibherrn.

Jörg von Hirschhorn empfing sie in der gleichen Stimmung wie wenige Tage zuvor. »Du wolltest eine Botschaft in dringenden Familienangelegenheiten übermitteln. Ist der Bundschuh deine Familie?«, kam er gleich zur Sache.

Margarethe überging seine Spitze, entschlossen, ihre Haut so teuer wie möglich zu verkaufen.

»Ist es keine dringende Familienangelegenheit, seine Verwandten vor einem nahen Unglück zu warnen, gnädiger Herr? Das war mein ganzes Anliegen.«

»Und dieses Anliegen durfte ich vorher nicht erfahren?«

»Herr, ich hatte Angst, Ihr hättet kein Verständnis dafür.« Jetzt half nur noch Offenheit.

Doch Jörg von Hirschhorn bohrte weiter. »Eines verlange ich von dir zu erfahren, woher wusstest du von der Verschwörung und woher wusstest du, dass es Verräter darunter gab?«

»Wir haben unseren Verwandten Kilian Wurzer« – Margarethe blieb bei ihrer Lüge und hoffte inständig, ihr Leibherr würde nicht auch noch herausfinden, dass Wurzer gar kein Verwandter war – »in der Fastenzeit besucht. Er hat uns von den Plänen erzählt. Den Verrat habe ich in meinen Träumen gesehen.«

Der junge Graf horchte auf. »In deinen Träumen«, wiederholte er. Der gräfliche Erbe war niemand, der so etwas leichtfertig abtat oder Teufelswerk im Spiel sah. »Und du hast es nicht für nötig erachtet, deinen Leibherrn davon zu unterrichten?«

»Herr, wir haben niemandem davon erzählt. Es wurde uns unter dem Siegel der größten Verschwiegenheit mitgeteilt, und wir hätten es als Verrat an unserem eigenen Blut aufgefasst, etwas weiterzugeben. Und Herr ...« Sie stockte und suchte nach Worten. Dann nahm sie all ihren Mut zusammen und beendete den Satz: »Ihr steht doch nicht auf der Seite des Bundschuhs, Ihr steht auf der anderen Seite.«

Margarethe erschrak über ihren Mut, doch zu ihrer Überraschung zeigte sich Jörg von Hirschhorn keineswegs empört.

Ein Lächeln umspielte seinen sinnlichen Mund und er hob zu einer längeren Rede an: »Ich hoffe, du denkst nicht, dass wir auf der Seite des Bischofs von Speyer stehen. Natürlich kennen wir alle seinen Protz und seine Verschwendungssucht. Wir wissen, wie viele unmäßige Abgaben er von seinen Untertanen verlangt. Es ist nicht rechtens. Und damit macht er aufrührerische Bauern und Handwerker stark. Das erkennen wir Grafen von Hirschhorn; auch von der anderen Seite aus, wie du meinst.« Sein Lächeln nahm einen ironischen Zug an, den Margarethe noch nicht bei ihm gesehen hatte. »Was mich aber stört, ist diese Einteilung. Das ganze Land kann nur gedeihen, wenn Bauern und Grundherren an einem Strick ziehen und jeder die Pflicht erfüllt, die Gott ihm aufgetragen hat. Dazu gehört Aufruhr ebenso wenig wie unmäßige Abgaben. Wir Herren von Hirschhorn sehen beides mit großem Missfallen, denn niemandem ist damit gedient, weder den Grundherren noch den Bauern. Noch heute gilt die alte Weisheit ›Friede ernährt, Unfriede verzehrt.‹ Die freien Bauern haben das Recht auf ein Stück Land ihres Grundherrn und die Pflicht, den alten Zehnten dafür zu zahlen. Der Grundherr kümmert sich um die Nöte der Bauern, und er hat nicht das Recht, mehr als die alten Abgaben zu verlangen. Wir Hirschhorner Grundherren halten uns daran. Damit leisten wir unseren Beitrag, dass Bauern und Herren, zwar jeder auf seinem von Gott zugewiesenen Platz, aber nicht auf verschiedenen Seiten stehen, und wir hoffen sehr, dass uns Ereignisse wie in Bruchsal oder Schlettstadt erspart bleiben. Dutzende von toten Bauern bringen viel Leid für die Familien und keine Erträge auf den Feldern.

Überschätzt euch nicht, ihr seid zwar viele, aber ihr seid nicht bewaffnet und nicht geübt im Kriegshandwerk. Es gibt auch hier im Land Adelige, die hassen die Bauern, nur weil sie Bauern sind. Ihnen tut ihr mit einer Verschwörung oder einem Aufstand einen großen Gefallen. Dann hätten sie einen guten Vorwand, all ihren Hass an euch auszulassen. Es würde schrecklich werden.«

Dann trat er dicht an Margarethe heran und fixierte sie mit seinen Augen, so dass sie automatisch einen Schritt zurückwich.

»Auch in Böckingen würden einige Männer nur zu gern losschlagen, ohne zu wissen, was sie damit anrichten. Du bist eine einflussreiche Frau im Dorf. Bitte nutze deinen Einfluss, um sie zu mäßigen, und du wirst in uns immer Leibherren finden, die ein offenes Ohr für die Belange der Bauern haben. Das solltest du nicht erst vor einigen Tagen erfahren haben.«

Sprachlos stand Margarethe im Empfangssaal des Grafen.

Nach einer Zeit, die ihr endlos vorkam, hörte sie den jungen Mann sagen: »Du bist entlassen. Mehr habe ich dir nicht mitzuteilen.«

Zwei Wochen später erreichte Böckingen die erlösende Nachricht, dass Jos Fritz rechtzeitig vor dem Verrat gewarnt worden und geflohen war; und bei ihm war die Bundschuhfahne. Kilian Wurzer dagegen hatte nicht so viel Glück gehabt. Lux Rapp hatte ihn als Rädelsführer bezichtigt. Somit kannten die Herren keine Gnade. Er war geviertelt worden.

Peter verfiel bei der Nachricht in undurchdringliches Schweigen. Viele Tage war er nicht ansprechbar, und nicht einmal Margarethe wusste, ob er einfach nur von Trauer überwältigt war oder ob er womöglich einen Racheplan ausbrütete, obwohl das nicht seine Art war. Margarethe bekam weiche Knie bei dem Gedanken, dass sie bis zum Aufstand in Bruchsal geblieben wären.

»Danke, Peter«, flüsterte sie ihm ins Ohr, und er verstand sofort.

Der Verrat von Bruchsal war bei den Bauern schon fast in Vergessenheit geraten, als Margarethe zum zweiten Mal schwanger wurde. Die körperliche Liebe mit Peter wurde in dem Maße intensiver, wie er seine Schüchternheit ablegte. Ihre empfindlichen Brustwarzen erregten ihn noch immer so wie in der ersten Nacht. Nur benötigte er längst keine Aufforderung mehr, um sie zu küssen und an ihnen zu saugen. Margarethe ihrerseits fiel es nicht schwer, auf Peters Wünsche einzugehen.

Sie hatte Philipp lange gestillt und war deshalb nicht Gefahr gelaufen, rasch wieder schwanger zu werden. Nach dem Stillen hatte Luise ihr Kräuter gemischt, die eine Zeitlang das Gleiche bewirkten. Erst als sie die auf Bitten Peters hin wegließ, wurde sie erneut schwanger. Peter wünschte sich eine große Nachkommenschaft.

Margarethe fühlte sich auch in dieser Schwangerschaft kraftvoll und erlebte Tage des Glücks. Da Peter nicht mehr so besorgt um sie war, ging sie ihren täglichen Arbeiten noch lange nach. Sie versorgte die Hühner, bevor alle anderen aufgestanden waren, melkte die Kühe, butterte die Milch, kochte die Mahlzeiten und hielt das Haus in Ordnung.

Für die Geburt wollte sie erneut ihre Freundin Luise zur Seite haben, doch die zögerte. Sie war inzwischen eine alte Frau geworden. Ihre Haare hatten sich grau gefärbt und sie trug sie kürzer, ihre Haut war runzelig, ihre Hände hatten die Ruhe und Sicherheit der früheren Jahre verloren. Bisweilen zitterten sie, wenn sie mit Messer und Schere hantierte. Deshalb hatte sie ihre Hebammentätigkeit einer Jüngeren übertragen. Alten Freundinnen mischte sie noch Kräuter, doch auch von dieser Tätigkeit zog sie sich immer mehr zurück. Das Licht ihrer Augen ließ zusehends nach, wie all ihre Kräfte. Doch da jetzt ihre beste Freundin zum zweiten Mal gebären sollte, ließ sie sich überreden. Schließlich verstanden sich beide so blind, dass dies die altersbedingte Schwäche Luises ausgleichen konnte.

Die beiden Frauen waren allein, als Margarethes Wehen begannen. Diesmal dauerte es länger als bei Philipp. Luise verabreichte der Gebärenden zwar ein Mittel gegen die Schmerzen, doch das führte nur zu einer leichten Linderung. Endlich spürte sie die Presswehen, und kurz darauf legte Luise ihr zum zweiten Mal einen Sohn an die Brust.

Eine ganz leise Enttäuschung schlich sich bei Margarethe ein. Sie hatte sich sehr ein Mädchen gewünscht. Aber sie war ja noch jung.

Weitaus größer war dagegen Peters Freude. Sie nannten ihr zweites Kind Thomas.

Da sich Luise noch um die notwendige Sauberkeit im Wochenbett kümmerte, blieben Margarethe die weit verbreiteten Beschwerden anderer Frauen erspart, die bis zum Tode führen konnten. Eine Woche nach Thomas' Geburt war sie schon wieder vollkommen genesen und ging ihren alltäglichen Arbeiten nach, in deren Zentrum jetzt natürlich die Pflege des Säuglings stand.

Der kleine Thomas war gerade dabei, laufen zu lernen, da kündigte sich eine große Veränderung für die Familie an. Peter Abrecht wechselte seinen Lehnsherrn. Er übernahm ein Lehen des Deutschherrenordens. Obwohl dieser Ritterorden seine beste Zeit bereits hinter sich hatte, besaß er noch immer große Ländereien, die er an Leibeigene verpachtete. Es war ein großzügiger und daher beliebter Lehnsherr. Der Hochmeister saß weit weg in Königsberg und der für den Heilbronner Raum zuständige Komtur versuchte nie, das Letzte aus den Bauern herauszupressen. Fiel in einem Jahr die Ernte schlechter aus, ließen seine ritterlichen Beamten mit sich reden, die Abgaben zu senken oder in mehreren Raten entgegenzunehmen. Deshalb hatte Peter die Möglichkeit, ein Lehnsmann des Deutschherrenordens zu werden, ohne Zögern beim Schopfe gefasst.

Damit verbunden war der Umzug in ein geräumiges Fachwerkhaus des Ordens in Böckingen. Die Abrechts waren von dem Anwesen beeindruckt. Mächtige Balken, zumeist aus Kiefern und Tannen, bildeten das Gerüst des Hauses. Die Fächer zwischen den Balken waren mit Stecken und dünnen Ästen angefüllt. Darüber war Lehm geworfen. Die Außenwände waren somit weit dicker als die der einfachen Lehmhäuser, in denen sie zuvor gewohnt hatten. Wie sie im Laufe der Jahre bemerken sollten, half diese Bauweise, die Wohnungen zu isolieren. Im Sommer war es angenehm kühl und im Winter schützte sie vor der strengen Kälte.

Das Haus bestand aus mehreren Etagen, die durch Blockstege verbunden waren, Balkenstücke, die genau auf Länge geschnitten und als Treppe angeordnet waren. Die Abrechts kannten bis dahin nur Treppen aus Brettern, die meistens sehr unsicher waren, vor allem wenn Lasten darauf transportiert werden mussten. Im größten Raum im Zentrum des Hauses war eine Feuerstelle angebracht. Eine Metallplatte unter der Decke schützte vor sprühenden Funken. Die um den zentralen Raum herum- und darüberliegenden Zimmer wurden durch das Feuer ebenfalls erwärmt. Die Fenster waren verglast, eine echte Rarität, die vom Reichtum, aber auch von der Großzügigkeit des Deutschherrenordens zeugte, denn nicht jeder Leibherr ließ sich die Unterkünfte seiner Pächter so viel kosten.

Noch eine Besonderheit machte ihr neues Zuhause aus. Auf der Höhe des ersten Stocks, auf den vorspringenden Köpfen der Balken, war ein Altan angebracht, der um das gesamte Haus herumführte. In den seltenen Zeiten, wenn die Pächter des Deutschen Ordens nach der Arbeit noch etwas Muße hatte, ließen sie sich dort nieder.

Margarethe fiel es leicht, sich in dem neuen Haus wohlzufühlen. Es zu gestalten und einzurichten, bereitete ihr Freude, auch wenn das mit viel Arbeit verbunden war. Zu den anderen Bewohnern fand sie rasch einen guten Kontakt.

Eine Woche nach dem Einzug erhielt Peter eine Einladung vom Rat der Stadt Heilbronn. Der Vogt Gottfried Schenkel persönlich lud ihn vor. Als Beamter vertrat er die Interessen der freien Reichsstadt Heilbronn gegenüber den Untertanen ebenso wie gegenüber der Krone. Und wenn Gottfried Schenkel einen der Leibeigenen zu sich bat, handelte es sich gewiss um eine wichtige Angelegenheit.

Heilbronn, deren freie Bürger das Privileg genossen, keinem Grundherrn untertan zu sein, war seinerseits Leibherr über die vier Dörfer Böckingen, Flein, Frankenbach und Neckargartach. Und die Stadt forderte mit Nachdruck die Privilegien ein, die sich daraus ergaben.

Margarethe war nicht wohl bei der Einladung, auch wenn aus ihr nicht hervorging, weshalb Peter vor dem Vogt und dem Rat erscheinen sollte.

»Musst du immer nur an das Schlechte denken, wenn wir mit der Obrigkeit zu tun haben? Wir haben uns nichts zuschulden kommen lassen, die Ereignisse in Bruchsal sind längst vergessen. Ich gehe mit gutem Gewissen«, wies Peter ihre Einwände zurück.

Aber Margarethe ließ sich nicht beirren. In seinen Augen sah sie eine andere Botschaft. Seine Augenlider flackerten nervös, und er war kaum in der Lage, ihrem Blick länger standzuhalten. Durch ihren Kommentar hatte sie ihn in seiner Unsicherheit nur noch verstärkt, aber das konnte er in dem Moment nicht zugeben. Ich hätte schweigen sollen, dachte sie bei sich, und enthielt sich jeden weiteren Kommentars. Schließlich konnte sich ihr Mann nicht offen der Einladung eines Vogts widersetzen.

Als Peter am frühen Abend aus Heilbronn zurückkehrte, sah sie ohne ein Wort, wie recht sie gehabt hatte. Die Kinder waren noch nicht im Bett, sondern freuten sich auf ihren Vater. Sie wollten unbedingt Pferd mit ihm spielen, wie er es bisweilen machte, wenn er nicht so einen schweren Arbeitstag hinter sich hatte. Auf allen Vieren hockend trug er Philipp auf dem Rücken durch den großen Raum, während der kleine Thomas neben ihm herkrabbelte. Beide Jungen liebten dieses Spiel mehr als alles andere, und ihre Ausdauer war unerschöpflich.

Auch wenn Peter gewiss nicht in der Stimmung für ein solches Spiel war, ließ er sich darauf ein. Er mochte seine Söhne nicht enttäuschen, und Margarethe fragte sich sogar, ob er sich ihnen an diesem Abend deshalb so hingab, um sich nicht gleich mit ihr auseinandersetzen zu müssen. Erst als die Söhne Stunden später auf ihren Strohsäcken lagen und mit einem zufriedenen Gesichtsausdruck schliefen, setzte sich Peter zu seiner Frau.

»Musst du immer recht behalten?«, begann er. »Der Rat der Stadt fordert von mir einen Gulden Bürgergeld, weil ich kein gebürtiger Böckinger bin. Jetzt wohnen wir aber hier und deshalb verlangen sie das Geld von mir als einem neuen Leibeigenen unter ihrer Herrschaft.«

»Das werden wir nicht zahlen«, entgegnete Margarethe zornig. »Ich bin eine alteingesessene Böckingerin, und deshalb können sie das von uns nicht verlangen.«

»Das habe ich auch gesagt, aber der Rat und der Vogt sehen es anders. Ihnen ist es ohnehin ein Dorn im Auge, dass du eine Leibeigene der Herren von Hirschhorn bist. Sie möchten nicht viele fremde Leibeigene in ihrem Gebiet, denn dadurch verringern sich die eigenen Einkünfte. Es ist ihnen natürlich nicht entgangen, dass du unter dem besonderen Schutz deines Leibherrn stehst. Sie werden deshalb nicht versuchen, an deinem Status etwas zu ändern.«

»Das wollte ich ihnen auch nicht geraten haben«, fiel ihm Margarethe ins Wort.

Doch Peter fuhr unbeirrt fort: »Ich bin aber nun einmal kein Leibeigener der Hirschhorner und auch kein gebürtiger Böckinger.«

»Aber auch dein Leibherr ist großzügig und einflussreich!«

Margarethe fiel es schwer, Peter ausreden zu lassen, aber der nahm ihr das nicht übel.

»Aber er ist weit weg und beschränkt sich darauf, seine Ritter vorbeizuschicken, um die Abgaben einzusammeln. Was hier in den Dörfern geschieht und wie die Stimmung ist, interessiert sie nicht; das weißt du auch. Und du weißt auch, dass jeder jede Gelegenheit nutzt, um aus seinen Leibeigenen möglichst viel herauszuholen. Leider hat die Stadt das Recht dazu und wir haben wenig Möglichkeiten, die Abgabe zu verweigern.«

»Hast du sie schon bezahlt?«, entfuhr es Margarethe.

»Nein, so viel Geld pflege ich nicht mit mir herumzutragen.« Über Peters Gesicht huschte der Anflug eines Lächelns.

Margarethe war erleichtert. »Dann ist die Sache noch nicht verloren«, dachte sie bei sich, vermied es aber, Peter durch eine solche Äußerung zu provozieren. Stattdessen versuchte sie es auf diplomatische Art. »Der Rat der Stadt« – auf ihrem Gesicht zeigte sich ein Ausdruck großer Verachtung – »sieht das ganz richtig. Meine Leibherren sind nicht nur sehr einflussreich, sondern auch sehr menschlich. Ihnen liegt an einem guten Auskommen zwischen Obrigkeit und Untertanen. Ich will mich an sie wenden. Vielleicht unterstützen sie uns gegen die gefräßige Stadt, die nie genug bekommen kann von ihrer Umgebung.«

»Überleg dir, worum du deinen Leibherrn bittest, und überspann den Bogen nicht.« Peter war es nicht wohl bei den Plänen seiner Frau. »Wir haben für unsere Freunde in Bruchsal alles riskiert, und obwohl wir deinen Leibherrn, wenn wir ehrlich sind, belogen haben« – Margarethe wollte aufbrausen, aber Peters entschiedener Blick verbat sich jeden Widerspruch – »haben sie uns das nicht übel genommen. Es ist in diesen Zeiten ein Geschenk Gottes, solche

Leibherren zu besitzen, Margarethe, aber wir sollten ihren Großmut und ihre Menschlichkeit nicht zu sehr strapazieren. Der eine Gulden wird uns nicht arm machen, und es könnte Situationen geben, in denen wir die Unterstützung deiner Leibherren mehr benötigen. Lass es gut sein. Ich habe versprochen, das Geld innerhalb einer Woche vorbeizubringen, auch wenn ich wie du der Meinung bin, es gehört sich nicht. Wir müssen nur schauen, wann es sich zu kämpfen lohnt.«

Zu ihrer eigenen Überraschung konnte Margarethe diese Worte annehmen. Sie wollte ihrem Mann nicht erneut widersprechen; immerhin verteidigte er die Abgabe nicht. Zärtlichkeit überkam sie. Fordernd schmiegte sie sich an ihren Mann, bedeckte ihn mit Küssen und griff unter sein Hemd.

Mit einer solchen Reaktion hatte Peter nicht gerechnet, aber er ließ es gern geschehen. Rasch begaben sie sich auf ihre Strohmatte, froh darüber, dass die Kinder fest schliefen und nicht von ihrem lustvollen Stöhnen geweckt wurden.

5. Kapitel

In der Zeit nach dem Umzug kümmerte sich Margarethe weniger als gewöhnlich um Luise, die ihr Haus nur noch selten verließ. Ein Mädchen aus dem Dorf erledigte für ein paar Heller die Arbeiten, die Luise nicht mehr bewältigen konnte. Da sie sich im Laufe ihres arbeitsreichen Lebens einiges angespart hatte und sie noch lange ihren kleinen Garten pflegte, war sie nicht auf die Almosen anderer angewiesen.

Als Luise das Mädchen eines Tages nach Margarethe schickte, ahnte diese, worum es ging, doch sie verdrängte den Gedanken, bis sie vor Luises Bett stand.

Nun gab es keinen Zweifel mehr, ihre beste Freundin hatte sie rufen lassen, weil sie sich aufs Sterben vorbereitete. Sie brauchten wie gewöhnlich nicht viele Worte, um sich zu verständigen. Luises Haut erschien Margarethe so grau wie ihre Haare. Selbst ihre lebhaften, durchdringenden Augen wirkten todmüde.

»Ich habe lange auf diesen Tag gewartet, um endlich meiner Mutter nachfolgen zu können«, begann Luise.

Margarethe wollte ihr andeuten, dass sie sich nicht anstrengen sollte, doch offensichtlich wollte Luise noch etwas loswerden.

»Ich hatte mir bis zu dem Vorfall, von dem ich dir erzählt habe, immer Kinder gewünscht, und auch das Amt als Predigerin der Waldenser wäre kein Hindernis gewesen. Danach wollte ich mich jedoch von keinem Mann mehr anrühren lassen, und der Gedanke, jemand dringt in mich ein, erfüllt mich noch heute mit Ekel.« Tränen füllten ihre Augen und auch Margarethe hielt ihre nicht länger zurück. »Aber dann hat mir das Schicksal doch noch eine Tochter geschenkt, die beste, die ich mir vorstellen konnte.«

Sie hielt inne. In dem kleinen Zimmer stand die Zeit still. Sogar Margarethes Atem schien auszusetzen. Von draußen drang Vogelgezwitscher herein, doch sie nahmen es nicht wahr.

»Dich, Margarethe«, fuhr die Sterbende flüsternd fort.

Margarethe spürte, wie ihr Kinn zitterte und bald darauf ihr ganzer Körper.

»Häufig habe ich dich ›meine Tochter‹ genannt, aber das habe ich nie laut gesagt wegen deiner Mutter. Immer wenn du mit deinen Nöten zu mir gekommen bist, hat das mein Herz erfreut. Entschuldige, Margarethe, denn für dich war es kein Grund zur Freude.«

Von grenzenloser Zuneigung erfüllt, drückte die junge Frau ihre Wange an die der Alten.

Irgendwann setzte Luise wieder an: »Und weil du für mich wie eine Tochter bist, möchte ich dir das weitergeben, was es noch von mir gibt. In der Truhe«, sie deutete auf das kostbare Möbelstück, dessen Inhalt selbst Margarethe noch nie zu Gesicht bekommen hatte, »befinden sich besonders wertvolle Kräuter, Arzneien und Geräte. Du musst vorsichtig damit umgehen, ihre Wirkung ist sehr mächtig. Deshalb liegt eine große Verantwortung darin. Wenn du dich näher damit befassen willst, benötigst du die Hilfe weiser Frauen. In der Apotheke in Wimpfen kennt man die Frauen, die bei deiner Einweihung in die Mysterien dabei waren. Sie können dir alles erklären.«

Margarethe fiel auf, dass sie niemals danach gefragt hatte, wer diese Frauen waren, woher sie kamen und wie sie hießen. Sie waren einfach da gewesen, Vertraute von Luise, und danach wieder ihres Weges gegangen.

Mit zittrigen Fingern drückte Luise ihr den Schlüssel der Truhe in die Hand. Würde Margarethe jemals ermessen können, welche Schätze ihr damit anvertraut wurden? Luise machte wieder eine Pause, das Reden fiel ihr zusehends schwerer.

Dann nahm sie noch einmal all ihre Kraft zusammen: »Am wichtigsten aber ist mir, was ich dir schon immer gesagt habe. Bitte sei vorsichtig mit deinen Ansichten in der Öffentlichkeit, mit deinem Interesse an Verschwörung und Aufstand. Du hast zweimal erlebt, wohin das führt. Die Achtung deines Leibherrn könnte als Schutz irgendwann nicht mehr ausreichen. Es gibt noch Mächtigere als ihn, und die mögen solche Reden nicht, schon gar nicht von einer Frau.« Noch immer ruhten ihre Hände ineinander. Zwischen ihnen befand sich der Schlüssel der Truhe. »Ich habe Angst um dich, Tochter, denn ich möchte nicht, dass dir etwas Schreckliches widerfährt.«

Diese Worte klangen wie eine Prophezeiung.

Die alte Frau legte sich zurück. Ihr Atem wurde schwerer und röchelnd.

Margarethe streichelte ihre feuchte Wange. »Mutter, ich verspreche dir, ich passe auf, was ich sage.«

Sie meinte ein Lächeln über das runzelige Gesicht der Sterbenden huschen zu sehen. Plötzlich wurde der Atem ruhig und regelmäßig. Margarethe fühlte, wie die Seele den Körper verließ, die Seele, die sich nie von den Verletzungen erholt hatte, die dem Körper zugefügt worden waren.

Noch lange saß sie bei der Verstorbenen, streichelte sie und hielt ihre Hand. Sie war zu benommen, um irgendetwas wahrzunehmen, nicht einmal ihre eigenen Bewegungen. Irgendwann legte jemand seinen Arm um sie und führte sie hinaus. Es war Peter.

Die weise Frau des Dorfes wurde für die Beerdigung vorbereitet.

Luise hatte vorgesorgt. Böckingen war ihr zu einer neuen Heimat geworden, obwohl sie gespürt hatte, dass eine Kluft zwischen ihr und den anderen im Dorf bis zum Schluss geblieben war; von Margarethe abgesehen, die als Einzige von ihrem Geheimnis wusste. Ihre fremde Herkunft ebenso wie ihr Beruf hatten es ihr nicht ermöglicht, wirklich eine Einheimische zu werden, aber sie war zufrieden mit dem, was sie in Böckingen vorgefunden hatte. Ihre Beerdigung und die anschließende dreißigtägige Trauerzeit wurden zu einem Beweis der Hochachtung, die das Dorf ihr entgegenbrachte.

Frühzeitig hatte sie dem Dorfpfarrer Massenbach Geld für einen Sarg zukommen lassen. Sie wollte auf diese Art zur Erde zurückkehren, nicht in ein Leinentuch eingewickelt wie viele der armen Bauern. Dann würden sich die Würmer schon über ihren Körper hermachen, bevor er zerfallen war.

Um den aufgebahrten Sarg standen zwölf Kerzen, gestiftet von Gönnern, die unbekannt bleiben wollten; Frauen, vielleicht auch Männer, denen sie mit ihren Heilkünsten und Kräuterkenntnissen geholfen hatte.

Margarethe schien es, als läutete Pfarrer Massenbach die Glocken für ihre Freundin besonders ausgiebig, und auch die Kirche war voller als sonst bei einer Trauerfeier. Anschließend folgte ein bunter Zug dem Sarg, der von einem Pferdewagen gezogen wurde. Die Stimmung war ernst, aber nicht von großem Schmerz geprägt. Einige unterhielten sich sogar angeregt über die Fähigkeiten der Verstorbenen.

Beim Leichenschmaus machte manch alte Geschichte unter den Frauen die Runde, die für Männerohren nicht bestimmt war. Ehrliche Trauer verspürten die Frauen darüber, dass ihnen eine so erfahrene und wissende Hebamme fehlen würde. Die Nachfolgerin, die sich bereits vor einiger Zeit im Dorf niedergelassen hatte, gab den Frauen keine Mittel, mit denen sie die Lust ihrer Männer oder die eigene Empfängnisbereitschaft beeinflussen konnten. Zu solchen Freundschaftsdiensten war Luise selbst dann noch bereit gewesen, als sie schon nicht mehr als Hebamme arbeitete. Damit war nun Schluss, und das bedauerten viele Frauen im Dorf. Da tat es gut, sich unter Vertrauten noch einmal verschwörerisch die Vorzüge der Verstorbenen in Erinnerung zu rufen.

Margarethe beteiligte sich nicht an der Runde. Sie hatte Verständnis für die Frauen, doch ihre Trauer war eine andere. In gewisser Weise fühlte sie sich tatsächlich verwaist. Luise war wie eine Mutter für sie gewesen, eine Frau, der sie in allem vertraut hatte, an die sie sich immer hatte wenden können. Schon als junges Mädchen hatte sie gespürt, wie überfordert ihre Mutter Hildegard mit ihr war, und die war deshalb schon lange nicht mehr ihre Vertraute, wenn es um die verborgenen Kräfte der Frauen, um die Anliegen der Bauern oder den gärenden Aufruhr gegen die Obrigkeit ging. Je mehr ihr bewusst wurde, dass sie nicht mehr zu Luise gehen konnte, desto weiter zog sie sich in ihren Schmerz zurück, unerreichbar selbst für Peter und die Kinder.

Scheinbar unbeteiligt nahm sie an den Vigilien und der Seelenmesse teil, die am siebten Tag nach Luises Tod gefeiert wurde. Dieser Tag war der Höhepunkt der Trauerzeit, und eine reiche Gönnerin hatte durch eine großzügige Spende ein feierliches Hochamt gestiftet.

Die Kirche war ebenso voll wie zur Beerdigung und die Menschen sangen, so gut es ging, die lateinischen Lieder. Die Stimmung schien gelöster, und ein letztes Mal warfen sich manche Frauen vielsagend-wissende Blicke zu.

Davon nahm Margarethe nichts wahr. Sie sah die Welt durch einen Nebelschleier, hinter dem sie sich versteckt hatte. Was sich jenseits des Nebels abspielte, interessierte sie nicht. Peter hatte zwar immer gewusst, wie wichtig die Hebamme des Dorfes für seine Frau gewesen war, doch mit einer solchen Reaktion hatte er nicht gerechnet. Einmal mehr spürte er, dass ihn ein Graben von seiner Frau trennte, den er vielleicht nie würde überwinden können, so sehr er sie auch liebte. Was hatte diese Frauen nur miteinander verbunden, dass Margarethe den Eindruck erweckte, als sei eines ihrer Kinder gestorben? Oder er selbst? Würde sie dann auch in einen solchen Schmerz versinken? Er mochte den Gedanken nicht zu Ende denken. Und weil er sie so liebte wie sich selbst, wollte er ihr den Raum für ihren Rückzug geben. Allerdings stand die Erntezeit vor der Tür, die seine Arbeitskraft von früh bis spät erforderte. Er bat deshalb Hildegard, in ihr Haus zu kommen und sich um die Kinder zu kümmern. Die Schwiegermutter kam der Bitte mit Freude nach. Sie vermisste ihre Enkel, seit sie nicht mehr mit ihr unter einem Dach lebten.

Zur allgemeinen Überraschung war Margarethe gleich am ersten Tag der Getreideernte zugegen. Wie jedes Jahr übernahm sie die ihr zugeteilten Aufgaben, als hätte sich nichts verändert. Und dennoch war etwas ganz anders. Sie verrichtete all ihre Tätigkeiten wortlos. Wenn die anderen während der Pausen zusammensaßen, scherzten und tranken, blieb sie abseits.

Die Mauer des Schweigens um sie herum verbot den anderen, sich ihr zu nähern. Es war allzu offenkundig, dass sie mit sich allein sein wollte, und sie war eine Frau, deren Wunsch respektiert wurde. Peter erschien es sogar, als sei Margarethe erleichtert, sich wieder vertrauten Aufgaben hingeben und damit ablenken zu können.

Als die Ernte eingefahren war, machten Gerüchte die Runde, die Margarethe aus ihrer Lethargie herausrissen. Jos Fritz sollte sich heimlich in Heilbronn aufhalten. Der am meisten gesuchte Mann im süddeutschen Raum war inzwischen zu einem Phantom geworden. Immer auf der Flucht vor den Häschern der Herren tauchte er mal hier, mal dort auf. Es hieß, er habe sich nach dem Verrat von Bruchsal in die sichere Schweiz zurückgezogen. Dorthin reichte der Arm der Herren nicht. Andere aber meinten zu wissen, er lebe am Bodensee oder in Freiburg und habe sogar eine Familie. Genauere Informationen über den Mann, den Margarethe wie niemanden sonst bewunderte, erhielt sie jedoch nicht.

Aber sie hatte auch nicht allzu intensiv nachgeforscht, aus Angst, ihn zu gefährden. Was die Bauern wussten, konnten die Herren auch erfahren. Schlettstadt und Bruchsal hatten den Bauern vor Augen geführt, dass es in ihren Reihen Verräter gab, die für ein paar Kreuzer jeden an den Galgen lieferten. Umso mehr elektrisierte sie das Gerücht, Jos Fritz sei in Heilbronn. Darüber musste sie mehr erfahren; womöglich ergab sich die Gelegenheit, ihn zu treffen.

Sie entschloss sich, Jakob Rohrbach aufzusuchen. Er verfügte über gute Kontakte nach Heilbronn, was nicht von jedem Böckinger behauptet werden konnte. Die Familie lebte wie alle Bauern in Leibeigenschaft, aber sie gehörte zu den Begüterten. Früher hatte sie auch einen Gasthof betrieben, doch der lief nur noch nebenbei.

Als sie das Haus betrat, empfing sie als Erstes der älteste Sohn Jakob, den alle nur Jäcklin nannten. Der etwa Zwölfjährige war ein wilder Geselle. Besonders gern raufte er mit älteren Jungen, von denen mancher schon einen gehörigen Respekt vor ihm hatte. Und selbst wenn Erwachsene das Haus betraten, konnte es geschehen, dass er sich ihnen kampfbereit in den Weg stellte. Auf Margarethe reagierte er ungewohnt. Sein Vater wollte ihn zurückpfeifen, um ihr Händel zu ersparen, doch Jäcklin erwies ihr vom ersten Augenblick an großen Respekt.

»Was machst du mit ihm, Margarethe? So lammfromm habe ich unsern Jäcklin noch nie erlebt. Du solltest häufiger kommen«, scherzte der alte Jakob.

Margarethe antwortete nicht, ihr war nicht nach Kinderspielen, sie kam gleich zur Sache.

»Du musst viel Vertrauen zu mir haben, aber ich bitte dich, verweigere mir deine Auskunft nicht.« Noch immer lächelte Rohrbach. »Du machst es spannend. Worum geht es?«

»Jos Fritz hält sich in Heilbronn auf. Hilf mir bitte, ihn zu treffen.«

Bei diesen Worten erstarrten Rohrbachs Züge. Das war in der Tat ein ernstes Thema; zu ernst nach seinem Geschmack, um sich darüber mit einer Frau zu unterhalten, auch wenn er Margarethe schätzte.

»Wie kommst du denn darauf?«

An seiner Reaktion erkannte Margarethe jedoch sofort, dass sie richtig lag mit ihrer Vermutung. Sie war entschlossen, sich jetzt nicht mehr abwimmeln zu lassen.

»Rohrbach, ich weiß es, er ist in Heilbronn. Du hast ihn getroffen. Du kannst mir helfen, ihn zu treffen.«

»Weißt du eigentlich, was du da verlangst? Selbst wenn es so sein sollte, er ist der meistgesuchte Mann im ganzen Reich. Die Herren würden viel dafür geben, um seiner habhaft zu werden, und je mehr Menschen wissen, wo er sich aufhält, desto größer ist die Gefahr für ihn. Du musst wissen ...«

Weiter kam er nicht, denn Margarethe konnte ihre Ungeduld nicht länger zügeln.

»Ich weiß, wer Jos Fritz ist. Ich weiß, was für ihn auf dem Spiel steht und was die Herren mit ihm anstellen würden, wenn sie ihn in die Hände bekämen. Ich war in Bruchsal, kurz vor dem Aufstand. Einer von Peters besten Freunden war unter den Verschwörern. Ich wollte dort bleiben, aber Peter hat es«, sie atmete tief durch, »zum Glück, verhindert. In meinen Träumen sah ich den Verrat. Unter einem Vorwand habe ich meinen Leibherrn dazu gebracht, eine verschlüsselte Warnung nach Bruchsal bringen zu lassen, aber es war zu spät. Und wenn mein Leibherr nicht so wäre, wie er ist, säße ich dafür heute im Kerker.« Wieder hielt sie kurz inne, um Luft zu holen. »Mindestens. Und frag mich nicht, was mit Peters Freund geschehen ist.«

Margarethes Kopf glühte, Schweißperlen glänzten auf ihrer Stirn. Schon lange nicht mehr hatte sie sich derartig in Zorn geredet. Tief atmete sie durch und dabei wurde ihr klar, was sie alles von sich gegeben hatte.

»Du siehst also, ich bin nicht unbedarft, was Jos Fritz betrifft, auch wenn ich nur eine Frau bin.«

Der bittere Klang der letzten Worte löste Rohrbachs Spannung. Immer ungläubiger hatte er ihr zugehört, obwohl er wusste, dass jedes Wort stimmte. Eine solche Geschichte dachte sich niemand aus.

»Eine Frau wie du wiegt im Ernstfall mehr als zehn Männer.« Ohne nachzudenken, war ihm der Satz entfahren.

Zum ersten Mal seit langem fühlte Margarethe sich wieder verstanden.

»Komm morgen eine Stunde nach Sonnenuntergang zu mir, ich werde sehen, was ich für dich tun kann. Aber sage niemandem, wirklich nie-man-dem, was du vorhast.« Eindringlich, beinah flehentlich, schaute er ihr dabei in die Augen. »Peter kannst du es anschließend erzählen. Wenn du unbedingt meinst.« Mit Nachdruck hatte er die letzten Worte hinzugefügt.

Margarethe nickte zustimmend. Es war besser so, selbst auf die Gefahr hin, dass Peter ihr Verhalten als mangelndes Vertrauen auffassen könnte.

Als sie sich noch immer verwirrt von ihrem Gefühlsausbruch und der plötzlichen Wandlung Rohrbachs erhob, nahm sie wahr, dass der kleine Jäcklin die ganze Zeit zu ihren Füßen gekauert hatte. Der Junge war immer ruhiger geworden und immer näher an sie herangerückt, je mehr sie sich erregt hatte.

Ungeachtet ihrer Ausführungen hatte es der alte Rohrbach gleich bemerkt. Diese Frau musste eine magische Kraft auf seinen Sohn ausüben. Schon aus dem Grund ging er auf ihren Wunsch ein.

Der folgende Tag schlich dahin. Margarethe kannte ihre Ungeduld inzwischen gut genug, um ihr begegnen zu können, wenn es darauf ankam. Niemand merkte ihr deshalb an, welch wichtigem Ereignis sie entgegenfieberte. Obwohl ihr die Zeit endlos vorkam, erfüllte sie ihre Aufgaben wie gewohnt. Innerlich jedoch hatte sie noch nie in ihrem Leben so sehr den Sonnenuntergang herbeigesehnt. Es war ein schöner Spätsommertag. Die Getreidefelder waren abgeerntet, und im milden Licht der Sonne leuchteten die Stoppeln goldgelb. Die braune Erde wirkte satt nach dem Wachsen und Gedeihen und strahlte Ruhe aus. Über allem lag der würzige Duft von geschnittenen Gräsern, der Margarethe in anderen Zeiten häufig zum Träumen angeregt hatte.

Nur wenige Wolken unterbrachen das klare Blau des Himmels, das sich im Westen allmählich rot färbte. Endlich erreichte der immer größer werdende Feuerball den Horizont, wenige Minuten später war er dahinter verschwunden. Seine Strahlen erreichten noch die vereinzelten Wolken am Himmel und tauchten sie in ein orangenes Licht. Margarethe versuchte sich zu erinnern, wann sie das letzte Mal ein so farbenprächtiges Schauspiel gesehen hatte, und sie betrachtete es als gutes Omen für das, was sie vorhatte. Bald würde sie Jos Fritz gegenüber stehen, Jos Fritz!

Peter erzählte sie, Rohrbach habe sie gebeten, ihre Früchte einzuwecken, da sich seine Frau von der Geburt des letzten Kindes noch nicht erholt hatte. Das war unverfänglich und auch nicht ganz abwegig, denn Rohrbachs Frau war bereits in einem Alter, in dem gewöhnlich keine Kinder mehr geboren werden.

Rechtzeitig war sie dort und wurde von Jäcklin erwartet. Für den Jungen hatte sie allerdings jetzt wenig übrig. Im Dunkel der hereinbrechenden Nacht machte sie sich mit dem alten Rohrbach auf nach Heilbronn. Der Weg über den Neckar war nicht weit, doch zur Sicherheit wählte Rohrbach einen kleinen Trampelpfad. Niemand wusste, wer sich um diese Zeit noch auf den Straßen herumtrieb, und niemand sollte von dem Besuch etwas mitbekommen. Beide schwiegen.

Rohrbach war bekannt dafür, dass er wenig sprach. Margarethe war voll innerer Spannung und kaum zu beherrschender Erregung. Je näher sie Heilbronn kamen, desto heftiger schlug ihr Herz. Es schien ihr, als müsse Rohrbach das Pochen hören. Sie spürte diese Mischung aus Anspannung und Erwartung im ganzen Körper. Ihre Finger kribbelten und ihre Knie wurden immer weicher. Selbst als sie zu ihrem Leibherrn gegangen war, hatte sie sich souveräner gefühlt.

Was wollte sie mit dem großen Bauernführer bereden? Was wollte sie ihn fragen? Solche Gedanken tauchten kurz auf, aber sie war viel zu angespannt, um ihnen nachzugehen.

Als Rohrbach vor einem Haus in einer Seitenstraße anhielt, hatte sie jedes Gefühl für Zeit verloren. Dennoch erkannte sie das Haus, es gehörte dem Bäcker Wolf Leip. Unter der Hand hatten sich die Bauern schon lange erzählt, er stehe ihrer Sache nah. Auf Rohrbachs Klopfen hin fragte drinnen jemand nach dem Wetter, wohl ein vereinbartes Erkennungszeichen. Als Rohrbach entgegnete, es ziehe Sturm auf, öffnete sich die Tür.

Margarethe kannte den Mann, der zunächst zögerte, als er sie sah. Doch mit seiner Autorität verschaffte sich Rohrbach Eintritt.

»Es ist in Ordnung. Ich weiß, was ich tue, und verantworte es.«

»Es gibt kein Problem«, bestätigte der Mann, »er hat seine Aufgabe hier erfüllt und die Stadt heute Mittag gut getarnt verlassen. Ihr könnt aber gern reinkommen, wenn ihr erfahren wollt, was sich in den letzten Tagen getan hat.«

Margarethe hörte die Worte wie aus weiter Ferne, doch sie wollte sie nicht verstehen. Eine Starre nahm von ihrem Körper Besitz. Sie spürte nichts mehr. Ihr Kopf war leer, und sie konnte sich nicht mehr von der Stelle bewegen.

»Das tut mir leid, wirklich«, hörte sie Rohrbach sagen, der wusste, wie wichtig ihr diese Begegnung gewesen war.

Da Rohrbach seinerseits erfahren wollte, wie Jos Fritz' Mission in Heilbronn zu Ende gegangen war, nahm er die Einladung in die Gästestube an. Zunächst jedoch musste er Wolf Leip erklären, wie er dazu kam, eine Frau an diesen Ort der Verschwörer zu bringen. Margarethes Rolle beim gescheiterten Aufstand in Bruchsal überzeugte den Bäcker, so dass er bereitwillig Auskunft gab, ohne dass Margarethe zunächst etwas davon mitbekam.

»Warum nur, warum nur musste er wenige Stunden vorher weitergezogen sein? Warum habe ich nicht eher erfahren, dass er sich schon lange hier aufgehalten hat?«, dachte sie. Sie haderte mit der Welt, mit dem Schicksal. Alles schien gegen ihre Vorstellungen zu laufen. Die Freunde in Bruchsal waren verraten und grausam hingerichtet worden, Luise war gestorben, sie hatte Jos Fritz knapp verpasst.

Plötzlich vernahm sie ihren Namen, einmal, zweimal.

»Margarethe, es herrscht Grund zur Freude! Jos Fritz hat hier in Heilbronn alles erreicht, was er wollte, und das wird den Bauern neue Hoffnung geben. Er hätte dich ohnehin nicht treffen wollen, er wäre vielleicht sogar zornig geworden, wenn eine Fremde zu seinem Versteck gekommen wäre. Der häufige Verrat hat ihn misstrauisch gemacht, mehr, als es manchmal nötig ist. Aber inzwischen stößt er lieber jemanden vor den Kopf, als noch einmal Gefahr zu laufen, dass man ihn verrät. Ein Leben auf der Flucht macht hart, Margarethe.«

Rohrbachs eindringliche Worte verfehlten ihre Wirkung nicht. Allmählich trat das lähmende »Warum nur?« in den Hintergrund. Sie war so besessen gewesen von der Vorstellung, Jos Fritz zu treffen, dass sie nie einen Gedanken daran verschwendet hatte, ob er damit einverstanden gewesen wäre. Er kannte sie schließlich nicht. Und ob er ihren Einsatz für Bruchsal geglaubt hätte? Das konnte vermutlich nur jemand verstehen, der ihren Leibherrn kannte.

Diese Gedanken brachten sie in die Wirklichkeit zurück.

»Dann erzähl mir bitte von seinem Anliegen und seinem Erfolg.«

Rohrbach und Wolf Leip sahen sich kurz an, dann begann Leip: »Jos Fritz ist seit über einem Jahr unterwegs, um jemanden zu finden, der ihm die Bundschuh-Fahne näht. Es ist nicht irgendeine Fahne. Die Verschwörer haben Geld aufgetrieben für ein Stück Seide, stell dir vor, Seide in blau und weiß, die sonst nur die Höchsten unter den Herren tragen!«

Die Augen des Bäckers glänzten. Ein solch teures Stück Stoff hatte er noch nie in seinem Leben gesehen, geschweige denn berührt.

»Ein Kunsthandwerker sollte das Bundschuhzeichen daraufmalen, doch niemand fand sich im Freiburger Raum, wo Jos sich zumeist aufhält. Also ist er weitergezogen, den gesamten Schwarzwald hinauf, verkleidet als Landsknecht und immer auf der Hut vor den wirklichen Landsknechten. Überall begegnete ihm Misstrauen, Angst, Ablehnung. Dann hörte er von jemandem in Heilbronn, der dazu bereit sein könnte.« Der Bäcker hielt inne und blickte Margarethe offen mit einem verschmitzten Lächeln an. »Frag jetzt bitte nicht, um wen es sich handelt. Tatsächlich erreichte er hier, was er wollte. Jos Fritz hat dem Künstler erzählt, er sei der Sohn eines Schuhmachers, der sich als Söldner verdingt habe und in einer Schlacht dem Tode knapp entronnen sei. Nun sei er auf dem Weg nach Aachen, um dort im Dom die Fahne weihen zu lassen, aber sie sei noch nicht fertig. Auf der einen Seite sollte ein gebundener Schuh wehen, aus Ehrfurcht gegenüber seinem Vater, und auf der anderen Seite ein knieender Bauer, denn sein bester Freund, der die Schlacht nicht überlebt hatte, sei ein Bauer gewesen. Daneben gehöre noch die Aufschrift ›Nichts denn die Gerechtigkeit Gottes‹.«

»Na ja.« Wolf Leip lachte nun erleichtert wie jemand, der eine gefährliche Aufgabe erledigt hat. »Die Geschichte hätte

Jos Fritz sich sparen können. Der Maler wusste, worum es wirklich ging, und es ist eine stattliche Fahne geworden, ein großartiges Werk. Sie wird allen Bauern Mut machen, wenn es zur Entscheidungsschlacht kommt. Heute Morgen war sie endlich fertig. Dann hat Jos nicht lange gezögert, nur noch seine Habseligkeiten gepackt und etwas Proviant und ist wie ein ganz normaler Landsknecht in den Hegau aufgebrochen, wo er sich am sichersten fühlt.«

Das war in der Tat eine gute Nachricht, und plötzlich wich die Enttäuschung von Margarethe. Freude machte sich breit. Es war gut, dass sie hierhergekommen war, und sie konnte verschmerzen, dass Jos Fritz bereits vor ihr die Stadt verlassen hatte. Sie spürte, sie gehörte zu den Verschwörern, denn es gab nur wenige, die von der Bundschuh-Fahne wussten. Wolf Leip hatte Recht, diese Fahne würde den Bauern nach all dem Verrat neues Vertrauen geben. Der Kampf war nicht verloren. Sie waren dabei ihn vorzubereiten, und sie gehörte dazu.

Es war nach Mitternacht, als sie sich mit Rohrbach auf den Rückweg machte. Selbst wenn sie Jos Fritz getroffen hätte, wäre ihr Herz nicht leichter und beschwingter gewesen.

Zu Beginn des neuen Jahres bemerkte Margarethe, dass sie wieder schwanger war. Schon seit Weihnachten war die Blutung überfällig und nun gab es keinen Zweifel mehr. Die Übelkeit, die sie aus den ersten Schwangerschaftswochen mit Philipp und Thomas kannte, stellte sich morgens regelmäßig ein, und in der Brust spürte sie das vertraute Ziehen. Sie hätte es nicht nötig gehabt, zur Hebamme zu gehen und sich ihren Zustand bestätigen zu lassen, doch aus Gründen, über die sie sich selbst nicht im Klaren war und auch niemals werden sollte, begab sie sich zu Luises Nachfolgerin Elisabeth. Noch Jahre später erinnerte sie sich an jedes Detail der Begegnung, an den Geruch von Kräutern und abgestandenen Tinkturen, an ihr Gefühl, mit dem sie Elisabeths Haus betrat.

Die Frauen im Dorf waren sich einig, dass die Hebamme ihre Arbeit ordentlich erledigte, und Margarethe fand, sie konnte ihr nicht vorwerfen, anders zu sein als Luise.

Um die Schwangerschaft festzustellen, benutzte die Hebamme die Pappel-Methode. Margarethe musste etwas Urin lassen und die Hebamme gab ein paar getrocknete grüne Pappelblätter hinein. Nach drei Tagen waren sie immer noch grün gefärbt, der Nachweis der Schwangerschaft. Bei nicht Schwangeren war das Blatt vom Urin durchtränkt.

Von Herzen wünschte sich Margarethe diesmal ein Mädchen, obwohl ihr der Wunsch beinah anmaßend vorkam. Sie hatte mit zwei Schwangerschaften zwei gesunde Jungen zur Welt gebracht, die bereits ein Alter erreicht hatten, das vielen Kindern nicht vergönnt war. Konnte sie mehr vom Schicksal erwarten? Wie viele Frauen hatten nicht so viel Glück mit Schwangerschaft und Geburt!

Um der besten Freundin der verstorbenen Hebamme ihre Künste zu zeigen, nahm Elisabeth einen weiteren Test vor. Sie wollte herausfinden, ob es sich um einen Jungen oder ein Mädchen handelte. Dafür musste Margarethe sich hinlegen und entspannen. Elisabeth legte ihr ein mit grünem Essig getränktes Tuch auf die Stirn. Margarethe fühlte, wie ihr die Sinne schwanden und sie Worte sprach, die sie selbst nicht verstehen konnte, doch die Hebamme hörte aufmerksam zu. Die Schwangere redete von einer Frau, ein sicheres Zeichen, dass ein Mädchen in ihr heranwuchs. Doch als Margarethe wieder in ihr volles Bewusstsein zurückkehrte, sah sie die Hebamme besorgt. Sie hatte nur von einer Frau gesprochen, ein sicheres Zeichen, dass dem Kind kein langes Leben beschieden sein würde. Nur wenn die Schwangere anschließend auch noch von dem anderen Geschlecht sprach, wuchs ein kräftiges, gesundes Kind heran. Davon war Elisabeth überzeugt.

Margarethe ließ es mit sich geschehen, versuchte aber die Botschaft nicht an sich heranzulassen. Solche Methoden hatte Luise stets abgelehnt. »Ob Junge oder Mädchen, entscheidet Gott allein. Hauptsache, das Kind ist gesund, und dafür tue ich alles«, war ihre Devise gewesen. Und Hebammen, die über das Kind im Mutterleib Vorhersagen machten, hatte sie sogar bekämpft. Es tat Margarethe gut, sich immer wieder auf ihre verstorbene Freundin zu besinnen.

Der weitere Verlauf der Schwangerschaft war problemlos. Peter sorgte dafür, dass sich Margarethe an der Aussaat nur wenig beteiligen musste und sich stattdessen mehr um das Haus kümmerte. Sie genoss die Zeit und nahm sich vor, die Hebamme erst wieder aufzusuchen, wenn die Wehen einsetzten. Und dann sollte sie schon sehen, wie unangebracht solche Prophezeiungen waren.

Böckingen war in Aufregung. Ein Ablassprediger wurde angekündigt. In immer größerer Zahl zogen diese Männer durch den süddeutschen Raum. Die Kurie in Rom trug selbst dafür Sorge. Sie hatte die hervorragendsten Architekten, Bildhauer und Maler aufgeboten, damit sie den Petersdom grundlegend renovierten, das Zentrum der Christenheit, seit Konstantinopel vor knapp hundert Jahren an die Türken gefallen war. Dafür wurde Geld benötigt, viel Geld. Wurden die Sünden früher vergeben, wenn die Menschen Buße taten, so setzte sich in der Kurie mehr und mehr die Meinung durch, Geldspenden an die Kirche erfüllten den gleichen Zweck noch wirkungsvoller. Um das den Gläubigen nahezubringen, zogen Pater des Dominikanerordens von Ort zu Ort. Der deutsche Geistliche Johann Tetzel tat sich als besonders erfolgreicher Prediger hervor.

Im Heilbronner Raum waren die Ablassprediger bislang nicht aufgetreten, und mancher Priester stand der Bewegung skeptisch gegenüber, so auch der Böckinger Pfarrer

Massenbach und der Schultheiß Michael Rosenberger, der die Interessen der freien Reichsstadt in Böckingen vertrat. Tauchten jedoch Dominikaner mit dem Segen aus Rom auf, war es ratsam, sich mit seiner Meinung zurückzuhalten.

Wie immer auch die Menschen zum Ablasshandel standen, an Aufmerksamkeit mangelte es den Predigern nicht. Ihr Auftritt war eine beliebte Abwechslung im Alltag, vor allem im Sommer, wenn auf den Feldern nicht so viel zu tun war. Manch einer war ein begnadeter Unterhalter und spielte nach Belieben mit seinen Zuhörern: »Kommt herbei, kommt herbei, morgen Nachmittag Punkt drei wird Bruder Ambrosius euch die Gelegenheit geben, euch von allen Sünden reinzuwaschen. Nutzt dieses großzügige Angebot und erweist euch als würdig, indem ihr selber großzügig seid.« Des Predigers junge Begleiter verstanden sich bereits darauf, die Menschen in die richtige Stimmung zu versetzen. Und am folgenden Tag trat er dann persönlich auf.

Bruder Ambrosius war eine stattliche Erscheinung, groß gewachsen, breitschultrig. Auf den ersten Blick wirkte er etwas grobschlächtig, und man hätte ihn für einen Schmied oder einen anderen Handwerker halten können. Doch wenn er seine Stimme erhob, verflüchtigte sich der Eindruck. Ihr tiefer, durchdringender Klang zog alle in ihren Bann. Zudem erwies er sich als gebildet und bibelfest. Damit hatte er seinen Zuhörern etwas voraus, denn das gemeine Volk sprach weder Latein noch Griechisch, und selbst wenn, die meisten konnten auch nicht lesen und hatten daher keinen Zugang zur Bibel. Es war darauf angewiesen, dass die Geistlichen sie für sie auslegten. Und Waldenser gab es nicht viele in Süddeutschland.

Das halbe Dorf hatte sich versammelt, um an dem Ereignis Anteil zu nehmen.

»Eine große Gnade kommt heute über Böckingen. Urheber der Gnade ist niemand anders als Jesus selbst. Er und alle Märtyrer und Heiligen haben durch ihren untadeligen

Lebenswandel und ihr mutiges Glaubenszeugnis viel mehr Verdienste erworben, als sie selbst für ihr Heil benötigen. Dieser Überschuss an Verdiensten ist der heiligen Kirche zugefallen. Sie verwaltet diesen Schatz, und es steht ihr frei, ihn großzügig weiterzugeben. Darum hat sie den Ablass gestiftet, der euch Sündern Anteil haben lässt an den Verdiensten aller Heiligen. Diese Verdienste haben die Kraft, euch die Sünden zu erlassen, und wenn sie euch erlassen sind, freut sich die ganze Kirche. Damit ihr besser versteht, welch wundersame Wirkung dieser Schatz entfaltet, geben wir euch ein sichtbares Zeugnis dieser unsichtbaren Gnade.«

Auf das Stichwort hin traten die Jungen mit zwei großen, weißen Federn vor.

»Hier seht ihr Federn aus dem Flügel des Erzengels Gabriel. Schon wer sie anblickt, erfährt eine große Gnade«, versprach der Prediger mit salbungsvoller Stimme.

Wie zwei Engel schwebten seine Begleiter leichtfüßig mit den Federn vor der staunenden Menge herum, und mancher erwartete, dass sie plötzlich abheben und über ihren Köpfen kreisen würden.

Nach einiger Zeit holte Bruder Ambrosius einen offenbar sehr alten Kelch aus seinem Umhang. Wie ein Priester bei der Wandlung hob er ihn in die Höhe und sorgte damit für andächtiges Schweigen.

»Und hier seht ihr ein noch größeres Wunder, den Kelch, mit dem Joseph von Arimathäa das Blut Jesu unter dem Kreuz aufgefangen hat.«

Das ehrfürchtige Staunen steigerte sich noch, und auch der Prediger schwieg, um seinen Worten mehr Nachdruck zu verleihen.

»Wie viele von den Kelchen gibt es denn?«

Eine raue Männerstimme zerriss die Stille. Margarethe kam sie bekannt vor. Dem alten Rohrbach ging das Schauspiel zu weit.

Der Gesichtsausdruck von Bruder Ambrosius änderte sich schlagartig.

»Wer wagt es, diese heiligen Handlungen eines Abgesandten der Kurie zu stören und in Zweifel zu ziehen? Er schweige auf der Stelle!«

Doch damit war er bei Rohrbach an den Falschen geraten.

»Ich habe das schon einmal erlebt, doch der Kelch sah anders aus. Es kann doch nur einen geben, oder hat Joseph von Arimathäa gleich mit mehreren Kelchen das Blut des Herrn aufgefangen?«

Die ehrfürchtige Stimmung drohte umzuschlagen. Unverhohlene Heiterkeit begleitete den erneuten Zwischenruf Rohrbachs.

Bruder Ambrosius war jedoch niemand, der sich rasch einschüchtern ließ.

Seine Stimme wurde drohend: »Wer dem Abgesandten Roms, das heißt, dem Abgesandten des Herrn persönlich, den nötigen Respekt verweigert, wird die Strafe dafür nicht nur im Jenseits, sondern bereits im Diesseits erhalten. Es mag verantwortungslose Lügner geben, die vorgeben, den Kelch zu besitzen, in den das Blut unseres Herrn geflossen ist. Es gibt aber nur den einen Kelch, mit dem dies Wunder geschehen ist. Der Apostel Petrus hat ihn persönlich nach Rom gebracht und seitdem wird er dort aufbewahrt. Der Stellvertreter Jesu, unserer Heiliger Vater, hat ihn mir anvertraut, damit ich in seinem Namen die Menschen von den Sünden losspreche, die bereit sind, der Kirche eine vergleichsweise lächerliche Gegengabe zukommen zu lassen. Dadurch leisten wir alle einen Beitrag, dass der Leib der Mutter Kirche trotz all der Sünden, die von den Menschen begangen werden, seinem Schöpfer immer näher kommt. Auf diese Gnade hat schon der Apostel Paulus im zweiten Brief an die Korinther hingewiesen, als er schrieb: ›Wem ihr aber verzeiht, dem verzeihe auch ich, denn auch ich habe, wenn hier etwas zu verzeihen war, im Angesicht Christi um euretwillen verziehen.‹ Im ersten Brief an die Korinther hat der Apostel das Geheimnis noch ausführlicher erklärt: ›Wenn darum ein Glied leidet, leiden alle Glieder mit, wenn ein Glied geehrt wird, freuen sich alle anderen mit ihm. So hat Gott in der Kirche die einen als Apostel eingesetzt, die anderen als Propheten, die dritten als Lehrer, ferner verlieh er die Kraft, Wunder zu tun, sodann die Gaben, Krankheiten zu heilen, zu helfen, zu leiten, endlich die verschiedenen Arten von Zungenrede.‹ Niemand darf es wagen, diejenigen anzuzweifeln, die von Gott in diese Ämter eingesetzt und mit diesen Gaben ausgestattet wurden, oder gar die heiligen Handlungen ins Lächerliche ziehen.«

»Der Apostel sagt aber nichts von Geld. Er sprach davon, dass die Sünden jenen vergeben werden, die darum bitten und ernsthaft bereuen. Das Opfer unseres Herrn am Kreuz hat die Grundlage dafür geschaffen. Nur im dritten Buch von Moses steht etwas vom Zehnten, den wir gerne zu zahlen bereit sind, so wie es die heilige Schrift verlangt: ›Jeder Zehnt des Landes, der vom Ertrag des Landes oder von den Baumfrüchten abzuziehen ist, gehört dem Herrn. Jeder Zehnt an Rind, Schaf und Ziege ist dem Herrn geweiht, jedes zehnte Stück von allem, was unter dem Hirtenstab hindurchgeht.‹ Das fordert der Herr, aber von der Vergebung der Sünden durch diese Gaben sagt er nichts.«

Der alte Rohrbach fühlte sich gut dabei, sein theologisches Wissen anbringen zu können, und Margarethe musste unwillkürlich lächeln. Sie erinnerte sich an Luises Worte: »Es gibt einige im Dorf, die sich für die Bibel interessieren, und wenn sie mich fragen, gebe ich gern weiter, was ich weiß.« Wenn ihre tote Freundin wüsste, welche Früchte ihr Wissen trug.

Unversehens wurden alle Umstehenden Zeugen einer heftigen theologischen Debatte, denn Bruder Ambrosius zeigte sich keineswegs eingeschüchtert.

»Wer kann es wagen, sich auf die Heilige Schrift und das Erlösungswerk unseres Herrn zu berufen? Einmal hat der Herr Menschengestalt angenommen, um uns zu retten, und es ist allein die Mutter Kirche, die darüber entscheiden kann, wem ihre Gnade zuteilwird. Wer hier im Kreis will behaupten, ohne Sünde zu sein? Wer bedarf der Erlösung und der Gnade der Kirche nicht?«

Lauernd blickte er in die Runde, und diesmal erhob sich kein Widerspruch.

Auch Rohrbach schwieg. Jedes weitere Wort wäre anmaßend gewesen. Mit seinem untrüglichen Sinn für Stimmungen genoss es Bruder Ambrosius, wieder Herr der Situation zu sein. Und er wollte mehr. Wer ihn in Frage stellte, sollte das bereuen.

»Wenn der Kreuzestod Jesu also nicht dazu geführt hat, dass wir ohne Sünden leben, sind wir weiterhin auf die Vergebung dieser Sünden angewiesen, wollen wir nicht für lange Zeit im Fegefeuer oder für ewig im Feuer der Hölle schmoren, wie es all jenen bereitet ist, die an den Zeichen der Gnade zweifeln, die Gott den Sündern schickt.«

Drohend ging sein Blick Richtung Rohrbach. Jetzt war der erfahrene Prediger ganz in seinem Element.

»Wer sich aber in Demut übt und Buße tut, dem wird die Gnade Jesu und der Kirche gewiss sein. Ja, es stimmt, in der Bibel steht nichts von Geld.«

Die Umstehenden horchten auf.

»Aber in der Bibel steht viel von Strafen, die Sündern drohen. Heuschrecken, Hagel und andere Plagen hat der Herr über die Ägypter geschickt, weil der Pharao das auserwählte Volk Gottes nicht aus der Knechtschaft entlassen wollte. Lange Büßerreisen hat Gott sogar den Propheten auferlegt, die sich seinem Ruf entziehen wollten. Um es euch leichter zu machen, hat die Kirche in ihrer grenzenlosen Güte und Weisheit die Buße auf eine kleine Geldgabe beschränkt.

Oder ist es euch lieber, dass Heuschrecken über eure Ernte herfallen und Hagel das Getreide niedermäht, damit ihr auf diese Art für eure Sünden büßt? Oder dass ihr monatelange Pilgerreisen auf euch nehmt, wenn Saat und Ernte anstehen? Um euch das zu ersparen, bin ich hier.«

Einmal mehr schaute er herausfordernd in die Runde. Nun hatte er sie ganz auf seiner Seite, denn die Bauern waren sich einig, verglichen mit solchen Strafen waren ein paar Kreuzer leicht zu verkraften. Für das Seelenheil sollte einem das nicht zu teuer sein.

Bruder Ambrosius lebte seinen Triumph aus. »Du aber«, er wies drohend in die Richtung Rohrbachs, »tritt vor und bekenne vor dem ganzen Dorf deine Verfehlung.«

Rohrbach zögerte. Die Stimmung hatte sich merklich gegen ihn gewandt, so dass offener Widerstand nicht ratsam erschien. Langsam löste er sich aus der Menge und trat vor den Prediger, der jetzt übermächtig erschien, wie Gottes Strafgericht.

»Nur der Teufel kann dich dazu veranlasst haben, einem Abgesandten der Kurie zu widersprechen und seine Worte anzuzweifeln. Bekennst du, dass du vom Teufel geleitet wurdest?«

Eine solche Selbstbezichtigung ging dem Bauern jedoch zu weit, egal was die Umstehenden denken mochten.

»Ich habe nur geäußert, was ich einmal gesehen habe, nämlich einen anderen Kelch, von dem gesagt wurde, in ihm habe Joseph von Arimathäa das Blut unseres Herrn aufgefangen. Also war ich überrascht, hier wieder einen zu sehen. Deswegen bin ich nicht mit dem Teufel im Bunde.«

»Du wagst es, mir erneut zu widersprechen? Wenn ich als Vertreter der Kurie den Kelch des Joseph von Arimathäa vorzeige, damit er euch zur Gnade gereicht, dann verbietet sich jeder Zweifel. Dann ist es selbstverständlich, dass jeder andere, der das Gleiche behauptet, ein Lügner ist. Das versteht jeder, der von Gottes Geist geleitet wird. Bei dir aber gibt es keinen Zweifel mehr an deinem Pakt mit dem Teufel. Ich habe es von Beginn an gewusst. Wärest du ein Sohn der Mutter Kirche, würdest du vor mir in Demut um Gnade bitten, statt dein frevelhaftes Tun sogar noch zu verteidigen! Ich gebe dir eine letzte Möglichkeit, bevor ich dich der ewigen Verdammnis überantworte. Knie nieder vor mir. Küss meine Hand und bitte um Vergebung für deine Verfehlungen.«

»Du heuchlerischer Hund lässt ihn sofort in Ruhe!«

Bebend vor Zorn löste sich ein kräftiger Jugendlicher aus der Menge, stürzte auf Bruder Ambrosius zu, und noch bevor irgendjemand verstand, was vor sich ging, hatte er den Prediger am Kragen gepackt und geschüttelt. Dieser war zu überrascht, als dass er sich hätte wehren können. Die wütende Attacke des Jungen warf ihn zu Boden, während seine beiden Assistenten wie angewurzelt dabeistanden.

Bevor der nicht minder kräftige Dominikaner zum Angriff übergehen konnte, war eine Frau bei den Kampfhähnen. Margarethe zog den jungen Mann von dem Prediger weg.

»Jäcklin, das ist nicht die Art, deinen Vater zu verteidigen. Der Kopf ist wichtiger als die Hände.«

Zur Überraschung aller ließ Jäcklin sie gewähren und entfernte sich mit seinem Vater rasch von Dorfplatz.

»Und Euch, Mann Gottes« – dabei wandte sie sich an Bruder Ambrosius, der dabei war, sich den Staub von seiner Kutte zu klopfen – »möchte ich bitten, etwas Großzügigkeit walten zu lassen, auch wenn Ihr es mit Sündern zu tun habt. Mir wurde beigebracht, Jesus habe einmal gesagt: ›Barmherzigkeit will ich, nicht Opfer. Denn ich bin gekommen, die Sünder zu rufen, nicht die Gerechten.‹ Wir Bauern werden von vielen gedemütigt, viele meinen, über uns bestimmen zu dürfen, aber man unterschätze nicht unsere Würde …«

Weiter kam sie nicht, denn Bruder Ambrosius war wieder ganz in seinem Element.

»Wie kannst du es wagen, Weib? Ja, ich habe es hier mit einem Nest der größten Sünder zu tun, und du Weib willst mich belehren? Nachfahrin Evas, durch die alle Sünde und Verführung in die Welt gekommen ist, für die wiederum unser Herr Jesus am Kreuze sterben musste? Nicht umsonst schreibt der Apostel Paulus im ersten Brief an die Korinther: ›Wie in den Gemeinden der Heiligen üblich, soll die Frau in der Versammlung schweigen. Es ist ihr nicht gestattet zu reden. Sie soll sich unterordnen, wie es das Gesetz fordert.‹ Deshalb schweige auch du und ordne dich unter!« Er brüllte die Worte heraus, seine Stimme überschlug sich vor Zorn, sein mächtiger Körper bebte und er hatte seine Worte nicht mehr unter Kontrolle. »Was die Würde von euch Bauerngelump angeht, so lasst euch gesagt sein, wenn Gott nicht wollte, dass es Obrigkeit und Untertanen gibt, dann hätte er sie nicht geschaffen. Fügt euch in euer Schicksal, ertragt, was die von Gott berufenen Herren euch auferlegen, und begehrt niemals auf. Das ist eure Würde, nur das. Alles andere ist Superbia, ist Hochmut, Stolz, wie er in den Dörfern der Bauern immer mehr um sich greift. Superbia aber gehört zu den sieben Todsünden, die vom Ablass ausgenommen sind und nur in der Hölle gesühnt werden können. Hütet euch!«

Erschöpft hielt er inne und erkannte langsam, dass ihn sein Gespür für Stimmungen verlassen hatte. Seine wütende Strafpredigt hatte die Haltung der Menschen auf dem Dorfplatz wieder gegen ihn gewendet. Vielleicht wäre es ihm an anderen Orten gelungen, die Bauern damit einzuschüchtern; in Böckingen gelang ihm das nicht.

Entschlossen traten mehrere Männer an ihn heran, darunter der Schultheiß Michael Rosenberger.

Der ergriff das Wort: »Bevor Ihr Euch noch weiter über die Würde der Bauern auslasst, ist es besser, Ihr verlasst Böckingen, zu Eurem eigenen Schutz.«

Bruder Ambrosius, wieder ganz Herr seiner Sinne, erkannte, dass es geboten war, diesen Rat zu befolgen. Hier hatte er keine Möglichkeit mehr, den Ablass zu erteilen und das Geld klingeln zu hören. Und wer wusste schon, wozu sich diese unberechenbaren Menschen noch hinreißen ließen?

Mit trotzig erhobenem Kinn verließ er eilig den Dorfplatz, seine beiden Assistenten im Schlepptau. Einige meinten, er habe noch einen Fluch gegen das Dorf ausgesprochen, doch das war nicht sicher. Als sich die Versammlung auflöste, spürte Margarethe zahlreiche anerkennende Blicke und manche kamen auch auf sie zu und versicherten ihr ihre Bewunderung.

Als die Erntezeit begann, war Margarethe bereits so rund und unbeweglich, dass sie keine große Hilfe mehr auf den Feldern sein konnte. Sie verließ das Haus nur noch selten, um kein Risiko einzugehen.

Mit den ersten Wehen begab sie sich zu Elisabeth. Ein wenig unbehaglich fühlte sie sich, doch sie sagte sich, in einigen Stunden ist alles vorbei, dann übernehme ich die Verantwortung dafür, dass meiner Tochter nichts geschieht.

Im Haus der Hebamme war sie von der praktischen Ausstattung überrascht. Elisabeth besaß den Gebärstuhl, den der berühmte Arzt und Apotheker Eucharius Rößlein aus Frankfurt empfahl. Er war mit Tüchern ausgepolstert, so dass sich Margarethe bequem zurücklehnen konnte. Die Hebamme saß vor ihr, salbte den Geburtskanal und sprach beruhigend auf sie ein. Dennoch war die Geburt nicht leicht, und Elisabeth wurde zusehends unsicherer. Obwohl Margarethe Wehen verspürte, die heftiger und schmerzhafter waren, als sie es jemals erlebt hatte, bewegte sich das Kind nur wenig. Nach Stunden war der Kopf zu sehen, doch er erschien rötlich-blau. Teilweise verlor Margarethe vor Schmerzen die

Besinnung. Schließlich verabreichte Elisabeth ihr ein Getränk, das sie in einen Dämmerzustand versetzte. Daraufhin griff sie zur Geburtszange und befreite das Kind mühsam aus dem Geburtskanal. Es war ein Mädchen, Margarethes lang ersehntes Mädchen.

Aus ihrem Dämmerzustand nahm Margarethe vage wahr, wie die Hebamme hastig die Nabelschnur durchtrennte. Sie hatte sich offenbar um den Hals des Kindes geschlungen. Die Kleine zeigte nicht die gewohnten Reflexe, als die Hebamme auf ihren Po schlug. Durch die verschlungene Nabelschnur hatte das Kind zu wenig Luft bekommen. Das Mädchen war nicht lebensfähig und drei Tage später starb es in Margarethes Armen. Sie war selbst noch immer vor Erschöpfung ans Bett gefesselt.

Die Trauer um das Kind war begleitet von Vorwürfen gegenüber Elisabeth. Hatte sich ihre Vorhersage womöglich deshalb erfüllt, weil sie ausgesprochen worden war? Hätte ihre Tochter ohne die zweifelhafte Vorhersage noch leben können? Hatte sich die Hebamme womöglich gar nicht genug Mühe gegeben, damit sich ihre Prophezeiung erfüllen konnte?

Margarethe war voll Bitternis und Abscheu. Gleichzeitig ahnte sie, dass sie auf diese Fragen keine Antwort erhalten würde. Eines aber wusste sie, niemals würde sie eine solche Voraussage von sich geben, selbst wenn sie die Macht dazu hätte. Und diese Macht hatte sie; das spürte sie nach dem Tod ihrer Tochter stärker denn je. Sie wandte sich wieder der Kräuterheilkunde zu und rief sich in Erinnerung, dass sie eine besondere Begabung dafür mitbrachte und dass sie viel bei Luise gelernt hatte. In den letzten Jahren hatte dieses Wissen brachgelegen. Die Trauer um die Tochter führte sie dahin zurück.

6. Kapitel

Im Rat von Heilbronn gab es Grund zur Freude. Einmal mehr war das Ansinnen des aufstrebenden Hauses Württemberg abgewehrt worden, die freie Schifffahrt auf dem Neckar an der Reichsstadt vorbei zu erzwingen. Seit Kaiser Ludwig der Bayer der Stadt vor beinahe 200 Jahren das Privileg verliehen hatte, den Fluss nach Belieben wenden und kehren zu dürfen, hatten die Bürger den Hauptarm des Neckars bei Böckingen gesperrt und das Wasser in einen Seitenarm geleitet, der direkt an ihrer Stadtmauer vorbeiführte. Die Böckinger hatten es nicht gern gesehen, doch gegen ein Dekret des Kaisers konnten sie nichts ausrichten. Aus Heilbronn war seitdem ein bedeutender Binnenhafen geworden, der die wichtigste Quelle des Wohlstands bildete.

Diese Privilegien wollte das aufstrebende Haus Württemberg unter dem skrupellosen und prunksüchtigen Herzog Ulrich Heilbronn streitig machen. Um sich zu wehren, benötigte die Stadt Verbündete. Der mächtige Kurfürst Ludwig II. von der Pfalz stand auf Seiten Heilbronns, und seine Truppen hatten Herzog Ulrich in die Schranken gewiesen. Ein solcher Bundesgenosse hatte jedoch seinen Preis. Der Kurfürst forderte erneut seinen Tribut, und das dämpfte die Stimmung im Rat.

»Dieser Verbündete kostet uns bald mehr, als uns unser Hafen einbringt. Was nützen uns da unsere Privilegien?«, klagte Hans Berlin, der den Ruf hatte, sich immer auf die Seite derer zu schlagen, die über die Macht verfügten. »Aber ohne ihn wären wir den Württembergern und ihrem durchtriebenen Herzog Ulrich ausgeliefert. Ich versichere euch, dieser Gierhals wird sich nicht darauf beschränken, den Neckar für alle Schiffe zu öffnen. Er wird uns noch dazu mit Abgaben knebeln, die wir uns gar nicht vorstellen können. Und glaubt nicht, dass Kaiser Karl auch nur einen Soldaten für uns aufbringen wird. Nein, wir müssen uns das Wohlwollen der Pfälzer erhalten.«

Im Grunde pflichteten alle Lenhard Günther bei, der sich schon immer durch einen nüchternen Blick für die Machtpolitik hervorgetan hatte.

Er registrierte die unausgesprochene Zustimmung im Rat, machte eine Pause, um seine Worte wirken zu lassen und setzte dann wieder an: »Aber natürlich stimme ich auch allen zu, die sich wegen der ständig steigenden Forderungen der Pfälzer sorgen. Darauf müssen wir reagieren, aber nicht, indem wir unseren mächtigen Verbündeten durch säumige Zahlungen verärgern.« Wieder machte er eine Pause, um die Macht seiner Worte zu unterstreichen. »Es gibt noch eine andere Möglichkeit. Wir erhöhen die Einnahmen.«

In den Mienen seiner Zuhörer sah er die Skepsis, ja Ablehnung, aber damit hatte er gerechnet und er war darauf vorbereitet.

Schon rührte sich der erste Widerspruch. »Wenn wir die Abgaben unserer Bürger erhöhen, riskieren wir eine Rebellion«, wandte Berlin ein.

»Richtig« stimmte der Nächste zu, »sie fühlen sich genug belastet.«

Bevor weitere Ratsmitglieder in das Lamento einstimmen konnten, bat Lenhard Günter mit einer entschiedenen Geste um Ruhe.

»Wer hat denn gesagt, dass ich unseren Bürgern weitere Abgaben zumuten möchte? Gehören wir nicht selbst zu ihnen? Aber es gibt vier Herrendörfer, die uns abgabepflichtig sind. Einen guten Ruf können wir dort ohnehin nicht verlieren.«

Sein feiner Spott kam in der Versammlung gut an.

»Deshalb beantrage ich, der Rat der reichsfreien Stadt Heilbronn beschließt, die Steuern für die vier Herrendörfer Böckingen, Flein, Frankenbach und Neckargartach zu verdreifachen, weil dringende Kriegsschulden gezahlt werden müssen. Jeder Bürger, egal welchen Standes, muss dieser Schatzung nachkommen.«

Die begeisterte Zustimmung erübrigte eine Abstimmung.

Die Nachricht aus Heilbronn traf die Böckinger hart. Der neue Schultheiß, Jakob von Alnhausen, verkündete sie auf dem Dorfplatz. Er hatte sein Amt kurz zuvor von Michael Rosenberger übernommen, der die Altersgrenze überschritten hatte.

Jakob von Alnhausen war ein machtbewusster und strategisch denkender Mensch. In der Position eines Schultheißen sah er seinen Ehrgeiz noch lange nicht erfüllt. Er strebte nach Höherem. Seine aus Westfalen stammende Familie war einmal sehr einflussreich gewesen, jetzt zählte sie zum verarmten Landadel. Jakob wollte sie wieder zu neuem Ruhm führen. Dazu musste er zunächst seine Rolle als Schultheiß erfüllen, und die verlangte Härte und Diplomatie gleichermaßen. In einem Dorf wie Böckingen konnte er sich beweisen. Für dessen rebellischen Geist brachte er, anders als sein Vorgänger, kein Verständnis auf. Jakob von Alnhausen sah sich allein als Sachwalter der Stadt Heilbronn, in deren Sold er stand.

Eskortiert von zwei Landsknechten erschien er auf dem Dorfplatz. Das hatte Michael Rosenberger nie für nötig erachtet.

»Bürger der Herrengemeinde«, tönte seine Stimme weithin vernehmbar.

Das unzufriedene Gemurmel ignorierte er. Die Böckinger ließen sich nicht gern als Herrengemeinde anreden, doch aus dem Grund wählte er den Ausdruck.

»Die vielfachen Verpflichtungen unserer freien Reichsstadt, die dem Wohle und Nutzen aller dienen, verlangen ihren Preis. Der Rat der Stadt sieht sich deshalb schweren Herzens gezwungen, die Schatzung zu erhöhen. Für unsere Freiheit aber darf uns kein Einsatz zu hoch sein.«

Der Unmut unter den Zuhörer stieg vernehmlich an.

»Unsere Freiheit ist das nicht!«, rief jemand.

Der Schultheiß ging nicht darauf ein. »Bürger von Böckingen, lasst euch von einigen Heißspornen nicht beeinflussen. Nehmt an, was der Rat entschieden hat, und Wohlstand und Glück werden weiter gedeihen in unserer freien Reichsstadt und den Herrendörfern. Wer aber dagegen aufbegehrt, den wird die ganze Härte des Gesetzes treffen!«

Drohend schleuderte er die letzten Worte in die Menge, drehte sich um und verschwand. Die Landsknechte hatten Mühe, ihrem Herrn zu folgen.

Jakob von Alnhausen sollte Recht behalten mit seiner Skepsis. Am Abend des folgenden Tages trafen sich die Bauern in Gasthof Jakob Dörzbach, um gemeinsam zu beraten, was zu tun sei. Die meisten wollten sich eine solche Willkür der freien Reichsstadt nicht bieten lassen, doch manche fürchteten auch die Konsequenzen aus einer Weigerung.

Es waren die vertrauten Gesichter, der alte und der junge Rohrbach, Vogeler, Hans und Wendel Heilmann, Johann Schad und seine drei Brüder, Sixt Hass, Jäcklin Rohrbachs Schwager in spe, Thomas Seuter, Niklas Schell und Peter Abrecht. Es waren aber auch Männer zugegen, die sich bisher noch nicht hervorgetan hatten, wenn es gegen die Obrigkeit ging.

Trotz der Achtung, die Margarethe im Dorf genoss, war es nicht angebracht, dass sie an einem solchen Treffen im Wirtshaus teilnahm. Sie wartete stattdessen im Hause Rohrbach, wo sie erstmals die junge Genefe traf. Vor der Versammlung hatte sie Peter eindringlich gebeten, auf keine Zugeständnisse gegenüber Heilbronn einzugehen. Peter hatte es ihr zögerlich versprochen und dabei müde und resigniert gewirkt.

Auf die Begegnung mit Genefe freute sich Margarethe, als sie erfahren hatte, dass Jäcklin Rohrbach, selbst gerade erwachsen geworden, der jungen Frau den Hof machte. Die Leute erzählten, sie sei stolz und stark. Dann haben wir einiges gemeinsam, dachte Margarethe. Sie sehnte sich nach einer Seelenschwester wie Luise, auch wenn sie dabei die Ältere wäre. Bei dem Gedanken lächelte sie in sich hinein. Du wirst älter, Margarethe, sagte sie sich, aber es erfüllte sie nicht mit Wehmut oder Sorge. So war es eben, und wenn sie etwas von dem Wissen, das Luise ihr vermittelt hatte, an jüngere Frauen weitergeben könnte, würde es sehr schön sein, älter zu werden.

Da Rohrbachs zu den begüterten Leibeigenen gehörten, waren Genefes Eltern nicht abgeneigt gegen die Verbindung. Genefe aber versicherte, es ging ihr nicht um das Geld. Sie liebte den jungen Draufgänger, und sie wünschte sich viele Kinder von ihm. Ihre Eltern hatten ihr erlaubt, an diesem Abend zu ihm zu gehen, wo sich einige Frauen der Steuerverweigerer trafen.

Als Margarethe dazukam, bereitete Genefe mit ihrer zukünftigen Schwiegermutter eine Suppe vor. Während die Hausherrin die Zutaten herbeiholte, bot Margarethe Genefe an, ihr beim Waschen und Schneiden des Gemüses zu helfen. Sie erntete jedoch nur eine einsilbige Ablehnung.

Margarethe ließ es auf sich beruhen. »Sie wird angespannt sein und unsicher«, dachte sie. »Womöglich ist sie zum ersten Mal in dem Haus, in dem sie einmal eine Familie haben wird; dazu die Spannung, was die Männer beratschlagen werden.« Margarethe nahm sich vor, die junge Frau später noch einmal in Ruhe anzusprechen, wenn sie mit der Arbeit in der Küche fertig war. Das gestaltete sich allerdings schwierig, denn Genefe ging ihr gezielt aus dem Weg. Wann immer Margarethe versuchte, auf sie zuzugehen, tat die junge Frau sehr geschäftig und vermied es, ihr in die Augen zu sehen.

Nach einiger Zeit war Margarethe das Versteckspiel leid. Als Genefe aus der Küche kam, stellte sie sich ihr direkt in den Weg, so dass sie nicht an ihr vorbeikonnte.

»Ich bin Margarethe, die Frau von Peter Abrecht, und ich freue mich, dich heute Abend kennenzulernen, denn ich schätze den Mann sehr, der um dich freit.«

»Entschuldigt mich, aber ich habe zu tun. In einem Bauernhaus fällt immer viel Arbeit an.«

Mit dieser spitzen Bemerkung drängte sich Genefe an ihr vorbei und verschwand.

Eine solch unverhohlene Abfuhr hatte Margarethe nicht erwartet. Nun war klar, Genefe hegte Vorbehalte gegen sie, und Margarethe hatte nicht die geringste Ahnung, worauf sie zurückzuführen waren. Zeit, darüber nachzudenken, blieb ihr nicht, denn kurz darauf kamen die Männer zurück.

»Eine schöne Versammlung war das!«, schimpfte der alte Rohrbach, als sie um den großen Tisch saßen und die Frauen die Suppe als Nachtmahl servierten. »Wenn wir uns nicht einig sind, haben wir keine Möglichkeit, uns gegen die Herren in Heilbronn zu wehren.«

»Vater, wir können nie damit rechnen, dass alle sofort an einem Strang ziehen«, widersprach sein Sohn Jäcklin. »Es gibt immer Feiglinge und sogar Verräter. Wenn wir auf sie Rücksicht nehmen, werden wir nie etwas erreichen. Und sagen Sie mir selbst nicht immer wieder, ein Löffel voll Tat ist besser als ein Scheffel voll Rat? Also, eine Gruppe entschlossener Männer muss entschlossen handeln. Sobald die Feiglinge sehen, dass wir Erfolg haben, werden sie sich uns anschließen. So werden wir eine große Bewegung. Deshalb bin ich nach diesem Abend entschlossener denn je, die Schatzung nicht zu zahlen. Wer macht mit, Männer?«

Bei den letzten Worten hielt es ihn nicht mehr auf seinem Sitz. Geradezu triumphierend schaute er in die Runde, als habe er gerade den Rat von Heilbronn überzeugt, die Schatzung zurückzunehmen.

Hier jedenfalls gab es keinen Widerspruch und auch der alte Rohrbach wollte die kämpferische Stimmung, die sein Sohn verbreitet hatte, nicht durch weitere Zweifel abschwächen.

Am meisten aber genoss Margarethe den Auftritt. Unverwandt haftete ihr Blick an Jäcklin und dabei strahlte sie. Dass Genefe sie mit feindseligem Blick musterte, bemerkte sie ebenso wenig wie Peters müden Ausdruck.

Zwei Tage später verlangte der Schultheiß Jakob von Alnhausen die Schatzung, und diesmal erschien er zu Pferde. Rohrbach und die anderen Verweigerer hatten noch einmal versucht, die Mehrheit der Bauern auf ihre Seite zu ziehen. Ganz erfolglos waren sie damit nicht geblieben. Die meisten wollten zunächst einmal abwarten. Sie wagten weder, den Heilbronnern offenen Widerstand zu leisten, noch hielten sie das geforderte Geld bereit.

Wie zuvor war Jakob von Alnhausen von zwei Landsknechten begleitet. Auf dem Dorfplatz hatten sich einige dutzend Männer und Frauen versammelt; in der ersten Reihe Jäcklin Rohrbach, Sixt Hass, Johann Schad und Peter Abrecht.

Der Schultheiß erfasst die Situation rasch. Die Böckinger waren wie erwartet nicht bereit, dem Beschluss aus Heilbronn Folge zu leisten, und die Rädelsführer hielten es nicht einmal für nötig, sich in der Masse zu verbergen. Sie mussten sich sehr sicher fühlen. Offenbar stand das ganze Dorf hinter ihnen.

Jakob von Alnhausen betrachtete den Auftritt als Kampfansage.

Zu dritt eine solche Übermacht herauszufordern war nicht ratsam, und dennoch musste er seine Entschlossenheit zeigen. Niemand solle den Eindruck erhalten, man könne dem Vertreter der freien Reichsstadt ungestraft den Gehorsam und Respekt verweigern.

Jakob von Alnhausen trieb sein Pferd auf den Dorfplatz, doch niemand der vier Verweigerer mit dem Dorf im Rücken schien durch seinen Auftritt beeindruckt. Da er die Männer in der Situation nicht niederreiten konnte, stoppte er unmittelbar vor den Wartenden, die in stoischer Ruhe auf ihren Plätzen ausharrten. Als er sie musterte, sah er die unverhohlene Feindseligkeit in ihren Augen. Sie mahnte ihn zur Wachsamkeit. Ein unangenehmes Gefühl beschlich ihn. Wozu wären diese Menschen in der Lage, wenn sie sich in die Enge getrieben fühlten? Plötzlich traute er ihnen alles zu, und er benötigte seine ganze Willenskraft, um nicht sein Pferd zu wenden und davonzupreschen. Es war mehr als nur Entschlossenheit, die sie demonstrierten. Irgendetwas irritierte ihn.

Er wurde wütend auf sich selbst, aber noch mehr auf diese Menschen, die ihn zum ersten Mal Furcht lehrten. Das würden sie ihm büßen, wenn die Zeit dafür reif wäre. Jetzt durfte er nur keine Schwäche zeigen.

»Ihr habt euch hier versammelt, um mir die Schatzung auszuhändigen?«

Jäcklin Rohrbach trat vor. »Wir sind hier, um dir zu sagen, dass wir die Schatzung nicht zahlen werden. Sie widerspricht dem alten Recht, und wir beugen uns keiner Willkür.«

»Was Recht ist, entscheidet der Rat der freien Reichsstadt, und er hat seine Gründe für seine Entscheidung. Er bezahlt damit Maßnahmen zu unser aller Schutz.«

»Wir Bauern haben nichts davon, wenn sich der Rat der Stadt mit anderen um die Rechte auf dem Neckar streitet, und wir haben auch nicht die Absicht, das zu bezahlen.«

Jäcklin gefiel sich in der Rolle eines Agitators, und es gefiel ihm vor allem, die Bewunderung der Dorfversammlung in seinem Rücken zu spüren.

»Womöglich hat er Recht«, dachte sogar Peter. »Wir brauchen ein paar entschlossene Männer.«

»Ihr habt die geforderte Schatzung nicht aufgebracht, um sie mir zu übergeben?«, fragte der Schultheiß lauernd, auch wenn er die Antwort längst wusste.

Er wollte seinen Auftritt zu Ende bringen und dem jungen Rohrbach keinen Raum mehr geben, sich als Bauernführer zu präsentieren.

Von Rohrbach kam die erwartete Antwort. »Du hast richtig gehört, wir zahlen keine Schatzung.«

»Ich verspreche dir, junger Mann, ihr zahlt die Schatzung. Und ihr zahlt noch einiges drauf, vor allem du.«

Alnhausens Drohung klang ruhig, beinah wie eine väterliche Ermahnung; nur aus seinen Augen funkelte der unversöhnliche Hass. Eine Entgegnung wartet er nicht ab.

Margarethe hatte das Geschehen gemeinsam mit ihrem Sohn Philipp verfolgt. Der Junge interessierte sich für die Auseinandersetzungen im Dorf und er bewunderte, wie viele Heranwachsende, Jäcklin Rohrbach. Margarethe jedoch war vor allem stolz auf Peter. Auch er hatte dem Schultheiß die Stirn geboten und keine Angst gezeigt, als der auf sie zugeritten war. Sie fühlte sich in ihrer Vermutung bestätigt, dass er viel stärker war, als er selber ahnte. Bei diesen Gedanken durchströmte sie eine Welle von Liebe und Zärtlichkeit.

Später am Abend, auf ihrer Schlafstätte, wollte sie diese Gefühle nicht länger verbergen.

Nach der innigen Vereinigung ließ Peter nicht mehr von seiner Frau. Margarete erschien es, als umklammere er sie wie ein Ertrinkender. Sie ließ es geschehen und streichelte zärtlich seinen Kopf.

Nach einiger Zeit begann Peter zu schluchzen und schließlich konnte er seine Tränen nicht länger halten. »Ich habe solche Angst vor allem, was jetzt kommt«, stotterte er mühsam.

Margarethe schaukelte ihn sanft wie ein Kind und murmelte fast unhörbar: »Ich bin bei dir, hab keine Angst.« Noch immer verspürte sie eine unermessliche Zärtlichkeit. Was für ein großartiger Ehemann er doch war, der nur ihretwegen so weit über sich hinausgewachsen war. Langsam beugte sie ihre Lippen zu seinen Augen hinab, um seine Tränen wegzuküssen.

Er dankte es ihr mit einem sehnsuchtsvollen Lächeln.

»Ich habe so viele Fragen an dich.« Verlegen zögerte er, so als habe er gerade zu viel von sich preisgegeben.

»Ich bin bereit für all deine Fragen«, sagte Margarethe.

»Ich verstehe so vieles nicht, so vieles. Warum wirfst du dich dazwischen, wenn sich ein Jugendlicher mit einem Ablassprediger prügelt? Und das, während du schwanger bist? Warum willst du unbedingt, dass wir die Schatzung verweigern? Würdest du bei meinem Tod ähnlich in Trauer versinken wie bei dem von der Hebamme, deiner Freundin?«

Jetzt gelang es ihr kaum mehr, seinem Blick standzuhalten. Ihre Zärtlichkeit verwandelte sich in Trauer. Dabei wirkte er gar nicht anklagend oder fordernd, nur resigniert. Er kam ihr so alt vor.

Aus der Ferne hörte sie seine Stimme wieder: »Die Antwort auf diese Frage will ich lieber gar nicht wissen.«

Peter wirkte überwältigt von seinen eigenen Worten, die er so lange für sich behalten hatte.

»Entschuldige, das hätte ich dich niemals fragen dürfen. Es tut mir so leid. Ich bin so müde, ich bin dir eine Last, du hast einen Besseren verdient, einen Stärkeren, der mit dir kämpft, vielleicht« – er hielt erneut inne und seine Worte wurden noch leiser – »vielleicht einen Jos Fritz.«

Nun hielt auch Margarethe ihre Tränen nicht länger. »Es gibt keinen Besseren, keinen auf der ganzen Welt. Du ahnst nicht, wie viel du mir gibst. Du bist einfach da. Das ist so gut. Wie sollte es anders sein?«

»Aber ich spüre keine Kraft mehr. Ich bin erschöpft. Immer habe ich Angst um dich; und jetzt noch dazu um mein Leben. Wenn du weggehst, egal was du vorgibst, dann denke ich, du suchst die Gefahr. Ich weiß, du machst es für die Sache der Bauern, für uns alle. Aber du bist eine Frau und es gibt nur wenige Männer, die deinen Mut haben. Ich kann die Angst nicht ablegen, sie raubt mir die Lebenskraft. Ich spüre es immer deutlicher.«

»Du bist viel stärker, als du denkst, Peter.« Mühsam bahnten sich die Worte ihren Weg durch die Tränen. »Du bist an meiner Seite. Du gibst mir Mut. Du gibst mir Kraft. Ich fühle mich so mit dir verbunden.«

Es war kein billiger Trost, dafür war jetzt kein Raum, und sie wollte, dass er ihr das glaubte, dass er verstand, was er ihr bedeutete.

Er hörte nicht auf zu weinen und sich an sie zu klammern. Deutlich spürte sie, wie sehr er in all den Jahren gelitten hatte. Was mochte er geahnt haben, als sie vorgab, sich bei Rohrbachs um den Haushalt zu kümmern, während sie in Wirklichkeit Jos Fritz treffen wollte? Wie schmerzhaft musste es für ihn gewesen sein, als sie sich nach Luises Tod derartig von der Außenwelt abgekapselt hatte? Wie viele Ängste hatte er ausgestanden, als sie sich ihrem Leibherrn ausgeliefert hatte, um die Verschwörer in Bruchsal zu warnen?

Seine fragenden Blicke erschienen wieder vor ihrem inneren Auge, doch niemals hatte er seine Fragen in Worte gefasst. Sie war deshalb nie darauf eingegangen. Ihr Vertrauter war er nicht gewesen, das wurde ihr so deutlich wie nie.

Sie liebte diesen Mann, und im Laufe der Jahre war diese Liebe immer stärker geworden. Aber sie konnte sich auch nicht der Erkenntnis entziehen, dass sie ihn für stärker gehalten hatte, als er war. Wäre es besser gewesen, er hätte die Fragen hin und wieder ausgesprochen? Hätte er von ihr verlangen sollen, sie in ihre Unternehmungen einzuweihen?

Solche Überlegungen waren müßig; es wäre nicht ihr Peter gewesen. Und wie sie ihn so spürte, den Kopf zwischen ihren nassen Brüsten vergraben, da überkam sie ein Gefühl von Abschied. Wie viele solch inniger Momente würde es noch geben? Sie erschrak darüber. Sie wollte Peter nicht verlieren; nicht jetzt, da sie zum ersten Mal erkannte, wie er wirklich war. Und so erwachte ihr Widerstandsgeist. Sie würde Peter nicht verlieren, sie würde ihn mehr einbeziehen, auf seine Fragen eingehen, selbst wenn er sie nicht aussprach. Sie würde ihn nicht länger so hoffnungslos überfordern und leiden lassen. Und dann würden seine Lebenskräfte zurückkehren, daran gab es keinen Zweifel.

»Was immer der Schultheiß und die Herren in Heilbronn aushecken, ich werde nicht zulassen, dass sie irgendetwas Unrechtes mit dir und den anderen anstellen. In solchen Fällen können wir uns auf unseren Leibherrn verlassen. Und außerdem« – ihre Stimme wurde so zärtlich, wie er sie noch nie vernommen hatte – »wenn es wirklich darauf ankommt, bist du mir so viel wichtiger als jede Schatzung. Und als all das, was ich als unser Recht und unsere Würde ansehe.«

Erneut fanden sich ihre Lippen.

7. Kapitel

Die Kinder sahen sie zuerst. Die Dämmerung zog bereits herauf, und die Männer und Frauen waren von den Feldern zurückgekehrt. Regenwolken im Westen kündigten Niederschläge an. Die meisten Bauern waren deshalb gleich nach Hause oder in die Gaststuben gegangen, nur die Kinder hielt es noch draußen. Sie beobachteten fasziniert eine Gruppe stattlicher Reiter, angeführt von einem fürstlich gekleideten Mann mit einer gelben Fahne, auf der ein Adler weithin sichtbar war, das Heilbronner Wappen. Solch hoher Besuch war ungewöhnlich für Böckingen, erst recht zu so später Stunde. Vielleicht würden sie eine spannende Vorführung von Reitkünsten erleben.

Als die Berittenen näher kamen, beschlich die Kinder ein seltsames Gefühl. Sie waren schwer bewaffnet und machten einen kriegerischen Eindruck. Niemand von ihnen schenkte den Kindern einen Blick; mit finsteren Mienen ritten sie vorbei. So verhielten sich Truppen, wenn sie in den Krieg zogen. Aber es war doch kein Krieg! Vielleicht sollten sie das Dorf warnen, doch dazu war es zu spät. Selbst wenn sie die Abkürzung über Schleichpfade nahmen, konnten sie nicht vor den Reitern im Dorf sein. Vielleicht bekamen sie aber noch mit, warum sie gekommen waren. Also rannten sie aus Leibeskräften, um nichts zu verpassen.

Auch wenn es sich bei den Reitern nicht um Böckinger handelte, wussten sie genau, wohin sie wollten. Die Hälfte des Trosses mit dem Anführer hielt zielstrebig auf den Gasthof Dörzbach zu, die anderen postierten sich so in den Gassen, dass niemand unbemerkt das Dorf verlassen konnte. Nur wenige Minuten blieben die Eindringlinge im Gasthof, dann kamen sie mit drei sich heftig wehrenden Männern heraus. Doch so sehr sich diese auch mühten, gegen die Übermacht der Landsknechte hatten Jäcklin Rohrbach, Sixt Hass und Johann Schad keine Möglichkeit. Sie wurden an den Händen gefesselt und mit Stricken am Sattel eines Pferdes festgebunden.

Nach Peter Abrecht mussten die Truppen nicht lange suchen. Der Lärm hatte ihn und seinen Sohn Philipp auf die Straße getrieben. Kaum erkannte der Schultheiß Jakob von Alnhausen Peter, wies er seine Truppen an, auch ihn zu ergreifen. Peter erfasste die Situation sogleich und ließ es geschehen. Er hatte keine Möglichkeit, und Widerstand würde alles nur noch schlimmer machen. Als die Landsknechte ihre Arbeit beendet und alle Gesuchten an Pferdesättel gebunden hatten, weidete sich der Schultheiß an seinem Triumph. Umringt von seinen Bewaffneten wandte er sich an die Dörfler, die inzwischen zahlreich vor dem Gasthof erschienen waren.

»Bürger des Herrendorfes«, begann er wie ein großzügiger Landesherr. Der salbungsvolle Ton seiner Worte stand im Gegensatz zu deren Inhalt. Jakob von Alnhausen wusste, wie er die Böckinger demütigen konnte, und das ließ er sich nicht entgehen.

»Diese vier Männer sind angeklagt, einen Beschluss des Rates von Heilbronn missachtet zu haben, obwohl er uns allen zum Vorteil gereicht.«

Jäcklin wollte protestieren, doch ein kräftiger Hieb von einem der Landsknechte ließ ihn verstummen. Erst jetzt erkannten alle, in welch schwieriger Situation sich die Gefangenen befanden. Strauchelte jemand, konnten die Pferde scheuen und durchgehen; die Männer würden unweigerlich zu Tode geschleift. Sie mussten sich ruhig verhalten, um zu überleben. Die Spannung lähmte alle Umstehenden.

Nach der kurzen Unterbrechung ergriff der Schultheiß erneut das Wort: »Trotz des Vergehens lässt die freie Reichsstadt Gnade walten. Die vier werden nicht bestraft, wie sie es verdient hätten, sie bleiben nur so lange in Haft, bis sie die Schatzung bezahlt haben. Sie entscheiden also selbst darüber.« Sein Grinsen bei diesen Worten provozierte die Menschen beinah noch mehr als seine Worte. »Und von euch, ihr ehrbaren Bauern, steht die Schatzung ebenfalls noch aus. Ich vermute, ohne den schändlichen Einfluss dieser vier Rädelsführer hättet ihr sie längst gezahlt. Ich will euch deshalb nicht länger warten lassen. Morgen am frühen Nachmittag kommen meine Boten ins Dorf, um sie in Empfang zu nehmen.«

Damit beendete er seine Ansprache. Als die Landsknechte seine Gefangenen zum Abtransport nach Heilbronn fertig machten, raunzte der Schultheiß Jäcklin Rohrbach zu: »Das war viel leichter, als ich dachte. Du bist ein Bauernführer ohne Gefolge.«

Zwei Stunden später, als es längst dunkel war, kam Margarethe zurück nach Hause. Zum Glück hatte sich der Regen verzogen, so dass sie nicht durchnässt worden war. Sie hatte Melisse, Kamille, Pfefferminze, Hirtentäschel und Blüten der Ringelblume gesammelt, die Wunden stillten und Verletzungen heilten. Ihr war klar gewesen, dass die Herren aus Heilbronn auf die Weigerung der Böckinger, die Steuern zu zahlen, reagieren würden, und da wollte sie auf alles vorbereitet sein.

Sie musste Philipp nur anschauen, um zu wissen, was vorgefallen war. Ihr Ältester stand immer noch unter dem Schock der Ereignisse.

»Sie haben Papa mitgenommen, angebunden an ein Pferd«, stammelte er.

Margarethe war nicht gewillt, die Verhaftung der vier Männer hinzunehmen. Am nächsten Morgen machte sie sich auf nach Heilbronn. Sie hatte in der Nacht zu Jesus gebetet und zu den Mächten, die ihr eingefallen waren. Das gab ihr Mut.

Die Stadt wusste bereits, dass vier widerspenstige Böckinger im Gefängnis saßen. Die meisten kümmerten sich nicht weiter darum, aber manche freuten sich offen, dass diesem eigensinnigen Dorf endlich einmal die Grenzen aufgezeigt wurden.

Das Rathaus von Heilbronn war ein massiges, gedrungen wirkendes Gebäude, ohne die Schnörkel der umstehenden Bürgerhäuser. Es strahlte Macht aus. Der dem Marktplatz zugewandten Hauptfront waren fünf Rundbögen nach italienischer Art vorgebaut worden; drei schmalere innen, flankiert von zwei breiteren rechts und links außen. Eine Treppe führte auf die Balustrade über den Rundbögen. Der besondere Stolz der Stadt war eine astronomische Uhr vor einem der Dacherker. Sie gab den genauen Stand von Sonne, Mond und den Mondknoten an.

Margarethe beachtete nichts davon. Sie ging festen Schritten in den Innenhof des Rathauses, wo gerade Markt stattfand. Die meisten Marktleute, die dort ihre Waren anboten, kamen wie sie aus den umliegenden Dörfern. Somit waren sie der Heilbronner Willkür ebenso ausgeliefert, und vielleicht könnte sie dort Unterstützung erhalten, falls der Rat gegen sie vorging. Vom Innenhof aus begehrte sie Einlass, doch bewaffnete Posten hinderten sie.

»Ich muss dem Rat der Stadt ein Anliegen vortragen und bitte darum, vorgelassen zu werden.«

»Wen darf ich melden mit welchem Anliegen?«

Die Posten hatten ihre Befehle, aber sie wirkten ein wenig verunsichert, denn mit einer so selbstbewussten und bestimmten Frau hatten sie es selten zu tun.

»Mein Anliegen kann ich nur dem Rat direkt vortragen, aber es handelt sich um einen Fall von hoher Wichtigkeit.

Wenn ihr mir den Einlass verweigert, habt ihr die Folgen zu tragen.«

Die Posten zögerten. Was, wenn die Frau Recht hatte? Sie berieten sich kurz, dann verschwand einer der beiden im Rathaus.

Nach einigen Minuten kam er zurück; in seiner Begleitung der Ratsherr Hans Berlin und der Schultheiß Jakob von Alnhausen.

Beide wussten nicht, wen sie vor sich hatten, denn Margarethe hatte sich ihnen gegenüber im Hintergrund gehalten und damit einen kleinen Vorteil auf ihrer Seite.

»Ich habe dem Rat der Stadt ein wichtiges Anliegen vorzutragen und bitte darum, vorgelassen zu werden«, wiederholte sie.

»Das muss aber ein sehr wichtiges Anliegen sein, denn heute steht das Rathaus dem gemeinen Volk nicht offen. An zwei Tagen in der Woche ist der Rat für seine Bürger da, sonst hat er seinen Geschäften nachzugehen. Ich schlage dir deshalb vor, übermorgen wiederzukommen«, sagte Hans Berlin.

»So lange kann ich nicht warten.«

Die Hartnäckigkeit und das Selbstbewusstsein der Frau machten die Vertreter der Stadt neugierig. »Dann bleibt Euch nur die Möglichkeit, Euer Anliegen mir vorzutragen. Ich bin der Ratsherr Hans Berlin und neben mir steht der Schultheiß von Böckingen, Jakob von Alnhausen. Wir vertreten den Rat.«

»Ich weiß zu gut, wer Ihr seid«, dachte Margarethe grimmig, aber sie vermied alles, was sie verraten konnte.

Dabei wusste sie nicht weiter, fühlte sich am Ende einer Sackgasse. Ungünstiger hätte ihr Einsatz nicht verlaufen können. Niemals würde sie an dem Schultheiß vorbeikommen. Gleichzeitig erschien es geradezu lächerlich, von ihm zu erwarten, er würde die Männer freilassen, die er tags zuvor verhaftet hatte. Auch wenn es kaum eine Möglichkeit gab, versuchen wollte sie es und zwar mit Verhandlungsgeschick und Liebreiz.

Sie heuchelte freudige Überraschung. »Welch ein glücklicher Zufall, den Schultheißen von Böckingen hier anzutreffen. Hohe Herren, gestern wurden vier Männer aus Böckingen eingekerkert, weil man glaubte, sie wollten die Schatzung nicht zahlen. Dabei muss es sich jedoch um einen Irrtum handeln, der sich leicht aufklären lässt. Und deshalb bin ich hier.«

Der Schultheiß lächelte selbstgefällig. Das konnte eine Begegnung nach seinem Geschmack werden.

»Wenn Ihr Recht habt, gute Frau, dann wird der Rat der Stadt gewiss ein Einsehen mit den Gefangenen haben und sich für seinen Irrtum entschuldigen. Ich weiß von der Einkerkerung der vier Männer. Erläutert mir doch bitte, wo der Irrtum liegt.«

Margarethe war verunsichert durch den überaus freundlichen, ja beinah unterwürfigen Tonfall. War er wirklich so offen für ihr Anliegen oder spielte er nur mit ihr?

Sie suchte nach Worten. »Die Männer wollten nur erfahren, auf welchem Recht sich diese Schatzung gründet. Es ist wohl eine neue Verordnung, aber uns war gesagt worden, wir müssen nur Schatzungen zahlen, die mit dem alten Recht im Einklang stehen.«

»Wer erzählt denn so etwas in den Dörfern?«, unterbrach der Schultheiß lauernd.

»Das weiß ich nicht, ich bin doch nur eine Frau, aber es machte die Runde.«

Damit hatte sie sich eine Blöße gegeben, und der Schultheiß reagierte sofort.

»Nur eine Frau«, wiederholte er, und einmal mehr klang er wie ein fürsorglicher Vater. »Es ist immer gut, wenn man um seinen Platz weiß und sich nicht in Angelegenheiten einmischt, von denen man nichts versteht. Aber es ist ein guter Hinweis, wir werden die Männer befragen, wer solche Nachrichten in den Herrendörfern verbreitet und die Bauern aufwiegelt. Das kann nicht geduldet werden, schon um das gemeine Volk davor zu schützen, sich unüberlegten Aktionen hinzugeben. Und bei unseren Methoden der Befragung wird es nicht schwer sein, den Männern die Informationen zu entlocken.«

Sein kaltes Lächeln ließ Margarethe erschaudern. Ihr schein, als stünde plötzlich ein ganz anderer Mensch vor ihr. Was hatte sie angerichtet? Statt etwas für Peter und die anderen zu erreichen, hatte sie alle in noch größere Schwierigkeiten gebracht. Vermutlich würden sie jetzt sogar gefoltert, nur weil sie unüberlegt gehandelt hatte.

Sie machte einen letzten Versuch. »Hoher Herr, sagt mir doch bitte, auf welches Recht sich diese Schatzung beruft, und wenn das geklärt ist, werden die Männer gewiss bezahlen. Sie sind keine Aufrührer, sie bestehen nur auf ihrem Recht, und das darf ihnen niemand verdenken.«

»Schweig!«, donnerte der Schultheiß, der genug von der Unterredung hatte, und Hans Berlin nickte zustimmend. »Ich habe gesagt es ist gut, wenn man um seinen Platz weiß und seine Nase nicht in fremde Angelegenheiten steckt. Wie kann eine Frau es wagen, vom Rat der freien Reichsstadt Rechenschaft für seine Beschlüsse zu verlangen?«

Damit drehten beide auf dem Absatz um und verschwanden im Rathaus.

Margarethe hätte schreien können vor Wut. Wie hatte sie sich einbilden können, beim Schultheißen die Freilassung der Gefangenen zu erwirken? Die ohnmächtige Wut raubte ihr die Fähigkeit, ihre Lage nüchtern zu überdenken. Sie stieg zwei Treppenstufen zum Rathaus hinauf, wo sich die Wächter inzwischen drohend postiert hatten, und wandte sich dem Markttreiben zu. Dort hatte eine wachsende Zahl von Menschen ihren Disput mit dem Schultheißen verfolgt.

»Bauern!«, begann sie, so laut sie konnte. »Hier in diesen Mauern sind vier von eurem Stand eingekerkert, die nichts anderes getan haben, als sich der Willkür des Rates zu widersetzen. Wenn die Herren Geld benötigen, dann holen sie es sich von uns, den Bauern. Deshalb kann das, was den vier ehrbaren Bauern aus Böckingen widerfahren ist, jedem Einzelnen von euch widerfahren. Bitte helft mir, die Gefangenen frei zu bekommen, wir sind viele und ...«

Weiter kam sie nicht, denn kräftige Arme packten sie von hinten, zerrten sie die Treppe hinunter zum Ausgang des Innenhofes. Heftig wehrte sie sich und schrie um Hilfe, doch mehr als ein unzufriedenes Murren war den Bauern auf dem Markt nicht zu entlocken. Die Frau mochte Recht haben, doch sich ihretwegen mit der Obrigkeit anzulegen, schien keinem ratsam.

Margarethe konnte nicht mehr als schreien. Sie befand sich fest im Griff von zwei kräftigen Wärtern, und die schleiften sie über den Marktplatz hinaus, eine Gasse hinunter bis zum Fleiner Tor. Dort stießen sie die Zappelnde unsanft auf einen Acker, stellten sich drohend über sie, und einer trat mit seinem Fuß auf ihren Rücken.

»Dies ist nur ein kleiner Vorgeschmack auf das, was geschieht, wenn du es noch einmal wagst, die Mauern dieser Stadt zu betreten und gegen die Obrigkeit zu hetzen. Dann werden wir dir in aller Öffentlichkeit auf dem Marktplatz die Kleider vom Leib reißen, dich teeren und federn und drei Tage in diesem Zustand, ohne dir zu trinken und zu essen zu geben, an den Pranger stellen, wo jeder über dich verfügen kann, wie es ihm beliebt. Das würde ein Unterhaltung für die Stadt werden!«

Mit einem weiteren Tritt verabschiedeten sich die Wächter.

»Was glaubst du, wer du bist und was du dir herausnehmen kannst?«, rief ihr einer noch aus einiger Entfernung zu.

Margarethe fühlte sich erniedrigt wie selten zuvor in ihrem Leben. Ihre verdreckte Kleidung erschien ihr wie ein Symbol dafür. Sie ärgerte sich auch über sich selbst. Sie unterschätzte die Herren noch immer; sie, die anderen eindringlich klarzumachen versuchte, wie rücksichtslos und brutal die Herren waren; die stets zu Wachsamkeit mahnte! Die Herren hatten sie genauso behandelt, wie es zu erwarten gewesen war. Merkwürdigerweise war es gerade der Ärger über sich selbst, der sie wieder klare Gedanken fassen ließ.

Zunächst nahm sie wahr, dass ihr eine Gruppe von Gaffern gefolgt war, Kinder zumeist. Sie hatten sich das Ereignis nicht entgehen lassen und warteten jetzt in einiger Entfernung, manche in Erwartung, dass noch irgendetwas geschehen müsse, andere mit unverhohlener Schadenfreude.

Margarethe wollte sie keinesfalls herausfordern, sondern nur so schnell wie möglich verschwinden. Aber in dem Zustand konnte sie auf keinen Fall nach Böckingen zurückkehren und vor Philipp treten. Sie würde zuerst in den Wald gehen, an den Ort, der ihr mehr als alles andere Kraft und Trost gab.

Als sie den Wald erreichte, lösten sich Spannung, Wut und Enttäuschung in Tränen auf. Sie ließ sie fließen, bis sie eine ihr vertraute kleine Lichtung erreichte, auf der sie sich ungestört wusste. Ein Bach schlängelte sich dort entlang, auf der anderen Seite war dichtes Unterholz. Nach allem, was sie in den letzten Stunden erlebt hatte, kam ihr der Friede hier geradezu unwirklich vor. Die Sonne war inzwischen hoch gestiegen und wärmte sie. Hier würde sie Zuflucht finden.

Sie zog sich aus und legte sich bäuchlings ins Gras, Arme und Beine weit von sich gestreckt. Wie gut es war, die Erde zu spüren, ganz anders als noch vor ein oder zwei Stunden, als sie auf den Boden geworfen worden war. Ihr Gesicht presste sie so fest nach unten, dass sie gerade noch atmen konnte. Sie wollte den würzigen Geruch der Sommerwiese in sich aufnehmen. Mit jedem Atemzug stellte sie sich vor, wie frische Erdenergie in sie eindrang und ihren Körper auszufüllen begann. Mit jedem Ausatmen gab sie ihre Verzweiflung, ihre Demütigung, ihre Wut an die Erde ab. Lange lag sie da, gewärmt von der Sonne, und mit jedem Atemzug fühlte sie sich besser.

Irgendwann stand sie auf, ging an den Bach, nahm etwas Erde vom Ufer, hielt sie in das fließende Wasser, sodass feuchter Lehm daraus wurde und rieb ihren Körper damit ein.

»Element Erde«, sagte sie mit fester Stimme, »du bist unser Grund, unser Reichtum. Du gibst deine Fülle ohne Ansehen den Herren und dem gemeinen Volk. Hilf mir, dass mir niemals wieder meine Stärke und meine Würde genommen werden. Meine Stärke liegt in dir, in der Verbindung mit deiner Kraft. Ich bin getragen, wenn ich dich unter mir fühle. Diese Verbindung wird nie wieder durchtrennt.«

Schon lange hatte sie sich nicht mehr so stark gefühlt. Dann ging sie zurück zur Wiese, um sich auf den Rücken zu legen. Sie wandte ihr Gesicht direkt der Sonne zu und blinzelte sie an, so weit das grelle Licht dies zuließ.

Jetzt verband sie sich mit dem Feuerelement. Sie öffnete den Mund und stellte sich vor, die Kraft der Sonne in sich einzusaugen. Ihr Licht drang in sie ein und füllte ihren Körper wie ihre Seele aus. Gleichzeitig wichen Angst und Verzweiflung. Am Ende stieß sie einen wilden Schrei aus.

»Element Feuer«, rief sie laut, »du bist die Kraft des Antriebs, der Wandlung und der Läuterung. Du verwandelst feste Stoffe in Energie. Gib mir die Kraft, dass ich nach jeder Niederlage fähig bin, wieder neu anzufangen. Gib mir die Kraft, niemals aufzugeben, und hilf mir, bei allem, was ich tue, mit lauterem Herzen dabei zu sein, damit ich niemals aus selbstsüchtigen Gründen oder aus Hochmut handle. Solange ich mit dir verbunden bin, du Sonne, so lange bin ich an der Quelle meiner Kraft, lass mich niemals davon abgeschnitten sein.«

Dann sprang sie auf und begann zu tanzen. Es war ein Tanz, den sie von Luise gelernt hatte und der von den Heiden aus dem Orient stammen sollte. Sie drehte sich um ihre eigene Achse und bewegte sich dabei mit ausgestreckten Armen in einem großen Kreis auf der Wiese, so wie die Sonne am Firmament. Die Bewegung ließ sie immer leichter werden. Bald fühlte sie sich wie eine Feder und ihre Schritte wurden zu Sprüngen.

Unwillkürlich rief sie das Luftelement an. Wenn sie zu einem kleinen Sprung von der Erde abhob, reckte sie ihre Hände in die Höhe und rief: »Element Luft, du scheidest und entscheidest. Hilf mir, zur Klarheit zu kommen, zur Einsicht in das, was richtig ist. Und gib mir die Kraft, diese Einsicht umzusetzen. Steh mir bei, dass mein Geist nicht verwirrt wird, wenn es darauf ankommt, klare Entscheidungen zu fällen. Lass mich niemals von dir abgeschnitten sein.«

Allmählich wurden ihre Bewegungen langsamer, bis sie schließlich ganz zum Stillstand kamen. Sie spürte Schwindel, doch sie zwang sich, gerade stehen zu bleiben, und er ging rasch vorüber. Sie schwitzte unter der Lehmhülle, die ihren Körper bedeckte, aber an vielen Stellen bereits wegbröckelte. Also schritt sie erneut zum Bach und glitt mit ihrem ganzen Körper hinein. Das Bett war gerade tief genug, um sich hinzulegen und ganz vom Wasser umspült zu werden. Margarethe ließ sich ein wenig treiben und wandte sich dann an das Wasserelement. Dazu kniete sie sich in das Bachbett, formte ihre Hände zu einer Schöpfkelle und ließ das saubere, klare Wasser vom Scheitel herab über ihren Körper fließen, von dem bereits aller Lehm abgewaschen war.

»Element Wasser«, begann sie mit leiser Stimme. »Du leitest unsere Gefühle, du stellst die Verbindung zwischen allen

Geschöpfen her. Hilf mir, dass die Liebe mich leitet, wie die Liebe des Schöpfers zu denen, denen die Würde genommen wird und manchmal sogar das Leben. Aber hilf mir auch, dass niemals Hass von mir Besitz ergreift, auch dann nicht, wenn es gegen die Herren geht. Schon mein eigener Leibherr lehrt mich, dass kein Stand nur böse ist. Element Wasser, wenn ich dich spüre, spüre ich die Verbindung mit allen Geschöpfen, die Gott geschaffen hat. Lass diese Verbindung niemals abreißen.«

Nach den Worten tauchte sie erneut unter und ließ sich noch einmal von dem reinen, klaren Wassers umspülen.

Jetzt war sie bereit, nach Böckingen zurückzukehren, ohne sich schlecht zu fühlen. Und sie würde neue Wegen finden, damit Peter und die anderen so bald wie möglich frei sein würden.

Als sie aus dem Bach stieg, hörte sie es im Unterholz knacken. Einen Augenblick lang schoss ihr die Geschichte von Luise durch den Kopf. Wenn sie auch beobachtet worden wäre? Instinktiv blickte sie zu ihren Kleidern hinüber. Sie lagen noch da wie zuvor. Wollte ihr jemand Böses, würde er sich als Erstes ihrer Kleider bemächtigen. Es knackte erneut, näher als zuvor, und dann trabte eine Fuchsmutter mit vier Jungen aus dem Unterholz hervor.

Margarethe lachte schallend. »Wie konntest du zweifeln?«, neckte sie sich. »Es war ein Test für dein Vertrauen, wie einst auf dem Michaelisberg, und beinah bist du durchgefallen. Dabei werden dich die Elemente immer behüten.«

Der Schmutz an ihren Kleidern war inzwischen so trocken, dass sie ihn ohne Schwierigkeiten abklopfen konnte. Ihren Körper ließ sie von der Sonne trocknen, dann zog sie sich an und machte sich auf nach Böckingen.

Die Sonne hatte den Zenit überschritten, als sie aus dem Wald heraustrat. Einige Zeit später sah sie Böckingen vor sich. Einmal mehr waren es die Kinder, die sie zuerst erblickten. Sie schrien laut auf und rannten davon. Margarethe konnte sich keinen Reim aus ihrem Verhalten machen. Kurze Zeit später sah sie eine Gruppe Erwachsener aus dem Dorf ihr entgegenkommen. Sie erkannte Philipp darunter und den alten Rohrbach.

»Mama, Sie leben?«, empfing sie ihr Ältester sichtlich erleichtert und verwirrt.

»Warum sollte ich nicht leben?«

»Wir haben gehört, wie es Ihnen in Heilbronn vor dem Rathaus ergangen ist. Man hat noch gesehen, wie sie weggeschleppt wurden, aber keiner weiß, was dann geschehen ist. Einige wollten zwar gesehen haben, dass man Sie am Fleiner Tor freigelassen hätte und Sie fortgegangen seien, aber dann hätten Sie viel eher in Böckingen sein müssen. Wir haben deshalb befürchtet, man habe Sie unterwegs ergriffen und umgebracht oder eingekerkert.« Nach einer Pause fügte er so leise hinzu, dass nur sie es verstand: »Ich dachte, ich hätte Euch beide verloren.« Tränen standen ihm in den Augen.

Margarethe hatte kein schlechtes Gewissen. Sie hatte getan, was sie tun musste, aber sie spürte eine Welle von Mitgefühl für Philipp. Er musste noch so viel lernen.

»Mir geschieht nichts Böses, nicht jetzt und auch nicht später, keine Sorge, hab Vertrauen. Leider hatte ich in Heilbronn keinen Erfolg, wie ihr schon wisst.«

Daraufhin trat der alte Rohrbach auf sie zu, postierte sich direkt vor sie und fixierte sie.

»Was du gewagt hast, ist außergewöhnlich. Kein Mann aus dem Dorf hatte den Mut dazu. Aber nimm dich in Acht, die Herren schätzen das nicht.«

Unwillkürlich musste Margarethe lächeln.

Auf dem Weg ins Dorf war ihr klar geworden, was jetzt zu tun war. Früh am nächsten Morgen würde sie sich zu ihrem Leibherrn aufmachen. Jörg von Hirschhorn war immer für einen Ausgleich zwischen Herren und Bauern eingetreten. Eine solche Willkür konnte er nicht gutheißen, und er würde Wege wissen, wie man ihr begegnen könnte.

Die Nachricht über die neue Schatzung aus Heilbronn, den Widerstand der Böckinger und die Verhaftungen war bereits zum Schloss Hirschhorn gedrungen, so dass ihr Leibherr nicht überrascht war, als Margarethe gemeldet wurde. Jörg von Hirschhorn hatte inzwischen die gesamte Verantwortung von seinem Vater übernommen. Der alte Schlossherr kränkelte seit Längerem. Allein wenn sich eine hohe Jagdgesellschaft ankündigte, kehrte seine Lebenskraft für kurze Zeit zurück.

Jörg von Hirschhorn erwartete Margarethe in der ihr vertrauten Umgebung. Ein Diensthabender führte sie in den Empfangssaal, verbeugte sich vor seinem Herrn und wandte sich ab. Margarethe war allein mit ihrem Leibherrn. Er musterte sie offen, aber ohne dabei anzüglich zu werden, ohne Begehren zu zeigen, wie es andere Leibherren gegenüber Bäuerinnen, die noch nicht vom Leben verbraucht waren, unverhohlen taten.

»Ihr ahnt, warum ich gekommen bin?«

»Auch wir hier erfahren, was sich in Heilbronn und seiner Umgebung abspielt«, entgegnete Jörg von Hirschhorn.

»Müssen wir uns diese Willkür gefallen lassen? Oder könnt Ihr uns dagegen helfen? Das widerspricht dem alten Recht.«

Jörg von Hirschhorn zögerte lange mit einer Antwort.

»Die Sache ist nicht so einfach, wie es aussieht, denn Heilbronn ist eine freie Reichsstadt, und auch wir als Grundherren haben keinen direkten Einfluss auf die Beschlüsse des Rates. Wir können die Heilbronner allenfalls um etwas bitten und hoffen, dass sie darauf eingehen. Da sie auch von unseren Ländereien etwas haben, hat unser Wort Gewicht und wir sind gegenüber einer freien Reichsstadt nicht ganz machtlos. Ich verspreche dir, wenn es einmal wirklich wichtig sein sollte, werde ich nicht zögern, mich für dich beim Rat von Heilbronn zu verwenden.«

Jörg von Hirschhorn schaute Margarethe direkt in die Augen und seine Worte klangen so eindringlich, dass sie sich fragte, ob er gerade einen Blick in die Zukunft warf.

»Ich weiß, Herr«, antwortete sie, »aber auch diese Angelegenheit ist wichtig. Ich fürchte, dass unsere Männer gefoltert werden. Bei meinem kläglichen Versuch, sie freizubekommen, habe ich behauptet, reisende Boten verbreiteten in den Dörfern, dass wir nur Abgaben zahlen müssten, die dem alten Recht entsprechen. Ich dachte, damit könnte ich sie entlasten, doch das Gegenteil war der Fall. Der Schultheiß wollte wissen, wer diese Aufwiegler seien. Es gibt sie natürlich nicht, aber das hat er mir nicht geglaubt und stattdessen angedeutet, die Informationen mit Folter aus unseren Männer herauszupressen.«

Das Gesicht des Leibherrn verfinsterte sich. »Diese Einzelheit war uns allerdings nicht bekannt, und sie erfordert rasches Handeln. Wir wissen, was sich in Heilbronn verändert hat, seit dort Jakob von Alnhausen als Schultheiß eingesetzt wurde. Er ist ein Mann, der eine solche Drohung jederzeit wahrmacht, unterschätze ihn nicht; auch gegenüber unseren Anliegen zeigt er sich häufig verschlossen. Was der Rat der Stadt erlassen hat, ist nicht verboten, auch wenn es ungewöhnlich ist. Er hat das Recht dazu. Böckingen jedoch hat das Wort des Schultheißen, dass die Männer nur bis zur Zahlung der Gelder im Gefängnis bleiben. Es ist keine Strafe. Angesichts der Lage rate ich dir dringend, begleiche die Schatzung umgehend. Wenn das schwierig für einen der Gefangenen ist, werde ich meinen Kämmerer anweisen, es vorzulegen. Wir werden es dann bei unserer nächsten Schatzung verrechnen oder eine andere Form des Ausgleichs finden. Jetzt kommt es darauf an, die Männer keinen Tag länger in der Gewalt des Schultheißen zu belassen.«

Margarethe kämpfte mit widerstrebenden Gefühlen. Sie war ihrem Leibherrn für sein Verständnis dankbar, aber gleichzeitig spürte sie ohnmächtigen Trotz.

»Habt Dank, hoher Herr, für Eure Großzügigkeit und Eure Anteilnahme, aber das Geld ist es nicht. Wir sind keine armen Tagelöhner. Es geht um unsere Würde. Allzu viele meinen, sie mit Füßen treten zu dürfen. Und es geht um Gerechtigkeit, Gottes Gerechtigkeit. Auch sie erfreut sich nicht überall großer Wertschätzung, wenn es darum geht, auch noch das Letzte aus uns Bauern herauszupressen.«

Erneut trafen sich ihre Blicke. Margarethe wusste, wie ungehörig es war, einem Leibherrn direkt in die Augen zu schauen, außer man wurde dazu aufgefordert. Jörg von Hirschhorn aber nahm keinen Anstoß daran. Sein Blick zeigte so viel Verständnis, dass ihr beinah schwindelig wurde. Für einen kurzen Moment schienen alle Standesgrenzen aufgehoben; nur noch Mann und Frau standen sich gegenüber.

Dann lächelte Jörg von Hirschhorn, und der Bann zerbrach.

»Ich weiß«, flüsterte er, »die Würde ist der größte Wert im Leben, egal ob Obrigkeit oder Untertan. Und Gerechtigkeit ist das, was einen Herrn wirklich adelt. Aber ein Leben in Würde ist wie eine Wanderung auf einem Grat. Manche Herren fühlen sich provoziert, wenn sie meinen, die Bauern begehrten gegen ihren angestammten Platz auf. Dann ist ihnen die Gerechtigkeit einerlei und von eurer Würde lassen sie euch nichts mehr.«

»Wenn wir nur kriechen, werfen wir unsere Würde selber weg. Das ist noch schlimmer«, entgegnete Margarethe spitz.

Sie ärgerte sich über solche Gedanken. Warum forderte er sie auf diese Art heraus? Am Ende war er eben doch ein Leibherr und Grundbesitzer.

Sie sie, wie ein Lächeln seinen Mund umspielte. »Nein, ich bin nicht der Meinung wie andere Herren«, griff er ihren Gedanken auf, als ob sie ihn ausgesprochen hätte. »Ich habe nicht gesagt, dass ich ihr Verhalten gutheiße. Ich fordere dich nicht auf, deine Würde wegzuwerfen, damit sie dir keiner nehmen kann. Ich weiß, dass du schon als Kind schmerzhafte Erfahrungen gemacht hast, aber glaub mir, es gibt noch viel Schlimmeres, Schlimmeres, als du dir vermutlich vorstellen kannst.«

Sprach da wieder Luise zu ihr? Oder Peter? Musste sie sich immer wieder Warnungen anhören, wenn es um ihre Würde ging?

»Danke, Herr«, gab sie zurück, doch die Worte fielen ihr schwer.

Sie spürte einen Kloß im Hals, denn noch immer rangen Rührung, Wut und Trotz in ihr.

»Danke für alles.«

Jörg von Hirschhorn wollte sie verabschieden und sich wieder anderen Geschäften zuwenden, doch Margarethe machte noch keine Anstalten zu gehen.

»Du solltest nicht länger zögern, wenn ihr das Geld habt«, drängte ihr Leibherr. »Es geht um eure Männer.«

»Es gibt noch eine Sache. Ich wurde in Schande aus der Stadt gejagt und man hat mir angedroht, mich zu teeren, zu federn und an den Pranger zu stellen, wenn ich noch einmal dort auftauche.«

»Das kann ich als dein Leibherr regeln. Keine Angst, ich werde einen Boten zum Rat schicken. Niemand wird dir ein Haar krümmen, wenn du zum Rathaus gehst und die Schatzung für die Männer zahlst.«

Margarethes Weg führte direkt zum alten Rohrbach. Mit knappen Worten schilderte sie ihm das Gespräch. »Wenn du das Geld für deine Familie besorgst, mache ich mich sogleich auf den Weg.«

So schnell wie erhofft klappte es jedoch nicht. Johann Schads Familie hatte das Geld nicht unmittelbar bereitliegen. Margarethe musste sich deshalb bis zum nächsten Morgen gedulden.

Die Nacht war schrecklich. Die Aussagen ihres Leibherrn hinsichtlich des Schultheißen nährten ihre Angst um Peter und die anderen Männer. Peter war kein Held, das musste sie sich eingestehen, und wenn er wirklich der Folter ausgesetzt werden sollte ... Sie mochte den Gedanken nicht zu Ende denken, und gleichzeitig ließ er sie nicht los.

Vor dem Rathaus wurde sie bereits erwartet. Der Austausch zwischen der Stadt und den Fürsten auf dem Land lief reibungslos. Sie hatte sich darüber nie Gedanken gemacht, doch in diesen Tagen erkannte sie, welche Auswirkungen das hatte. Auch die Wächter im Tor, die sie ohne Zögern durchgelassen hatten, konnten einen Boten zum Rat geschickt haben, um sie anzukündigen.

Diesmal musste sie gar nicht erst in den Innenhof gehen. Der Schultheiß, flankiert von Hans Berlin und einem weiteren Ratsherrn, wartete auf der Balustrade des Rathauses. Die Herren von Heilbronn wussten selbst zu vergleichsweise geringen Anlässen ihre Macht in Szene zu setzen.

Margarethe trat wie eine Bittstellerin vor sie, die weit über ihr thronten. Wollte sie zu ihnen sprechen, musste sie den Blick hoch erheben und spüren, wie von oben herab geantwortet wurde. Ihr Leibherr hatte sie nie so empfangen.

Obgleich es ihr widerstrebte, wartete sie vor der Balustrade, den Blick zu den Vertretern der Stadt gewandt. Es war deutlich, dass sie das Schauspiel genossen. Margarethe zwang sich, nichts zu unternehmen, was als Provokation aufgefasst werden konnte. Es ging allein um die Männer.

Sie wartete lange, so lange, dass die Zaungäste, die sich um das Rathaus herum eingefunden hatten, allmählich ungeduldig wurden.

Endlich begann der Schultheiß in seiner gewohnt zynisch-kalten Art: »Wir freuen uns über den Besuch aus

Böckingen, der hoffentlich inzwischen gelernt hat, was sich gegenüber der Obrigkeit gehört, damit es zu einem angenehmen Miteinander kommt. Was ist dein Anliegen?«

»Die Schatzung zahlen«, antwortete Margarethe knapp und fügte gleich hinzu, »die zusätzliche.« Die Ratsherren hinter dem Schultheißen grinsten sich an.

»Aber das Herrendorf Böckingen hat doch bereits gezahlt, oder?«, wandte sich der Schultheiß mit scheinheiliger Mine an seine Begleiter.

»Vier Familien nicht«, antwortete Berlin pflichtbewusst.

»Stimmt ja«, sagte der Schultheiß scheinheilig. »Mussten wir nicht deswegen vier Männer verhaften?«

Margarethe blieb ruhig. »Ich habe die Schatzung für die vier Männer dabei. Ich übergebe sie hiermit unter Protest, denn wir halten die Schatzung für nicht angemessen, weil sie nicht dem alten Recht entspricht. Aber wichtiger ist uns, dass die Gefangenen freikommen.«

Erneut hatte sie den Schultheißen aus der Fassung gebracht.

»Du weißt immer noch nicht, wo dein Platz ist, Weib. Würdest du nicht unter dem Schutz deines Leibherrn stehen, würde ich dich im Kerker schmachten lassen, bis du auf Knien um Gnade winselst!«, schrie er.

»Da könntest du lange warten«, dachte Margarethe, doch sie brachte es fertig zu schweigen.

Hans Berlin schaltete sich ein. »Gib die Schatzung dem Ratsdiener.«

Margarethe sah einen Mann auf sich zukommen.

»Wenn die Summe stimmt, kommen die Männer frei.«

Offenbar wollten die Ratsherren dem Ganzen nicht noch mehr Bedeutung geben. Gemeinsam zählten sie den Betrag nach, nickten sich zu und gaben dem Diener einen Wink Richtung Rathaus. Der wusste, was zu tun war, und verschwand.

Einmal mehr konnte Margarethe nur warten, diesmal noch ungeduldiger. Wenn das jetzt das Ende ihres Besuchs war? Wenn einfach niemand mehr auftauchte? Sie fühlte sich hilflos und ausgeliefert; und es gab kaum etwas, was sie weniger ertragen konnte.

Endlich öffnete sich die Tür, durch die der Diener verschwunden war. Er kam zurück und hinter ihm traten vier Männer ins Freie. Sie benötigten einige Zeit, um sich an das Tageslicht zu gewöhnen. Margarethe stürzte sofort auf Peter zu, der letzte in der Gruppe. Er wirkte weitaus mitgenommener als die anderen drei. So stürmisch, wie sie wollte, konnte sie ihn nicht in die Arme schließen, sonst wäre er schlicht umgefallen. In seinen Augen sah sie nur Schrecken. Während vor allem Rohrbach entschlossener schien denn je, konnte sich Peter noch nicht einmal über die Freilassung freuen.

Darüber wollte Margarethe sich später Gedanken machen. Jetzt galt es, so schnell wie möglich nach Böckingen zu kommen.

Jäcklin Rohrbach, Sixt Hass und Johannes Schad machte der Fußmarsch wenig aus. Peter dagegen musste von Margarethe gestützt werden und manchmal hatte sie das Gefühl, sie würde ihn mehr ziehen als stützen. Dennoch überwog die Erleichterung, als sie endlich Böckingen erreichten.

8. Kapitel

Philipp und Thomas begrüßten ihren Vater überschwänglich, doch dem fiel es schwer, die Fassung zu wahren. Die Jungen waren groß genug, um zu merken, dass Peter jetzt in erster Linie Ruhe benötigte.

Es war eine geradezu gespenstische Runde, die sich kurze Zeit später um den Esstisch versammelte. Philipp hatte eine Hühnersuppe gekocht, die sein Vater besonders gern mochte, und dabei nicht an den Zutaten gespart. Gemeinsam mit Thomas hatte er in der Vorfreude auf das Wiedersehen ein junges Suppenhuhn vom Markt besorgt, dazu Markknochen, Lorbeerblätter, Nelken und Rosmarin, Zutaten, die sich die Familie sonst nur an Festtagen leistete. Denn es sollte ein Festtag werden.

Sein Vater jedoch nahm das Mahl kaum zur Kenntnis und löffelte nur teilnahmslos seinen Teller leer. Im Gefängnis hatte er wenig zu essen bekommen, doch das war offenbar nicht der einzige Grund, warum er so geschwächt und schweigsam war. Keiner wagte es noc,h ein Wort zu sagen, und je länger sie schwiegen, desto bedrückender wurde die Stimmung.

»Papa, freust du dich denn gar nicht, wieder bei uns zu sein?«, platzte es irgendwann aus Thomas heraus.

Bevor Peter antworten konnte, brach er in Tränen aus. Verwirrt sahen sich Philipp und Thomas an.

Margarethe wusste, jetzt musste sie handeln.

»Papa freut sich sehr, wieder bei uns zu sein, und auch darüber, dass ihr ihm eine so köstliche Suppe zur Begrüßung gekocht habt. Aber er ist fürchterlich erschöpft und muss seine Ruhe haben. Bitte geht nach draußen, seid ganz unbesorgt. Bald hat Papa sich erholt.«

»Wenn ich nur selbst daran glauben könnte«, dachte sie.

Nachdem die Kinder verschwunden waren, nahm Margarethe Peter einfach in den Arm. Die Berührung weckte Erinnerungen, die noch gar nicht lange zurückreichten. Doch Margarethe hatte bei weitem nicht die Zuversicht wie bei der letzten innigen Begegnung. Irgendetwas war passiert mit Peter, irgendetwas, das ihn tiefer erschüttert hatte, als es drei Tage im Gefängnis vermocht hätten. Sie hoffte, sie würde es erfahren.

Während sie früher häufig das Gefühl hatte, Peter würde sie gar nicht mehr loslassen in seiner Umarmung, konnte er es diesmal nicht lange ertragen.

»Es tut mir leid, ich bekomme keine Luft mehr«, entschuldigte er sich.

»Es muss dir nicht leid tun, aber kannst du mit mir darüber sprechen, was geschehen ist? Ich möchte dir gern helfen, denn ich bin vermutlich nicht unschuldig daran.«

»Ich mache dir keinen Vorwurf«, entgegnete er knapp. Es klang nicht sehr glaubwürdig.

»Wurdet ihr von Anfang an schlecht behandelt oder erst seit dem zweiten Tag?«, hakte sie nach. »Am zweiten Tag wurde es noch schlimmer. Sie wollten von mir die Namen derer wissen, die durch die Dörfer ziehen und zum Aufruhr anstiften. Ich hatte keine Ahnung, wovon sie sprachen, aber sie entgegneten nur, sie würden es schon aus mir herausbekommen.« Weiter kam er nicht.

Margarethe hämmerte mit den Fäusten auf den Tisch. »Nein, nein«, schrie sie.

»Was ist mir dir?«, stammelte er. So hatte er seine Frau noch nie erlebt.

»Ich sagte doch, es liegt alles an mir!«

In knappen Worten erzählte sie ihm von dem gescheiterten Versuch, sie freizubekommen, der Drohung des Schultheißen und ihrer Intervention beim Leibherrn.

Peter nahm es mit einem zweifelnden Blick auf. »Aber das war doch nicht alles«, hielt er ihr entgegen. »Ich möchte wissen, was sie sonst noch gemacht haben. Es hat mir keine Ruhe gelassen.«

»Sie haben sonst nichts gemacht«, entgegnete Margarethe verwirrt. »Die Drohung mit Pranger, Pech und Schwefel wurde nicht wahrgemacht. Das habe ich meinem Leibherren zu verdanken.«

»Und mehr willst du mir nicht sagen?«

»Mehr kann ich dir nicht sagen, mein geliebter Mann. Du warst im Gefängnis, nicht ich«, lächelte sie, aber sein Blick blieb hart.

»Ich weiß, wie es ist, wenn man sich schämt, aber ich bin immerhin dein Mann. Lass uns später über alles reden, was uns widerfahren ist, ich bin so erschöpft. Und zu schwach, um mich mit den Herren anzulegen«, fügte er nach einer langen Pause hinzu.

Margarethe verstand, worauf Peter anspielte, aber sie hielt es für besser, jetzt zu schweigen.

Peter machte einen bedauernswerten Eindruck. Er schlurfte in den Schlafraum, obwohl es noch hell war. An Schlaf war indes kaum zu denken. Sein Zittern wurde immer heftiger. Als sie ihn berührte, spürte sie, dass er Fieber hatte. Sofort setzte sie Wasser auf und braute einen Tee aus Lindenblüten, Thymian und Ehrenpreis, doch ihre bewährte Mischung schlug nicht an. Auch mit ihren anderen, vertrauten Mitteln stieß sie an Grenzen. Sie hielt das Zimmer kühl, rieb seinen Körper mit kaltem Wasser ab, legte ihm Umschläge aus Apfelessig auf die Waden und bereitete ihm heiße Fußsohlenwickel aus Zwiebeln, ein Mittel, auf das Luise geschworen hatte.

Als alles nichts half, suchte sie die Hilfe der Magie. Sie brach einen Zweig von einem Holunderbusch, ein der alten Göttin Holler geweihter heiliger Baum, hielt ihn in der Nacht über Peter und sprach dazu die Formel: »Zweig, ich biege dich über ihm, Fieber, nun lass ab von ihm, er hat es einen Tag, nimm du's nun Jahr und Tag.« Doch das Fieber wollte nicht weichen.

Ein paar Tage nach der Entlassung stand Jäcklin Rohrbach abends vor ihrer Tür. Er behauptete, er wolle nach Peter schauen, hatte aber offenbar noch mehr auf dem Herzen.

Nachdem Margarethe Peter versorgt hatte, bat sie Jäcklin in die Essstube. Dort konnten sie ungestört reden.

Jäcklin strotzte vor Kraft. Der Kontrast zu ihrem Mann erschien ihr geradezu grotesk.

»Warst du im Gegensatz zu Peter beim Schultheiß zu Hause eingeladen?«, versuchte sie einen müden Scherz.

»Ich wurde in der Tat nicht so hart behandelt wie er. Ihn hatten sie sich besonders vorgenommen, aber das hat nichts mit dir zu tun«, wiegelte er rasch ab, denn er wusste bereits von Margarethes Initiative. »Sie haben rasch erkannt, dass er der Schwächste von uns ist. Deshalb haben sie ihn verhört, wenn sie Informationen wollten.«

»Sag du mir bitte, was sie mit ihm angestellt haben. Er kann oder er will nicht darüber reden, aber ich möchte es wissen. Deutliche Spuren an seinem Körper sehe ich nicht«, fügte sie hinzu.

»Sie sind schlau, selbst beim Quälen. Ich habe keine Scheu, dir alles zu sagen, was ich weiß. Während der Haft haben sie ihn lange Zeit an die Wand gekettet stehen lassen und ihm dabei alle Kleider weggenommen. Er durfte selbst in der kalten Nacht nur liegen, wenn er ohnmächtig wurde. Zudem wimmelte es von Ratten. Wir anderen konnten sie verscheuchen. Wenn er angekettet war, musste er es geschehen lassen, dass sie über seinen Körper liefen.«

Margarethe schüttelte sich. Auch wenn die Tiere ein ständiger Begleiter der Bauern waren, ekelte sie der Gedanke.

Jäcklin fuhr fort: »Am zweiten Tag haben sie erzählt, sie hätten dich verhaftet, weil du andere angestiftet hättest, uns mit Gewalt zu befreien. Es war widerlich, willst du es hören?«

»Was für eine Frage!« Margarethe war befremdet, dass Jäcklin sie schonen wollte. »Sie haben geprahlt, du würdest jetzt ihnen allen zur Verfügung stehen und deine Sache dabei sehr gut machen. Man müsse dich gar nicht mal richtig zwingen …«

Margarethe starrte ihn an und schlagartig wurden ihr Peters seltsame Anspielungen klar.

Jäcklin erfasste die Situation sofort. »Keine Sorge«, versuchte er sie zu beruhigen. »Wir haben ihm gesagt, er solle kein Wort davon glauben, und ich hoffe, wir konnten ihn überzeugen.«

»Ich fürchte, dass konntet ihr nicht«, entgegnete sie.

Hilfloses Schweigen breitete sich im Zimmer aus, wie das Gift einer Natter, das den Körper ganz langsam in seiner Bewegung erstarren lässt.

Jäcklin hatte verstanden. Wie verwirrt und verängstigt musste Peter gewesen sein, dass die Schergen des Schultheißen ihm eine solche Geschichte aufbinden konnten. Keiner der anderen Gefangenen hätte auch nur einen Deut darauf gegeben.

»Es tut mir so leid«, murmelte er tonlos. Mehr brachte er nicht über seine Lippen.

Margarethes schwerer Atem war das einzige Geräusch, das die gespenstische Stille durchbrach. Jäcklin musste seine ganze Kraft aufbringen, um nicht aufzustehen und davonzulaufen.

Ursprünglich war er aus einem anderen Grund gekommen, er überlegte kurz, ob er sein Anliegen verschieben sollte, entschloss sich dann aber, es doch vorzutragen.

»Ich weiß, dass du dir Sorgen um deinen Mann machst, aber ich habe noch ein Anliegen«, begann er.

Margarethe fand das nicht passend, ließ es aber geschehen.

»Es gibt ein Problem mit Genefe, und du sollst das wissen, weil ich dir vertraue. Du wirst dich gewundert haben, warum ich deinem sehr vernünftigen Vorschlag, nach der verweigerten Schatzung unterzutauchen, zunächst zugestimmt, ihn dann aber verworfen habe. Als Genefe herausbekam, dass es deine Idee war, ist sie so lange dagegen angegangen, bis ich nachgegeben habe. Ob ich ein Feigling sei, der sich verstecken müsse, und Ähnliches habe ich mir mehrmals am Tag anhören müssen. Vor allem wenn ich an Peter denke, bereue ich die Entscheidung sehr.«

Margarethe atmete tief durch. »Was hat sie nur gegen mich?«

»Ich bin gekommen, damit du mir das sagst. Seid ihr schon einmal aneinander geraten, dass sie einen solchen Groll gegen dich hegt?«

»Bestimmt nicht«, entgegnete Margarethe heftig. »Bei unserm ersten Zusammentreffen bin ich ihr mit großer Offenheit und Freude begegnet. Ich hatte sogar gehofft, eine neue Freundin zu finden. Sie aber ist mir mit einer solchen Ablehnung begegnet, dass ich mich nur wundern konnte.«

So begab sich ein verwirrter Jäcklin Rohrbach wieder auf den Heimweg, während sich Margarethe keine weiteren Gedanken mehr über Genefe machte.

Es war keine körperliche Krankheit, die Peter niederstreckte. Er wollte nicht mehr leben, und dagegen fand Margarethe kein Heilmittel, so sehr sie sich auch bemühte. Dabei brannte sie darauf, ihm klarzumachen, dass nichts von dem stimmte, was man ihm im Gefängnis über sie erzählt hatte. Die Tage, die auf Jäcklins Besuch folgten, verbrachte Peter jedoch in einem Dämmerzustand. Margarethes Geduld wurde auf eine harte Probe gestellt. Mehrmals versuchte sie das Gespräch auf den Gefängnisaufenthalt zu lenken, doch er ging nicht darauf ein. War er nicht dazu in der Lage oder war er des Themas einfach überdrüssig? Margarethe fand es nicht heraus. Mit der Rinde der Weide gelang es ihr vorübergehend, das Fieber zu senken, doch das war der einzige sichtbare Erfolg ihrer Heilkünste. Seine Lebensgeister konnte sie nicht wieder erwecken.

Der triste Alltag, bestimmt von Peters Krankheit, wurde eines Sonntags unterbrochen. Wie gewöhnlich besuchte Margarethe die heilige Messe und um sich ein wenig abzulenken, stand sie anschließend mit anderen Bauern vor der Kirche zusammen. Gesprächsstoff bot die Predigt des Pfarrers über den Ablass. Ohne diese von der Kirche so geschätzte Praxis direkt zu benennen, hatte er betont, dass allein die Gnade Gottes Sünden vergeben könne. Jeder in der Gemeinde wusste, dass Pfarrer Massenbach kein Freund des Ablasshandels war, aber so deutlich hatte er seine Abneigung noch nie zum Ausdruck gebracht.

»Wir können stolz darauf sein, einen so ungewöhnlich mutigen Mann bei uns zu wissen«, gab Vogeler zum Besten.

Der grobschlächtige Mann, der Margarethe einst so bedrängt und damit in die Arme von Peter gedrängt hatte, war inzwischen ein fürsorgender und treuer Ehemann geworden. Da Margarethe nie wieder von ihm belästigt worden war, hatte sie ihm längst verziehen. Bisweilen neckte sie ihn sogar ob seiner stürmischen Jugendjahre. Ein schelmisches Grinsen huschte dann über sein Gesicht, wie wenn ein braves Kind, das gern auch einmal böse sein will, bei etwas Verbotenem erwischt wird.

»So ungewöhnlich ist das gar nicht mehr«, hielt der alte Rohrbach Vogeler entgegen. Er wusste wieder mehr als die anderen im Dorf. »Im Osten des Reiches ist ein Augustinermönch noch viel weiter gegangen. Er hat 95 Thesen gegen den Ablasshandel an eine Kirche genagelt und gewettert, das sei mit dem Evangelium nicht vereinbar. Denn dort sei verbürgt, dass nur derjenige Vergebung der Sünden erlange, der sich in Demut der Gnade Gottes anvertraue. Man könne sein Seelenheil nicht erkaufen.«

»Das behaupten sie sogar schon in Heilbronn«, ergänzte Ludwig Beier, einer der zwölf Richter des Dorfes. »Auch dort finden nur wenige Münzen ihren Weg in die Opferstöcke der Ablassprediger.«

»Darauf gebe ich nicht viel«, spottete Rohrbach, »dort ist es eher der unerschütterliche Glaube an das Geld im eigenen Säckchen, der sie den Ablass ablehnen lässt.«

»Du tust ihnen Unrecht«, verteidigte Beier seine Haltung. »Auch wenn uns die Städter nicht immer wohlgesonnen sind, sollten wir ihnen gegenüber nicht ungerecht sein. Der Sohn des alten Ratsherrn Bernhard Lachmann zum Beispiel, der immer ein offenes Ohr für die Belange der Dörfer hatte, schlägt eine vielversprechende theologische Laufbahn ein. Er hat in Heidelberg und Würzburg, am Sitz des Bischofs, studiert. In seinen Kreisen hegt man ähnliche Gedanken, das hat mir der Alte selbst erzählt. Es sieht so aus, als ob es mit dem Ablass bald vorbei ist.«

Margarethe liebte solche Dispute. Ihr schien es, als bewege die Frage, ob der Ablass mit der heiligen Schrift vereinbar sei, die Menschen inzwischen mehr als die Situation der Bauern. Wenn sie doch nur lesen und schreiben könnte. Aber das reichte gar nicht. Die heilige Schrift war in einer Sprache verfasst, die zur Zeit des Herrn Jesus gesprochen worden war und heute nur noch von den Gelehrten verstanden wurde. So viel immerhin wusste sie, dass Jesus in einem Viehstall geboren worden war, also musste er schon durch seine Geburt den Bauern sehr nahe gewesen sein.

Und wenn jetzt immer mehr Leute den Ablass in Frage stellten, auch die Studierten, die selbst die Schriften lesen konnten, wer weiß, was dann noch alles geschehen würde? Im Geiste sah sie einen Stein, der in ein ruhiges Wasser geworfen wurde und dessen Wellen immer weitere Kreise zogen.

Aus den Tagen, die Peter im Bett lag, wurden Wochen, und es war immer schwieriger ihn anzusprechen. Sein Blick war starr auf die Zimmerdecke gerichtet und Margarethe wusste nicht, was er vor seinem inneren Auge wahrnahm. Auch wenn Philipp und Thomas an seine Lagerstätte traten, änderten sich seine Reaktionen nicht. Er blieb abwesend, ging nicht auf ihre Bemerkungen ein, und mit jedem Mal verließen die Söhne das Zimmer mit größerem Befremden.

»Bitte, lass die Läden zu«, bat Peter eines Morgens, »das Licht tut mir weh.«

Als ihr Mann schlief, betrat Margarethe sein Zimmer mit getrocknetem Salbei in einer Schale, den sie unmittelbar vorher angezündet hatte. Sie wandte sich zu den vier Himmelsrichtungen und beschwor ihre Bundesgenossen.

»Ihr Engel Gottes, Kräfte der Elemente, Geister des Lichts, kommt zurück in diesen Raum, in dem mein Mann schläft und von den Geistern der Dunkelheit ergriffen wird. Gebt mir eure Kraft, damit ich es mit ihnen aufnehmen kann. Lug und Betrug derer, die der Macht der Dunkelheit dienen, haben ihn in diesen Zustand gebracht, haben den Glauben an die Kräfte des Lichts in ihm erlöschen lassen. Aber mit eurer Hilfe kann ich …«

Ein Schrei zerriss ihr Flüstern. »Wer zerrt an mir, wer raubt mir die Ruhe?«

Peter saß im Bett, von hohem Fieber gepeinigt. Selbst in der Dunkelheit erahnte Margarethe seine Gesichtszüge, die sich zu einer Grimasse verzerrt hatten. Schnell legte sie die Schale mit dem Salbei zur Seite und hastete zu ihm. Er aber ließ nicht zu, dass sie ihn berührte. Mit Kräften, die sie ihm nicht mehr zugetraut hatte, wehrte er sie ab. »Lass mich«, kreischte eine Stimme, von der Margarethe sich nicht erinnern konnte, sie schon einmal vernommen zu haben.

Es war sinnlos, seine Nähe zu erzwingen. Als sie sich ein wenig vom Bett entfernte, fiel Peter erschöpft zurück.

Irgendetwas sagte Margarethe, dass ihr Mann nicht mehr lange leben würde. Ihre Heilkünste waren erschöpft. Manch anderen hatte sie helfen können, aber bei Peter schlug nichts an. Wenn sie ihm schon nicht helfen konnte und offenkundig böse Geister mit ihm rangen, wollte sie wenigstens alles Erdenkliche tun, um ihm einen leichten Übergang in das ewige Leben zu verschaffen. Also suchte sie Pfarrer Massenbach auf und schilderte ihm die Situation.

Der Dorfpfarrer wusste, warum Peter im Gefängnis gewesen war. Er hegte große Sympathie für ihn und verfügte über viel Erfahrung mit Sterbenden. Als er an Peters Bett stand, erkannte er auf den ersten Blick, dass Margarethe ihn nicht zu früh gerufen hatte, wenn ihr Mann das Sterbesakrament rechtzeitig erhalten sollte.

Gern hätte er Peter zunächst noch die Beichte abgenommen, doch dazu war der Kranke nicht mehr in der Lage. Der Pfarrer war das gewohnt. Auch in seiner Gemeinde herrschte der weit verbreitete Glaube, die letzte Ölung bedeute den sicheren Tod. Deshalb wurde er in der Regel immer erst dann gerufen, wenn es auch so war. Erholte sich jemand nach dem Sterbesakrament, wurde er betrachtet, als sei er von den Toten auferstanden.

Nach der Ölung wurde Peters Atem immer unregelmäßiger. Behutsam wandte sich Margarethe ihm wieder zu. Als sie seinen Arm berührte, reagierte er nicht mehr. Sie tastete nach seinem Puls, konnte jedoch nichts mehr spüren. Nur noch ein Röcheln entfuhr ihm. Dann entspannten sich seine Züge. Peter war tot. Und all das Wichtige, das ihm Margarethe noch hatte sagen wollen, blieb unausgesprochen im Raum stehen. Würde es wachsen und immer bedrückender werden im Laufe der Zeit?

Zu Peters Beerdigung fanden sich auch ihre Eltern Hans und Hildegard Renner ein, die inzwischen gebrechlich waren. Margarethe hatte in den letzten Jahren nur noch den nötigsten Kontakt zu ihnen unterhalten, denn andere Mitglieder der Familie kümmerten sich um sie. Der Riss, der schon vor der Hochzeit zwischen ihnen aufgetreten war, hatte sich nie mehr richtig kitten lassen.

»Friede sei mit seiner Seele«, murmelte Hans Renner seiner Tochter zu, »er war ein guter Mann.« Und kaum hörbar fügte er hinzu: »An der Seite einer anderen Frau hätte er sein verdientes Glück gefunden.«

Margarethe verstand die Worte gleichwohl, doch sie war zu erschöpft, um etwas zu entgegnen. »Wir konnten uns schon immer sehr verletzen, warum sollte das im Alter anders werden?«, sagte sie sich.

Zu ihren Eltern gewandt bemerkte sie: »Ich freue mich, dass Ihr Peter die letzte Ehre erweist.«

Viel Zeit zum Trauern blieb Margarethe und ihren Söhnen nicht, dafür sorgte der Rat der Stadt Heilbronn. Drei Tage nach Peters Tod – während er noch aufgebahrt in der Kirche lag – erschien ein Bote von dort mit einer schriftlichen Nachricht, die an Philipp adressiert war, den Erben des Hofes. Was immer es war, die Abrechts gingen nicht davon aus, dass der Rat ihnen sein Mitgefühl aussprechen wollte. Sie waren darüber so empört, dass sie das versiegelte Schreiben zunächst weglegten, um sich ganz dem Begräbnis zu widmen, dem letzten Dienst, den sie ihrem Mann und Vater erweisen konnten.

Glücklicherweise hatten Margarethe und Peter zur Hochzeit Geld angelegt. Von einem Teil des Betrags und den Zinsen konnten sie die nötigen Kosten aufbringen.

Eine Woche später holte Philipp den Brief wieder hervor.

»Durch den Tod unseres Leibeigenen hat die Stadt Heilbronn einen bedauerlichen Verlust erlitten«, hieß es darin.

Als Ausgleich dafür verlangte die Stadt von den Hinterbliebenen das Hauptrecht. Dafür sei eine Kuh beim Schultheiß, dem Vertreter der Stadt, abzugeben. Zudem fordert der

Rat Philipp Abrecht und seine Mutter auf, sich am kommenden Donnerstag zum Rathaus zu begeben, um dort für zwei Wochen Frondienste zu leisten.

Die Heilbronner Forderungen waren durchaus üblich gegenüber Leibeigenen. Dennoch entschieden sich Margarethe und Philipp, den Forderungen nicht nachzukommen; eine Entscheidung, die vom Rat der Stadt erwartet worden war.

»Welche Ehre wir einer leibeigenen Bäuerin zukommen lassen, hoffentlich weiß sie das zu schätzen«, spottete einer der anwesenden Ratsherren, die sich mit den Abrechts befassten. »Mir ist nicht nach Scherzen zumute, wenn ich an diese Hofmännin denke. Ihre Seele ist schwarz wie die Nacht und jeder weiß, wie ich sie zur Räson bringen würde, wenn ihr Leibherr nicht einen Narren an ihr gefressen hätte. Aus welchen Gründen auch immer; gut gebaut ist sie ja.«

Die Ratsherren schüttelten sich bei dem Gedanken; der Zynismus des Schultheißen Jakob von Alnhausen kam nicht an. Wenn es um diese Frau ging, ließ er seine Souveränität vermissen, und das gefiel dem Rat nicht.

Auch wenn es keiner aussprach, spürte der Schultheiß das und er ärgerte sich darüber.

»Meine Lektion würde sie nicht vergessen und es ist höchst bedauerlich, dass ich sie ihr nicht erteilen kann.«

»Aber guter Freund, ist sie das wert?«, meldete sich der angesehene Lenhard Günter. »Es gibt Möglichkeiten, sie zur Räson zu bringen, auch wenn das etwas länger dauert, als es Euch lieb sein mag.«

»Ich schätze Euern Scharfsinn sehr, verehrter Ratsherr, aber wie glaubt Ihr, ihren Leibherrn davon abbringen zu können, seine schützende Hand über diese Hexe zu halten?«

Der Schultheiß blieb skeptisch.

»Das wird nicht nötig sein«, sagte Lenhard Günther.

»Ihr redet in Rätseln, und wenn ich Euch nicht so gut kennen würde, hielte ich Euch für einen Aufschneider. Das verbietet mir aber der Respekt vor Euren Verdiensten. Also spannt uns nicht länger auf die Folter und erläutert uns Euren Plan.«

Süffisant lächelnd erhob sich Lenhard Günther. Das waren Auftritte, die er genoss.

»Ich bedanke mich für Eure Ehrbezeugung, geschätzter Schultheiß.« Die Schmeichelei war etwas zu dick aufgetragen, um wirklich zu überzeugen. »Euer Bedauern darüber, dass der Leibherr seine schützende Hand über diese Hexe hält, teile ich gewiss. Damit ist sie aber nicht unangreifbar. Wir müssen uns nur zurückhalten, offen gegen sie vorzugehen. Wenn ihr jedoch in Böckingen der Boden entzogen wird, wird ihr Leibherr schwerlich etwas dagegen ausrichten können.«

»Dann bringen wir eher den Leibherrn dazu, sie fallenzulassen. Sie ist eine Böckingerin und niemals wird dieses Herrendorf uns gegen sie beistehen.«

Günther erntete lauthals Widerspruch, nicht nur vom Schultheiß, doch das beeindruckte ihn nicht.

»Gemach, werte Kollegen, gemach. Wie schon gesagt, werden wir nicht offen vorgehen. Wenn wir sie verhaften, machen wir sie in der Tat zur Märtyrerin. Wenn wir aber die Leute geschickt gegen sie aufbringen, wird sie zur Ausgestoßenen. Ich schlage vor, wir berufen uns gegenüber den Böckingern auf das Winterfütterungsgebot. Die Ernte fällt nicht besonders gut aus und durch die ausbleibende Schatzung gerät die Stadt in eine Notlage. Behaupten wir. Dann ist Böckingen zur Zahlung verpflichtet und das Dorf muss zusehen, wie es die Abgaben zusammenbekommt. Wem sie das Ganze zu verdanken haben, wird den meisten auch ohne weitere Erklärungen klar sein. Glaubt mir, wenn es ans Geld geht, ist es mit der Freundschaft rasch vorbei. Wie heißt es doch so schön, ein reicher Bauer kennt keine Verwandten.«

Eine Woche später erschien ein Bote aus Heilbronn bei der Böckinger Obrigkeit. Er wirkte beinah wie ein Bittsteller, nicht wie ein Vertreter einer selbstbewussten Reichsstadt, doch das gehörte zu seinem Auftrag. Die zwölf Richter, der Bürgermeister und der Schultheiß waren zusammen, um sich anzuhören, was er zu sagen hatte.

»Brüder in Böckingen, wir alle haben eine schlechte Ernte zu beklagen.« Der Mann beherrschte seine Rolle und hinterließ damit den gewünschten Eindruck. »Wir haben viel weniger Hafer eingefahren als gewöhnlich und müssen uns ernsthaft um die Pferde sorgen. Auch sie wollen durch den Winter gebracht werden. Um die Gerste steht es nicht besser. Somit werden wir nicht viel Bier brauen können. Das ist ein großer Verlust für viele. Im Wald finden sich so wenige Bucheckern und Eicheln wie schon lange nicht mehr. Wovon sollen die Schweine fett werden, bevor wir sie schlachten? Um alles noch schlimmer zu machen, kommt Böckingen in diesen Notzeiten seinen Schatzungen und Frondiensten nicht nach.« Geradezu flehentlich ging sein Blick durch die Runde, und niemand bemerkte, wie ein ganz leichtes Lächeln über sein Gesicht huschte, als die Richter schuldbewusst die Köpfe senkten. »Wir sehen deshalb nur eine Möglichkeit, uns vor dem kommenden Winter zu schützen. Wir ersuchen um das Winterfütterungsgebot, das uns das Reichsrecht gewährt. Wir können also unsere Pferde bei den Böckinger Bauern unterstellen und die Waldgebiete ausdehnen, in denen die Schweine nach Futter suchen.«

Die Böckinger Obrigkeit wusste genau, was damit auf sie zukam. Die Ernte im Dorf war auch nicht besser ausgefallen; nun bat die Stadt auch noch, ihre Pferde und Schweine durchzufüttern; und es war keine Bitte, die man abschlagen konnte. Das würde alle Böckinger Bauern hart treffen. Erdrückendes Schweigen machte sich nach den letzten Worten des Heilbronner Gesandten in der Runde breit.

Der kostete die Stimmung aus, bevor er schließlich erneut ansetzte: »Aber natürlich wissen auch wir, was wir unsern Brüdern in Böckingen damit aufbürden. Glaubt uns, wir tun es nicht gerne, und es gäbe eine Möglichkeit, auf das Winterfütterungsgebot zu verzichten.«

Die Richter und der Bürgermeister horchten auf. Sie würden einiges dafür geben, diese zusätzliche Belastung von dem Dorf abzuwenden.

»Wenn alle ausstehenden Schatzungen pünktlich abgeliefert und alle anstehenden Frondienste erledigt werden, dann wird der Rat der Stadt über das Winterfütterungsgebot nachdenken.«

Die zwölf Böckinger Richter trafen sich mit dem Bürgermeister Hans Vielhauer und dem Schultheiß Jakob von Alnhausen, um über die Folgen zu beraten, die Margarethe mit ihrem Verhalten gegenüber der freien Reichsstadt heraufbeschwor. Auch der Pfarrer Massenbach war dazugeladen worden.

»Wir werden gegen sie klagen müssen.« Die Stimme von Richter Ludwig Beier klang unsicher und seine Augen wanderten umher, als suchten sie in den Blicken der anderen nach Unterstützung. »Mit ihrer Starrköpfigkeit bringt sie das ganze Dorf in Schwierigkeiten. Ich kenne niemanden, der sich jemals den Frondiensten widersetzt hätte. Nur sie meint sich das herausnehmen zu können. Auch das Hauptrecht ist ein altes Recht. Wer zahlt das schon gerne, aber es ist so festgelegt. Warum meint sie, sie sei etwas Besonderes?«

Je länger Richter Beier sprach, desto fester wurde seine Stimme. In den Mienen seiner Zuhörer glaubte er keinen Widerspruch zu sehen, und das brachte ihm seine gewohnte Sicherheit zurück.

»Wir haben die Verantwortung dafür, dass es dem Dorf gut geht und wir müssen Schaden von ihm fernhalten. Wenn wir in Heilbronn gegen sie klagen, sehen die Stadtväter, dass uns ein freundschaftliches Miteinander zu beiderseitigem Nutzen am Herzen liegt.«

Eine Klage gegen die streitbare Hofmännin, noch dazu bei dem Rat der Stadt Heilbronn, konnte das Dorf spalten. Nicht genug, dass Margarethe leidenschaftliche Unterstützer hatte; es gab auch unter denen, die sich nicht zu ihren Freunden zählten, kaum einen, der ihr unlautere oder eigennützige Gründe unterstellte – vom Schultheiß abgesehen. Sie war eine ungewöhnlich kämpferische Frau, aber es war die Sache aller leibeigenen Bauern, die ihr am Herzen lag. Wenn sie es schaffte, sich dem Hauptrecht zu entziehen, würden es ihr gewiss viele gleichtun.

Das ahnten auch die Herren in Heilbronn. Kaum etwas sahen die Bauern als größere Willkür an: Wer einen Angehörigen verlor, wurde dafür auch noch bestraft.

Als der Pfarrer das zu bedenken gab, schwieg die Runde. Schließlich meldete sich der Schultheiß zu Wort. Er wusste als Einziger, dass hinter der Drohung aus Heilbronn mehr stand als nur die Sorge um ausbleibende Fronarbeit und Abgaben. Und dort setzte man große Hoffnung auf ihn, dass alles im Sinne der freien Reichsstadt verlief. Bisher hatte er geschwiegen, denn jeder kannte seine Abneigung der Hofmännin gegenüber.

Jetzt aber musste er eingreifen, sonst drohte die Stimmung zu kippen und ihm entglitt die Versammlung. Böckingen gegen Margarethe aufzubringen, lag seinen Freunden in Heilbronn weit mehr am Herzen als ein paar Abgaben, die im Vergleich zu den Einnahmen aus dem Hafen bescheiden waren.

»Ich verstehe Euch gut, ehrwürdiger Richter und ehrwürdiger Pfarrer«, hob er salbungsvoll an. »Man sollte eine Bürgerin nicht leichtfertig anklagen oder aus der Gemeinschaft ausschließen. Aber ist es das, warum wir uns hier zusammengefunden haben?«

Die Runde horchte auf, nur Pfarrer Massenbachs Blick zeigte Missbilligung. Ihn beschlich das Gefühl, der Schultheiß spiele ein falsches Spiel, aber er konnte ihm nichts nachweisen, also schwieg er.

»Nein«, griff der Schultheiß den Faden wieder auf, »es geht um mehr als um eine einzelne Frau oder um eine Familie. Es geht sogar um mehr als um das Wohl eines Dorfes, das gewiss auf dem Spiel steht, wie Richter Beier so überzeugend dargelegt hat. Es geht um uns alle, um Städter und Dörfler, Bürger und Bauern, Obrigkeit und Untertanen. Wir alle, egal ob in Heilbronn oder in einem der vier Dörfer.«

Er vermied das Wort Herrendörfer, das die Bewohner nicht gern hörten. Nur Pfarrer Massenbach nahm es wahr, und es bestärkte seinen Verdacht, dass der Schultheiß nicht ehrlich war.

»Wir müssen mehr denn je verstehen, dass wir alle zusammengehören, gerade in diesen stürmischen Zeiten. Jeder spricht inzwischen von diesem Augustinermönch Luther, der den Ablasshandel bekämpft. Im Osten hat er einen Zulauf, den niemand für möglich gehalten hätte, sogar unter den Fürsten. Die Ankündigung des Dominikaners Tetzel, ihm ein schnelles Ende zu bereiten, wird sich nicht bewahrheiten, und wer weiß, was noch auf uns alle zukommt! In solchen Zeiten müssen wir zusammenstehen und alle aufeinander Rücksicht nehmen. Ich betone: alle, die Städter auf die Dörfler ebenso wie die Dörfler auf die Städter. Wenn jeder nur auf sich schaut, kommt es zur Spaltung, womöglich zu Bruderkriegen. Wie viele Kriege hat es in der Vergangenheit um des Glaubens willen bereits gegeben?« Beschwörend hob der Schultheiß seine Arme. Er spürte, er hatte die Zuhörer auf seiner Seite. Somit konnte er den entscheidenden Schlag vorbereiten. »Nun, was bedeutet es, wenn ich sage, jeder muss auf den anderen Rücksicht nehmen? Nimmt das nicht jeder für sich in Anspruch? Sieht nicht jeder die

Schwächen am liebsten beim anderen? Nicht umsonst sagte schon der Herr Jesus:

Richtet nicht über andere, damit Gott euch nicht richtet. Denn so, wie ihr jetzt andere richtet, werdet auch ihr gerichtet werden. Und mit dem Maß, mit dem ihr messt, wird man euch selber messen. Warum siehst du den Splitter im Auge deines Bruders, aber den Balken in deinem eigenen bemerkst du nicht? Wie kannst du zu deinem Bruder sagen: ›Lass mich den Splitter aus deinem Auge herausziehen‹ – und dabei steckt in deinem Auge ein Balken? Du Heuchler! Zieh zuerst den Balken aus deinem Auge, dann kannst du versuchen, den Splitter aus dem Auge deines Bruders herauszuziehen.

Pfarrer Massenbach, Ihr werdet mir gewiss zustimmen.«

Der Angesprochene registrierte sichtlich unwohl, wie sich die Blicke auf ihn richteten. Er konnte dem Schultheiß nicht widersprechen. Natürlich hatte Jesus das gesagt, aber je erfolgreicher der Redner die Anwesenden umgarnte, desto sicherer war er sich, dass hier ein falsches Spiel gespielt wurde. Er sah den Schultheiß wie eine Spinne, die arglose Fliegen so lange umkreist, bis sie ihr Netz gesponnen hat und es kein Entrinnen mehr gibt. Aber er hatte nichts gegen den Schultheiß in der Hand. Noch nicht, sagte er sich. Also nickte er nur kurz und gab dem Schultheiß damit zu verstehen, dass er fortfahren möge.

Der hatte wohl mit einer deutlicheren Zustimmung gerechnet und wirkte einen Augenblick irritiert.

Doch rasch fing er sich wieder. »Wenn wir also ein Fundament benötigen für unsere Einheit, dann gibt es dafür nur zwei Autoritäten; die Heilige Schrift und das Gesetz des Heiligen Römischen Reiches.«

Dem schlossen sich alle an.

»Was aber sagt die Heilige Schrift zu dem Anliegen, das uns heute hier zusammengeführt hat?«

Obwohl das in den Bereich von Pfarrer Massenbach fiel, erweckte der Schultheiß nicht den Eindruck, als wolle er ihn zu Wort kommen lassen. So wie er die Stimmung einschätzte, würde ein Disput mit dem Geistlichen sein Anliegen nur unnötig in Gefahr bringen. Wenn er die Richter und den Bürgermeister auf seiner Seite hatte, konnte ihm der Pfarrer egal sein.

»Sagte nicht der Herr selbst, als er gefragt wurde, ob es erlaubt sei, Steuern zu zahlen: *Gebt dem Kaiser, was des Kaisers, und Gott, was Gottes ist?* Kann es noch einen deutlicheren Beweis geben, dass Abgaben an die Obrigkeit dem Willen Gottes entsprechen? Damit die Obrigkeit dies Privileg nicht ausnutzt, hat sich das Reich ein Gesetz gegeben, das die Abgaben genau regelt. Seit Jahrhunderten ist es so, zum gegenseitigen Vorteil von Obrigkeit und Untertan.

Wenn wir gegen jemanden vorgehen, ganz ohne Ansehen der Person, dann darf das nur geschehen, wenn die Person gegen diese Grundsätze verstoßen hat. Alles andere wäre Willkür und deshalb nicht zu rechtfertigen.«

»Schultheiß von Alnhausen, Euch gebührt aus tiefem Herzen Dank. Ihr besitzt die Gabe, selbst in schwierigen und unüberschaubaren Situationen den Blick auf das Wesentliche zu lenken. Genauso ist es. Nur auf einer klaren Grundlage dürfen wir gegen jemanden vorgehen. Das kann uns im Falle der Hofmännin niemand absprechen. Die Familie Abrecht verstößt gegen die Heilige Schrift und sie verstößt gegen das alte Recht, denn beides erlaubt Frondienste und das Hauptrecht. Niemand im Dorf wird uns vorwerfen können, wir handelten willkürlich.«

Der Meinung von Richter Beier schlossen sich alle bis auf Pfarrer Massenbach an.

Der Geistliche verließ die Wohnung mit dem beunruhigenden Gefühl, dass hier die Saat für etwas ganz anderes gelegt worden war als für Einheit und Zusammenarbeit.

Ein Spalt war in die Gemeinde getrieben worden, der ihn Schlimmes befürchten ließ.

Die Lage in Böckingen hatte Lenhard Günther gut eingeschätzt. Als Margarethe in den folgenden Wochen, bevor der Winter Einzug hielt, ihr Vieh auf die Dorfweiden trieb, um mit der Fütterung im Stall so spät wie möglich zu beginnen, begegnete ihr manch feindseliger Blick. Zwar fasste niemand die Ablehnung in Worte, zu groß war der Respekt vor ihr und ihren Freunden, aber das war auch nicht nötig. Sie verstand die stummen Vorwürfe: »Wie kommst du dazu, dich über alles hinwegzusetzen, was seit Jahrhunderten Recht ist? Du machst uns allen damit das Leben schwer.«

Die Vorbehalte schmerzten, denn Margarethe war auf die Gemeinde angewiesen. Als Leibeigene besaß sie kein eigenes Land, aber sie hatte Anteil am Weiderecht des Dorfes. Ebenso war es mit dem Wasser. Bäche, die dem Dorf zustanden, konnte auch sie für ihr Vieh nutzen. Gerade in einem Jahr mit einer schlechten Ernte war den Bauern daran gelegen, ihr Vieh so lange wie möglich draußen zu halten. Ein paar Eicheln fanden die Schweine immer und etwas Gras für die Kühe gab es auch noch auf den abgeernteten Wiesen. Die Futtervorräte des Dorfes, Heu und die Spreu, die vom Dreschen des Getreides übrig geblieben war, mussten gut eingeteilt werden.

In der Ratssitzung, zu der auch der Böckinger Schultheiß Jakob von Alnhausen geladen war, gab einmal mehr Lenhard Günther die Richtung vor.

»Wir wollen uns nicht unbeliebt machen«, meinte er selbstgefällig. »Wenn wir von dem Winterfütterungsgebot absehen, fressen sie uns aus der Hand, aber natürlich dürfen wir nicht so tun, als machten wir nur leere Drohungen. Wir geben ihre Klage gegen die Hofmännin einfach zurück. Wir erklären uns für nicht zuständig, fordern Böckingen aber auf, dieser Hexe die Weide- und Wasserrechte zu entziehen. Das wäre ein Akt des guten Willens. Dann müssen sie sich entscheiden: Sie dürfen ihre erbärmlichen Wiesen und ihre paar Eicheln behalten, aber die Spaltung des Dorfes geht voran.«

Obwohl sie im Zentrum der Angriffe aus Heilbronn stand, gefiel es Margarethe nicht, wie manche Männer im Dorf ihre unverhohlene Freude über die wachsenden Spannungen ausdrückten. Mehr denn je vermisste sie Peter und seine ruhige, besonnene Art. Vielleicht hätte er auf die Heißsporne einwirken können. Sie erinnerte sich an Bruchsal, als sie noch ähnlich gedacht hatte wie ihre Freunde heute. Wenn Peter sie nicht davon abgebracht hätte, dortzubleiben, wäre sie längst tot und Philipp und Thomas nie geboren.

Was die neue Lage anging, so war sie nicht weniger empört als ihre Freunde. Ihr das Weide- und Wasserrecht zu nehmen, könnte die Familie ruinieren. Das war Erpressung, und genau das beabsichtigte der Rat der Stadt.

Je schonungsloser sie sich ihre Situation vor Augen führte, desto hilfloser und schwächer fühlte sie sich. Schon am Morgen benötigte sie viel Disziplin, um überhaupt von ihrer Schlafstätte hochzukommen, dabei stand sie sonst immer mit den Vögeln auf. Ihr wurde bewusst, wie einsam sie war. Natürlich hatte sie viele Freunde, Verbündete und Bewunderer, doch mit den Hitzköpfen um Jäcklin Rohrbach fühlte sie sich nur im Kampf verbunden. Niemand von ihnen konnte die Lücke schließen, die Luise und Peter hinterlassen hatten. Voller Schmerz erinnerte sie sich an Peters Frage, nachdem Luise gestorben war: ob sie um ihn ebenso trauern würde?

»Ja, Peter, das tue ich, und das nicht nur, weil die mäßigende Kraft im Dorf fehlt«, sprach sie halblaut, als ob er es hören könnte. »Niemand war mir jemals näher als ihr zwei, und ich vermisse dich nicht weniger als sie.«

Auf der Suche nach einer Lösung sah sie nur noch einen Ausweg, ihren Leibherrn. Sie erfuhr, dass er einige Tage später in seiner Heilbronner Residenz erwartet wurde, und es fiel ihr nicht schwer, bei ihm vorzusprechen.

Jörg von Hirschhorn wirkte besorgt, als er Margarethe traf. Nachdem sie ihr Anliegen vorgetragen hatte, holte er weit aus: »Du weißt, Margarethe, dass ich Ungerechtigkeit und Willkür ablehne und ich mich nach Kräften bemühe, großzügig und gerecht gegenüber meinen Leibeigenen zu sein. Auf das Hauptrecht hat bereits mein Großvater verzichtet. ›Die Menschen sind genug geschlagen, wenn sie einen nahen Angehörigen verlieren. In der Lage müssen wir ihnen nicht auch noch das beste Stück Vieh wegnehmen‹, hat er uns gelehrt, und durch ihn weiß ich, dass verbrieftes Recht nicht immer der Gerechtigkeit entspricht. Mit der Heiligen Schrift lässt sich das Hauptrecht nicht rechtfertigen und mit dem menschlichen Verstand ebenso wenig. Alles gedeiht am besten, wenn jeder mit Freuden seinen Pflichten nachgeht und in Frieden lebt. Insofern kann ich dich verstehen, wenn du das Hauptrecht verweigerst. Und dennoch könnte es keine schlechtere Zeit dafür geben. Es gärt im Reiche, die Autorität der Kirche wird angegriffen. Die Forderungen des Martin Luther, den Ablass abzuschaffen, bringen immer mehr Bauern dazu, im Namen des Evangeliums gegen ihre Herren aufzubegehren, und manche Theologen bestärken sie darin. Denk nicht, Margarethe, den Herren bliebe das verborgen. Ich war mit einer Jagdgesellschaft unterwegs, eine meiner zweifelhaften Pflichten.«

Er unterbrach sich kurz und ein spöttischer Gesichtsausdruck verdeutlichte Margarethe, wie wenig er solche Anlässe mochte. Dachte er noch an den tragischen Tod ihres Bruders?

»Aber bisweilen sind sie auch recht nützlich, wie der letzte mit dem jungen Georg von Waldburg und dem Grafen von Helfenstein, dem Habsburger Vogt auf der Weinsburg«, fuhr er fort. »Ich traf den jungen Waldburg das erste Mal, denn der Stammsitz seiner Familie befindet sich weit entfernt in Oberschwaben. Seine Reden sind noch schlimmer als sein Ruf. Ich habe noch keinen Mann getroffen, der die Bauern ohne erkennbaren Grund so sehr hasst. Wenn er die Gelegenheit bekäme, gegen euch zu Felde zu ziehen, dann gnade euch Gott, der Allmächtige. Seine Ausführungen haben mich darin bestärkt, dass Herren und Bauern zum gegenseitigen Vorteil zusammenstehen müssen. Der Hass, der auf beiden Seiten geschürt wird, trägt keine Früchte. Margarethe, du bist eine einflussreiche Frau, und ich wiederhole mich gern, nutze deinen Einfluss, um mäßigend auf die Bauern einzuwirken, ohne dass ihr dabei zu Kreuze kriecht. Gebt Herren wie Georg von Waldburg oder dem Grafen von Helfenstein nicht die Möglichkeit, gegen euch zu rüsten. Und was das Hauptrecht angeht, so mache ich dir folgenden Vorschlag. In dieser Situation zahlst du dem Rat das Stadt das geforderte Stück Vieh. Ich werde es dir nach einer gewissen Frist erstatten. Dass du davon niemandem erzählen darfst, versteht sich, denn es würde meine Situation sehr schwierig machen. Und deine vielleicht auch«, fügte er lächelnd hinzu. »Aber dir ein Rind zu überlassen, ist mir lieber, als dass die Situation weiter angeheizt wird.«

Margarethe schaute den Herrn von Hirschhorn irritiert an. Ein solches Angebot eines Leibherrn hatte es im Deutschen Reich vermutlich noch nie gegeben. Und dennoch war sie nicht sicher, was sie davon halten sollte. Sie wusste um seine lauteren Motive und gleichzeitig beschlich sie immer das Gefühl, seine Vorstellungen liefen darauf hinaus, sich den Herren auszuliefern und zu hoffen, sie würden so großzügig und verständnisvoll sein wie er selbst. Jörg von Hirschhorn wusste selbst, dass dies nicht der Fall war. Warum aber brachte er sie dann in eine solche Situation?

Während sie noch darüber nachdachte, kam ein Bote und übergab dem Schlossherrn eine schriftliche Nachricht.

Der las sie und sein Blick verriet nichts Gutes. »Georg von Waldburg ist noch in der Gegend, und er möchte mich treffen. Er wartet bereits.«

Margarethe verstand und war erleichtert, nicht sofort eine Entscheidung treffen zu müssen.

»Habt herzlichen Dank, ich muss über all das nachdenken, und jetzt ist es wohl besser, wenn ich rasch verschwinde.«

Unverzüglich begab sich Margarethe zum Ausgang. Nach wenigen Schritten begegnete ihr auf dem Flur ein Mann mit einem kleinen Gefolge. Sie blickte ihn offen an und wich zurück. Von dem Gesicht war kaum mehr zu sehen als zwei Augen, die so finster und kalt dreinblickten, dass ihr das Herz gefror. Ansonsten bedeckte ein ungemein dichter Bart das Kinn und die Wangenknochen bis fast an die Augen. Von einem Mund war nichts zu sehen vor lauter Haaren drüber und darunter. Der Bart konnte jedoch nicht verbergen, wie kräftig und weit hervorstehend das Kinn war. Es gab dem Mann eine zu allem entschlossene Ausstrahlung. Auch seine Nase reckte sich weit aus dem Gesicht heraus, als wolle sie sich gegen den mächtigen Schnauzbart behaupten. Ebenso üppig wie sein Bart waren seine dunklen, lockigen Haare. Wenn Margarethe später über diese kurze Begegnung nachdachte, malte sie sich aus, wie er aussehen würde, wenn Bart und Haare sein gesamtes Gesicht bedeckten. Mit dieser Vorstellung vertrieb sie den Schrecken, den die Augen des Mannes verbreiteten. Wenn er könnte, würde er vermutlich genauso herumlaufen, sagte sie sich.

Allerdings saß der markante Kopf des Georg von Waldburg auf einem viel zu kleinen Körper. Margarethe überragte ihn deutlich. Wie ein Gnom aus dem Erdreich, dachte sie, und die waren meistens auch böse. Der junge Adelige nahm die leibeigene Frau, die gerade aus der Residenz des Herrn von Hirschhorn kam, ebenfalls wahr. Seinen Begleitern raunzte er etwas wie »Bauernhexe« und »verbrennen« zu, ohne sich die Mühe zu geben, seine Verachtung zu verbergen. Jetzt verstand sie, warum ihrem Leibherrn nicht daran gelegen war, dass sie sich begegneten, aber das war nicht mehr zu ändern.

9. Kapitel

Drei Tage später erschienen bewaffnete Reiter vor Margarethes Haus. Ihre Erscheinung verhieß nichts Gutes. Sie waren mit Speeren und Schwertern bewaffnet und trugen eine Maske vor dem Gesicht, wie es vor nicht langer Zeit bei Ritterturnieren üblich war. Die Aufmachung gab den Männern ein Furcht erregendes Aussehen und verhinderte zudem, dass sie erkannt werden konnten. In diesen Zeiten zogen es die Schergen der Herren vor, lieber im Verborgenen zu bleiben.

»Margarethe Abrecht«, rief einer von ihnen mit durchdringender Stimme, »dem Rat der Stadt Heilbronn liegt eine Anklage gegen Sie vor. Um den Vorwürfen nachgehen zu können, werden Sie aufgefordert, uns zu folgen. Leistet keinen Widerstand.«

Die Aufforderung traf Margarethe unvorbereitet. Sie ahnte, was das bedeutete. Unverzüglich schickte sie Philipp durch den Hinterausgang zu Rohrbachs. Sie war keinesfalls gewillt, sich den Bewaffneten zu stellen. Um Zeit zu gewinnen, trat sie dem Mann auf der Balustrade ihres Hauses entgegen. So mussten sie zu ihr hinaufschauen, obwohl sie noch auf ihren Pferden saßen.

»Eine Ladung zum Gericht wird gewöhnlich nicht von Schwerbewaffneten überbracht. Teilt ihr mir den Termin meiner Anhörung mit, werde ich rechtzeitig in Heilbronn erscheinen. Der Weg ist mir gewiss vertraut.«

Ihre zur Schau gestellte Gelassenheit beeindruckte die Reiter nicht.

»Wir sind hier, um einen Befehl auszuführen, und der lautet, Sie nach Heilbronn mitzunehmen. Diesen Befehl werden wir ausführen, und ich rate Ihnen, sich nicht weiter zu sträuben.«

Unvermittelt lenkte der Sprecher sein Pferd direkt unterhalb von Margarete, richtete sich in den Steigbügeln auf, griff mit den Händen an die Balustrade und schwang sich hinauf. Völlig überrascht starrte ihn Margarete wie hypnotisiert an und bevor sie reagierte, hatte er sie bereits ergriffen und an den Rand der Balustrade gedrängt. Währenddessen wartete ein anderer der Reiter direkt unter ihnen.

»Wir haben Ihnen gesagt, Ihnen geschieht nichts, wenn Sie tun, was wir sagen. Es liegt an Ihnen, lassen Sie sich hinter dem Reiter auf das Pferd hinab, sonst finden Sie sich auf unsanfte Weise auf dem Boden wieder.«

Der Ton war jetzt unmissverständlich, und bei den Worten hielt der Mann sie drohend direkt an den Abgrund. Margarethe zweifelte nicht, dass er bei der kleinsten Gegenwehr ernst machen würde. Ihre Lage war aussichtslos, sie musste sich den Reitern fügen. Mit Hilfe des Schergen glitt sie auf das Pferd unter ihr, und ohne weitere Erklärungen gab der Reiter dem Tier die Sporen. Als sich Margarethe umblickte, sah sie gerade noch, wie Philipp mit Rohrbach und anderen Männern um die Ecke zu ihrem Haus bog.

Margarethe sollte Recht behalten. Es ging nicht um eine Anhörung. Sie war verhaftet worden. Die ganze Aktion geschah so schnell, dass sie sich über die Tragweite erst klar wurde, als sie bereits im Verlies saß. Es war ein ungastlicher Ort direkt unter dem Rathaus. Die Wände waren feucht, auf dem Boden lag schimmeliges Stroh. Falls das als Schlafstätte gedacht war, würde sie den nackten Boden vorziehen. Zudem stank es nach Fäkalien und Dreck von Mäusen. Es waren viele, die im Stroh nach Essbarem suchten und sich durch lautes Rascheln bemerkbar machten. Der Eingang zu dem Verlies bestand aus einem Bretterverschlag, doch Tageslicht drang nicht hinein. Ein paar Fackeln an den Wänden im Gang waren die einzige Lichtquelle. Sie warfen gespenstische Schatten. Immerhin war Margarethe allein, das kam ihr entgegen. Sie wollte nicht noch mit anderen Frauen oder gar Männern zu tun haben.

Sie dachte daran, was Peter in der Haft durchgemacht hatte, doch sie widerstand dem Gefühl der Panik. Obwohl sie zunächst nichts machen konnte als abzuwarten, was der Rat mit ihr vorhatte, fühlte sie sich auf seltsame Weise sicher, schließlich wussten Philipp und ihre Freunde, in wessen Hand sie sich befand.

Nachdem sich die Bewaffneten entfernt hatten, holte sie ein Beutelchen aus einer Tasche unter ihrem Kleid, das sie immer bei sich trug. Man hatte es ihr nicht weggenommen, vermutlich noch nicht einmal bemerkt. Darin befanden sich ein Feuerstein, Kienspan, getrocknete Schafgarbe, Johanniskraut und Salbei, ebenso getrocknete Weidenblüten und etwas ganz Besonderes, weil Gefährliches, ein paar winzige, zu Pulver zerriebene Spuren vom Fliegenpilz. Bevor sie sich jedoch diesen Schätzen zuwandte, richtete sie ihr Verlies so gut wie möglich ein. Sie nahm einen Teil vom Stroh, der am wenigsten verschimmelt war, und bereitete sich damit eine eigene Schlafstätte, möglichst weit von dem eigentlichen Lager entfernt. Ihre Kleider musste sie anbehalten, denn es war kalt. Nur ihre schwarze, engmaschige Haube nahm sie ab.

Mit der Zeit verlor sie das Gefühl für Tag und Nacht.

Sie wollte sich auf eine Reise in eine andere Welt begeben, und hier war sie ungestört. Mit dem Feuerstein brachte sie den Salbei zum Schwelen. Sie benötigte einige Zeit, doch als der würzige Geruch in ihre Nase stieg, nahm sie den kleinen, rauchenden Zweig und führte ihn mit kreisenden Bewegungen eng an ihrem Körper von unten nach oben. Es war ein altes Ritual zur Vorbereitung auf eine intensive Erfahrung, denn Salbei hatte die Kraft der geistigen Reinigung.

Dann zündelte sie mit dem Feuerstein am Johanniskraut, der Scharfgarbe und den Weidenblüten.

Die Kräuter waren gut gewählt. Johanniskraut sorgte für den reinen Blick. Das Kraut, das blühte, wenn die Sonne am höchsten stand, galt als Abbild der Sonne, das vor allem in finsteren Zeiten eine Vorstellung von deren Kraft vermittelte. Schafgarbe half in die Zukunft zu schauen, und die Weide intensivierte die Wahrnehmung. Auf den kleinen Schwelbrand streute sie eine kaum wahrnehmbare Menge vom Fliegenpilzpulver. In genau der richtigen Menge half er besser als jedes Kraut, den Geist für Visionen und Bilder aus der anderen Welt zu öffnen.

Margarethe legte sich mit der linken Seite auf ihr selbstgemachtes Lager, den Kopf genau über den schwelenden Kräutern. Mit tiefen Zügen nahm sie den Rauch durch die Nase auf. Es war nur wenig Rauch, der noch nicht einmal ausreichte, um die Zelle auszufüllen, aber für ihren Zweck war es genug. Bereits nach wenigen Zügen fühlte sie sich dumpf im Kopf und ihr Bewusstsein veränderte sich. Sie konnte sich gerade noch auf den Rücken drehen und auf ihr Lager sinken, während die Kräuter zu Asche wurden.

Farben begannen vor ihrem inneren Auge zu tanzen, leuchtende, kräftige Farben, die ihr das Herz wärmten. In der Mitte bildete sich eine weiße Lichtspirale, die sich immer weiter erhob. Margarethe folgte ihr, bis sich die Spirale in ein Feuer verwandelte, ein Feuer, das zunächst so schwelend war wie das ihrer Kräuter, dann aber immer mächtiger wurde. Das Feuer konnte ihr nichts antun, sie sah es teilnahmslos an, obwohl die Flammen ganze Landstriche fraßen.

Schließlich ging das Gelb und Rot des Feuers über in das Blau des Wassers. Es war so schön, dass sich Margarethe gar nicht sattsehen konnte. Ein klarer See zeichnete sich vor ihrem Inneren ab und sie sah sich an dessen Ufern sitzen, umgeben von Kräutern und Blumen. Der tiefe Frieden der Landschaft nahm von ihr Besitz. Von der Mitte des Sees führte ein Tunnel in das Erdinnere. Margarethe ließ sich hinabgleiten; das Schwarz wurde immer undurchdringlicher, aber es wirkte nicht Furcht erregend. Je tiefer sie hinabglitt, desto heißer und glühender wurde es, bis sie wieder zu einem Feuer gelangte, ein loderndes Feuer, das die Dunkelheit vertrieb. Doch dieses Feuer war gefährlich. In den Flammen sah sie Jäcklin Rohrbach, wie er sich wand und schrie, doch er konnte ihnen nicht entkommen. Auch sie war vom Feuer umschlossen, doch sie blieb unversehrt. Nicht nur das, sie fühlte sich, als würde das Feuer all ihre Ängste, ihre Zweifel, ihre Unsicherheit von ihr nehmen. Sie fühlte sich wohlig umgeben von den Flammen, sie wollte nie mehr fort. Mit verschränkten Beinen saß sie dort, sie spürte die Hitze und sie genoss sie, während Jäcklin nur eine Armlänge entfernt Todesängste ausstand.

Das ist das Ende des Weges, züngelten die Flammen ihr zu, die Mitte, die du nicht mehr verlassen sollst. Und es ist das Ende der Ängste, der Zweifel, der Unsicherheit, die hier geläutert und verwandelt werden in Zuversicht, Gewissheit und Klarheit. Falls dieser Ort ein Bild für das Ende ihres Lebens sein sollte, dann hatte sie nichts zu befürchten.

Allmählich verblassten die Bilder und sie glitt in einen langen, oberflächlichen Schlaf. Als sie aufwachte, war ihr, als säße ein Specht in ihrem Kopf über den Augen, der seinen spitzen Schnabel immer wieder in ihre Stirn rammte. Sie versuchte den Schmerz zu lindern, indem sie ihre Hand dorthin legte, doch beim Aufrichten spürte sie noch ein Schwindelgefühl, verbunden mit Brechreiz. Instinktiv wandte sie sich dem verschimmelten Lager zu und übergab sich. Der Reiz im Hals würgte sie heftig, doch viel kam nicht aus dem leeren Magen. Heftig keuchend ließ sie sich auf die Knie nieder.

Das hatte gut getan. Allmählich beruhigte sich ihr Atem, das Zittern ließ nach, und sie erhob sich mühsam. Die wenigen Körnchen vom Fliegenpilz zeigte ihre Wirkung, doch jetzt war es überstanden. Sie benötigte Wasser, um vollends zu genesen, klares Quellwasser, doch daran war hier unten nicht zu denken. Langsam gewahrte sie wieder, in welcher Situation sie sich befand, doch die Bilder, die sie erhalten hatte, blieben lebendig. »Am Ende ist kein Platz mehr für Ängste, Margarethe, lass dich immer davon leiten«, sagte sie zu sich selbst.

Während sie den Bildern noch nachhing, hörte sie einen schlurfenden Schritt im Gang. Eine alte Frau riss sie zurück in die Wirklichkeit. Sie brachte ihr das Essen, eine Schale Suppe mit Kohlblättern darin und dazu ein paar Stücke sehr harten Brotes. Margarethe hätte jubeln können über die Flüssigkeit. Das war genau das, was sie jetzt benötigte.

Die Suppe war genießbar, wenn auch nicht sonderlich appetitlich, und sie blieb auch in den nächsten Tagen ihre Hauptmahlzeit, ebenso wie die alte Frau zunächst ihr einziger Kontakt war. Zwar versuchte Margarete die Alte anzusprechen, um etwas über das Gefängnis und vielleicht sogar ihre Situation zu erfahren, doch das war aussichtslos. Die Frau reagierte nicht, sie tat nur wortlos ihre Pflicht, und bisweilen fragte sich Margarethe sogar, ob sie taub und stumm war.

Nach ein paar Tagen erschienen Wachen und holten sie ab. Margarete war froh über ihr Erscheinen. Nun musste sie endlich erfahren, warum sie hier war und was man mit ihr vorhatte. Ruhig und gefasst folgte sie den Wachen, die sie zwei Treppen nach oben führten. Wem immer sie gleich gegenüberstehen würde, sie würde sich keine Blöße geben und Schwäche zeigen.

Als sie einige Räume durchschritten hatten, hießen sie die Wachen zu warten. Der Raum, in dem sie sich befand, ähnelte dem Vorzimmer vor dem Empfangssaal des Hirschhorner Schlosses. Der Boden war mit Teppichen ausgelegt. Wie gut sich das unter ihren Füßen anfühlte! Am liebsten hätte sie sich lang ausgestreckt, denn verglichen mit ihrer Zelle erschien ihr dieser Bodenbelag wie ein Himmelbett. Doch sie wollte jetzt niemanden herausfordern. An den Wänden hingen Gemälde streng blickender Herren. Interessiert sah sie sich um. Sie wollte sich ablenken, und dazu hatte sie genug Zeit.

Bald überlegte sie sich sogar, ob sie sich doch auf dem Teppichboden legen sollte, doch in dem Moment öffnete sich die Tür und sie wurde unwirsch in einen noch weitaus pompöseren Raum gedrängt. Dort warteten sechs Männer hinter einem schweren, dunklen Tisch, der in einem Halbkreis angeordnet war. Margarethe wurde angewiesen, davor stehenzubleiben. Das schien das Tribunal zu sein, vor dem sie sich verantworten musste – wofür auch immer. Sie kannte allein Hans Berlin in der Runde; der Schultheiß war nicht darunter.

Zuerst wurde sie nach ihrem Namen und ihrer Herkunft befragt. Sie war einen Moment versucht, keine derartigen Auskünfte zu geben, weil die Fragenden gewiss selber wussten, wen sie gefangen hielten, doch sie nahm sich zurück. Bevor sie irgendetwas tat, was Anstoß erregte, wollte sie wissen, woran sie war. Endlich kam der Sprecher zur Sache. Er hielt ihr die Klage der Böckinger Richter vor und bat sie Stellung zu beziehen. Es ging also um die Anschuldigungen aus ihrem eigenen Dorf. Das erleichterte sie, denn jetzt konnte sie sich endlich selbst äußern.

»Ja, es ist richtig, ich habe nach dem Tode meines Mannes das Hauptrecht verweigert und die Frondienste ebenso. Im alten Recht ist beides festgelegt, und ich habe dagegen verstoßen, darüber bin ich mir im Klaren. Aber das Einzige, was wirklich zählt, ist das Wort Gottes, das Evangelium, alles andere kann täuschen.«

Ihr entging nicht, wie die Männer spöttisch lächelten, und sie las die unausgesprochenen Worte in ihren Gesichtern. Sie schienen ihre Ausführungen amüsant zu finden. Doch unbeirrt fuhr sie mit ihrer Verteidigungsrede fort.

»Dem wird niemand widersprechen können, denn im Evangelium steht nichts vom Hauptrecht, nichts von Frondiensten.«

»Und eine Bäuerin, die noch nicht einmal die deutsche Schrift beherrscht, ist berufen, uns die Heilige Schrift auszulegen? Wir ziehen den Hut.«

In Worte gefasst war der Spott noch schmerzhafter, zumal ihm auch noch schallendes Gelächter folgte. Wie sollte sie einer solchen Diskussion gewachsen sein? Sie entschied sich für die Flucht nach vorne.

»Ja, Ihr habt Recht, ich kann nicht lesen und nicht schreiben. Aber es gibt Personen, die lesen und schreiben können, sogar die Sprachen der Gelehrten, und sie haben dennoch Respekt vor den Bauern.«

Diese Anspielung mäßigte die selbstbewussten Herren. Sie wussten, Margarethe sprach von dem Augustinermönch Luther und seine Anhängern, den Reformatoren. Manche unter ihnen gingen immer weiter. Sie wollten nicht nur den Ablass abschaffen, sondern forderten die heilige Messe und die Lesung aus der Schrift in deutscher Sprache. Davor fürchteten sich viele Herren, auch in Heilbronn. Wohin sollte das führen, wenn jeder Ungebildete die Worte des Evangeliums hören und für sich auslegen konnte? Dieses Privileg durfte sich die Kirche nicht nehmen lassen. Sie allein konnte sagen, was der tiefere Sinn der Worte war. Hier, in dieser Frau, hatte man den schrecklichen Beweis, was dabei herauskam, wenn diese Tradition angetastet würde.

»Auch wir haben Respekt vor den Bauern, denn sie sind es, die uns ernähren«, antwortete der Älteste aus der Runde, und Margarethe horchte auf. »Respekt muss aber für alle gelten. Wir gewinnen mehr und mehr den Eindruck, dass es die Bauern sind, die den Respekt vor der Obrigkeit verlieren. Das ist zum Nachteil aller.«

Margarethe musste sich große Mühe geben, ein Lächeln zu unterdrücken. Das klang wie ihr Leibherr. Sie war gespannt auf das, was noch folgte.

»Sie sprechen von der Heiligen Schrift.«

Der Mann sprach sie in der höflichen Form an, das geschah selten, nicht einmal ihr Leibherr wählte diese Ausdrucksform.

Er fuhr fort: »Das will ich gern aufgreifen, und seien Sie gewiss, ich kenne mich damit ein wenig aus, denn mein Sohn ist Theologe und Prediger. Bei den Evangelisten Matthäus, Markus und Lukas sagt Jesus: *Gebt dem Kaiser, was des Kaisers, und Gott, was Gottes ist.* Damit ist eindeutig bewiesen, dass Gott die Obrigkeit nicht nur geschaffen hat, sondern dass er sie auch gutheißt und der Obrigkeit Folge zu leisten ist. Wenn also die Obrigkeit Gesetze erlässt, dann macht sie das an Gottes statt.«

»Aber bedeutet das, die Untertanen müssen jedes Gesetz befolgen, was die Obrigkeit erlässt?«, hielt Margarethe dagegen. »Selbst wenn es Gesetze sind, die im Widerspruch zu Gottes Geboten stehen, gegen sein Gebot, nicht zu töten und nicht zu stehlen?«

»Kein christlicher Herrscher erlässt Gesetze, die gegen Gottes Wort verstoßen, denn es ist seine vornehmste Aufgabe, Gottes Gesetz auf der Erde zur Durchsetzung zu verhelfen. Dafür hat Gott ihn an seine Stelle gesetzt.«

Margarethe gefiel das Gespräch, zeigte es doch, dass sie von den Herren, die sie eigentlich verhörten, ernst genommen wurde. Und dank der gebildeten Luise sowie ihres Leibherrn war sie mit der Bibel ein wenig vertraut.

»Glaubt mir, verehrter Herr«, antwortete sie verbindlicher als zuvor, »wenn die Obrigkeit all ihre Macht dazu einsetzt, um Gottes Wort und Gottes Gerechtigkeit hier auf Erden durchzusetzen, dann gäbe es niemanden unter den Bauern, der aufrührerische Gedanken trüge; niemanden, der nicht freudig und gern seine Pflichten erfüllte und seine Abgaben leistete. Aber habt Ihr Euch schon einmal überlegt, was das Hauptrecht bedeutet? Es wird verlangt, wenn ein Leibeigener stirbt. Könnt Ihr Euch nicht vorstellen, dass der Tod eines Familienangehörigen schon genug Schmerz für die Hinterbliebenen bedeutet? Und nicht nur das. Es ist auch ein großer Verlust an Arbeitskraft. Sein Platz kann nicht einfach neu besetzt werden. Er fehlt überall; bei der Aussaat, bei der Ernte, bei der Stallarbeit. Seine Arbeit muss von den anderen übernommen werden. Und dann möchte der Leibherr auch noch das beste Stück Vieh dafür. Als ob er den größten Verlust erlitten hätte! In meinem Falle wollte die Stadt nicht nur das beste Stück Vieh, sie hat mich und meinen Sohn sofort nach dem Tod meines Mannes auch noch zum Frondienst bestellt. Zu jeder anderen Zeit wäre ich der Forderung nachgekommen, aber nicht in dem Moment. Ich möchte, dass auch meine Würde gewahrt wird.«

Margarethe sprach klar und ruhig. Sie war selbst überrascht, wie gelassen sie blieb. Als sie geendet hatte, erinnerte sie sich erst wieder, in welcher Situation sie sich befand. Noch vor einer Stunde hatte sie in einer muffigen, schimmeligen Gefängniszelle gesteckt, ohne zu wissen, was mit ihr geschehen würde. Nun stand sie den Männern gegenüber, in deren Hand ihr Schicksal lag, und sie sprach so sicher zu ihnen, als säße sie im Kreis der Böckinger Bauern.

Ihr Auftritt verfehlte seine Wirkung nicht. Schweigen breitete sich aus, Schweigen, das Respekt bezeugte. Auch Margarethe schwieg, und als sie in die Runde schaute, sah sie kein spöttisches Grinsen mehr. Vermutlich hatte sich noch nie einer der Anwesenden Gedanken darüber gemacht, was das Hauptrecht wirklich für die Leibeigenen bedeutete.

Schließlich setzte der Sprecher wieder an, der das Verhör begonnen hatte.

»Es steht uns allen nicht an, die Gesetze, die sich das Reich und die Heilige Kirche gegeben haben, in Frage zu stellen, auch wenn das gerade allerorten geschieht. Die Forderungen, die wir erhoben haben, befinden sich im Einklang mit dem alten Recht, das leugnet selbst die Beklagte nicht. Deshalb kann man sie uns nicht vorwerfen. Wir werden über das weitere Vorgehen beraten. Bis auf weiteres wird die Beklagte wieder in ihre Zelle geführt.«

Die Wachen, die sich die ganze Zeit still im Hintergrund gehalten hatten, traten zu Margarethe und wollten sie zurück in das Verlies führen, doch mit einer selbstbewussten Armbewegung wehrte sie die Männer ab und gab ihnen zu verstehen, dass sie ihnen freiwillig folgen werde.

In der Zelle verspürte sie ein seltsames Gefühl des Triumphs. Ihre Situation hatte sich nicht verändert, und sie wusste so wenig wie vorher, was der Rat der Stadt im Schilde führte. Dennoch hatte sie viel erreicht. Die Männer, von denen sie bis zum Schluss nicht wusste, wer sie waren, hatten ihr zugehört und damit zum ersten Mal die Sicht der Bauern wahrgenommen.

Einen Tag nach dem Verhör öffnete sich die Kerkertür erneut. Die Wachen erschienen, gefolgt von einem jungen Mann. Es war Philipp, der ein Bündel unter dem Arm trug.

Als er seine Mutter hinter dem Holzverschlag in einem gefassten, ja gleichmütigen Zustand sah, lief er auf sie zu.

»Mutter, Sie leben und sind unversehrt? Ich hatte solche Angst …«

»Angst, mich zu erleben wie Vater?«, ergänzte Margarethe.

Er blickte etwas verschämt zur Seite.

»Schätz deinen Vater nicht gering. Er ist viel brutaler behandelt worden als ich. Mich lassen sie in Ruhe, auch wenn es nicht gerade eine angenehme Umgebung ist.«

Sie sah, wie Philipp angewidert die Zelle musterte. »Seit Ihrer Verhaftung befinden sich immer welche von uns vor dem Rathaus und begehren Zugang zu Ihnen, der Jäcklin, der Johannes, der Sixt, und mich hat sogar Thomas begleitet.«

Der Stolz auf den jüngeren Bruder war nicht zu überhören, und Margarethe schenkte Philipp ein dankbares Lächeln.

»Wir haben uns gedacht, dass es Ihnen nicht besonders gut ergeht, und wollten Sie deshalb wenigstens mit Decken und Essen versorgen. Gestern nun hat man uns angekündigt, dass eine Person zu Ihnen kommen und Ihnen die Sachen bringen darf. Alle waren sich einig, dass ich das sein würde.«

Er stellte das Bündel neben sie und öffnete es. Zwei Decken waren darin, duftendes Brot, Äpfel und sogar ein Stück geräuchertes Schweinefleisch. Margarethes Augen wurden feucht, die Worte der Dankbarkeit blieben ihr im Halse stecken. Sie waren auch nicht nötig, denn Philipp sah, wie überwältigt sie war. Damit hatte sie niemals gerechnet. Um das Fleisch würden sie sogar die Wachen beneiden. Hatte das mit dem Verhör zu tun? Sie konnte sich keinen Reim darauf machen.

»Sag allen«, gab sie Philipp zum Abschied mit auf den Weg, »dass sie sich nicht um mich sorgen müssen. Niemand tut mir hier etwas an.«

Die Worte klangen überzeugend, und der junge Mann machte sich erleichtert davon.

Tage später wurde sie erneut in den Saal geführt, in dem sie verhört worden war. Diesmal erwarteten sie nur zwei Männer; zwei, die bereits beim ersten Mal dabei waren. Es waren der Alte, der sie ernst genommen, und derjenige, der das Verhör geleitet hatte.

Der Alte ergriff das Wort: »Margarethe Abrecht, der Rat der freien Reichsstadt ist zu einem Urteil über die Anklage wegen des verweigerten Hauptrechts und der Fronarbeit gekommen. Im Grundsatz wird der Rat auf sein Recht nicht verzichten, doch in diesem besonderen Fall und dieser besonderen Zeit erweist er sich als großzügig und erlässt Ihnen und Ihrer Familie diese Abgabe. Dies ist ein Zeichen, dass sich der Rat um ein einvernehmliches Verhältnis zu den ihm anvertrauten Dörfern bemüht, und er erhofft sich dadurch ein entsprechendes Entgegenkommen von den Dörfern. Streitigkeiten sollen in gegenseitigem Respekt ausgetragen, die Gesetze befolgt werden. Dazu sind wir bereit und wir erwarten es ebenso. Auf der Stelle lassen wir Sie allerdings nicht frei. Vorher verpflichten wir Sie, die Hälfte der Gerichtskosten zu zahlen, das sind fünf Gulden. Wenn diese Summe bei uns abgegeben wurde, sind Sie frei.«

So viele Neuigkeiten machten Margarethe sprachlos, und bevor sie sich gefasst hatte, wurde sie von den Wachen hinausgeleitet.

Das war nicht der Zeitpunkt für einen Disput. Der Rat hatte entschieden, und daran würde sich nichts mehr ändern. Der Beschluss war günstiger als erwartet, wenn es sich auch um eine hohe Summe handelte, die von ihr verlangt wurde.

Nachdem sie Philipp davon in Kenntnis gesetzt hatte, erschien Jäcklin Rohrbach in ihrem Verlies. Dass auch er die Besuchserlaubnis bekam, sah sie ebenfalls als Zeichen der Reichsstadt, den Ausgleich mit den Dörfern ernst zu nehmen.

Jäcklin indes waren solche Gedanken fremd. »Es passt alles zusammen«, redete er auf sie ein, »die Mahnung deines Leibherrn, das scheinbar milde Urteil gegen dich. Sie fürchten uns, sie spüren, wenn wir uns einig sind und gegen die Willkür aufbegehren, dann haben sie verloren. Willst du immer eine Dienerin sein, Margarethe? Und sei es eine Dienerin eines mildtätigen Herrn? Ich will gar keinen Herrn über mir, keinen mildtätigen und keinen willkürlichen.« Er redete eindringlich und unterstrich seine Worte mit heftigen Gesten. »Ist das Urteil gegen dich wirklich so mild? Wenn sie deine Weigerung anerkennen würden, dann könnten sie dir auch nicht die Gerichtskosten aufbürden. Wer Recht hat, zahlt nicht, darüber können sich auch die Herren nicht hinwegsetzen. Aber sie haben dir nicht Recht gegeben, sie haben dir eine Gnade gewährt.«

Margarethe wunderte sich, wie jemand das Wort mit einer solchen Verachtung aussprechen konnte.

»Wollen wir weiterhin auf die Gnade der Herren angewiesen sein? Ich will Gerechtigkeit, ich will Freiheit.«

Er sprach inzwischen so laut, dass Margarethe befürchtete, der Rat in den oberen Etagen würde alles verstehen.

»Zahle die Kosten nicht, Margarethe, sag ihnen, wer Recht bekommt, muss nicht bezahlen. Und wir wollen ihre Gnade nicht, die können sie uns jederzeit wieder entziehen.«

Seine Ausführungen machten sie wütend, und das wollte sie ihm nicht länger verheimlichen. »Rohrbach«, setzte sie mit einer Entschiedenheit zur Gegenrede an, die ihn überraschte. »Seit einiger Zeit sprichst du mir gegenüber nur noch von Freiheit und Recht, als ob ich eine Dienerin der Herren sei, die für ein wenig Großzügigkeit dankbar ist. Rohrbach, das war ich nie, und nimm dich in Acht.« Ihre Augen funkelten.

Schon lange nicht mehr hatte sie sich so stark gefühlt wie in diesem stinkenden Verlies, und sie brachte Rohrbach zum Schweigen.

»Wenn wir planen, unsere Ketten abzuwerfen, dann müssen wir auch wissen, wie wir vorgehen und wer unsere Gegner sind. Unterschätz sie nicht. Du kommst mir vor, als würdest du am liebsten sofort zuschlagen. Wenn wir aber unüberlegt handeln, kann es passieren, dass wir die Ketten nicht verlieren, sondern dass sie nur noch fester werden und wir uns gar nicht mehr bewegen können. Das will ich verhindern. Ich möchte dir etwas raten, pass besser auf dich auf. Du nützt niemandem, dir selbst am wenigsten, wenn dein einziger Plan darin besteht, den Herren aufs Haupt zu schlagen, wo du kannst. Sie werden zurückschlagen, sei gewiss.«

Zum ersten Mal seit langer Zeit wirkte Jäcklin Rohrbach beeindruckt. Sie klang so überzeugend, so selbstsicher, dass der junge Bauer nicht seine übliche Feldherrenmiene aufsetzte, entschlossen und ohne eine Spur von Furcht und Rücksicht.

»Du weißt, ich bin Jos Fritz nie begegnet, auch wenn ich die Hoffnung noch nicht aufgegeben habe, aber ich habe viel von ihm gelernt. Er war nicht weniger stark als du, aber er wusste, dass für den Erfolg ein guter Plan notwendig ist. Deshalb ist er von Dorf zu Dorf gezogen und hat die Bauern auf seine Seite gebracht, bevor er losschlagen wollte. Wenn du das von ihm lernst, dann wirst du ein ebensolcher Führer wie er. In Flein weiß man vielleicht von dir, aber schon in Neipperg kennt dich niemand, ganz zu schweigen vom Odenwald oder der Rheinebene, wo sie alle nur auf ein Fanal zum Aufstand warten. Wenn du meinen Rat aber in den Wind schlägst, dann fürchte ich um dich, Rohrbach, und um unsere Sache. Du siehst zwar die Brutalität und Willkür der Herren, aber nicht ihre Verschlagenheit. Glaub mir, ich lasse mich nicht von etwas Wohlgefallen und Gnade blenden, aber ich sehe auch, dass nicht alle Herren gleich sind. Wenn wir aufbegehren und unsere Ketten abschütteln, dann könnte es nützlich sein, auf Herren zu stoßen, die uneins untereinander sind. Ich weiß, was ich tue, und ich wiederhole mich gern noch einmal: Ich möchte von dir nicht noch einmal etwas hören, das so klingt, als bettelte ich um die Gnade der Herren.«

Als Jäcklin ihre Zelle verließ, war ihm klar, dass er nie wieder etwas in der Richtung sagen würde. Sie hatte Recht,

Planung war nicht seine Stärke, und es war gefährlich, seine Gegner zu unterschätzen.

Nur wenige Tage nachdem sie aus dem Gefängnis entlassen worden war, erreichte Margarethe die Nachricht, dass ihr Vater im Sterben lag.

Sie eilte zu ihrem Elternhaus. Als sie ihren Vater sah, wusste sie, dass sie nicht zu früh gekommen war. Sie hatte genug Menschen sterben sehen, um seinen Zustand einschätzen zu können. Sprechen konnte er nicht mehr, doch sie hatte den Eindruck, ein Lächeln auf seinem blassen Gesicht zu bemerken. Zum ersten Mal seit langem freute sie sich über ihren Vater. Sie berührte seine Hand, die noch warm war, und hielt sie sanft. Als der Priester das letzte Sakrament spendete, wollte sie dabei sein, und niemand versagte es ihr.

Zwei Stunden später war Hans Renner tot.

Margarethe blieb einige Tage in ihrem Elternhaus. Ohne dass sie es geplant hatte, fand sich die Zeit für Gespräche.

»Werfen Sie mir auch den Weg vor, den ich gegangen bin?«, wollte sie von ihrer Mutter wissen.

Hildegard lächelte müde. »Du hast schon als kleines Kind immer getan, was du für richtig hieltest, und das machst du bis heute als Witwe. Damit machst du es deiner Umgebung nicht einfach, aber ich werfe es dir nicht vor. Ich beneide dich sogar ein wenig darum.«

So viel Offenheit hatte Margarethe nicht erwartet. »Konnten Sie das nie?«, fragte sie leise.

»Ich kann mich nicht beklagen, wenn ich mich mit anderen Frauen vergleiche. Ich hatte einen herzensguten Mann, auch wenn er meine Wünsche häufig nicht verstanden hat. Welcher Mann kann das schon? Wir können das nicht erwarten.«

Sie machte eine Pause, und Margarethe sah sie zärtlich an. Wie alt Hildegard geworden war. Ein zerfurchtes Gesicht und ein von Arbeit gebeugter Nacken bezeugten es. Selbst ihre einst so strahlenden Augen waren müde geworden.

Margarethe wollte ihr Mut machen, auch wenn es ihr schwerfiel. »Aber Mutter, Sie haben noch viele Jahre vor sich. Zieht zu uns, Platz haben wir genug, Philipp und Thomas werden sich freuen, ich werde dafür sorgen, dass Sie nicht mehr arbeiten müssen und ich Ihnen den einen oder anderen Wunsch erfüllen kann.«

Margarethe spürte, wie schwer es ihrer Mutter fiel, sich ein Lächeln abzuringen.

»Ich danke dir herzlich, aber ich habe mich nie vor der Arbeit gefürchtet, ich vermisse nur Hans ganz schrecklich.« Der Schmerz ließ sie stocken. Leise fügte sie hinzu: »Du musst das verstehen, ich kann nicht zu euch ziehen.«

Ihre Tochter ereiferte sich. »Warum nicht? Natürlich könnt Ihr, ich werde ...«

Dann traf sie Hildegards Blick, und sie schwieg. Beinah schämte sie sich für ihre Begeisterung.

»Danke«, flüsterte Hildegard noch einmal, und sie sprach langsam, als suche sie nach Worten. »Ich danke dir aus ganzem Herzen, aber ich hatte in meinem Leben so viel Angst um dich, da kann ich nicht mit dir unter einem Dach wohnen. Als du zu deinem Mann gezogen bist und Kinder bekommen hast, hofften wir, das Rebellische in dir würde zur Ruhe kommen. Es war nicht so. Peter war manchmal heimlich bei uns, weil er keinen Rat mehr wusste. Er hat dich geliebt, wie ein Mann eine Frau nur lieben kann und vielleicht noch darüber hinaus. Deshalb wollte er dir niemals im Wege stehen.«

Margarethe spürte, wie salzig ihre Tränen schmeckten, die ungehemmt über ihr Gesicht liefen. Sie wischte sie nicht weg, sondern schaute unverwandt ihre Mutter an. Auch wenn sie das alles geahnt hatte, es von der eigenen Mutter zu hören, machte ihr Herz schwer wie Blei. Könnte sie Peter doch noch sagen, wie leid ihr das alles tat!

»Und Sie, Sie haben sich Peter immer näher gefühlt als mir?« Das klang wie ein Vorwurf, auch wenn es keiner sein sollte.

Hildegard nahm es ihr nicht übel. »Du bist unsere Tochter, und wir haben dich geliebt, aber es war leichter, Peter zu verstehen.« Sie hielt inne, als ob sie sich von der Rede erholen musste. Nach einer Zeit, die Margarethe lange vorkam, fuhr sie fort: »Ich hatte auch meine Träume, ja, ich war eine große Träumerin. Aber in meinen Träumen ging es nicht um Aufruhr und Kampf. Dass eine Frau davon träumen kann, haben wir nie verstanden, ich nicht, Vater nicht, Peter nicht. Und da wir dich alle lieben«, sie lächelte kurz ihr müdes Lächeln, »oder geliebt haben, fürchten wir uns vor den Träumen, die du träumst.«

»Mutter«, entgegnete Margarethe heftig, »ich träume nicht von Aufruhr und Kampf. Ich träume von einem Leben in Würde; von einem Leben, in dem wir die Früchte unserer Arbeit ernten, in dem alle Menschen gleich sind vor Gott, so wie es in der Bibel steht. Luise hat es mir erklärt …«

Wieder lächelte Hildegard, doch ihr Lächeln spiegelte nur Unverständnis wider.

»Niemand kennt die Bibel außer den Theologen, die Latein und Griechisch studiert haben, schon gar keine Frau.«

»Nein, Mutter«, wollte Margarethe entgegnen und ihr von den Waldensern erzählen, doch im gleichen Moment erkannte sie, wie sinnlos es war. Ihre Mutter würde es nicht verstehen, selbst wenn Luise noch lebte und sie mit zu einer Versammlung der Waldenser irgendwo in den Alpen nehmen würde. Es hatte keinen Sinn, sie konnte es nicht ändern, dass diejenigen, die sie liebten und die sie liebte, solche Angst um sie hatten. Es gab keine Brücke des Verstehens zwischen Mutter und Tochter.

Plötzlich überkam sie eine nie gekannte Dankbarkeit ihrer Mutter, ihrem Vater und ihrem Mann gegenüber. Wie hatten sie gelitten um ihretwillen, ohne ihr jemals ein Hindernis in den Weg zu legen. Selbst bei der Heirat hatte sie sich am Ende selbst entschieden. Das musste wahre, selbstlose Liebe sein, und dafür hatte sie sich bei ihrem Vater nie bedankt. Ihre Mutter aber lebte noch. Sie wollte sie berühren, doch irgendetwas hielt sie ab.

Stattdessen flüsterte sie: »Danke, Mutter, danke, danke, an Sie und an Vater.«

Als sie ihr durch ihre tränennassen Augen ins Gesicht sah, schaute Hildegard müder aus als je zuvor, aber auch auf seltsame Weise verklärt.

»Sie hat mit dem Leben abgeschlossen«, schoss es Margarethe durch den Kopf, »aber sie weiß auch, wie dankbar ich ihr, Vater und Peter bin, dass sie mich nicht verbogen haben. Vielleicht kann sie es ihnen bald sagen.«

»Danke«, hauchte sie noch einmal durch ihre Tränen.

Eine Woche später holte die Sehnsucht nach ihrem verstorbenen Mann Hildegard Renner ins Reich der Toten.

10. Kapitel

Es war ein trüber, kalter Dezembertag. Die Kirche feierte das Fest des heiligen Nikolaus, des Wohltäters aus dem Morgenland. Nur die Kinder ließen sich an dem Tag durch nichts aus ihrer fröhlichen Stimmung bringen, denn der Nikolaus verteilte immer gute Gaben. Dafür machten sie sich schon Tage vorher daran, Schiffchen zu setzen.

Es war ein noch recht junger Brauch, vielleicht zwei oder drei Generationen alt. Mit Papier, das sehr wertvoll war, bastelten sie Nikolausschiffe, denn der Heilige war gern mit einem Schiff unterwegs, wie die Menschen am Neckar. Viele Schiffe führten das Nikolaus-Wappen auf ihrem Segel, weil sie sich dadurch Schutz erhofften. Seine Gaben legte der Nikolaus nachts auf die Schiffchen der Kinder, von denen manche eine beträchtliche Größe aufwiesen. Doch nicht immer ließ er sich davon beeindrucken. Mancher Junge, der ein besonders großes Schiff gebastelt hatte, war am nächsten Morgen enttäuscht, weil noch viel Platz frei war.

Wer keine kleinen Kinder mehr hatte und nicht zu den Seefahrern oder Binnenschiffern gehörte, kümmerte sich nicht um solche Bräuche, erst recht nicht an Tagen wie diesen. Lange und zäh hing der Nebel zwischen den Häusern, und als er sich gegen Mittag endlich verzog, wurde es auch nicht viel heller. Ein eintöniger, grauer Himmel lag wie eine Last über Böckingen, unsichtbar zwar, aber schwer zu tragen. Die feuchte Kälte drang durch die Kleidung der Menschen, die draußen zu tun hatten. Selbst dicke Mäntel aus Filz nützten nicht viel. Mit der Zeit durchdrang die Kälte auch sie, wie die stille Kraft des Wassers, das sich seinen Weg durch jedes Hindernis bahnt.

Wer konnte, blieb zu Hause an solchen Tagen. Es war die Zeit, wenn an den Feuern, deren beißender Rauch die Wände dunkel färbte, Geschichten erzählt wurden von der Percht und anderen Geistern, die immer dann aus ihren Verstecken herauskamen, wenn die Nacht doppelt so lang war wie der Tag. Zeiten wie diese, wenn tags wie nachts alle Lichter am Firmament von einer undurchdringlichen Wand verdeckt waren, mochten sie besonders. Auf wilden Pferden rasten sie durch die Dunkelheit und erschreckten manch armen Wanderer zu Tode. Vor niemandem zeigten sie Respekt, nicht einmal vor Kirchen und Friedhöfen, und wenn ein mutiger Priester versuchte, ihre Macht zu bannen, musste er teuer dafür bezahlen. Er verlor den Verstand und bisweilen sogar das Leben. Die kürzeste Zeit des Jahres gehörte den Geistern aus der Schattenwelt, mahnten die Alten, doch ihre Mahnungen stießen immer seltener auf Gehör.

Auch Schultheiß Jakob von Alnhausen riefen seine Pflichten hinaus in die ungastliche Welt. Der Rat der Stadt Heilbronn hatte ihn zu einer Sitzung gebeten, die sich bis zum Nachmittag hinzog. Danach sollte er dem Ältesten der Böckinger Richter einen wichtigen Auftrag überbringen. Es ging um die Befestigung der Landwehr, mit der sich die freie Reichsstadt gegen ungebetene Eindringliche absicherte. Sie bestand aus einem Graben, der mit dicken Gestrüpp und Gebüsch angefüllt war, so dass sich jeder Angreifer darin verfangen würde. Böckingen war mit der Fertigstellung in Verzug, und der Schultheiß sollte dafür sorgen, dass die Arbeiten schneller vorangingen. Noch während des Winters sollte der Graben die Markung von Neckargartach im Norden erreichen. Das waren etwa zweieinhalb Kilometer. Dann war man besser gerüstet, falls im kommenden Frühjahr jemand auf die Idee käme, ungefragt in Heilbronn einzudringen.

Jakob von Alnhausen glaubte nicht an Geister und Schattenreiche. Er war ein moderner Mensch, der regen Anteil an den neuen Erfindungen und Entdeckungen der Gelehrten nahm. Wie großartig, in einer Welt zu leben, in der die Technik so weit fortgeschritten war, sagte er sich häufig. Bücher mussten nicht mehr mühsam einzeln abgeschrieben werden, sondern sie wurden mit Hilfe einer Druckerpresse hergestellt. Das verkürzte die Zeit der Fertigstellung um Monate, bei besonders dicken Exemplaren sogar um Jahre. Und vor kurzem hatten Seeleute in Spanien sogar einen neuen Erdteil entdeckt, als sie einfach Richtung Westen gefahren waren, so weit sie konnten. Womöglich besaß die Erde doch die Form einer Kugel und nicht einer Scheibe, auch wenn die Kirche das nach wie vor für eine falsche Ansicht hielt. Der Schultheiß interessierte sich sehr für solche Ideen.

Es dämmerte bereits, als er sich von Böckingen aus auf den Rückweg nach Heilbronn machte, aber sein Besuch war erfolgreich gewesen. Das Herrendorf hatte sich verpflichtet, die Landwehr bis zum Frühling wie gewünscht fertig zu stellen. In der hereinbrechenden Dunkelheit konnte er seinem Pferd nicht wie gewohnt die Sporen geben, obwohl er sich sehr nach der schützenden Geborgenheit seines weitläufigen Hauses sehnte. Heute beschlich auch ihn ein seltsames Gefühl. Sein Pferd war ungewöhnlich nervös, und er wusste, wie sensibel es war. Kurz hinter dem Dorf scheute es. Es knackte im Unterholz, und dann sprang ein Reh auf den Weg, erschrak und verschwand so plötzlich, wie es gekommen war. Der Schultheiß benötigte all seine Kraft, um sich im Sattel zu halten. Ungeduldig schlug er mit der Gerte auf das edle Reittier ein. Er war ein guter Reiter, der genau wusste, dass es seine Stimmung war, die sich auf das Pferd übertrug. In diesem Moment jedoch kamen ihm solche Gedanken nicht in den Sinn. Er wollte so schnell wie möglich zurück in die schützende Stadt. Mit großer Disziplin zwang er sich, den Umständen Rechnung zu tragen und sein Pferd im leichten Trab durch die düstere Landschaft laufen zu lassen.

Als er den Neckar überquert hatte, sah er endlich den mächtigen Turm von St. Kilian mit den Baugerüsten. Nur noch ein kleines Stück Wald lag vor ihm, dann ein freies Feld und er stand vor dem Stadttor. Erleichterung machte sich in ihm breit, denn auf der östlichen Seite des Neckars fühlte er sich deutlich wohler. Wie hatte er sich nur so verunsichern lassen können?

Bei dem Gedanken scheute sein Pferd erneut, und nun war es kein Reh, das den Weg kreuzte. Ein Pfeil aus einer Armbrust hatte es direkt in die Flanke getroffen. Es stürzte und bevor der Schultheiß reagieren konnte, waren vier Männer über ihm. Er erkannte einen der gefürchteten Böckinger Bauern, Johannes Schad, der von jüngeren Gefährten begleitet wurde. Unwillkürlich griff er zu seinem Dolch, doch einen Lanze bohrte sich in seinen Arm und ließ die Bewegung erstarren. Wehrlos lag er auf dem Boden, und die Blicke der vier Männer machten deutlich, dass es kein Entrinnen gab. Ohne Gnade stießen sie mit ihren Lanzen zu. Zunächst gelang es dem Schultheiß noch, sich dem einen oder anderen Angriff zu entwinden, doch damit konnte er das Unheil nur hinauszögern, nicht abwenden. Ein weiterer Stich drang durch seinen Brustkorb in sein Herz. Er röchelte schwer und Blut trat aus seinem Mund.

Seine entstellte Leiche wurde am nächsten Morgen gefunden.

Im Schutz der Dunkelheit machten sich die Mörder des Schultheißen davon. Niemand in Böckingen konnte sagen, wohin, und als sie wieder auftauchten, war nichts mehr wie zuvor.

Der Rat der Stadt reagierte umgehend. Er wollte die Tat aufklären und die Mörder zur Verantwortung ziehen. Auch wenn niemand dem ehrgeizigen Abkömmling einer verarmten Adelsfamilie persönlich nachtrauerte, war klar, dass eine solche Herausforderung der Macht nicht unbeantwortet bleiben durfte. Die Spuren am Tatort sowie am Körper des

Toten machten deutlich, dass mehrere Täter am Werk gewesen waren. Und da Johannes Schad gemeinsam mit seinen drei Brüdern Böckingen verlassen hatte, richtete sich der dringende Verdacht gegen sie.

Doch das reichte den Heilbronnern nicht. Sie wollten herausfinden, wer noch hinter der Bluttat stand und den Mördern bei der Flucht geholfen hatte. Und vielleicht würden sie dann auch erfahren, wohin die Mörder geflohen waren. Der Verdacht fiel auch auf Margarethe. Jeder wusste, dass sie eine enge Vertraute der Schads war. Somit war sie nicht überrascht, als ein Bote sie zur Befragung nach Heilbronn lud. Diesmal war es nur ein Mann, und er war unbewaffnet, was Margarethe befriedigt zur Kenntnis nahm. Sie zögerte nicht, der Aufforderung Folge zu leisten.

Von den Männern, die ihr beim Verhör gegenüber saßen, kannte sie bereits einige. Diesmal war der Alte der Wortführer, mit dem sie sich in gegenseitigem Respekt verbunden fühlte. »Margarethe Abrecht«, begann er förmlich und steif, »Sie werden verdächtigt, den Männern, von denen wir vermuten, dass sie die Mörder des Schultheißen Jakob von Alnhausen sind, Unterschlupf gewährt zu haben. Erklären Sie uns, was Sie über den Mord wissen und wo Sie sich in der Nacht vom sechsten auf den siebten Dezember aufgehalten haben. Sollten Sie dazu beitragen, den Mord aufzuklären, würde das den Verdacht gegen Sie entkräften.«

»Wenn er glaubt, ich würde jemanden verraten, nur um mir einen Vorteil zu sichern, dann kennt er mich schlecht«, dachte Margarethe, doch sie war klug genug, so etwas nicht auszusprechen. Stattdessen bot sie der erlauchten Runde selbstbewusst die Stirn: »Verehrter Herr, bevor ich darauf eingehe, bitte ich Sie, mich darüber zu informieren, worauf sich der Verdacht gegen mich begründet. Aus welchen Gründen hält man es für möglich, ich hätte mit einer solchen Mordtat zu tun?«

Tatsächlich ging der Alte auf ihre Einlassung ein. »Der Verdacht richtet sich nicht nur gegen Sie. Wir vernehmen alle, die mit den Schad-Brüdern eng verbunden waren und die gleichzeitig zu den Feinden des erbarmenswerten Schultheißen zählten. Beides trifft auf Sie zu. Sie sollen den Mördern Unterschlupf gewährt haben.«

Margarethe starrte den Alten fassungslos an. Ihre Augen begegneten sich und der lebenskluge Ratsherr erkannte sofort, dass ihre Empörung über den Verdacht echt war. So etwas konnte man nicht spielen.

Stille herrschte in dem Raum, eine Stille, die Spannung und Respekt in einem ausdrückte.

Schließlich hörte Margarethe ihre eigene Stimme die Stille durchbrechen. Sie dachte nicht nach über das, was sie sagte. Es kam einfach aus dem Bauch, und ihre Ohren lauschten so gebannt wie die der anderen Anwesenden.

»Ja, ich gehörte zu den Feinden des Schultheißen, und ich sehe auch jetzt keinen Grund, mich dafür zu schämen. Die Taten eines Mannes werden nicht besser, wenn ihm selbst Gewalt widerfährt.« Sie erschrak über ihre Worte, bremste sich jedoch nicht. »Aber es ist eine Sache, sich gegen Anmaßung und Willkür zu wehren, und es ist eine andere, jemanden zu ermorden. Glaubt Ihr, ich erwarte, dass sich jetzt irgendetwas ändert, nur weil der Schultheiß nicht mehr Jakob von Alnhausen heißt? Die Stadt wird einen neuen einsetzen, und der wird bestimmt kein Bauer sein. Solange es Leibeigene und Leibherren gibt, Untertan und Obrigkeit, so lange wird es uns Bauern schlecht ergehen. Das ändert sich nicht, nur weil es jetzt einen besonders willkürlichen Schultheißen nicht mehr gibt. Ich hätte niemals meine Zustimmung zu seiner Ermordung gegeben, denn damit setzen wir uns selbst ins Unrecht. Und niemals würde ich eine solche Tat decken, indem ich den Tätern Unterschlupf gewährte. Mein Vorbild ist Jos Fritz. Er zeigt uns, welche Stärke wir Bauern besitzen, und er hätte so etwas auch nicht gebilligt.«

Margarethe sprach mit lauter, fester Stimme. Ihre Worte waren so eindringlich, dass niemand im Saal ihre Aussage in Frage stellte. Und als der Name Jos Fritz fiel, machte manch vielsagender Blick die Runde. Da der Führer des Bundschuhs seit Jahren nicht mehr öffentlich aufgetaucht war, wurde er allmählich zu einer Legende; bewundert, aber nicht länger gefürchtet. Die Ratsherren glaubten nicht, dass er über einen so langen Zeitraum unentdeckt einen Bauernaufstand vorbereitete. Vermutlich hatte er sich vom Kampf zurückgezogen und lebte friedlich in der Schweiz, während er in seiner Heimat nicht nur die Bauern bewegte.

Durch ihre freimütige Rede hatte Margarethe ihre Zuhörer überzeugt, dass sie mit dem Mord an Jakob von Alnhausen nichts zu tun hatte. Ohne weitere Einwände ließ der Rat sie wieder nach Böckingen ziehen.

Die meisten Böckinger Bauern waren voller Bewunderung für die Brüder Schad. Dieser Schultheiß hatte nichts anderes verdient. Margarethe erkannte rasch, dass einige in die Tat eingeweiht gewesen waren. Zunächst schmerzte sie der Mangel an Vertrauen, wenn sie jedoch länger darüber nachdachte, fühlte sie sich erleichtert. Sie hatte vor dem Rat der Stadt Heilbronn nicht gelogen. Sie glaubte nicht, dass eine solche Tat die Lage der Bauern verbessern würde, und diese hätte ihr nicht zugestimmt.

Jäcklin Rohrbach und die anderen waren nicht ihrer Auffassung.

»Glaubst du, Margarethe, die Stadt Heilbronn wird es noch einmal wagen, uns einen so selbstherrlichen Schultheißen vorzusetzen?«, tönte er.

»Du hebst sonst immer hervor, dass wir nicht die Obrigkeit austauschen wollen«, verteidigte sich Margarethe, »war das etwas anderes?«

»Etwas ganz anderes. Diese Nachricht wird den Waldburg und den Helffenstein erreichen.« »Und die fürchten sich jetzt vor uns, nur weil vier Männer im Schutz der Dunkelheit einen niederträchtigen Schultheißen erschlagen haben?«, entgegnete Margarethe.

»Das sehe ich wie du, es geht nicht um diesen Schuft. Es geht darum, den Herren zu zeigen, dass wir uns nichts mehr gefallen lassen; dass wir uns zu wehren wissen, gegen alle, die uns unterjochen, die uns die Luft zum Atmen, das Brot zum Essen und das Holz zum Feuermachen nehmen. Sie wissen, wir sind viele. Wenn wir uns einig sind, kann uns niemand aufhalten.«

Rohrbach genoss die laute Zustimmung der anderen Bauern. Selbst die Alten wie sein Vater konnten sich nicht erinnern, dass sie sich jemals so stark gefühlt hatten. Wenn es eine Zeit gab, in der sie ihre Ketten abwerfen konnten, dann war sie jetzt angebrochen.

Schließlich ließ sich Margarethe von der allgemeinen Begeisterung anstecken. Sie wollte nicht länger abseits stehen und Zweifel nähren. Sie mussten an ihren Sieg glauben, dann wäre er gewiss. Dass es den Brüdern Schad gelungen war, dem Zugriff der Obrigkeit zu entkommen und spurlos zu verschwinden, bestärkte die Bauern in ihrer Zuversicht.

Im Winter gab es auf den Feldern nicht viel zu tun. Jäcklin nutzte deshalb die Möglichkeit, um Margarethes Rat aufzugreifen und in die Dörfer zu ziehen. Es war leicht, die Bauern für seine Ideen zu gewinnen. Alle hatten bereits von den Reformatoren gehört, von ihrer Forderung, das Wort Gottes auf Deutsch zu verkünden und von den Theologen, die predigten, dass Leibeigenschaft und Unterdrückung nicht gottgewollt seien. Sie wurden immer zahlreicher, ihre Stimmen immer lauter.

Jäcklin selbst interessierte sich herzlich wenig für das Wort Gottes, egal ob es in deutscher oder lateinischer Sprache verkündet wurde. Er war jedoch klug genug zu erkennen, wie wichtig es für die meisten Bauern war, dass ein Aufstand gegen die Obrigkeit dem Evangelium nicht widersprach. Margarethe hatte ihm das immer wieder klarzumachen versucht. Da sie dank Luise mit der Bibel ein wenig vertraut war, gab sie ihm mit auf den Weg, wie die Bauern im Neckartal für den allgemeinen Aufstand gewonnen werden konnten.

»Wir müssen ihnen klarmachen, dass Gott es will, dass er auf unserer Seite steht und nichts geschieht, was seinem Wort widerspricht. Auch Jesus hat gegen die Obrigkeit aufbegehrt, gegen die Pharisäer und Schriftgelehrten, gegen die Händler im Tempel, gegen die Römer. Wir machen nichts anderes als er.«

Margarethe und Jäcklin trafen sich mehrmals, denn der junge Mann war sehr wissbegierig, wenn ihm die Informationen unmittelbar von Nutzen waren. Einmal erschien er mit erheblicher Verspätung, was nicht seine Art war. Er wirkte bedrückt, ganz anders als in den letzten Wochen seit der Ermordung des Schultheißen. Margarethe konnte sich keinen Reim darauf machen, und nur zögernd teilte sich Jäcklin mit.

»Es geht nicht um unseren Kampf, der macht mir keine Angst. Es geht um meine Frau Genefe. Ich hatte dich vor Jahren schon einmal gefragt, ob ihr aneinandergeraten seid. Sie macht es mir jedes Mal schwerer, dich zu treffen.«

Margarethe hörte mit wachsendem Interesse zu. Sie erinnerte sich gut an die erste Begegnung mit Genefe in Rohrbachs Haus, als es darum gegangen war, wie man auf die neuen Abgaben aus Heilbronn reagieren sollte. Obwohl Böckingen nicht sonderlich groß war und sie ständig mit Jäcklin zu tun hatte, gelang es Genefe mit einer unerklärlichen Zielsicherheit, ihr aus dem Weg zu gehen. Irgendwann hatte Margarethe aufgehört, sich Gedanken darüber zu machen, welche Vorbehalte die junge Frau gegen sie hegte. Als Jäcklin jedoch von sich aus das Thema ansprach, lauschte sie gespannt.

»Vor vielen Jahren, noch bevor wir geheiratet haben, hat ihr jemand gesagt, sie sei zwar die Frau, die ich begehrte, doch sie solle sich keine Hoffnung machen, so sehr mit mir verbunden zu sein wie eine andere Frau. Wie du, Margarethe. Auch wenn du beinah meine Mutter sein könntest, hielten uns Bande zusammen, gegen die sie niemals ankäme. Genefe ist eine sehr leidenschaftliche Frau; gerade das hat mich schon immer sehr an ihr fasziniert, und es war zunächst wunderschön. Wir haben uns schon vor der Ehe das genommen, was die Kirche in die Ehe verbannen will.« Er lächelte wehmütig wie jemand, der von einer längst vergangenen Zeit erzählt. »Von einem auf den anderen Tag war sie plötzlich verwandelt. Sie hat sich mir verweigert, obwohl auch sie so viel Freude am Beisammensein hatte. Lange erfuhr ich nichts, dann hat sie etwas von dir angedeutet, woraus ich mir aber auch keinen Reim machen konnte, und erst viel später rückte sie mit dem heraus, was ihr zugetragen worden war.«

»Wie lange hat sie sich verweigert?«

Margarethe war es selbst peinlich, so direkt zu sein, aber der junge Mann lachte nur.

»Du scheinst vor niemandem und nichts Respekt zu haben, nicht einmal vor mir.«

»Vor dir, dem unbesiegbaren Bauernführer?« Margarethe fiel in das Lachen ein.

Jäcklin wurde wieder ernst. »Im Umgang mit Genefe ist mir nicht nach Lachen zumute, denn sie ist nicht nur sehr leidenschaftlich, sondern auch sehr stolz. Sie hat es lange ausgehalten, viel zu lange.« Bitterkeit mischte sich in seine Stimme. »Sie ist eifersüchtig auf dich, unerträglich eifersüchtig, und das macht es sehr schwer, für unsere Ehe und für unser gemeinsames Anliegen.«

»Hast du ihr deutlich gemacht, wie übertrieben das ist?« Auch Margarethe fühlte sich hilflos. »Immer und immer wieder, aber es fruchtet nicht viel.«

»Wer hat das über uns erzählt, hast du eine Ahnung?«

»Nein, und darüber bekomme ich nichts aus ihr heraus. Es ist jemand, der es nicht gut mit uns meint, der Genefe und mir das Glück nicht gönnt und der einen Keil zwischen dich und mich treiben will. Beides ist ihm gelungen …«

Da war sie wieder, diese Bitterkeit. Jäcklin war nicht nur der unerbittliche Bauernführer. Er sehnte sich auch nach dem Glück mit Genefe, das es für ihn nicht so einfach gab, obwohl er sie sehr liebte.

»Bald werden wir frei sein und dann werden wir herausfinden, wer dir das angetan hat, Jäcklin, wir werden es richtig stellen, Genefe wird es leidtun und ihr werdet glücklich sein. Ich bin die Letzte, die deinem Glück im Weg stehen möchte.«

Wie zärtlich Jäcklins Blick werden konnte. So hatte ihn vermutlich noch nie jemand gesehen, aber es war nicht die Anziehungskraft und das Begehren zwischen Mann und Frau, die beide in dem Moment verband. Es waren zwei Seelengefährten, die sich getroffen hatten und berührten.

»Und wenn es doch nicht ganz abwegig ist, was man ihm erzählt hat …«, schoss es Margarethe in den Kopf, doch diesen Gedanken würde sie niemals aussprechen.

In dem Moment ging die Tür auf, und Philipp trat ohne Ankündigung in den Raum. Er war es nicht gewohnt, seine Mutter in einer Situation anzutreffen, in der sie sich gestört fühlte, doch was er nun spürte, irritierte ihn.

Lange sah er sie an, dann begann er stotternd: »Jäcklins Frau wartet im Eingang. Sie möchte ihrem Mann etwas Dringendes sagen.«

Rasch machte sich der Gefragte auf den Weg, aber Genefe kam ihm bereits in der Diele entgegen. Durch die offene Tür traf ihr Blick Margarethe.

Eine so unverhohlene Feindseligkeit hatte Margarethe selbst beim Schultheißen nicht gespürt. Sie hob an, um etwas zu sagen, doch im gleichen Moment verstummte sie. Jedes Wort machte den Graben nur noch tiefer. In diesem Moment würde Genefe ihr nichts glauben. Vielleicht irgendwann einmal, wenn sie frei wären und wüssten, wer diese Saat an Missgunst und Eifersucht gelegt hatte.

11. Kapitel

Alles, was dazu beitrug, die aufrührerische Stimmung zu stärken, merkte sich Jäcklin Rohrbach leicht. So gelang es ihm im Laufe des Winters, zahlreiche Bauern in immer weiter entfernten Dörfern für die gemeinsame Sache zu begeistern. Und selbst in den Städten neigte sich die Stimmung mehr und mehr den Bauern zu. Die Zünfte der Handwerker gewannen zusehends an Einfluss und mancherorts stellten sie bereits einige Ratsherren. Sie brachten den Anliegen der Bauern viel Sympathie entgegen. Wenn es einmal zu einem großen Zusammenstoß zwischen Bauern und adeligen Herren kommen sollte, wüsste niemand, auf wessen Seite sie sich stellen würden.

Ein Geistlicher, der den neuen theologischen Ideen und der reformatorischen Auslegung der Bibel ablehnend gegenüberstand, war der Pfarrer von Bad Wimpfen, Wolfgang Ferber. Immer wieder betonte er, dass es keine Obrigkeit gegen Gottes Willen geben könne, weil alles von Gott geschaffen sei. Deshalb sei es eine schwere Sünde, gegen die von Gott gewollte Ordnung aufzubegehren. Ferber war kein unbedeutender Mann, er besaß einige Leibeigene, unter ihnen Jäcklin Rohrbach. Bislang hatte es Jäcklin vermieden, sich seinem Leibherrn offen zu widersetzen, zumal der sich seinerseits bemühte, seinen Leibeigenen nicht mit willkürlichen Abgaben zu schikanieren. Auch Ferber wusste, wie unberechenbar Rohrbach sein konnte. Solange deshalb die gebotenen Abgaben bezahlt wurden, wollte er ihn seine Macht nicht spüren lassen.

Die Ereignisse der letzten Wochen und vor allem der große Zuspruch der Bauern änderten jedoch Rohrbachs Haltung. Als der Priester zu Beginn des Jahres 1525 die Gült von seinem Leibeigenen einforderte, weigerte sich der.

»Du hast uns gezeigt, dass es möglich ist, diejenigen Abgaben zurückzuhalten, die zwar als Gesetz festgeschrieben sind, aber gegen unsere Würde verstoßen«, erklärte er Margarethe anerkennend, und sie spürte einmal mehr, welchen Einfluss sie auf ihn hatte.

Die Gült stammte aus der Schweiz und dem Habsburger Kernland in Österreich, doch in den letzten Jahren machte auch der Landadel und Klerus im Deutschen Reich immer offener davon Gebrauch. Ursprünglich war es als Abgabe des Adels und Klerus an den Kaiser beschlossen worden. Das Gesetz ermöglichte es dem Adel jedoch, seine Aufwendungen vollständig auf die Bauern abzuwälzen. Bisweilen wurde ihnen sogar noch mehr abgenommen, als die Adeligen weiterleiten mussten. Besonders hart waren die armen Bauern von der Gült betroffen, die über wenige Geldeinkünfte verfügten. Sie zahlten die Gült in Naturalien, doch wurden sie von den Steuereintreibern weit unter dem Marktwert angerechnet.

Zwar zählten die Rohrbachs nicht zu den armen Bauern, doch empfanden sie diese Abgabe schon immer als Willkür. Die plötzliche Weigerung brachte den Priester in einige schwierige Lage. Auf sein Recht wollte er nicht verzichten, dann würde sein Leibeigener jeden Respekt vor ihm verlieren. Die Gült aber offen von Rohrbach einzuteilen, wagte er ebenso wenig. Wer konnte schon wissen, wozu der sich hinreißen ließ? Also rief er den Rat der Stadt Heilbronn an.

Er erschien persönlich dort, trug sein Anliegen vor und beendete seine Ausführungen mit einem leidenschaftlichen Aufruf: »Ehrwürdige Herrschaften, es geht nicht in erster Linie um mich und mein Recht. Es geht um unsere Ordnung. Wir müssen hier ein Exempel statuieren und den Aufrührern deutlich machen, wo ihre Grenzen liegen, nämlich dort, wo Gottes Ordnung in Frage gestellt wird. Sie zu verteidigen ist die vornehmste Pflicht der Obrigkeit.«

Offenkundig erwartete der Priester freudige Zustimmung, doch er sah nur müde, ja geradezu gelangweilte Gesichter. Irritiert wanderten seine Augen umher. Es gelang ihm nicht, auch nur einen Blick zu fixieren. Was war falsch gelaufen? Stand der Rat der Stadt etwa auch schon auf Seiten der Reformatoren und Aufständischen?

Bevor er wieder ansetzen konnte, erhob ein Ratsherr das Wort. »Ehrwürdiger Priester, wir haben Euer Begehren vernommen. Bitte erlaubt uns, dass wir uns zur Beratung darüber zurückziehen.«

So unmissverständlich war Pfarrer Ferber nur selten vor die Tür gesetzt worden. Erinnerungen stiegen in ihm hoch. Als kleiner Junge hatte er einmal ein Kloster besucht und im Kreuzgang ehrfürchtig den leidenden Jesus angestarrt. Dann war ein alter Mönch mit einem Stock gekommen und hatte ihn vertrieben. Zum Glück war er schneller gewesen, sonst hätte es gewiss eine kräftige Tracht Prügel gegeben. Doch noch viele Jahre später als Priester hatte er sich gefragt, warum es einem Jungen nicht erlaubt sein sollte, in Ehrfurcht vor einem Abbild des Gekreuzigten zu verharren.

Indem er den Saal verließ, ersparte er sich ätzenden Spott. »Wie weit sind wir gekommen im Reich, dass jeder, der Angst vor seinem Leibeigenen hat, uns um Unterstützung nachsucht? Natürlich geht es gar nicht um Abgaben, Steuern und Gült. Es geht um nichts Geringeres als die göttliche Ordnung, die von den Herren ebenso verteidigt wird wie von den Bauern, auch wenn es eine ganz andere ist. Und wir haben die ehrenvolle Aufgabe zu entscheiden, welches die wahre Ordnung Gottes ist.«

»Spottet nicht, werter Kollege«, schob der alte Lachmann der allgemeinen Heiterkeit einen Riegel vor. Das Thema erschien ihm zu ernst, um es auf diese Art zu behandeln.

Gleichwohl war er wie die anderen der Meinung, das Anliegen nicht weiter verfolgen zu müssen. Weder Wolfgang Ferber noch Jäcklin Rohrbach waren Heilbronner Bürger, und deshalb ging der Streit die Stadt nichts an. Und als Vollstrecker der göttlichen Ordnung sahen sich die Ratsherren nicht.

Obwohl Ferber die Stimmung in den Dörfern gut kannte, blieb er mit seiner Forderung hartnäckig, und das machte er seinem Leibeigenen deutlich, auch wenn er noch nicht wusste, wie er sie durchsetzen sollte.

Diese Hartnäckigkeit forderte Jäcklin Rohrbach heraus. Bestärkt durch sein wachsendes Ansehen unter den Bauern traf er sich mit seinen engsten Getreuen im Gasthof Dörzbach, um zu beraten, wie sie gegen seinen Leibherrn vorgehen sollten. Sixt Hass hatte sich dort eingefunden, ebenso wie Niklas Schell, der Kollenmichel, Hiltprant von Flein und Jäcklins Vater, der alte Rohrbach.

Alle waren prächtiger Laune, denn sie spürten, wie der Wind ihnen in den Rücken blies. Es war möglich, sich gegen die Willkür der Herren zu wehren, ohne dass gleich die Landsknechte erschienen und sie auf ihren Platz verwiesen. Auch das Bier floss reichlich, und es machte manchen der Anwesenden noch mutiger.

»Die Gült wird nicht bezahlt!« Darin waren sich die Bauern einig.

»Verabreichen wir dem Pfaffen eine gehörige Tracht Prügel, dass ihm jedes Interesse an der Gült vergeht«, schlug Sixt Hass vor. »So ein Pfaffenfell hält ganz schön viel aus, wir sollten es ausprobieren!«

Schallendes Gelächter untermalte die Vorstellung.

»Teeren und Federn ist noch schöner. Dann jagen wir ihn durch die Dörfer, damit er allen erzählen kann, wie es den Herren ergeht, die immer noch die Bauern schröpfen wollen.«

Die Stimmung wurde immer besser. Jeder neue Vorschlag wurde mit Grölen und Rülpsen gefeiert und die Bauern malten sich eine großartige Zukunft in Freiheit aus.

Schließlich erhob der Kollenmichel das Wort, ein bulliger Mann mit dichten Augenbrauen, der zu den Ernsten unter den Bauern zählte. »Ich will euch die Laune nicht verderben, Freunde, aber sollten wir uns nicht daran erinnern, warum wir uns hier eingefunden haben? Reden wir noch nicht vom großen Aufstand, reden wir von Rohrbachs Leibherrn. Wenn wir dem Pfaffen eine Lektion erteilen wollen, von der er anderen erzählen kann, machen wir ihn uns zum Todfeind, und er wird nicht ruhen, bis er sich gerächt hat. Wollen wir ihm diese Möglichkeit geben? Ich meine, er hat das Gleiche verdient wie der Schultheiß.«

Die Runde erschrak, doch der Kollenmichel sprach unbeeindruckt weiter.

»Der kann keine Rache mehr nehmen, und an diejenigen, die das ermöglicht haben, kommt kein Leibherr und kein Landsknecht heran. Wir sollten den Herren zeigen, dass unsere Geduld mit ihnen erschöpft ist, dass wir kein Pardon mehr geben und der Pfaffe von Bad Wimpfen ist der Nächste, der das mit seinem Leben bezahlen muss. Und mal ehrlich, Rohrbach, du glaubst doch nicht, dass du als einfacher Bauern bei den Richtern Mittel und Wege hast, dich gegen die Herren zu behaupten?«

Bei derartigen Zusammenkünften war Margarethe nicht zugegen. Wenn im Freien gefeiert wurde, waren Frauen gern gesehen, in die Wirtshäuser gingen sie, wenn sie unterwegs waren und Speis und Trank benötigten. Sobald die Männer jedoch unter sich bleiben wollten, war für die Frauen kein Platz. Von Peter, der sich ungern in einer Gruppe trinkender und grölender Bauern aufgehalten hatte, wusste Margarethe genug, um ihre Abwesenheit nicht zu bedauern. Aber sie war interessiert zu erfahren, was dort beratschlagt worden war.

Jäcklin suchte sie in Begleitung seines Vaters auf. Um Genefes Eifersucht zu besänftigen, traf er Margarethe nicht mehr allein.

Ganz direkt fragte Margarethe Jäcklin: »Es kommt auf dich an, weil es dein Leibherr ist, mit dem du eine Fehde ausfichtst, und weil sie ohnehin gern auf dich hören. Bist du dafür, ihn zu töten?«

Jäcklin stutzte, er war unsicher. »Ich habe mich noch nicht entschieden, vermissen werde ich ihn nicht.« Er lachte laut über seinen Witz, doch Margarethe entlockte er damit nur ein gequältes Grinsen. »So widerwärtig wie der Schultheiß ist er nicht«, gab Rohrbach zu. »Wenn er endlich Ruhe gibt, kann er bleiben, wo er will, aber wenn nicht ...« Er lächelte teuflisch.

Margarethe spürte, dass Jäcklin von seiner Macht fasziniert war. »Du genießt es, dich als Herr über Leben und Tod zu fühlen, genießt es viel mehr, als es einem militärischen Führer gut zu Gesicht steht. Denk an Jos Fritz, der hätte das nie gemacht, und der war ein Bauernführer, der von allen anerkannt wurde.«

»Musst du immer von Jos Fritz reden?«, schrie Jäcklin sie an, allen Respekt vergessend. »Ich bin nicht Jos Fritz, und er war dumm genug, sich zweimal verraten zu lassen, das wird mir ...«

Margarethe konnte sich nun auch nicht länger zurückhalten. »Du gibst ihm die Schuld, dass er verraten wurde? Hast du jedes Maß verloren? Er zieht von Dorf zu Dorf, um den Bauern ihre Rechte deutlich zu machen. Hunderte von Landsknechten sind ihm auf den Fersen, aber sie finden ihn nicht. Selbst wenn du das erreicht hättest, was er geschafft hat, hättest du keinen Grund, so über ihn zu sprechen!«

»Wann hörst du endlich auf, unseren Kampf kleinzureden?«, hielt Jäcklin dagegen. »Jos Fritz macht, was er für richtig hält, und ich mache, was ich für richtig halte. Ja, ich liebe die Macht und ich sage dir, warum: Wir Bauern wurden viel zu lange klein gehalten, weil wir keine Macht hatten. Nur die Macht kann das verändern. Nur wenn wir Macht haben, können wir die Ketten sprengen. Und dafür liebe ich die Macht! Auf welcher Seite stehst du eigentlich?« Die letzten Worte schrie er Margarethe mit höchster Erregung ins Gesicht.

Jeder andere hätte sich weggeduckt aus Angst, Jäcklin könne direkt zuschlagen. Nicht so Margarethe. Sie hielt seinem Zornesausbruch ungerührt stand, und das brachte ihn zum Verstummen.

In die Stille hinein erinnerte sie eine Stimme daran, dass sie nicht alleine waren.

»Margarethe hat nicht gesagt, dass die Bauern auf ihre Macht verzichten sollen«, versuchte der alte Rohrbach zu vermitteln. »Und es gibt keinen Grund, sie zu fragen, auf welcher Seite sie steht. Also erspar dir diesen Ton, Sohn. Es geht darum, ob man Macht für sich selber nutzt oder für die gemeinsame Sache. Manchmal ist der Grat so schmal, dass man ihn nur schwer erkennt.«

Zähneknirschend fügte sich Jäcklin, ohne wirklich etwas verstanden zu haben. Er wollte sich nur nicht mit den beiden Personen streiten, die er am meisten schätzte.

Derweil wandte sich Wolfgang Ferber an die Böckinger Richter. Wenn er in Heilbronn schon nichts erreicht hatte, so sollten sie ihm zu seinem Recht gegenüber seinem Leibeigenen verhelfen. Er wartete dazu den Gerichtstag ab. Einmal im Monat versammelten sich die zwölf Richter öffentlich. Wenn ein Streit zu schlichten, ein niederes Verbrechen zu bestrafen oder eine Klage zu verhandeln war, war das richtige Ort. War ein Urteil zu fällen, verhängten die Richter zumeist Geldstrafen, füllten sie doch die Kasse von Dorf und Stadt.

Für die Bevölkerung war der Gerichtstag immer ein besonderes Ereignis. Neben denen, die Klage führten, und denen, die beklagt wurden und sich verteidigen mussten, fanden sich zahlreiche unbeteiligte Dörfler ein, die etwas erleben wollten. Bisweilen ging es hoch her. Manche Parteien beschimpften und beleidigten sich so unflätig, dass die Umstehenden erröteten. Fromme Gemüter hatten sogar schon angeregt, Kinder von den Gerichtstagen fernzuhalten, doch das ließ sich bei einem Ereignis im Freien nicht durchsetzen.

Ferbers Klage gegen Jäcklin Rohrbach zog viele Schaulustige an. Der Beklagte war ein bekannter Hitzkopf, von dem allerlei Grobheiten erwartet werden konnten. Außerdem war es der erste Gerichtstag zum Frühlingsbeginn. Zuvor hatte der strenge Winter das allgemeine Interesse sehr reduziert. Wer aber gekommen war, um heftige Vorwürfe zu hören und ein großes Spektakel zu erleben, wurde enttäuscht. Ferber wie Rohrbach gaben sich gelassen. Nachdem der Pfarrer seine Forderung nach der Gült erläutert hatte, wandten sich die Richter an Rohrbach und fragten ihn, was er dem entgegenzuhalten habe.

»Nichts«, entgegnete der junge Bauer mit entwaffnender Offenheit. »Ich habe die Gült bislang nicht bezahlen können. Ich mache meinem Leibherrn aber einen Vorschlag. In einer Woche möge er wieder nach Böckingen kommen, dann werde ich meine Schuld begleichen.«

»So sei es beschlossen«, bekräftigen die Richter, die kaum glauben konnten, einen so schwierigen Fall so rasch gelöst zu haben.

Wurde der Bauernführer nun zahm, da er so viel Zulauf erhielt? Keiner mochte das wirklich glauben. Ohne zuvor mit Jäcklin über den Gerichtstag gesprochen zu haben, wusste Margarethe, dass es nicht so war.

»Sei bei uns, wenn er in einer Woche wiederkommt«, forderte Rohrbach sie auf.

Auch Wolfgang Ferber traute seinem Leibeigenen nicht, zu lange hatte er ihn hingehalten. Der Pfarrer konnte sich nicht vorstellen, dass er plötzlich einsichtig geworden war. Deshalb heuerte er zwei Berittene an. Sie sollten ihn nach Böckingen begleiten und seiner Forderung Nachdruck verleihen.

Ungeachtet der Verstärkung beschlich den Pfarrer ein ungutes Gefühl, als sie sich Böckingen näherten. Sie folgten nicht dem Weg von Heilbronn aus, auf dem der Schultheiß erschlagen worden war, aber dennoch musste er immer daran denken. Was, wenn hinter der nächsten Weggabelung ebenfalls eine Rotte Bauern mit Lanzen und Speeren auf sie wartete? Auch die Sonne, die jeden Tag ein wenig höher stieg und inzwischen einen ersten Eindruck von ihrer neu gewonnen Kraft vermittelte, konnte ihn nicht aufmuntern.

Ferbers Unruhe übertrug sich auf seine Begleiter ebenso wie auf die Pferde. Niemand sprach ein Wort, und je näher sie Böckingen kamen, desto langsamer wurden sie. Immer lauter meldeten sich dagegen die Zweifel. War es wirklich nötig, wegen der Gült womöglich sein Leben aufs Spiel zu setzen?

Endlich erreichten sie die Grenzmarkung, dort, wo Tagelöhner dabei waren, die Landwehr auszuheben, wie von Heilbronn gefordert. Jetzt gab es kein Zurück mehr, ohne sich lächerlich zu machen.

Um Eindruck zu hinterlassen, gab Ferber seinem Pferd auf den letzten Metern ins Dorf hinein die Sporen und die beiden Landsknechte folgten ihm widerwillig. Doch als er die letzte Biegung zum Dorfplatz hinter sich gelassen hatte, griff er so heftig in die Zügel, dass sein Pferd scheute.

Schallendes Gelächter antwortete von der anderen Seite des Platzes. Etwa zwanzig bewaffnete Bauern und einige Frauen hatten sich dort eingefunden. Vor ihnen stand Jäcklin Rohrbach, postiert wie ein Feldherr, der Anweisungen für die Schlacht gab.

»Was führt dich her, ehrwürdiger Priester?«, rief Rohrbach seinem Leibherrn zu, und der Spott ließ das Gelächter seiner Anhänger erneut erschallen.

»Du hast versprochen, mir heute die Gült zu geben, die mir zusteht.« Die Stimme des Priesters klang so verzagt, dass jedem klar war, er machte sich keine Hoffnung auf das, was er beanspruchte.

»Habe ich das versprochen?«, fragte Rohrbach mit gespielter Überraschung. Er hatte sich offenbar entschlossen, seinen Leibherrn öffentlich zu demütigen. »Selbstverständlich muss man halten, was man verspricht, nicht wahr? Das lernen doch schon die Kinder in deiner Kirche. Dann mache ich dir einen Vorschlag, wir erledigen das, wie unter Männern üblich, im Gasthof Dörzbach. Du bist eingeladen, ebenso deine Freunde. Steigt ab und lasst es euch auf meine Kosten gut gehen.«

»Danke für das Angebot, aber ich habe keine Zeit. Meine Pflichten rufen mich in meine Gemeinde zurück. Gebt mir das Geld hier auf dem Platz, damit ich mich auf den Rückweg machen kann.«

Ferber versuchte selbstsicher zu erscheinen, doch er hatte längst verloren. Die Frage war nur, wie weit Rohrbach gehen würde.

Sein Spott wurde immer beißender. »Oh, seine Pflichten rufen, seid ganz still, Männer, dann können wir sie vielleicht auch vernehmen.«

Erneut erfüllte dröhnendes Lachen den Platz.

»Ich mag es nicht, wenn man meine Einladung ausschlägt, Pfaffe, das ist unhöflich.« Jetzt wurde Rohrbachs Stimme bedrohlich. »Aber komm her zu mir, wenn du dein Geld willst, und hol es dir ab.«

Wie auf Kommando bewegte sich der Bauernhaufen langsam auf den Priester zu. Mit jedem Schritt stießen sie die Schäfte ihrer Lanzen und Spieße auf den Boden, was die ganze Atmosphäre noch unheimlicher machte. Bumm, bumm, bumm, ertönte es düster.

Pfarrer Wolfgang Ferber zögerte keinen Augenblick. Er wendete sein Pferd, gab ihm die Sporen und preschte davon, die Landsknechte unmittelbar hinter ihm. Das Gelächter auf dem Dorfplatz, das zu einem Vulkan anschwoll, nahmen sie nur noch vage wahr.

Ferber schlug nicht den Weg nach Bad Wimpfen ein, sondern den nach Heilbronn. Das war zu viel gewesen. Dieser aufrührerische Bauer widersetzte sich nicht nur dem alten Recht, er brach auch offen sein Wort, das er den Böckinger Richtern gegeben hatte, und machte ihn, einen Diener der heiligen Kirche, zum öffentlichen Gespött. Jetzt musste der Rat der Stadt eingreifen, sonst brach bald die gesamte Ordnung zusammen.

Die Böckinger Bauern dagegen fühlten sich immer mächtiger, und ihre Stimmung wurde durch den Rat der Stadt Heilbronn weiter angehoben. Der sah sich durch Ferbers Hartnäckigkeit doch noch gezwungen, den Streit zwischen Leibherrn und Leibeigenen zu behandeln. Und er entschied, Jäcklin Rohrbach vorzuladen.

Der junge Bauernführer ließ inzwischen keine Gelegenheit aus, sich in der Öffentlichkeit darzustellen. Als solches sah er auch die Vorladung des Heilbronner Rates. Knapp ein Dutzend seiner engsten Vertrauten begleiteten ihn. Wären sie nicht so einfach bekleidet gewesen mit ihren schmucklosen Überhängen und derben Schuhen, hätte es sich um eine Gruppe Adeliger oder zumindest gut betuchter Bürger handeln können, so selbstbewusst und einschüchternd traten sie auf.

Als die Wachen vor dem Rathaus Rohrbachs Gefährten den Zugang versperrten, drohte die Situation für kurze Zeit außer Kontrolle zu geraten, doch dann war es Rohrbach selbst, der sie anwies zu warten. Die Vorladung galt nur ihm, und es war nicht üblich, Ungeladene dabei zu haben. Und er fürchtete nicht, verhaftet zu werden wie vor Jahren, als der bedauernswerte Peter Abrecht dabei war. Wie die Leibwache eines hohen Fürsten postierten sich seine Männer unter der Balustrade des Rathauses, und es gab niemanden mehr in der Stadt, der ihr Anliegen lächerlich machte. Manche Bürger gingen sogar offen auf die Gruppe zu und versicherten ihr ihre Unterstützung, falls es zu einer Auseinandersetzung mit den Herren kommen sollte.

Die sich wandelnde Stimmung blieb auch den Ratsherren nicht verborgen. Rohrbach gegenüber hielten sie sich deshalb zurück. Sie gaben ihm Raum, seine Position im Streit mit Ferber darzulegen, doch Eindruck hinterließ der junge Bauernführer nicht. Er stellte die Gült nicht in Frage, er sagte wenig zu der Entrechtung der Bauern oder den Forderungen der Reformatoren, das Evangelium auf Deutsch zu predigen. Dagegen behauptete er, er habe Ferber die Gült mehrfach angeboten, doch der habe sich geweigert, sie in Empfang zu nehmen. Selbst eine Einladung in den Gasthof habe er ausgeschlagen.

»Wenn das die Führer sind, die den Bauern die Freiheit bringen wollen, dann können einem die Bauern leidtun«, bemerkte der alte Lachmann, als Rohrbach den Saal verlassen hatte.

»Ihr nehmt die Botschaft des Herrn außergewöhnlich ernst, wenn Ihr sogar mit denen leidet, die uns an den Kragen wollen«, hielt ihm Günther spitz entgegen, doch die anderen Ratsherren verhinderten eine theologische Disputation.

In der Sache hatte die Anhörung nach Meinung des Rates keine neuen Gesichtspunkte gebracht, die es erfordert hätten, seine Haltung zu ändern. Mehr denn je sahen die Ratsherren darin eine private Fehde zwischen Leibherrn und Leibeigenem. Sie wussten selbst, dass man einem so aufsässigen Leibeigenen noch vor ein paar Jahren, ohne zu zögern und sehr schmerzhaft, seine Grenzen aufgezeigt hätte. Aber die Zeiten hatten sich geändert, und es gab keinen Grund, einen privaten Streit zwischen zwei Personen zu schlichten, von denen keiner das Bürgerrecht der Stadt besaß. Also vertagte der Rat seine Entscheidung um eine Woche, in der Hoffnung, die beiden würden sich bis dahin geeinigt haben. Jäcklin war fest entschlossen, diese Frist zu nutzen, um seinem Leibherrn eine abschließende Lektion zu erteilen.

Drei Tage nach seiner Anhörung vor dem Rat versammelte er seine Vertrauten erneut, doch diesmal waren es nicht nur die Böckinger Bauern. Der Bäcker Wolf Leip stellte sein Haus in Heilbronn zur Verfügung, und geladen waren alle, die der Macht der Herren ein Ende bereiten wollten. Bauern aus anderen Dörfern und Handwerker aus den Zünften waren dabei, ebenso wie Margarethe.

Im Mittelpunkt stand jedoch nicht Jäcklin Rohrbach, sondern Mathis Gunther, der über Verwandtschaft aus Oberschwaben verfügte. Er hatte ein Papier dabei, das die Forderungen aller Aufständischen zusammenfasste, die zwölf Artikel. Der eine oder andere der Böckinger Bauern hatte bereits davon gehört, doch gesehen hatte sie noch keiner. Und da Mathis Gunther lesen konnte, las er sie der Versammlung vor.

»Wir wollen den Pfarrer selber uns wählen. Er soll uns Gottes Wort rein erzählen und jeden menschlichen Zusatz fortlassen.«

So begannen die Artikel, und jeder der zwölf Punkte wurde von den Bauern mit lautem Beifall bedacht.

Dank Margarethe war Jäcklin so weit mit der Theologie vertraut, dass er die Bedeutung der Artikel erkannte, doch hielt er sich mit Beifallsbekundungen zurück. Sein Ansinnen, über eine Strafe für Ferber zu beratschlagen, geriet in den Hintergrund; es ging um viel mehr, und Margarethe war froh, dass er sein persönliches Anliegen zurückstecken konnte.

Am nächsten Tag war Sonntag, Judika. Damit begannen die letzten zwei Wochen der Fastenzeit.

Für die Bauern war es eine willkommene Möglichkeit, ihre Stärke und ihre Einheit zu zeigen. Ermutigt durch die zwölf Artikel beschlossen sie, sich am Passionssonntag in Flein zu versammeln und zu einem Haufen zusammenzuschließen. Die Bauern aus den Dörfern, die Handwerker und Bürger versprachen sich gegenseitig, dafür so viele Gesinnungsfreunde wie möglich zusammenzutrommeln.

In der Nacht sprachen Margarethe, Jäcklin, Sixt Hass und einige wenige Getreue noch lange über die Zwölf Artikel. Der kleinen Runde wollte Jäcklin seine Enttäuschung darüber nicht verhehlen.

»Pfaffenforderungen sind es, die sich die oberschwäbischen Bauern ausgedacht haben. Zuerst geht es um das Evangelium, die Kirche, den Glauben, und erst danach um unsere Rechte, und das auch nur so lange, wie wir uns im Einklang mit dem Evangelium befinden.«

Damit spielte er auf den letzten der Artikel an, in dem es hieß: »Und sollte sich jetzt oder später herausstellen, dass einer der Artikel dem Wort Gottes nicht gemäß ist, so soll er tot und ab sein.« Einer solchen Forderung hätte Jäcklin Rohrbach niemals zugestimmt.

»Mäßige dich«, bremste ihn Margarethe schließlich, »diese Artikel geben wieder, was alle Bauern mittragen. Nicht jeder geht so weit wie du. Aber was nützt es dir, wenn du nur deine engsten Freunde um dich hast? Damit wirst du die Herren nicht beeindrucken. Wenn aber morgen hunderte zusammenkommen, weil sie sich im Einklang mit dem Evangelium sehen, dann beeindruckt das die Herren. Also geh behutsam und schlau vor und erinnere dich, als du im Winter in den Dörfern warst, die weiter weg vom oberen Neckar liegen. Immer wenn du dich auf das Evangelium berufen hast, haben sie dir zugehört.«

Jäcklin wusste, dass Margarethe Recht hatte. Gerade jetzt, da sie anfingen sich zu organisieren, war es wichtig, möglichst viele Bauern auf ihre Seite zu ziehen, und es war ihm egal, wie das geschah. Wenn das Evangelium ihm dabei half, würde er sich eben darauf berufen.

Es versprach ein schöner Tag zu werden, auch wenn zunächst dichter Nebel vom Neckar heraufzog, denn in der Nacht war es klar und kalt gewesen. Der Nebel löste sich jedoch rasch auf und gab Raum für die Sonne, die in diesen ersten Apriltagen schon viel Kraft zurückgewonnen hatte. Bereits im Morgennebel fanden sich Bauerngruppen auf den Straßen nach Flein ein und ihre Zahl wuchs ständig an. Sie gaben ein beeindruckendes Bild ab. Manche hatten ihren Sonntagsstaat angelegt, ein sauberes, helles Oberkleid, das so lang herabfiel wie der Beinrock und darüber einen bodenlangen, offenen Schulterumhang oder einen Mantel. In ihrer Festtagskleidung unterschieden sich manche reiche Bauern kaum noch von den wohlhabenden Ständen in den Städten, was von diesen als Provokation aufgefasst wurde. Um nicht alle Standesunterschiede zu verwischen, war es den Bauern verboten worden, Gold, Silber, Perlen, Seide und Straußenfedern zu tragen, doch an diesem Sonntag hätte auch das niemand unterbinden können.

Andere sahen aus, als seien sie gerade vom Feld gekommen mit ihrer abgetragenen Kleidung und ihren groben Schuhen. Viele trugen Heugabeln und Mistforken bei sich, die in so großer Anzahl durchaus einschüchternd wirkten. Auch Spieße und Lanzen waren zu sehen, doch noch waren die meisten Bauern nicht gut bewaffnet. Einige kamen sogar ohne jede Ausrüstung. Die Vertreter der Dörfer, die am Tag zuvor bei Wolf Leip anwesend gewesen waren, hatten ganze Arbeit geleistet. An eine so große und bunte Versammlung konnte sich im Neckartal seit Menschengedenken niemand erinnern.

Margarethe und die anderen Böckinger Vertrauten hatten sich nur eine kurze Nacht gegönnt. Lange vor Sonnenaufgang waren sie aufgebrochen. Sie wollten in Flein sein, wenn die Bauern kämen.

Was sie sahen, übertraf ihre kühnsten Erwartungen. Von der Fleiner Anhöhe aus konnten sie die gesamte Umgebung überblicken, und sie sahen alle Wege voll mit Menschen.

»Das sind nicht Hunderte, das sind weit über tausend!«, jubelte Margarethe.

Nicht nur aus Böckingen waren beinah alle auf den Beinen, für Flein und Neckargartach galt das Gleiche. Und sogar Bürger aus Heilbronn, angeführt von Wolf Leip, mischten sich unter die Bauern.

Die Vorbereitungen waren rasch getroffen. Die Böckinger sorgten dafür, dass sich die Bauern im Halbkreis auf der Fleiner Höhe versammelten. Dann konnte jeder den jungen Rohrbach sehen und verstehen.

»Du musst sie zum Eid auf das bewegen, was ihnen am heiligsten ist, das Evangelium und die Zwölf Artikel, dann haben wir sie für uns gewonnen«, schärfte Margarethe Jäcklin ein.

Der spürte, mit welcher Sicherheit sie die Stimmung einschätzte und die richtigen Entscheidungen traf. Danach richtete er sich. Gleichzeitig achtete er darauf, dass es von den Bauern, die ihn bewunderten, niemand mitbekam.

Als alle Bauern ihren Platz gefunden hatten, stand die Sonne bereits hoch am Himmel. Eine seltsame Spannung breitete sich unter ihnen aus. Sie erwarteten irgendetwas, ohne genau sagen zu können, was es war. Die meisten waren hergekommen, weil sie von Nachbarn und Freunden aufgefordert worden waren, und auch die hatten nicht genau gewusst, was sie in Flein erwartete. Trotz der vielen Menschen ging es ruhig und gesittet zu. Jeder spürte, dass Grölen und Rufen nicht zu dem Ereignis passte, und obwohl keine Priester zugegen waren, bekam die Stimmung etwas Weihevolles. Mehr noch als bei jeder Messfeier in der Kirche waren die Herzen der Bauern angesprochen. Niemand wäre überrascht gewesen, wenn sich plötzlich der Himmel aufgetan hätte und Christus selbst herabgestiegen wäre.

In diese Erwartung hinein trat Jäcklin Rohrbach vor den Haufen, ein Papier in der Hand.

»Bauern aus Böckingen, aus Flein, aus Frankenbach und Neckargartach, Bauern aus allen anderen Dörfern aus nah und fern, Handwerker und Bürger aus Heilbronn, aus anderen Orten, ihr seid hierhergekommen, weil an diesem Ort heute etwas ganz Besonderes geschieht. Bauern, Bürger und Handwerker, die nach Gottes Willen nicht länger unterdrückt sein wollen, schließen sich zusammen zu einem Haufen, dem keiner mehr widerstehen kann, kein Herr mit seinen Landsknechten, kein fetter Abt hinter dicken Klostermauern.«

Zustimmendes Gemurmel breitete sich aus.

Jäcklin spürte, er traf den richtigen Ton, und das machte ihn zunehmend sicherer. »Aber ein jeder Haufen braucht eine Grundlage, auf der er steht und worauf er schwört, damit jeder weiß, wer dazu gehört und sich bindet. Was wäre wichtiger als das Evangelium Jesu Christi, das die Grundlage für alles ist, wonach wir streben.« Er hielt inne, um seine Worte wirken zu lassen. »Aber es gibt noch etwas anderes, die Zwölf Artikel der Bauern. In Oberschwaben wurden sie verfasst, aber uns allen dienen sie als Leitbild. Auch auf sie werden wir schwören, und damit ihr sie kennen lernt, lese ich sie vor.«

Langsam und bedächtig begann er, und rasch wurde er immer wieder von Beifallsrufen unterbrochen. Offenbar hatten die oberschwäbischen Bauern auch die Gemütslage im Neckartal getroffen.

Als Jäcklin geendet hatte, breitete sich erneut Stille aus. Alle waren sich des besonderen Augenblicks bewusst, und niemand ahnte, dass der Mann, der vor ihnen stand, noch in der Nacht zuvor die Zwölf Artikel verwerfen wollte.

»Wir schwören«, durchbrach Jäcklins kräftige Stimme die Stille, »beim heiligen Evangelium und bei den Zwölf Artikeln, wir wollen ein christliches Leben führen und uns zu einem Haufen vereinigen, in dem sich alle gegenseitig beistehen. Wir fürchten uns nicht vor den Herren und ihren Landsknechten, nur dem Evangelium sind wir verpflichtet.«

Mit den letzten Worten legte Jäcklin seine rechte Hand auf das Herz. Die über tausend Bauern taten es ihm nach. Der Eid war besiegelt.

Während noch niemand wagte, sich zu bewegen, um die ehrfürchtige Stimmung nicht zu zerstören, trat Margarethe zu Jäcklin Rohrbach. Die Bauern aus der Umgebung von Böckingen kannten und schätzten sie als furchtlose Kämpferin gegen Ungerechtigkeit, aber auch als Frau, die über ein großes Heilwissen verfügte, mit dem sie anderen beistand.

»Jeder Haufen benötigt einen Hauptmann, der ihn anführt und der sagt, was zu tun ist. Ich schlage vor, der Haufen der Neckartaler Bauern wählt Jäcklin Rohrbach zum Hauptmann. Alle, die meinem Vorschlag zustimmen, ziehen ihren Hut vor ihm.«

Ohne zu zögern, griff jeder sofort zu seinem Hut, nahm ihn vom Kopf und verbeugte sich in Jäcklins Richtung.

»Herr Hauptmann!«, riefen einige aus der ersten Reihe.

Sofort machte der Ruf die Runde. »Herr Hauptmann«, »Herr Hauptmann«, erklang es von überall her.

Selbst Margarethe, die das Ganze inszeniert hatte, konnte sich der Stimmung nicht entziehen und wischte sich eine Träne weg. »Wie einem Edelmann huldigen sie ihm«, dachte sie, »hoffentlich kann er mit seiner Macht umgehen.« Doch die Gedanken, die jetzt an ihr Bewusstsein klopften, verscheuchte sie. Dafür war heute kein Platz.

12. Kapitel

Wenn man sich Heilbronn von Nordosten näherte, kam man kurz vor dem Stadttor an einem Kloster der Karmeliter vorbei, eines Ordens, der zur Befreiung des Heiligen Landes gegründet worden war und sich ursprünglich einer strengen Disziplin unterworfen hatte. Die Ordensregel schrieb Armut, Einsamkeit und den Verzicht auf Fleisch vor. Darüber hinaus gebot sie den Mönchen: »Jeder bleibe in seiner Zelle, Tag und Nacht das Gesetz des Herrn betrachtend und im Gebet wachend.« Von alldem hielten die Karmeliter vor den Toren von Heilbronn nicht viel. Die Mönche waren für ihren üppigen Lebensstil bekannt und erfreuten sich in der Stadt Heilbronn keiner sonderlichen Beliebtheit. Der Wein floss immer reichlich, das wusste jeder, und die meisten der Mönche wirkten nicht wie Männer, die an Verzicht und Enthaltsamkeit gewöhnt waren. Neben dem Wein hatte auch die üppige Nahrung ihre Körper weich und unansehnlich gemacht.

Dieses Kloster wählte der Neckartaler Haufen als Quartier für seine erste Nacht. Der stattliche Zug benötigte einige Stunden für den Weg. Als die Bauern schließlich gegen Abend vor dem Kloster auftauchten, trafen sie die Mönche dabei an, wie sie Wein und Korn auf Karren luden. Offensichtlich waren sie dabei, mit ihren Kostbarkeiten in die Stadt zu fliehen, aber selbst für die langsamen Bauern waren sie nicht schnell genug. Als der Haufen das Kloster fast erreicht hatte, zogen sich die Mönche rasch hinter ihre Mauern zurück.

»Wir werden den Mönchen nichts antun, vielleicht können wir sie sogar als Verbündete gewinnen«, entschied Margarethe im kleinen Kreis unmissverständlich.

Sie ahnte, dass mancher das Kloster gern geplündert hätte, doch das erschien ihr unpassend. Auch wenn die Karmeliter Essen und Trinken zu genießen wussten, gehörte ihr Kloster nicht zu den Reichen der Umgebung. Schönthal und Lichtenstern, die weiter nördlich lagen, besaßen größere Ländereien und pressten ihre Leibeigenen härter aus. Deshalb, so hoffte Margarethe, würden ihre Anliegen auch die der Mönche sein.

Schließlich wurde vereinbart, dass eine kleine Gruppe um Einlass in das Kloster ersuchen sollte. Sie sollte um Speis und Trank bitten und die Mönche auffordern, sich ihnen anzuschließen. Margarethe konnte als Frau dieser Abordnung nicht angehören, und ihr war nicht wohl, wenn sie daran dachte. Sie fürchtete, Jäcklin würde sich in seiner neuen Rolle als Hauptmann selbstherrlich aufführen. Diplomatie war seine Stärke nicht.

Während die Gruppe im Kloster verschwand, kümmerte sich Margarethe mit anderen Böckinger und Heilbronner Getreuen darum, dass alle Bauern vor dem Kloster lagerten. Es sollte friedlich aussehen. Unter den möglichen Verbündeten sollte sich niemand bedroht fühlen.

Die kleine Gruppe blieb lange im Kloster, und als sie wieder auftauchte, empfing sie ein überwältigendes Gejohle. Die Männer führten etliche Fässer Wein, dazu Brot und Grütze mit sich. Es wurde eine kurze Nacht. Viele Bauern hatten Essgeschirr und Becher dabei, mit denen sie sich an den Weinfässern bedienten. Wer nicht daran gedacht hatte, fand jemanden, der ihm aushalf. Es war ein starker, herber Wein, und da die Bauern tagsüber nur wenig gegessen hatten, verfehlte er seine Wirkung nicht. Die Männer prosteten sich zu, ihre Lieder wurden immer lauter und lästerlicher, und manchmal forderten sie sogar, in das Kloster einzudringen. Es war weit nach Mitternacht, bevor sie schließlich zur Ruhe kamen, sich in ihre Umhänge wickelten und einschliefen.

Derweil erfuhr Margarethe, dass der Abt die Gesandten herzlich willkommen geheißen und ihnen den Wein und das Essen von sich aus angeboten hatte. Allerdings habe er es höflich abgelehnt, sich dem Haufen anzuschließen. Sie seien schließlich Männer Gottes, deren wichtigste Aufgabe das Gebet sei, soll er gesagt haben, und Jäcklin lachte lauthals los, als er von dem Gespräch erzählte. Er musste sich sehr gut amüsiert haben im Kloster.

Während der Hauptmann seine Mission als großen Erfolg ansah, kamen Margarethe Zweifel. Sie war überzeugt, dass es der Anblick der über tausend Bauern war, der den Abt so großzügig gestimmt hatte. Wirkliche Unterstützung hatten sie von den Mönchen nicht zu erwarten, dabei ahnte sie, dass sie schon bald sehr wichtig werden würde. Die Bauern hingegen, ihre Anführer eingeschlossen, genossen über den Wein hinaus das Gefühl ihrer Macht.

Am folgenden Tag kehrte der Haufen zurück nach Flein. Es dauerte lange, bis er sich in Bewegung setzte. Manch einem brummte der Schädel, denn sie waren den starken Wein nicht gewohnt. In den Gasthäusern und auf den Festen mussten sie sich zumeist mit dünnem Bier zufriedengeben.

Die Nachricht vom Neckartaler Bauernhaufen verbreitete sich rasch im Umfeld. Bereits am nächsten Tag erschien ein Bote von den Bauern im Odenwald. Sie hatten sich bei Öhringen versammelt, was nicht weit von Heilbronn entfernt lag.

»Ich bringe einen Brief von unseren Hauptleuten für den Hauptmann Jäcklin Rohrbach«, stellte er sich vor.

Jeder konnte spüren, wie geschmeichelt Jäcklin sich fühlte.

Er öffnete das Schreiben sofort und las es laut vor: »Brüder in Christo, Bauern aus dem Neckartal, auch wir sind nicht länger bereit, die Ketten zu tragen, die uns von den

Herren auferlegt wurden. Viel zu lange saugen sie uns aus, werden fett und feist auf unsere Kosten. Vor allem die Pfaffen tun sich dabei hervor.«

Jäcklin grinste die Umstehenden an. Das war ein Brief nach seinem Geschmack. »Hab ich es nicht schon immer gewusst?«, schien er in die Runde zu sagen. Dann wandte er sich wieder dem Brief zu.

»Hier in der Umgebung liegen die Klöster Schönthal und Lichtenstern, reich von unserer Hände Arbeit. Wir haben beschlossen, uns das zurückzuholen, was sie uns seit Generationen weggenommen haben. Beide Klöster werden geplündert. Wir wissen aber nicht, ob die Mönche und Nonnen Landsknechte angeheuert haben, um sich zu verteidigen. Deshalb ersuchen wir um eure Unterstützung. Stoßt zu uns, und gemeinsam kann uns kein Kloster widerstehen. Die Beute reicht für alle.«

»Welch eine Einladung!«, jubelte Jäcklin.

»Es spricht nichts dagegen«, fand auch Margarethe, doch sie wollte die Begeisterung bremsen. »Wir dürfen aber nicht vergessen, wer unsere eigentlichen Feinde sind. Klöster zu plündern oder von eingeschüchterten Mönchen reichlich beschenkt zu werden, ist nichts Besonderes. Wenn wir aber die meiste Zeit mit Saufen und Fressen der klösterlichen Vorräte verbringen, machen wir es dem Schwäbischen Bund leicht. Wir müssen gerüstet sein und Verbündete finden. Auf dem Weg nach Öhringen kommen wir wieder an Heilbronn vorbei. Lasst uns dort Halt machen und versuchen, die Stadt auf unsere Seite zu ziehen. Die meisten im Rat mögen zwar die Bauern nicht, aber den Schwäbischen Bund mögen sie noch weniger. Außerdem gibt es eine immer größere Zahl an Bürgern, die sich offen auf unsere Seite stellen. Das sind gute Voraussetzungen, um den Rat zu überzeugen, sich uns anzuschließen und Waffen samt Ausrüstung zur Verfügung zu stellen.«

»Ich kann es zwar nicht abwarten, endlich nach Öhringen zu kommen und Gottes Strafgericht über die fetten Pfaffen vom Kloster Schönthal zu bringen, aber was du sagst, lässt sich nicht von der Hand weisen. Wir brauchen Verbündete, und die Stadt Heilbronn wäre mir sehr willkommen. Also wird es so gemacht!«

Jäcklin Rohrbach sah ein, dass Margarethe recht hatte, doch er war der Hauptmann und wollte die Entscheidung treffen.

Von Flein aus bewegten sich die Bauern an Böckingen vorbei nach Heilbronn. Auf das, was sie dort erwartete, waren sie allerdings nicht gefasst. Ein paar Dutzend Bewaffnete hatten sich auf der Stadtmauer verschanzt. Mit Gewehren und Armbrüsten beschossen sie den Haufen, als der sich anschickte, vor den Toren sein Lager aufzuschlagen. Zwar waren die Bauern weit genug entfernt, so dass niemand Schaden nahm, der Kampfmoral setzte der unerwartete Angriff jedoch zu.

»Deine Idee war nicht besonders gut, Margarethe, wir hätten geradewegs nach Öhringen ziehen sollen«, klagte Jäcklin.

Bevor er sich jedoch weiter ereifern konnte, machte ihm Sixt Hass Meldung, dass ihn eine Gruppe bewaffneter Unterstützer sprechen wollte. Kurz danach standen sie auch schon vor ihm, über hundert gut ausgerüstete Kämpfer. Es waren Heilbronner Bürger, überwiegend aus den unteren Schichten.

»Wir sind gekommen, um vor dem Hauptmann des Neckartaler Bauernhaufens unseren Eid auf das Evangelium und auf die Zwölf Artikel zu leisten. Wir sind Bürger der freien Reichsstadt und bereit, mit den Bauern ins Feld zu ziehen, um der Willkür und Unterdrückung der Herren ein Ende zu bereiten.«

Margarethe kannte den Sprecher von dem Treffen bei Wolf Leip am Tag vor der Gründung des Haufens. Von ihm erfuhren sie, dass die Ereignisse der letzten Tage die Stadt und den Rat tief gespalten hatten. Während die einen die Bauern als Unruhestifter bekämpften, verlangten die anderen, sich ihnen anzuschließen. Da es nicht möglich war, zu einer Einigung zu kommen, handelte jeder, wie er es für richtig hielt.

Im Rat überwogen nach wie vor die Stimmen, die den Bauern ablehnend gegenüberstanden. Von ihnen erhielt Rohrbach ein versiegeltes Schreiben. Als er es las, brach er in lautes Gelächter aus, ungerührt davon, dass der Bote, der es ihm überbracht hatte, neben ihm stand.

»Wir werden aufgefordert, den Heilbronner Bürgern in unseren Reihen unverzüglich die Rückkehr in die Stadt zu erlauben. Was glaubt der Rat? Dass wir heimlich über die Stadtmauern geklettert sind und sie entführt haben?«

Sein Lachen steckte die anderen an, der Bote aus der Stadt fühlte sich merklich unwohl.

Nun war Jäcklin wieder ganz Herr der Lage. Den Angriff hatte er bereits vergessen.

»Wir werden so unverzüglich reagieren, wie sie es verlangen«, bemerkte er schließlich, »und ihnen eine angemessene Antwort zukommen lassen.«

Sie fiel nicht so höhnisch aus, wie Margarethe befürchtete. Zum Schluss des Briefes erklärte er sogar förmlich, dass die Bauern nicht die Absicht hätten, der Stadt und dem Rat in irgendeiner Weise Schaden zuzufügen.

Die Nächte im Bauernlager waren kalt, und inzwischen floss der Wein nicht mehr so reichlich, was der fröhlichen Stimmung hörbar Abbruch tat. Dagegen setzten sich die Bauern aber immer offener über das Gesetz hinweg, das ihnen verbot, Feuerholz zu sammeln. Kleine, gut bewaffnete Gruppen schwärmten abends in die Wälder aus. Sollten irgendwelche Landsknechte versuchen, sie am Holzsammeln zu hindern, würden sie sich zu wehren wissen. Aber das wagte in diesen Zeiten keiner. Die Herren hielten sich zurück, sie hofften auf das Heer des Schwäbischen Bundes oder zumindest auf den Habsburger Vogt, den Grafen von Helfenstein. Von beiden hörte man indes nicht viel. Also war es besser, die Bauern gewähren zu lassen. Zumindest eine Weile.

So gab es jeden Abend zahlreiche Feuer, die wärmten und es ermöglichten, Mahlzeiten zu bereiten. Die Versorgung war kein Problem. Zwar waren die Gaben aus dem Karmeliterkloster nach zwei Tagen aufgebraucht, doch viele Bauern hatten Vorräte mitgebracht. Durch die Heilbronner Mitstreiter waren selbige beträchtlich aufgestockt worden, und in Schönthal wartete reiche Beute.

Eigentlich war Fastenzeit, in der die Kirche die Bauern anhielt, sich nicht mehr als einmal am Tag satt zu essen, doch das Wort der Kirche galt nicht mehr viel. So schlemmten manche Bauern während ihres Zuges üppiger als gewöhnlich in der Zeit vor Ostern. Tagsüber gab es viel Brot und Grütze, die einige Zeit hielt, auch wenn sie gekocht worden war. Die Hauptmahlzeit wurde abends am jeweiligen Lagerort bereitet. An den Feuerstellen köchelten kräftige Suppen, und sie verbreiteten einen verlockenden Geruch. Statt der für die Zeit sonst üblichen Kohlblätter enthielt sie gekochte Hühnchen, getrocknete Pilze, Mandeln, Petersilie, Rosmarin, Lorbeerblätter, Pistazien und sogar etwas Butter. Die meisten Bauern konnten sich solche Kostbarkeiten sonst nicht leisten.

Auch ohne den Wein saßen die Bauern mit vollem Magen gern noch am Feuer zusammen, schwärmten von ihrem Hauptmann und den guten Zeiten, die jetzt angebrochen waren. Wenn die Feuer erloschen, hüllten sie sich in ihre Umhänge ein. Manche hatten sogar Decken dabei. Sie legten sich nahe nebeneinander, um sich gegenseitig Wärme zu spenden.

Am folgenden Tag brach der Tross früh Richtung Öhringen auf. Margarethe kannte diese Gegend nicht. Die meisten ihrer Reisen hatten sie an den oberen Neckar zum Schloss ihres Leibherrn geführt. Nur einmal war sie weiter fort gewesen, in Bruchsal in der Rheinebene. Je weiter sie sich aus der vertrauten Umgebung entfernte, desto deutlicher und klarer stiegen die Erinnerungen an jene Reise in ihr auf. Wie lange das schon her war! Ihr Sohn Philipp, heute ein kräftiger junger Mann, der sich um den Hof kümmerte, war gerade geboren worden. Und welche Hoffnung und Aufbruchstimmung hatte damals die Stadt beherrscht, war ihr aus den Gesichtern und den Gesprächen entgegengetreten. Alle waren sie überzeugt gewesen, die Ketten der Leibeigenschaft sprengen zu können, doch dann hatten ihre eigene Gutgläubigkeit, hatten Verrat und die Grausamkeit der Herren sie in die Katastrophe geführt. Ohne Peter wäre sie mit ihrem jungen Sohn vermutlich unter den Opfern gewesen.

Lange hatte sie sich an diese Bilder nicht mehr erinnert. Heute war alles ganz anders. Niemand musste mehr heimlich von Dorf zu Dorf ziehen, um den Aufstand vorzubereiten, niemand musste fürchten, von falschen Freunden verraten zu werden. Sie waren ein Heer, das sich offen durch das Land bewegte, immer mehr Zulauf erhielt und die Herren das Fürchten lehrte.

Die Landschaft, durch die sie sich bewegten, war anders als das vertraute Neckartal oder die Rheinebene. Keine fruchtbare Ebene empfing sie. Das Hohenlohische war eine hügelige Gegend mit bisweilen steil abfallenden Bergrücken. Auch wenn die meisten Wege entlang der Flusstäler verliefen, verlangsamte mancher Anstieg das Tempo des Zuges. Immer wieder führte der Weg durch dunkle Kiefern- und Buchenwälder. Zwar zeigte sich bei den Laubbäumen gerade erst das neue, frische Grün, doch die Bäume standen so dicht, dass sie selbst ohne Laub nur wenig Sonnenlicht durchließen. Die kräftigen Kiefern sorgten erst recht für eine bisweilen gespenstische Atmosphäre, der sich auch die bewaffneten Bauern nicht ganz entziehen konnten. Immer wenn ein Waldgebiet durchquert wurde, war die Stimmung stiller, bedrückter als im freien Feld.

Mit ihrem geübten Auge erkannte Margarethe rasch, dass die Erde nicht sehr fruchtbar war. Sie erschien grau und bröselig, nicht kraftvoll rot wie in der Rheinebene. Hier wurde Dinkel angebaut, den die Bauern häufig vor der Reife ernteten und dann zu Grünkern darrten. Aber die Natur ließ auch die Menschen im Hohenlohischen nicht im Stich. An den sonnigen Südhängen wuchsen Reben, deren Wein nicht weniger bekannt und berühmt war als der von Rhein und Neckar.

Auffällig war auch die große Zahl der Burgen auf den zahlreichen Bergkuppen. Wenn so viele Herren von den Bauern lebten, die ein so karges Land bebauten, dann muss es ihrem Stand besonders schlecht ergehen, folgerte Margarethe. Kein Wunder, dass der allgemeine Aufstand in den Tälern der Jagst und des Kochers so viel Unterstützung fand.

Gegen Mittag des zweiten Tages sahen die Neckartaler Bauern Öhringen vor sich. Als sie den vor den Toren der Stadt lagernden Haufen erblickten, beschleunigten sie ihren Schritt, ohne es zu merken. Margarethe ging in vorderster Reihe neben Jäcklin und den anderen Böckingern, denen niemand die Führungsrolle streitig machte. Lauter Jubel empfing den Haufen. Jäcklins Ruf als furchtloser und entschlossener Hauptmann hatte sich bereits weit über seine Heimat hinaus verbreitet. Die Odenwälder waren deshalb froh, dass er ihrer Bitte gefolgt war. Jäcklin seinerseits genoss es, von einem noch größeren Bauernhaufen als Hauptmann anerkannt zu werden. Wer sollte einem solchen Heer noch etwas entgegensetzen können?

Dass eine Frau zu Jäcklins engsten Vertrauten gehörte, war bekannt. Niemand nahm Anstoß daran, ja es gab sogar Gerüchte, diese Frau verfüge über magische Fähigkeiten. Damit würden die Bauern im Kampf gegen die Herren unbesiegbar. So war es selbstverständlich, dass Margarethe bei den Treffen anwesend war, auf denen die Führer beider Haufen ihr Vorgehen besprachen. Die Odenwälder Hauptleute hatten ein kleines Zelt aufgebaut, in dem sie sich ungestört treffen konnten.

Ihre Anführer waren der Wirt Jörg Metzler aus Ballenberg und Hans Reuter aus Bieringen. Über beiden aber stand Wendel Hipler, ein ehemaliger Kanzler der Grafen von Hohenlohe. Der kleine, feingliedrige Mann wirkte auf den ersten Blick unauffällig. Er sprach leise und erst wenn man näher mit ihm zu tun hatte, erkannte man, was hinter dem zarten Äußeren verborgen lag. Hipler war hoch gebildet, von scharfem Verstand, sprachlicher Ausdrucksfähigkeit und lebhaftem Temperament. Ehrgeiz, Willensstärke und ein überaus gesundes Selbstbewusstsein zeichneten ihn weiterhin aus. Letzteres war ihm zum Verhängnis geworden, denn die Grafen hatten ihn wegen seiner eigenmächtigen Entscheidungen abgesetzt. Doch Hipler wäre nicht Hipler gewesen, wenn er sich in sein Schicksal gefügt hätte. Er prozessierte, suchte neue Verbündete und trat in kurpfälzische Dienste. Nun hatte er sich der Sache der Bauern angenommen, die er als gerechtfertigt ansah. Margarethe hatte bereits von ihm gehört und freute sich sehr, ihn endlich selbst zu Gesicht zu bekommen.

Nach der Vereinigung der Haufen gab es keinen Grund mehr, die Plünderung der reichen Klöster Schönthal und Lichtenstern länger hinauszuschieben. In die Vorbereitung platzte eine Nachricht aus Heilbronn, die zu Verunsicherung unter den Bauern führte, die das Evangelium als die Grundlage ihres Kampfes ansahen. Zwei Bürger aus Heilbronn brachten die Kunde, dass sich Johann Lachmann, der Prediger von Sankt Kilian, mit einer langen Reihe von Ermahnungen an die Bauern gewandt habe. Sie hätten das Evangelium und die Lehre des Doktor Martin Luther falsch ausgelegt, wenn sie meinten, damit könne der Aufstand gerechtfertigt werden. Es gäbe keine Obrigkeit, wenn sie nicht von Gott gewollt wäre, und deshalb sei ihr Gehorsam zu leisten. Niemand habe das Recht, sich gegen die Ordnung zu erheben, selbst wenn es sich um eine heidnische oder tyrannische Ordnung handele, denn das Evangelium erfordere Frieden und Einigkeit gegen seinen Nächsten, auch gegen die Feinde und Tyrannen. Wenn Gott aber wolle, dass es dem gemeinen Mann besser ergehe, denn werde er selbst die fehlerhafte Obrigkeit durch eine bessere ersetzen. Freiheit finde der Christenmensch nur im Reich Gottes, aber nicht auf der Erde. Deshalb sei die Erhebung Frevel und sie sollten sofort die Waffen niederlegen, um dadurch nicht selbst Schaden zu nehmen am Heil ihrer Seele.

Hätte Wolfgang Ferber oder ein anderer Pfarrer die Bauern auf diese Art ermahnt, hätte niemand dies ernst genommen. Doch im Falle Lachmanns war das nicht so einfach. Der Prediger und Sohn des von den Bauern geschätzten Ratsherrn stand nicht im Verdacht, ein Diener der Herren zu sein oder aus persönlichem Vorteil an der alten Ordnung festzuhalten. Jeder wusste von seinen Sympathien für die Reformatoren und seiner Kritik an der weit verbreiteten kirchlichen Praxis. Ihm ging es um die Auslegung der Bibel, und deshalb hatten seine Worte Gewicht.

Als die Nachricht zu Jäcklin drang, fühlte er sich in seiner Abneigung gegenüber den Pfaffen bestätigt. Doch er reagierte ruhig und überlegt.

»Ich kann nicht leugnen, dass die meisten Bauern hier sind, weil sie sich im Einklang mit dem Evangelium sehen. Was können wir machen, damit Lachmanns Ermahnungen nicht Zweifel nähren und die Kampfmoral schwächen?«, fragte er Margarethe. »Wir werden kaum verhindern können, dass seine Ermahnungen die Runde machen.«

»Es ist besser, wenn wir selbst darauf eingehen, bevor Unruhe aufkommt«, schlug sie vor. »Versammle heute Abend die Abgesandten aus den einzelnen Dörfern und Ständen. Leg ihnen dar, dass es sich bei Lachmanns Ermahnungen um die Meinung eines einzelnen Predigers handelt, der nicht für alle sprechen kann, die sich zu der neuen Lehre bekennen. Es gibt viele unterschiedliche Meinungen dazu. Und du versprichst den Männern, dass eine große theologische Versammlung entscheiden wird, was wirklich mit dem Wort Gottes im Einklang steht und was die Deutung der Menschen ist. Die Versammlung kann aber erst einberufen werden, wenn wir wirklich frei sind; und das wird nicht mehr lange dauern.«

Jäcklin strahlte sie an. »Margarethe, du hast großartige Ideen, das wird sie überzeugen. Aber in Wirklichkeit wirst du mir ein solches Ereignis hoffentlich ersparen. Womöglich nimmt noch mein Leibherr daran teil« – »mein früherer Leibherr aus den Zeiten der Unterdrückung«, fügte er rasch hinzu.

Selten hatte Margarethe ihn so entspannt gesehen. Lachfalten zeichneten sich unter seinen Augen ab. Selbst sein enttäuschendes Eheleben mit Genefe schien weit entfernt. Aber er hatte recht, niemand fühlte sich mehr als Leibeigener. Es war noch zu keiner Konfrontation mit den Herren gekommen, doch sie waren inzwischen so viele, dass die Herren nichts mehr gegen sie ausrichten konnten.

»Ja, wir sind schon frei und haben gar nicht richtig gemerkt, wie es dazu gekommen ist«, ergänzte sie.

Ihrer beider Vertrauen in die Zukunft war groß. Wenn die Herren zuschlagen wollten, hätten sie nicht so lange zögern dürfen, bis sogar die Städte sich auf die Seiten der Bauern schlugen. Und in den letzten Wochen hatten sie erfahren, dass sie, ohne es zu wissen, genau die richtige Zeit für den Aufstand gewählt hatten. Der größte Teil des kaiserlichen Heeres war nämlich südlich der Alpen gebunden. Dort führte der junge Kaiser Karl eine Fehde gegen die Franzosen um Norditalien. Dafür benötigte er all seine Männer.

Margarethes Gedanken wanderten zu ihrem Leibherrn. Wie nachdrücklich hatte er sie immer vor der Macht und Rücksichtslosigkeit eines Waldburg und Helfenstein gewarnt. Sie glaubte nicht mehr, dass sie sich davor fürchten mussten. Waren die Warnungen womöglich doch nur dazu da gewesen, um sie zu schwächen? Hatten ihre Böckinger Freunde recht, dass auch Jörg von Hirschhorn nicht besser war als alle anderen Herren? Vieles deutete darauf hin und gleichzeitig wehrte sich eine Stimme in ihr dagegen. »Du kannst es jetzt noch nicht entscheiden«, sagte sie sich schließlich. »Wir werden es sehen, wenn der Krieg endgültig gewonnen ist.«

Ihr Vorschlag, zu einer großen theologischen Disputation über die Auslegung des Evangeliums aufzurufen, traf die Stimmung des Haufens und entkräftete die Ermahnungen Lachmanns.

Niemand kam auf die Idee, seine Waffen niederzulegen. Stattdessen ging es darum, das Kloster Schönthal einzunehmen, das etwa zwei Stunden nördlich von Öhringen lag. Die Bauern waren sich nicht sicher, ob die Mönche Landsknechte angeheuert hatten, doch sie vertrauten auf ihre Stärke. Nicht nur ihre Größe, auch ihre Bewaffnung war immer Furcht erregender geworden. Zwar verfügten nur wenige über Schusswaffen, aber Spieße, Morgensterne, eine gefürchtete Schlagwaffe, und Dreschflegel mit eingelassenen Eisendornen waren inzwischen weit verbreitet. Darüber hinaus hatten viele ihre Sensen gerade geschmiedet und daraus eine grausame Stichwaffe gemacht. Sie waren fest entschlossen, sie gegen jeden einzusetzen, der sich ihnen in den Weg stellte.

Die Bauern wählten den Palmsonntag für ihren Sturm auf Schönthal. Am Ende war alles viel einfacher als gedacht. Den Zisterzienser-Mönchen standen keine Landsknechte zur Seite, und sie selbst waren nicht in der Lage, sich gegen einen so großen Bauernhaufen zu wehren. In der Hoffnung, sich dadurch Schlimmeres zu ersparen, überließen sie den Angreifern ihr Kloster widerstandslos. Ihre Rechnung ging jedoch nicht auf. Jeder Bauer wollte seinen Anteil an den Reichtümern, und so erschien es den Mönchen, wie Jäcklin es prophezeit hatte: Gottes Strafgericht brach über sie herein. Unüberschaubare Massen von Bauern stürmten die Vorratskammern, rollten Weinfässer heraus, bemächtigten sich der Kornsäcke, schlitzten in ihrem Eifer manche auf, so dass die Körner den Boden der Kammern knöcheltief bedeckten. Auch Gemüse, getrocknete Kräuter und andere Heilmittel fielen den Bauern in die Hände, von denen viele nicht zu schätzen wussten, welch wertvoller Schätze sie sich dort bemächtigten. Achtlos wurden Thymian, Salbei, Ringelblumen und Kamille zertreten. Der Viehbestand blieb ebenso wenig verschont. Die Ställe der Schweine und Hühner wurden einfach geöffnet, was das allgemeine Chaos noch verschlimmerte.

Immer wieder kam es zu Rangeleien um die Beute, denn keine ordnende Hand war zugegen, um die Ausschreitungen in Grenzen zu halten. Bei einem Streit brach plötzlich ein Feuer aus, das viel Nahrung fand und rasch um sich griff. Bald standen die Vorratskammern in Flammen. Von den verängstigten Mönchen wagte angesichts der marodierenden Bauern niemand, sich an die Löscharbeiten zu machen. Ein paar Bauern aus der unmittelbaren Umgebung des Klosters erfassten die Gefahr. Geistesgegenwärtig legten sie Gegenfeuer um die Vorratskammern, die sich etwas abseits der sonstigen Gebäude befanden. Sie verhinderten, dass sich die Flammen weiter ausbreiteten.

Der Brand machte Wendel Hipler, Jäcklin Rohrbach und den anderen Hauptleuten deutlich, dass sie die Zügel auch beim Plündern nicht schleifen lassen durften. Sofort setzten sie einige Verordnungen durch. Niemand durfte etwas für den privaten Gebrauch aus dem Kloster mitnehmen. Alles gehörte dem gesamten Haufen. Die Beute wurde deshalb auf einem großen Platz vor dem Kloster zusammengetragen. Eine Gruppe von zehn besonders angesehenen und besonnenen Bauern wachte darüber, dass sich niemand daran vergriff. Bauern, die erwischt wurden, wenn sie für sich selbst Güter zur Seite schafften, drohten schwere Strafen. Auf diese Art gelang es, eine gewisse Disziplin wieder herzustellen, auch wenn das Kloster selbst dadurch nicht geschont wurde.

Einige der städtischen Bürger im Haufen hatten erkannt, dass es auch außerhalb der Vorratskammern wertvolle Schätze gab. Die Autorität der Kirche hatte inzwischen so gelitten, dass sie sich nicht scheuten, in den Messraum einzudringen, um mit Gold und Edelsteinen besetzte Kelche, Weihrauchgefäße und Gewänder zu entwenden. Nur vor den nicht minder wertvollen Kreuzen und Heiligenbildern hatten die Plünderer Respekt. Die ließen sie unberührt. Man konnte ja nie wissen, welche Folgen das hatte.

Bei dem Brand in der Vorratskammer waren einige Bauern verletzt worden. Um zwei von ihnen stand es nicht gut. Einem war ein brennender Balken auf die Schulter gefallen, als er aus Sorge um seine Beute zu unvorsichtig gewesen war. Der andere war bei der Flucht vor den Flammen gestürzt, und nur dank der Hilfe anderer Bauern hatte er sich überhaupt retten können.

Margarethe kümmerte sich um die Verletzten. Niemand sonst verfügte über so viel heilkundliches Wissen, doch sie war nicht zufrieden mit dem, was sie leisten konnte. Die Ereignisse hatten sich derartig überschlagen, dass sie nur wenige schmerzstillende und heilende Mittel zur Verfügung hatte, nicht mehr als das, was sie gewöhnlich bei sich trug. Die Kräuter der Mönche waren zum Raub der Flammen geworden, was sie sehr bedauerte. Ihren Vorrat an wertvollen Ölen hatte sie komplett in der Truhe von Luise gelassen. Sie wären jetzt hilfreich gewesen, doch als sie an Judika zu dem Treffen auf der Fleiner Höhe aufgebrochen war, hatte sie nicht geahnt, dass sie eine Woche später noch immer unterwegs sein würde – ohne zu wissen, wann sie wieder zu Hause sein würde und über ihre Vorräte verfügen könnte. Zumindest verfügte sie über etwas Melisse, Kamille und Pfefferminze. Mit diesen Heilpflanzen gelang es ihr, die Schmerzen und Entzündungen der Verletzten zu lindern. Sie kochte einige getrocknete Blüten kurz auf, wickelte weiße Leinentücher darum und legte sie als Umschläge auf die Wunden. Zudem verabreichte sie die gleiche Mischung als Tee. Für die zwei mit den starken Brandverletzungen bereitete sie zudem Umschläge aus Eichenrinden an. Die Verwundeten, die offenbar nie zuvor in ihrem Leben einer heilkundigen Frau begegnet waren, empfanden Margarethes Behandlung als Wohltat und verbreiteten ihren Ruf im Haufen als Frau mit besonderen Kräften.

Drei Tage nach der Plünderung des Klosters Schönthal standen die Bauern vor den Toren des Nonnenklosters Lichtenstern, das nicht weniger wohlhabend war als das der Mönche von Schönthal. Die Bauern verhielten sich diesmal disziplinierter, da jedem von Beginn an klar war, dass er sich nicht persönlich bereichern konnte, sondern alle Güter dem Haufen zufielen. Dem Kloster, das ebenfalls zum Orden der Zisterzienser gehörte, erging es dadurch kaum besser. Seine Vorratskammern und noch weit mehr kostbare, heilige Gegenstände wurden von großen Bauernhänden davongetragen. Da nach der Plünderung von Schönthal kein himmlisches Strafgericht über sie gekommen war, fühlten sich die Bauern mutiger und griffen auch nach kostbaren Kreuzen und Kelchen. Voller Entsetzen ließen es die Nonnen geschehen. Wenn sich schon die Mönche nicht gewehrt hatten, konnten sie erst recht nichts ausrichten. Am Ende waren sie sogar halbwegs erleichtert, dass sie vor körperlichen Übergriffen verschont geblieben waren und auch das Kloster selbst keinen Schaden genommen hatte. Die Bauernführer waren zufrieden mit der Beute. In ihrem Zelt malten sie sich aus, wie viele Gewehre und Kanonen sie dafür erwerben konnten.

Während die Hauptleute noch flachsten, erhob sich vor dem Zelt ein Tumult. Wütende, kreischende Stimmen verrieten nichts Gutes. Sofort stürmten alle nach draußen. Einige schwer verletzte Männer lagen vor dem Zelt. Um sie herum herrschte Chaos. Menschen redeten durcheinander, gestikulierten wild, ballten ihre Fäuste. Margarethe wusste sofort, was ihre Aufgabe war. Rasch holte sie ihren bescheidenen Vorrat an Heilkräutern aus dem Zelt und versorgte die Verletzten. Alle wiesen Schuss- und tiefe Stichwunden auf und einige hatten so viel Blut verloren, dass sie kaum eine Aussicht zu überleben besaßen. Mit Ringelblumenbutter versuchte sie die Blutungen zu stillen. Diese Mischung aus zerquetschten Blüten und Ziegenbutter wirkte, wenn die Wunde nicht zu groß war. Konnte sie die Blutung zum Stillstand bringen, legte Margarethe Umschläge aus Ringelblumenblüten und Hirtentäschel auf die Wunde. Die Männer schrien vor Schmerzen. Sie mussten von anderen auf den Boden gedrückt werden, damit sie sich nicht wehrten.

Mit der Zeit entstand aus den Wortfetzen und Gesten ein Bild von den Ereignissen. Eine Nachhut des Bauernhaufens war angegriffen worden. Der Graf von Helfenstein und Dieter von Weiler waren, von den Bauern unbemerkt, mit einem Trupp gut bewaffneter Landsknechte ebenfalls nach

Öhringen gezogen. Da sie den Bauern zahlenmäßig weit unterlegen waren, vermieden sie die offene Konfrontation. Doch wo immer sich kleine Gruppen von Bauern absonderten, wurden sie zur leichten Beute der erfahrenen Soldaten.

Die Landsknechte des kaiserlichen Schwiegersohns waren sehr gut ausgerüstet. Jeder von ihnen trug ein kurzes Schwert, auch Katzbalger oder Kurzwehr genannt, und die lange Wehr, den Langspieß. Die Befehlsleute waren durch Harnische geschützt. Besonders gefürchtet waren die Bihänder, große, zweihändige Schlachtschwerter, mit denen ihre Besitzer Breschen in die gegnerischen Haufen schlugen. Auch setzten sich Schusswaffen mit der Zeit immer mehr durch. Sie bargen den großen Vorteil, dass man sich mit ihnen nicht auf einen Nahkampf einlassen musste, doch nur sehr reiche Adelige wie der Graf von Helfenstein konnten es sich erlauben, diese modernen Waffen im größeren Umfang zu erwerben.

Mit den fürstlichen Landsknechten konnten es die Bauern deshalb nicht aufnehmen. Der Trupp, der ihnen zusetzte, war beritten. Er verschwand ebenso schnell, wie er auftauchte. Es gab für die Bauern nur eine Möglichkeit sich zu wehren, sie mussten zusammenbleiben. Die Hauptleute gaben deshalb den strikten Befehl aus, dass sich niemand mehr unabgesprochen vom Haufen entfernen durfte.

Die Gruppen, die Feuerholz sammelten und auf die Jagd gingen, wurden erheblich aufgestockt. Sie bekamen gut bewaffnete Bauern zur Seite gestellt. Dennoch blieben die Nadelstiche der gräflichen Truppen eine ständige Bedrohung. Einmal überraschten die Landsknechte eine Gruppe Holzsammler. Wie aus dem Nichts waren sie da, und bevor sich die Begleiter kampfbereit machen konnten, waren sie schon niedergestreckt. Daraufhin ritten die Landsknechte mit Lanzen und Speeren auf die Holzsammler zu. Ihre Gewehre benötigten sie nicht, denn es war kein Widerstand mehr zu erwarten.

»Eure Erlaubnis, bitte«, höhnten sie. »Oder müssen wir uns vor den neuen Besitzern der Ländereien verbeugen?«

Es machte ihnen Spaß, sich an der Todesangst der Bauern zu weiden, die in den letzten Wochen so selbstbewusst dahergekommen waren. Und es machte ihnen noch mehr Spaß, die Wehrlosen von Angesicht zu Angesicht niederzustechen.

Wendel Hipler untersagte daraufhin jede Unternehmung außerhalb des Haufens. Er wollte den gräflichen Reitern keinerlei Angriffsfläche mehr bieten, auch wenn sie damit auf Feuerholz und Wildbret verzichten mussten. Jäcklin Rohrbach ärgerte sich über diese Anordnung. Es kam ihm vor, als würden sie vor den gelegentlichen Angriffen der Herren kapitulieren, statt ihnen entschlossen entgegenzutreten. Er musste sich jedoch Wendel Hipler unterordnen, der von allen als der oberste Befehlshaber anerkannt wurde.

Im kleinen Kreis schäumte er: »Diese feigen Schlangen. Eine offene Schlacht wagen sie nicht. Wenn mir dieser Graf jemals in die Hände fällt, dann wird meine Rache grausam sein, egal, was unser fürstlicher Kanzler davon hält.«

Margarethe gefiel es nicht, dass Jäcklin so abschätzig über Wendel Hipler sprach. Sie sah es wie viele andere als Vorteil an, dass jemand, der die Herren gut kannte und einschätzen konnte, auf Seiten der Bauern kämpfte. Damit der Keil unter den Aufständischen nicht größer wurde, drängte sie: »Wir müssen handeln, wir müssen alle Truppen zusammenziehen, die wir zur Verfügung haben, und sie dann zur Entscheidungsschlacht zwingen. Die Zeit könnte für die Herren spielen.« »Ja, zeigen wir den Herren so bald wie möglich, dass ihre Zeit abgelaufen ist«, bekräftigte Jäcklin heftig.

Allen war bewusst, dass sie Verbündete benötigten, um zum großen Schlag gegen die Herren ausholen zu können, doch die Meinungen gingen weit auseinander, wer als Verbündeter in Frage kam. Jäcklin setzte auf die unzufriedenen Bürger in den Städten.

»Nur ihnen können wir vertrauen«, versuchte er die anderen zu überzeugen, »denn sie erleben selbst, was es heißt, für das Wohlergehen der Herren zu arbeiten.«

Wendel Hipler widersprach: »Es gibt in allen Schichten Menschen, die diese Ordnung nicht als gottgegeben ansehen, selbst wenn sie Vorteile daraus ziehen. Wir dürfen niemanden von vornherein ausschließen, nicht einmal den Landadel.«

»Ich soll mit den Herren gegen die Herren ziehen?« Jäcklin lachte hämisch. »Dann haben wir den Krieg schon jetzt verloren.«

»Den Krieg haben wir verloren, wenn wir Fronten aufbauen, wo keine sind«, hielt Hipler dagegen.

Die beiden Hauptmänner konnten sich nicht einigen, und deshalb beschlossen die Neckartaler noch in der Nacht, mit ihrem Teil der Beute in die Heilbronner Gegend zurückzukehren. Sie wollten einen weiteren Versuch unternehmen, zunächst die freie Reichsstadt und danach das aufstrebende Stuttgart auf ihre Seite zu ziehen. Wenn das gelänge, wäre der Krieg in Württemberg gewonnen.

Als sich der Zug am Morgen in Bewegung setzte, waren alle beeindruckt. Er war zehnmal größer als der, der sich eine Woche zuvor auf den Weg nach Öhringen gemacht hatte. Dabei waren es bei weitem nicht alle, die in Richtung Heilbronn aufbrachen. Ein ebenso großer Haufen mit Wendel Hipler zog nach Neuenstein zur Residenz des Grafen Albrecht von Hohenlohe, um ihn zur Gefolgschaft zu zwingen. Sie hofften auf den Adel als Verbündete, was Jäcklin missmutig registrierte.

Es schien, als ob der gesamte Südwesten des deutschen Reiches auf den Beinen war und sich gegen die Herren erhob. Was blieb denen da noch übrig außer einigen Nadelstichen?

Karfreitag erreichte der stattliche Tross wieder das Neckartal. Jäcklin gab Befehl, an Heilbronn vorbeizuziehen. Wollten sie die Stadt für sich gewinnen, mussten sie alles vermeiden, was nach einer Provokation aussah. Stattdessen schlugen sie ihr Lager bei Neckarsulm auf.

Dort verließ Margarethe den Zug. Ihre Aufgabe war es jetzt, genügend Heilkräuter, Medikamente und Öle zu besorgen. Ihre kargen Vorräte waren durch die Attacken des Grafen längst aufgebraucht.

Auch wenn sich die Bauern ihrer Sache sicher waren, konnte niemand genau wissen, ob sich die Herren auf Nadelstiche beschränken würden. Falls sich der Schwäbische Bund doch noch nicht geschlagen geben sollte und der Truchsess von Waldburg es wagen sollte, sich den Bauern entgegenzustellen, dann müssten sie den Angriff zwar nicht fürchten, aber es würde auch auf ihrer Seite Verluste geben. Um sich darauf vorzubereiten, hatte Margarethe mit Jäcklin abgesprochen, für zwei oder drei Tage nach Böckingen zu gehen. Dort wollte sie neben ihren eigenen Vorräten auch neue Kräuter sammeln, die der Frühling bereits hervorgebracht hatte. Außerdem drängte es sie zu sehen, wie Philipp und Thomas mit der Arbeit auf dem Hof zurechtkamen.

Karfreitag war einer der wichtigsten Feiertage der Christenheit. Viele Bauern wollten auch im Lager des Leidens und Sterbens Jesu Christi gedenken. Da sich einige Priester im Bauernhaufen befanden, war das nicht schwer. Rasch wurde entlang einer kleinen Anhöhe ein provisorischer Kreuzweg errichtet, der die 14 Stationen von Jesu Leidensweg darstellte. Der Priester, der die Prozession anführte, war mit einem großen Kreuz weithin sichtbar.

Von Neckarsulm bis Böckingen war es nicht weit, und so verschob Margarethe ihren Aufbruch und wohnte dem Ereignis bei. Mit Jäcklin zusammen befand sie sich am Anfang des

Zuges. Sie wusste, dass es die erste Karfreitags-Prozession des Hauptmanns war und dass ihn nicht die religiöse Überzeugung dazu bewegte. Sie störte sich jedoch nicht daran, im Gegenteil; sie freute sich, wie ernst Jäcklin die religiösen Gefühle der Bauern nahm und dass er sich wie alle anderen verhielt. Der Weg mit den 14 Stationen zog sich über Stunden hin. Mit pathetischer Stimme stellte der Priester an der Spitze Jesus als einen gemeinen Mann dar, der von der Obrigkeit willkürlich gefangen genommen, gequält und ermordet worden war. Er erreichte damit die Herzen der Bauern, die voller Hingabe beteten, sangen und sich gleichzeitig in ihrer Wut auf die Herren gestärkt sahen. »Wir erheben uns, damit so etwas nicht noch einmal geschehen kann«, lautete die Botschaft, die jeder verstand. Und die Verheißung von Jesu Auferstehung an Ostern deutete der Priester als Verheißung, dass auch für die Bauern der Tag der Freiheit am Horizont heraufdämmerte.

Nach der Prozession brach Margarethe eilends auf, um noch vor Einbruch der Dunkelheit in Böckingen zu sein. Kurz nach Ostern wollte sie wieder zu dem Bauernheer stoßen. Sie verließ die Truppe mit einem Gefühl von Stärke und Sicherheit. Was in den letzten zwei Wochen geschehen war, konnten die Herren nicht mehr rückgängig machen, und ihre Stimmung steigerte sich noch, als sie Philipp und Thomas traf. Die beiden hatten nicht nur mit der Aussaat auf den Feldern begonnen, sie hatten auch viele noch zögernde Bürger überredet, sich dem allgemeinen Aufstand anzuschließen. Natürlich hatten die Böckinger längst erfahren, dass einer der ihren zum Hauptmann des Neckartaler Haufens gewählt worden war. Und in dem Dorf wusste jeder, welchen Einfluss Margarethe auf Jäcklin hatte. Deshalb waren ihre Söhne von vielen aufgesucht worden, die ihnen ihre Hochachtung aussprechen oder letzte Zweifel ausräumen wollten.

Vor allem Philipp war stolz auf seine Mutter, und das konnte er ihr nicht verhehlen. Er brannte darauf, alles zu erfahren, was seit der Versammlung auf der Fleiner Höhe vorgefallen war. Er brannte darauf, alles zu erfahren, was seit der Versammlung auf der Fleiner Höhe vorgefallen war. Thomas dagegen hielt sich auffällig zurück, als ginge ihn das alles nichts an. Margarethe bemerkte es, doch jetzt hatte sie keine Zeit, sich näher darauf einzulassen. Später, wenn die entscheidende Schlacht gewonnen war, wollte sie mehr von Thomas erfahren, was ihn bewegte und worauf er hoffte. Es wurde gleichwohl eine kurze Nacht für Margarethe, doch die Bewunderung von ihrem Ältesten entschädigte sie für den entgangenen Schlaf.

Am nächsten Tag, dem Karsamstag, machte sie sich in die Umgebung des Dorfes auf, um auf den Feldern und im nahen Wald Heilkräuter zu sammeln. Es waren die alten Wege, die sie vor so vielen Jahren mit Luise gegangen war. Heute erschien es ihr, als müsse das länger als ein Leben zurückliegen. Philipp bot ihr an, sie zu begleiten, doch das lehnte sie ab. Sie wollte die Wege noch einmal alleine gehen; wer weiß, wie lange das noch möglich sein würde. Wenn die Bauern erst einmal eine neue Ordnung ohne Herren durchgesetzt hatten, könnten neue Aufgaben auf sie zukommen, denen sie sich nicht entziehen würde.

Es erschien ihr seltsam, dass sie gerade in dieser Zeit des Aufbruchs so häufig in die Vergangenheit abtauchte. Sie konnte es sich nicht erklären, aber je mehr Hoffnungen sie auf die Zukunft setzte, desto heftiger drängte sich ihr das Vergangene auf. Sie ließ es gewähren, es wäre vergebens gewesen, sich dagegen zu wehren.

Die Erinnerung an Luise war zum ersten Mal in ihrem Leben nicht mit einer schmerzhaften Sehnsucht verbunden. Es war eher Stolz, ja beinah Freude, die von ihr Besitz nahm. Im ersten Moment erschrak sie darüber. Wie konnte sie sich freuen, wenn sie an ihre einzige wirkliche Freundin dachte, deren Tod eine große Leere in ihrem Leben hinterlassen hatte? Sie sah den Tod als Teil des Lebens an. Er war unvermeidlich, und deshalb war es gut, sich dessen bewusst zu sein, ohne viel Aufhebens davon zu machen. Eine Frau wie Luise, die den Menschen so viel Gutes getan hatte, konnte nicht in der Hölle schmoren, daran gab es für Margarethe keinen Zweifel. Und dennoch hatte das den Schmerz lange nicht lindern können.

Ohne es genau wahrzunehmen, war Margarethe bereits von den Feldern in den Wald gelangt. Sie kannte die Kräuter, die sie benötigte, und die Stellen, an denen sie zu finden waren, so gut, dass sie sich nicht darauf konzentrieren musste, sondern ihren Gedanken freien Lauf ließ. Und selbst die Erinnerung an das Verbrechen, das die Herren aus reiner Freude am Leid anderer Luise zugefügt hatten, löste heute andere Gefühle in Margarethe aus. Den Aufstand, der die Macht der Obrigkeit beendete, sah sie auch als Wiedergutmachung für ihre Freundin an. Wenn die Bauern herrschten, konnten sich Frauen allein im Wald bewegen, jeder durfte Feuerholz sammeln und jagen, so wie es heute bereits geschah.

Plötzlich wurden ihre Gedankengänge jäh unterbrochen. Sie hörte Äste knacken und Schritte. Keinen Steinwurf entfernt sah sie einen Trupp Landsknechte mit dem Wappen des Grafen von Helfenstein. Sie waren zur Burg Weinsberg unterwegs und so nah, dass sie ihre Gesichter wahrnehmen konnte. Ernst und konzentriert sahen sie aus, nicht überheblich, wie Landsknechte gewöhnlich auftraten. Was hatte ihr Erscheinen zu bedeuten? Und ob die Gruppe sie gesehen hatte? Als sie sich duckte, hörte sie ihr Herz im Hals so laut schlagen, dass sie fürchtete, es müsse sie verraten. Ihre Position bot keine gute Deckung. Wenn einer der Männer zufällig in ihre Richtung schaute, musste er sie entdecken. Und wenn sie sogar wussten, wen sie vor sich hatten? Aber selbst wenn nicht, war es für eine Frau nicht ratsam, in die Hände von Landsknechten zu fallen. Die Männer gingen schweigend, was die konzentrierte Ernsthaftigkeit verstärkte, die von ihnen ausging.

Das Schicksal Luises drängte sich ihr nun mit all seiner Tragik auf. Besonders schlimm war es, dass sie nichts machen konnte außer ausharren und hoffen, nicht erblickt zu werden. Würde sie davonlaufen oder nach einem besseren Versteck suchen, verriet sie sich sofort.

Die Zeit schien stehenzubleiben. Sekunden kamen Margarethe vor wie Stunden. Das Zittern und Beben, das von ihrem Herzen ausging, hatte inzwischen ihren ganzen Körper erfasst. Mit größter Mühe zwang sie sich, ihre Zähne ruhig zu halten, denn deren Klappern mussten die Männer hören. Kalter Schweiß auf ihrem Rücken ließ sie frösteln, und noch immer waren die Landsknechte nicht so weit entfernt, dass sie sich vor ihnen sicher fühlen konnte. Offenbar hatten sie es nicht eilig.

Dann waren sie endlich an ihr vorbeigezogen, und eine Biegung des Weges ließ sie aus ihrem Blickfeld verschwinden. Margarethe atmete tief durch, doch ihre Knie zitterten so sehr, dass sie sich noch immer nicht aufrichten konnte. Dabei wollte sie nur weg von diesem Ort. Sie hatte genug Kräuter gesammelt und jeder weitere Aufenthalt im Wald gefährdete sie. Offenbar zog der Graf von Helfenstein seine Truppen zusammen. Da war es gut, wieder im Schutz des mächtigen Bauernhaufens zu sein.

Als sich die Spannung in ihr ein wenig löste, richtete sie sich auf – und fuhr erneut zurück. In einiger Entfernung erkannte sie einen weiteren Trupp von Landsknechten auf demselben Weg. Auch sie würden nur einige Schritte von ihrem schlechten Versteck entfernt an ihr vorbeilaufen. Margarethe hätte schreien können vor Verzweiflung, doch das konnte sie gerade noch verhindern. Um jeden Ton zu unterdrücken, biss sie sich so fest auf die Finger, dass es schmerzte. Es blieb ihr nichts anderes übrig, als weiter an ihrem Platz zu verharren und zu hoffen, dass auch diese Landsknechte sie nicht bemerkten.

Im Gegensatz zu den anderen war diese Gruppe in ein Gespräch vertieft. Margarethe verstand jedes Wort, so nahe zogen sie an ihr vorbei.

»Der Truchsess von Waldburg hat den Bauern in Oberschwaben gezeigt, was geschieht, wenn sie aufrührig werden. Dort rührt sich jetzt keiner mehr.«

Lautes, unangenehmes Lachen begleitete die Worte, aber es klang unsicher, wie von Menschen, die sich selber Mut machen wollen.

»Hoffen wir, dass der Helfenstein klug genug ist, um zu warten und die Bauern hinzuhalten, bis der Truchsess zu uns gestoßen ist. Alleine können wir im Moment nicht viel ausrichten«, fuhr einer fort.

»Das wird er schon einsehen«, entgegnete ein anderer, »er hat doch selbst gemerkt, wie groß das Bauernheer ist.«

»Beim Helfenstein kann man sich nie sicher sein. Er ist ein Hitzkopf, und seit er auch noch kaiserlicher Schwiegersohn geworden ist, hält er sich für allmächtig.«

»Aber es ist doch nur eine illegitime Tochter, gar nicht anerkannt von Kaiser Karl.«

Allmählich verhallten die Worte im Wald, Margarethe verstand sie immer weniger. Zu ihrem Glück war die Gruppe so sehr mit sich selbst beschäftigt gewesen, dass niemand auf die Umgebung geachtet hatte.

Das Gespräch, das Margarethe aufgeschnappt hatte, beunruhigte sie sehr. Was war in Oberschwaben vorgefallen? Was hatte der Truchsess angerichtet? Der Mann, vor dem ihr Leibherr sie immer gewarnt hatte? Wenn er doch recht hatte? Nein, den Gedanken verfolgte sie nicht bis zum Ende. Sie dachte nur an die oberschwäbischen Bauern. Mit ihren Zwölf Artikeln gehörten sie zu den Gemäßigten unter den

Aufständischen. Die Odenwälder und Neckartaler verfolgten viel weiter reichende Pläne, wie das Deutsche Reich nach der Niederlage der Herren geordnet werden sollte. Und die Gemäßigten waren vom Truchsess bestraft worden? Der sich nun mit seinem Heer auf dem Weg zu ihnen befand? Diese Neuigkeiten waren von unschätzbarem Wert.

Margarethe zitterten die Knie immer noch, als sie sich erhob. Sie fürchtete, sie müsse sich übergeben, würgte den Reiz aber herunter, denn sie wollte auf keinen Fall jemanden auf sich aufmerksam machen, womöglich hielten sich noch weitere Landsknechte im Wald auf. Vorsichtig sah sie sich um. Im Augenblick schien niemand mehr unterwegs zu sein. Da sie mit der Umgebung vertraut war, bewegte sie sich abseits der Wege und erreichte schließlich Böckingen.

Als Philipp und Thomas sie erblickten, erschraken sie. Sie war kreidebleich. Gestrüpp und Dornen entlang der Schleichwege hatten ihre Haut verletzt. Jetzt wusste sie sich in Sicherheit, und so fiel alle Spannung von ihr ab. Sie ließ ihren Tränen freien Lauf. Ihre Söhne fühlten sich immer unwohler. So etwas hatten sie noch nicht erlebt. Verlegen ging Philipp einen Schritt auf sie zu, hielt aber inne, wäre am liebsten davongelaufen, doch er konnte seine Mutter nicht alleine lassen, ohne zu wissen, was ihren Gefühlsausbruch verursacht hatte.

Nur langsam erholte sich Margarethe. Als sie sah, wie ihre Söhne vor Verlegenheit nicht wussten, wohin sie schauen sollten, lächelte sie ihnen aus ihrem verweinten Gesicht heraus so herzlich und aufmunternd an, dass sich auch ihre Spannung langsam löste.

»Mir ist nichts passiert, meine Söhne, außer dass ich im Wald dem Tod ins Gesicht geschaut habe. Aber er hat mich nicht erkannt und ist weitergegangen. Bei der Gelegenheit habe ich auch noch sehr beunruhigende Nachrichten erhalten.«

Dann erzählte sie den beiden kurz, was sie erlebt hatte. Ihre Söhne wussten nichts von den oberschwäbischen Bauern. Die Ungewissheit und die Gerüchte waren schwer zu ertragen, aber das war jetzt nicht zu ändern.

Es war spät geworden, und Margarethe war erschöpft von den letzten Wochen. Sie entschloss sich deshalb, die Kräuter, Öle und Salben am nächsten Tag, dem Ostersonntag, aufzubereiten. Im Lager würde sie wenig Gelegenheit dazu haben, und wenn es zum großen Zusammenstoß mit den Landsknechten der Herren kommen sollte, musste alles gut vorbereitet und sortiert sein: Ringelblume und Arnika, die Blutungen stillten; Eichenrinden und Johanniskrautöl, die Brandwunden heilten; Rosmarin, Melisse und Minze, die Schmerzen linderten bei Blutungen oder inneren Verletzungen; Kamille und Salbei, die Entzündungen abklingen ließen, und manch anderes mehr, was Luise ihr anvertraut hatte. Sie würde dann erst am Ostermontag wieder zum Bauernheer stoßen und die Gerüchte aus Oberschwaben überbringen, aber es war besser so. Am heiligsten Fest der Christenheit würde es kaum zu einer Schlacht kommen.

Außerdem freute sie sich darauf, in ihrem vertrauten Bett ausruhen zu können. Es war eine ruhige, erholsame Nacht, so dass sie sich am Ostertag gut bei Kräften fühlte. Zunächst versäumte sie nicht, die Ostermesse aufzusuchen. Die Kirche war kaum zur Hälfte gefüllt, denn ein großer Teil der Bauern und Handwerker befand sich im Heer des Böckinger Hauptmanns.

Die Predigt von Pfarrer Massenbach ärgerte sie. Er bezog sich auf Johann Lachmann aus Heilbronn, der offen auf Seiten der Reformatoren stand. Die Bauern jedoch verstand er nicht. Pfarrer Massenbach warnte davor, das Wort Gottes für weltliche Belange zu missbrauchen, und damit meinte er alles, was nicht unmittelbar dem Seelenheil diente. Der Pfarrer ging so weit zu behaupten, dass ein Christ, der von Heiden gefangen genommen und in die Sklaverei anderer Heiden verkauft würde, sich nicht dagegen wehren dürfe. Das sei die Lehre des Doktor Martin Luther. Dann wiederholte er, was Lachmann in seinen Ermahnungen geschrieben hatte: Freiheit könne es für einen Christenmenschen nur im Reiche Gottes geben, nicht auf Erden. Margarethe empfand diese Vorstellung geradezu als gotteslästerlich.

Wütend, aber auch verunsichert durch die Predigt verließ sie die Kirche und wandte sich ihren Aufgaben zu. Neben den Verpflichtungen für das Bauernheer schaute sie auf dem Hof nach dem Rechten und konnte stolz feststellen, dass Philipp ihr Vertrauen nicht enttäuscht hatte. Sie hätte es selbst nicht besser machen können. Die Aussaat war weitgehend erledigt, und wenn kein Frost mehr kam und der Sommer viel Sonne schenkte, gäbe es im ersten Jahr ihrer Freiheit eine viel bessere Ernte als im vergangenen Herbst. Aber das hatte natürlich niemand in der Hand.

Am Abend machten Gerüchte über eine Schlacht um die Burg Weinsberg die Runde in Böckingen. Angeblich sei der Graf Helfenstein besiegt worden und eines schändlichen Todes gestorben. Das wären großartige Nachrichten, doch Genaues wusste niemand. Die Nachrichten wühlten Margarethe auf und es fiel ihr schwer, sich eine weitere Nacht zu gedulden, bevor sie erfahren konnte, was wirklich in Weinsberg geschehen war.

Im Traum sah sie die Gesichter der Landsknechte wieder, die ihr beim Kräutersammeln so nah gewesen waren. Sie sah sie weiterlaufen und konnte sie dabei noch näher beobachten. Es waren junge Kerle, kaum älter als ihre Söhne. Sie spürte, diese Jungen wussten nicht, was sie taten. Sie liefen einfach weiter, weil es ihnen befohlen worden war und weil sie einen Sold dafür erhielten, mit dem sie ihre Familien ernährten. Sie liefen und liefen wie Lämmer in Speere und Spieße hinein, die zur Bewaffnung der Bauern gehörten.

Blut spritzte nach allen Seiten, unermessliche Mengen von Blut. Landsknechte und Bauern wateten durch Meere von Blut, viele ohne Köpfe, Arme und Beine. Bäuche waren aufgeschlitzt, Gedärme quollen heraus, und dennoch schlugen all diese Schreckensgestalten weiter aufeinander ein, immer weiter. Margarethe wollte ihren Blick abwenden, doch das konnte sie nicht. Sie schien gefesselt und musste dem grausigen Treiben zuschauen. Manchmal hieben nur noch abgeschlagene Arme aufeinander ein, aber niemand wollte das Gemetzel beenden.

Dann spürte sie Philipps Hand auf ihrer schweißkalten Stirn.

»Mutter«, hörte sie seine beruhigende Stimme, »Mutter, Sie müssen schrecklich geträumt haben. Ihre Schreie haben das ganze Haus erschüttert, aber jetzt ist alles gut.«

Mit einem Tuch tupfte er ihr den Schweiß aus dem Gesicht. Wie liebevoll er war. Margarethe benötigte lange, um zu verstehen, was geschehen war. Allmählich machte sie sich den Albtraum bewusst, aber sie wollte sich nicht an die Bilder erinnern.

»Danke, Philipp«, hauchte sie matt, »es tut mir leid, euch so erschreckt zu haben.«

Der Morgen dämmerte bereits und Margarethe fühlte sich müde. Gleichzeitig fürchtete sie sich davor, noch einmal einzuschlafen und in einen neuen Albtraum zu geraten, zumal es nicht schwer war, den Traum zu deuten. Grauenhafte Schlachten standen bevor. Sie hoffte, wenn sie erst einmal bei Jäcklin und den anderen Bauernführern war, konnte sie Einfluss darauf nehmen, dass es nicht so weit kam. Wenn sie nur keinen Blick in die Zukunft geworfen hatte! Langsam machte sie sich fertig, um in das Lager zurückzukehren.

13. Kapitel

Als Margarethe am späten Vormittag das Bauernheer erreichte, wurde sie von lauten Jubelrufen begrüßt. Die Stimmung war bestens, doch zu ihrer Enttäuschung traf sie weder Jäcklin noch einen der anderen Hauptleute an.

Die Stadt Heilbronn hatte ihnen für Verhandlungen mit dem Rat die Tore geöffnet. Immer lautere Stimmen in der Stadt forderten, sich den Bauern anzuschließen und ihnen alle denkbare Unterstützung zukommen zu lassen.

Im Zelt der Hauptleute wartete der alte Rohrbach auf sie. Von ihm erfuhr sie genau, was sich am Ostersonntag in Weinsberg zugetragen hatte. Schon im Morgengrauen war der Graf mit dem größten Teil seiner Truppen von der Burg herunter in die Stadt gezogen, um in der Kirche das Osterfest zu feiern. Nur wenige seiner besten Männer waren zur Verteidigung der Burg zurückgeblieben.

»Er hatte wohl gedacht, die Mauern der Burg seien so stark, dass sie sich selbst verteidigen könnte«, scherzte der alte Rohrbach gut gelaunt.

Doch Margarethe war zu angespannt und aufgewühlt, um darauf einzugehen. Sie drängte ihn weiterzuerzählen.

Die Tore und Mauern von Weinsberg hatte der Graf besetzen lassen, denn er traute den Bewohnern aus gutem Grunde nicht. Noch während er sich in der Kirche aufhielt, rückten die Bauern gegen seine Burg vor.

»Einer von uns, der Semmelhans von Neuenstein, war gefangen genommen und dort ins Verlies gesteckt worden. Bei dem allgemeinen Aufbruch am Morgen konnte er entkommen und nun hat sich gezeigt, wozu das gut war. Er kannte ein geheimes Pförtchen, durch das wir eindringen konnten.

Es war nicht schwierig, die schlechte Bewachung zu überwinden, und schon war die Burg des kaiserlichen Schwiegersohns in unserer Hand. Und nicht nur die Burg, sondern auch die Gräfin selbst und ihre minderjährigen Söhne, die ihr Ehemann und Vater dortgelassen hatte. Zum Schutz.«

Der Alte lachte laut und machte eine Pause, um den Triumph noch einmal auszukosten, während Margarethe kaum glauben konnte, dass es so einfach gewesen war, eine solche Festung einzunehmen. Das konnte nicht alles gewesen sein.

Dann fuhr Rohrbach fort: »Aber wir wollten immer noch eine friedliche Lösung und schickten zwei Gesandte mit dem Hut auf der Stange vor die Tore. Sie forderten die Stadt auf, die Tore für uns zu öffnen. Aber was geschah?« Der Alte hielt inne, und Margarethe wurde noch ungeduldiger.

»Was geschah?«, echote sie.

»Dieter von Weiler ließ auf sie schießen, und einer wurde verletzt!«

Die Skrupellosigkeit der Herren kannte keine Grenzen. Auf Gesandte zu schießen, die mit dem Hut deutlich machten, dass sie nicht kämpfen wollten, war gegen alle Grundsätze der Kriegsführung.

»Jetzt gab es kein Halten mehr, und wir waren die Stärkeren. Ein Teil der Burg fing Feuer, unbeabsichtigt, und wir stürmten von der Burg hinunter in die Stadt. Helfenstein und Dieter von Weiler müssen das Strafgericht gesehen haben, das über sie hereinbrach. Wie die Hasen eilten sie in den Kirchturm, um sich dort zu verstecken. Als wir sie entdeckt hatten, flehte Dieter von Weiler um Frieden, er, der noch kurz vorher auf unsere Friedensboten hatte schießen lassen. Jetzt war es zu spät. Er fiel durch unsere Hand; und der Graf wird ihn später darum beneidet haben!«

Wieder lachte der Alte, doch Margarethes Neugier war noch lange nicht gestillt.

»Erzählt doch weiter, was habt ihr mit ihm gemacht?«, drängte sie.

»Wir haben uns zusammengesetzt und das Urteil über ihn und seine Mannen gesprochen.« Rohrbach sprach jetzt sehr langsam, ja beinah feierlich, als ob es etwas besonders Ehrenvolles zu vermelden gab. »Unser Urteil lautete: Tod durch die Spieße. Mein Sohn hat ihm den letzten Stoß versetzt.«

Margarethe rang nach Atem. Das war selbst für Landsknechte der schändlichste Tod, den man sich vorstellen konnte, und niemand konnte sich daran erinnern, dass jemals einer der Herren auf diese Art ins Jenseits befördert worden war. Der Graf tat ihr nicht leid, er hatte weit mehr Bauern auf dem Gewissen, als von seinen Leuten umgekommen waren. Und er war es gewesen, der die Provokationen begonnen hatte. Sie, die Bauern, würden jederzeit mit den Herren verhandeln und friedlich ihre Forderungen durchsetzen, wenn die es ernst meinten. Doch es waren Herren wie der Graf von Helfenstein und Dieter von Weiler, die daran kein Interesse hatten. Deren Tod musste niemand bedauern.

Gleichzeitig fragte sich Margarethe, welche Folgen die Tat hätte. Würden die Bürger der Städte, die noch immer nicht eindeutig Stellung bezogen hatten, dadurch abgeschreckt? Würden sie sich von den Bauern abwenden, und wären sie allein stark genug? Wenn sie den Schwiegersohn des Kaisers so leicht besiegen konnten, wen sollten sie dann aber noch fürchten? Gleichzeitig erinnerte sie sich an das Gespräch der Landsknechte im Wald. Was hatte es mit dem Truchsess von Waldburg auf sich?

Ihr Kopf schmerzte angesichts der vielen Fragen und der schrecklichen Nacht. Es ärgerte sie, dass Jäcklin und die anderen Hauptleute nicht zu greifen waren, auch wenn sie ihnen keinen Vorwurf machen konnte. Sie musste einen Tag warten, bis die Bauernführer endlich wieder auftauchten, einen langen Tag.

Während das Lager feierte und den Hauptmann hochleben ließ, als sei der Krieg bereits gewonnen, lief Margarethe unruhig wie ein Bär im Käfig umher. Sie konnte nicht ruhig warten, bis die Hauptleute zurückkehrten, sie musste sich bewegen und auch das machte sie nervös. Bauern, die sie kannten, riefen oder prosteten ihr aufmunternd zu. Immer wieder wurde sie eingeladen, in kleinen Gruppen den großen Sieg mitzufeiern, doch sie wusste, so weit war es noch nicht, und bisweilen hatte sie das Gefühl, sie war die Einzige im Lager, die das wusste.

Dann stand plötzlich Vogeler vor ihr, der Mann, der ihr einst so unangenehm den Hof gemacht hatte. Er schien ebenso wenig wie sie von der allgemeinen Feierlaune angesteckt, sondern sah bedrückt aus.

»Margarethe, ich muss mit dir reden«, begann er unvermittelt.

Sie horchte auf. Vielleicht hatte er Nachrichten aus Oberschwaben, die er nur ihr anvertrauen wollte, um die Stimmung nicht zu trüben.

Tatsächlich begann er sehr geheimnisvoll. »Du musst etwas wissen, das nicht für alle Ohren bestimmt ist. Gleichzeitig kann ich es nicht länger für mich behalten, jetzt, wo wir dem Sieg so nahe sind und unser Land bald ganz anders regiert wird. Da du als die rechte Hand des Hauptmanns so großen Anteil daran hast, will ich mich dir anvertrauen, denn es muss ans Tageslicht, bevor der große Tag der Freiheit richtig anbricht.« Seine Stimme war eine Mischung aus Pathos und schlechtem Gewissen.

»Komm endlich zur Sache, erzähl mir, was du über den Krieg in Oberschwaben weißt«, dachte Margarethe ungeduldig. »Warum können Männer nicht einfach ohne Umschweife und Ablenkung erzählen, worum es ihnen geht? Früher kam er direkter zur Sache.« Bei dem Gedanken musste sie schmunzeln, was Vogeler sofort falsch verstand.

»Es ist sehr ernst«, fuhr er salbungsvoll fort.

»Spann mich nicht länger auf die Folter! Was ist passiert in Oberschwaben!«, wäre es Mararethe beinah laut herausgerutscht, doch sie konnte sich gerade noch auf die Zunge beißen.

»Es ist meine Schuld, dass Jäcklins Frau Genefe dich hasst.«

Verständnislos schaute Margarethe ihn an, was er wieder missverstand.

»Es ist wirklich wahr«, setzte er treuherzig wieder an. »Ich wollte mich für deine Abfuhr rächen und habe ihr deshalb vor ihrer Hochzeit erzählt, dass ihr zukünftiger Gemahl mit dir auf eine Art verbunden ist, die sie nie erreichen könne.«

Noch immer wusste Margarethe nicht so recht, worum es Vogeler eigentlich ging. Hatte er ihr nicht Neuigkeiten aus dem Krieg in Oberschwaben mitteilen wollen? Was hatte Genefe mit dem Ganzen zu tun?

»Aber Jäcklins Frau ist doch eine Böckingerin. Sie stammt gar nicht aus Oberschwaben«, entfuhr es ihr.

»Nicht aus Oberschwaben?«, wiederholte er verständnislos. »Nein, natürlich nicht, das weißt du doch. Also sag mir lieber genau, was sich in Oberschwaben ereignet hat. Ich habe nur Gerüchte gehört, und die sind sehr beunruhigend.«

Als sie Vogeler anschaute, konnte sie sich das Lachen einmal mehr nicht verkneifen, so sehr sie es auch versuchte. Der kräftige Mann sah unbeschreiblich komisch aus. Er schaute drein, als habe er ein Ungeheuer mit sieben Köpfen und drei Schwänzen erblickt.

»Ich verstehe nicht«, stammelte er.

»Ich auch nicht«, entgegnete Margarethe.

»Ich wollte von Genefe erzählen und ihrer Eifersucht auf dich, die ich geschürt habe. Und ich wollte dich bitten, mir zu verzeihen. Von Oberschwaben weiß ich nichts.«

Mühsam rang Vogeler nach Worten, und allmählich erkannte Margarethe, welchem Missverständnis sie aufgesessen war. Sie war so sehr gespannt auf Nachrichten aus Oberschwaben, dass sie für alles andere keine Ohren gehabt hatte.

Langsam kehrte die Erinnerung an Genefe und die unerklärliche Ablehnung zurück. Vogeler stand also dahinter. Aber das interessierte sie im Moment nicht. Jäcklin würde es interessieren, später, wenn sie endgültig frei waren, denn er litt weit mehr unter der üblen Nachrede. Jetzt aber nützte ihm diese Erkenntnis nicht viel, denn seine Frau war nicht im Lager und als Hauptmann würde er sie erst wieder sehen, wenn der Krieg gewonnen war.

Um Vogeler loszuwerden, beschwichtigte sie ihn. »Danke für deine Ehrlichkeit. Sie ehrt dich und ich sehe es dir deshalb gerne nach.«

»Du verzeihst mir?«

»Ja, ich verzeihe dir«, bekräftigte sie und fügte in Gedanken hinzu: »Und jetzt lass mich bitte allein.«

Die Vorbehalte von Jäcklins Frau waren ihr inzwischen herzlich egal. Es gab so viel Wichtigeres. Und wenn das Geständnis später Jäcklins Ehe wieder glücklich machen würde, konnte ihr das nur recht sein. Aber auch ihn bewegten im Moment andere Ereignisse.

Am Vormittag des folgenden Tages erschien der Hauptmann mit seinen Vertrauten endlich wieder im Lager. Er wirkte zufrieden. Als er Margarethe sah, strahlte er sie an, als ob die entscheidende Schlacht bereits gewonnen sei.

»Du weißt alles über Weinsberg?« Seinen Stolz über den Sieg und das schmähliche Ende des Grafen von Helfenstein konnte er nicht verbergen. »Du kannst aber noch nicht wissen, was wir in Heilbronn erreicht haben. Alle geistlichen Güter werden uns ausgeliefert! Stell dir vor, Margarethe, alle Güter aus den reichen Klöstern der Klarissen, Karmeliter und Franziskaner, die immer so bescheiden tun, aus dem Beginenhaus und den Niederlassungen des Deutschen Ordens sind bald in unserer Hand. Schon heute Nachmittag beginnt die Übergabe. Wir werden Vorräte besitzen für Monate, ohne selber die Felder bestellen zu müssen. Und sie werden uns nicht betrügen, denn wir haben es verstanden, unseren Forderungen Nachdruck zu verleihen.« Stolz nickte er dem Ballenberger Jörg Metzler zu, der mit ihm die Verhandlungen geführt hatte.

Diese Begeisterung konnte Margarethe nur schwer teilen.

»Ist das alles?«, antwortete sie ungewollt schroff. »Der Krieg ist noch nicht gewonnen, Jäcklin, wir benötigen dringend Schusswaffen, Pulver und am besten sogar Söldner, die damit umgehen können. Das hättet ihr der Stadt abtrotzen müssen. Mit Korn und Weizen der Pfaffen gewinnen wir keine Schlacht, und ich habe sehr beunruhigende Gerüchte aus Oberschwaben vernommen.«

Bei ihren Worten verfinsterte sich Jäcklins Gesicht. »Wir auch«, entgegnete er knapp.

»Wenn du Näheres weißt, dann sprich!«, forderte Margarethe ihn auf.

»Zunächst sind auch nur Gerüchte zu uns gedrungen, sie haben uns richtig wütend für den Angriff auf die Burg Weinsberg gemacht. In Heilbronn haben wir Näheres erfahren. Ein großes Heer der oberschwäbischen Bauern lagerte in Leipheim bei Ulm, dem Sitz des Schwäbischen Bundes. Die Stadt war kurz davor, sich uns anzuschließen. Doch der Truchsess von Waldburg hat die Gutmütigkeit der Bauern ausgenutzt und sie mit der Aussicht auf Verhandlungen hingehalten, bis er selbst aufgerüstet hatte. Dann ist der zum Angriff übergegangen und sie wurden alle niedergemetzelt. Jetzt ist Ulm für die Sache der Bauern verloren.«

Schweigen breitete sich im Zelt aus, die Stimmung war wie verwandelt, dann setzte Jäcklin wieder an.

»Zumindest vorübergehend. Wir trauern um unsere Freunde, aber auf unseren Krieg hat das keine Auswirkungen. Wir werden dem Schwäbischen Bund seine Versprechungen nicht glauben. Wir werden nicht die Hände in den Schoß legen und auf Verhandlungen warten wie die oberschwäbischen Bauern, während die Herren die Zeit nutzen und gegen uns rüsten. Wir sind auf den Verrat durch falsche Freunde gefasst und vorbereitet.«

Da war er wieder, dachte Margarethe, der Kämpfer und Hauptmann, der seinen Haufen begeistern und mitreißen konnte.

Und dann beschämte Jäcklin Margarethe mit den Vorkehrungen, die er längst getroffen hatte.

»Einige der Güter aus Heilbronn, die uns bald gehören werden, werden wir gegen Gewehre und Pulver veräußern. Glaub nicht, dass wir nicht wüssten, worauf es im Krieg ankommt.« Seine Stimme klang etwas beleidigt. »Trotz aller Drohungen hat uns der Rat der Stadt den Wunsch nach Waffen und Soldaten versagt. Und du wirst mir sicher zustimmen, es hat keinen Sinn, Heilbronn zu stürmen. Ich hoffe immer noch, dass sie sich, noch bevor der Krieg gewonnen ist, auf unsere Seite schlagen. Vor zwei Wochen haben sie uns noch beschossen, seitdem erhalten wir jedes Mal ein wenig mehr Unterstützung, aber ich hatte mir durchaus noch mehr versprochen.«

Margarethe bewunderte Jäcklin. Seit er Hauptmann geworden war, war er nicht mehr der junge Heißsporn, der es nicht abwarten konnte zuzuschlagen. Er war zu einem guten Feldherrn gereift, der genau wusste, worauf es ankam. Wenn er sich so weiterentwickelte, hatte er eine große Zukunft vor sich, nicht nur als militärischer Führer, sondern auch für die Zeit nach dem Krieg, wenn eine neue Ordnung geschaffen wurde.

Als Margarethe später mit Jäcklin allein war, versicherte sie ihm ihre Bewunderung über den Sieg von Weinsberg, und gleichzeitig offenbarte sie ihm ihre Sorge, dass die Art, wie der Graf von Helfenstein zu Tode gekommen war, viele Verbündete abschrecken könnte. Und die benötigten sie dringend.

Jäcklin ging auf ihre Bedenken ein. »Wir haben darüber geredet, denn der Gedanke ist nicht von der Hand zu weisen. Wir haben uns aber entschieden, ihn dieser schändlichsten aller Todesarten zu überantworten, um ein Zeichen zu setzen. Der Graf von Helfenstein war ein gemeiner Mörder, nichts anderes, auch wenn er dreimal der Schwiegersohn des Kaisers gewesen wäre. Er hat sich nie getraut, offen gegen uns vorzugehen. Nur kleine, wehrlose Gruppen hat er niedermetzeln lassen, nicht anders als die Banditen in den Wäldern, die über wehrlose Reisende herfallen. Gegen sie geht die Obrigkeit vor und jeder freut sich, wenn sie gefasst und hingerichtet werden. Ich habe dem Grafen vor allen Schaulustigen und seiner Frau erklärt, dass er nicht besser sei als einer dieser Wegelagerer und dass er deshalb diesen schändlichen Tod sterben werde. Der Vergleich hat ihn ebenso aus der Fassung gebracht wie die Aussicht auf den Tod selbst. Und du hättest erst mal die Gräfin erleben müssen! Sie ist vor mir auf die Knie gefallen, um sein Leben zu retten. Das hat es noch nicht oft gegeben, dass die Tochter des Kaisers freiwillig vor einem Bauern niederkniet.«

Jäcklin grinste zufrieden, und Margarethe spürte erneut, dass er nicht nur von blindem Hass angetrieben war, wie manche Städter über ihn behaupteten. Er machte sich Gedanken über Recht und Unrecht, Willkür und Rache. Und wenn er dann zu einem Entschluss gekommen war, verfolgte er ihn konsequent. Etwas in ihr bewunderte diese Haltung, aber gleichzeitig war ihr nicht wohl dabei. Zu viel Konsequenz konnte bisweilen der großen Sache schaden.

»Ich will dir nicht widersprechen, was den Grafen von Helfenstein angeht, aber das zerstreut nicht meine Bedenken, dass ein falsches Fanal von dieser Tat ausgehen könnte.

Wir sollten nicht all die vor den Kopf stoßen, die in dem Grafen von Helfenstein keinen Wegelagerer und Mörder gesehen haben.«

Jäcklin holte etwas aus. »Weißt du, wovor ich mich am meisten fürchte? Das sind Bundesgenossen, die nur auf unserer Seite stehen, weil wir den Wind im Rücken haben und sie sich etwas davon versprechen. Wenn er sich dreht, werden sie ebenso schnell die Fronten wechseln. Deshalb wird die Art, wie wir den Grafen von Helfenstein ins Jenseits befördert haben, dazu beitragen, die Fronten zu klären. Wer deswegen von uns Abstand nimmt, war nie unser Verbündeter, und es ist besser, wir erfahren es rechtzeitig. Falsche Verbündete sind schlimmer als keine Verbündete, denn sie hindern uns, unsere Kräfte richtig einzuschätzen. Das aber ist eine der wichtigsten Voraussetzungen für den Sieg. Wer jetzt zu uns steht, auf den ist Verlass, auch in Zeiten der Not.« Und nach einer Pause fügte er beinah verschwörerisch leise hinzu: »Das sage ich nur dir, Margarethe. Es war durchaus ein Grund, den Grafen durch die Spieße zu schicken, um diese Klärung der Fronten zu erreichen. Ich habe gerade den Eindruck, durch unsere Erfolge drängen Verbündete zu uns, vor denen wir auf der Hut sein sollten, doch einige Hauptleute sehen das offenbar nicht. Ich habe erfahren, dass Wendel Hipler den Ritter Götz von Berlichingen zum obersten Anführer aller Bauernheere machen will, und selbst unser Freund Jörg Metzler scheint sich dafür zu erwärmen. Dem traue ich nicht über den Weg, und mit dieser Tat werden wir hoffentlich die Adeligen abgeschreckt haben, die sich aus der Gunst der Stunde heraus auf unsere Seite schlagen.«

Margarethe hoffte inständig, dass er mit seiner Auffassung recht behalten würde.

Am Abend des übernächsten Tages waren alle Güter der Heilbronner Klöster in der Hand der Bauern. Mit Pferdekarren und Butten hatten die Mönche den Bauern ein stattliches

Vermögen übereignet. Neben Naturgaben wie Getreide, Gemüse, Wein und Bier lieferten die eingeschüchterten Geistlichen eine große Summe Geldes ab. Damit hatten die Bauernführer nicht gerechnet. Offensichtlich wollten die Orden alles vermeiden, was die Bauern gegen sie aufbringen konnte. Das Schicksal der großen Klöster Schönthal und Lichtenstern hatte sich überall im Lande herumgesprochen. Den Heilbronner Mönchen erschien es deshalb ratsamer, freiwillig alles zu geben, als einen Sturm der Bauern zu riskieren, selbst wenn sie hinter schützenden Stadtmauern lagen. Aber in diesen Tagen konnte auch die Kirche nicht sicher sein, was noch Schutz bot. Zur gleichen Zeit erkaufte sich auch das Stift Wimpfen mit einer hohen Summe seine Schonung. Darüber freute sich Jäcklin besonders, dort lebte auch sein Leibherr, Pfarrer Wolfgang Ferber.

»Er hat verstanden, dass sich die Zeiten geändert haben«, meinte er geradezu triumphierend zu Margarethe.

Jäcklin vertraute das Geld seinem Schwager Sixt Hass und einigen anderen der engsten Böckinger Getreuen an. Sie sollten damit nach Stuttgart gehen und Waffen kaufen. In Stuttgart würden sich gewiss Büchsenmacher finden, die ihrer Sache nahestanden. Zwar gehörte die Stadt den Habsburgern, doch viele Handwerker sympathisierten mit den Bauern.

Jäcklin hatte nicht vor, Söldner anzuwerben. Sie waren ihm nicht vertrauenswürdig genug und auch sein Bauernheer würde das nicht zu schätzen wissen. Dann müssten sie die Beute aus den Plünderungen teilen, die inzwischen zu einer guten Einkommensquelle geworden waren.

Die besten Kämpfer begleiteten die Gruppe. Das Heer des Truchsesses konnte sich noch nicht so weit im Norden aufhalten und Wegelagerer oder Banden würden es nicht wagen, den stark bewaffneten Trupp anzugreifen. Dennoch waren die Bauern vorsichtig. Die kostbare Fracht musste sicher in ihr Lager gelangen.

Aber in welches Lager? Den Führern des Haufens war klar, dass sie sich mit anderen zu einem größeren Heer zusammenschließen mussten. Dann würden sie auch dem Truchsess von Waldburg die Stirn bieten können und nicht untergehen wie die oberschwäbischen Bauern. Sie mussten sich zwischen dem Württemberger Haufen entscheiden, der vor dem Kloster Maulbronn lagerte, oder den Truppen des Götz von Berlichingen, die sich nördlich von Heilbronn bei Gundelsheim gesammelt hatten. Jörg Metzler plädierte entschieden dafür, sich dem Götz anzuschließen. Der Ritter mit der eisernen Faust war eine sehr bekannte Persönlichkeit. Zahllose Fehden bestimmten sein Leben, denn die Ritter, die ihre beste Zeit hinter sich hatten, versuchten ihr Recht gegenüber den Städten und den Kaufleuten mit Waffengewalt durchzusetzen. Götz hatte Fehden gegen Städte wie Köln, Bamberg, Nürnberg, Augsburg, Ulm und Mainz geführt. Und er war auch schon unter die Reichsacht gefallen. Dem Neckartaler Haufen war er besonders gut bekannt, denn der Schwäbische Bund hatte ihn drei Jahre in Heilbronn in ritterliche Haft genommen. Erst nachdem er allen Fehden abgeschworen hatte, wurde er freigelassen.

»Es ist einer unser größten Erfolge, dass wir diesen erfahrenen und klugen Kriegshelden für unsere Sache gewinnen konnten. Da er selber Gefangener des Schwäbischen Bundes war, kennt er die Niedertracht der Herren. Deshalb können wir ihm vertrauen. Und er weiß vor allem, mit welchen hinterhältigen Mitteln die Herren kämpfen. Wenn wir uns seinem Kommando unterstellen und auf seine Befehle hören, kann uns niemand den Sieg nehmen, auch kein Truchsess von Waldburg«, eiferte sich Jörg Metzler.

»Ich kann mich dafür nicht erwärmen«, wandte Margarethe ein. »Vom Götz ist nicht bekannt, dass er sich jemals für die Bauern interessiert hätte. Seine Haft in Heilbronn verdankt er nicht dem Einsatz für die Armen, sondern seiner Treue zu

Herzog Ulrich. Und wir alle kennen diesen Herzog mit seiner maßlosen Lebensführung auf Kosten des gemeinen Mannes. Er ließ die württembergischen Bauern niedermetzeln, die sich zum Armen Konrad zusammengeschlossen hatten, um nicht länger ausgepresst zu werden. Schöne Verbündete sind das. Dem Götz ging es bei seinen zahlreichen Fehden nur um Lösegeld und Beute. Auch nach seiner Einkerkerung hat er nie unsere Nähe gesucht. Er ist erst aufgetaucht, als wir ganz alleine gezeigt haben, was wir vermögen und dass wir die Herren nicht länger fürchten. Wer kann uns versichern, dass der Götz die richtigen Befehle gibt und bei uns bleibt, wenn uns das Kriegsglück einmal weniger hold sein sollte?«»Wenn wir so denken, werden wir keine Verbündeten gewinnen«, entgegnete Metzler, »und gerade du, Margarethe, betonst immer, wie wichtig Verbündete sind.«

Jörg Metzlers selbstgefälliger Unterton ärgerte Margarethe, und das konnte sie nicht verhehlen.

»Ich habe meine Meinung dazu nicht geändert, aber das heißt noch lange nicht, dass wir wahllos und beliebig jedem vertrauen sollen, der es gerade für geeignet hält, sich unserer Sache anzuschließen. Dem Florian Geyer vertraue ich. Er ist ebenfalls von edler Abstammung, aber er hat seine Pfründe aufgegeben und lebt heute wie der gemeine Mann. Nichts dergleichen ist vom Götz bekannt. Genauso wenig hat der Götz Vorschläge für ein gleiches Miteinander von Herren und Bauern unterbreitet wie der Wendel Hipler. Deshalb gehört er nicht zu den Verbündeten, denen wir vertrauen können.«

»Auch ich schätze den Florian Geyer, und den Wendel Hipler erst recht«, hielt Jörg Metzler ihr entgegen, »aber wir können ihr Verhalten nicht zum Maßstab für alle machen, mit denen wir zusammengehen. Natürlich ist der Götz ein Raufbold, aber gerade solche Leute können wir im Moment gut gebrauchen. Der Meinung ist übrigens auch Wendel

Hipler, der sich sehr deutlich für ein Bündnis mit dem Götz ausgesprochen hat.« Jörg Metzler trug erneut sein selbstgefälliges Lächeln zur Schau, das Margarethe nicht mochte. Er fuhr fort: »Ich bin sicher, in seiner Person vollzieht sich die Vereinigung von Obrigkeit und Untertan in besonders auffälliger Weise. Auch wenn er Gefangener des Schwäbischen Bundes war, ergibt sich daraus nicht in jedem Fall, dass er sich uns Bauern anschließt. Das hat er nach unserer Aufforderung aber sofort gemacht. So nehmen wir hier im Kleinen ein Stück von dem neuen Deutschen Reich vorweg, das wir bald überall sehen werden. Das Bündnis mit dem Götz kann uns zudem weitere Adelige zuführen, glaube mir, wir brauchen sie, wir brauchen jeden.«

Margarethe wunderte sich, wie aufgewühlt der Bauernführer sein konnte. Dennoch widersprach sie ihm von Herzen.

»Ich vertraue mehr auf die Vereinigung aller Bauern im Reich. Damit können wir jetzt beginnen, denn bei Lauffen, nicht weit von hier, lagern württembergische Bauern, unsere Brüder. Wenn wir mit ihnen zusammengehen, stärken wir die gesamte Bewegung.«

»Neben all dem, was Margarethe gesagt hat, gibt es noch einen wichtigen Grund, sich mit den Württembergern zu vereinen«, schaltete sich Jäcklin Rohrbach ein. »Der Truchsess zieht von Süden auf uns zu. Je eher wir ihn stellen und zur Entscheidungsschlacht zwingen, desto besser. Die Zeit arbeitet jetzt für die Herren, denn wenn die Städte mitbekommen, dass sich der Schwäbische Bund rüstet, können wir uns ihrer Unterstützung nicht mehr sicher sein.«

»Das ist ein fataler Irrtum«, fiel ihm Metzler ins Wort, »die Zeit arbeitet für uns. Wenn wir den Truchsess zur Entscheidungsschlacht stellen, müssen wir gut gerüstet sein. Die meisten Bauern haben sich nördlich von hier versammelt, im Odenwald, im Frankenland. Ihr Württemberger müsst zu uns kommen, dann sind wir ein Heer, dem keiner widerstehen kann.«

»Nein«, entgegnete Jäcklin heftig, »dann ist es zu spät, weil die mächtigen Städte Stuttgart und Heilbronn auf dem Weg liegen. Was wird passieren, wenn sich alle Bauern im Odenwald zusammenziehen? Die Städte werden dem Truchsess, egal ob freiwillig oder unter Zwang, so viel Unterstützung und Ausrüstung zukommen lassen, dass er uns weit überlegen ist. Wir müssen ihn so früh wie möglich stellen, solange wir ihm überlegen sind, wenn möglich noch. bevor er Stuttgart erreicht hat.«

Die Hauptleute fanden zu keiner Einigung. Deshalb überließen sie es den Bauern selbst, wem sie folgen wollten. Zu Margarethes und Jäcklins Enttäuschung entschieden sich die meisten, mit Jörg Metzler zum Haufen des Götz von Berlichingen zu ziehen. Nur eine recht kleine Gruppe zog zu den Württembergern nach Lauffen.

Als sich der größte Teil des Haufens von ihnen trennte, spürte Margarethe die Ablehnung, die Jäcklin entgegengebracht wurde. Jedermann wusste inzwischen, dass er es gewesen war, der den Grafen von Helfenstein durch die Spieße gejagt hatte. Kein anderer Hauptmann wäre so weit gegangen. Und sie sah ihre Sorge bestätigt, dass sich Jäcklins unerbittliches Vorgehen nun gegen sie wandte. Die meisten wollten zwar das Joch der Herren abwerfen, sie aber nicht ausmerzen.

Nachdenklich und schweigsam machte sie sich an Jäcklins Seite auf den Weg. Der sah nicht ein, dass sein Vorgehen etwas mit der Entscheidung der Bauern zu tun hatte. Er schimpfte stattdessen auf den Hipler und den Götz, die es verstünden, die Bauern zu spalten und zu schwächen. Margarethe spürte kein Verlangen, sich darüber mit ihm auseinanderzusetzen. Sie ließ ihn reden, und er schien nicht einmal zu bemerken, dass sie immer schweigsamer wurde.

Ihr erstes Ziel war Lauffen, ein Ort, der den meisten von ihnen vertraut war. Obwohl Lauffen nicht die Bedeutung von Heilbronn besaß, war es reich begütert und deshalb ein lohnendes Ziel für die Bauern. Der Wein gehörte zu den besten der Umgebung und auch die Fischerei im Neckar war ein gutes Geschäft. Besonders weitsichtig aber war die Entscheidung gewesen, eine Brücke über den Neckar zu bauen. So passierten die Durchreisenden den Ort und bescherten ihm hohe Einnahmen durch den Flusszoll. Die Entwicklung hatte es der Stadt erst kürzlich ermöglicht, einen Wochenmarkt einzurichten, womit sie es Heilbronn gleichtat. Zu Lauffen gehörte zudem noch ein Kloster, das von fränkischen Grafen gestiftet worden war.

Für Margarethe war Lauffen indes auch mit Schrecken verbunden. Als sie noch ein Kind war, hatte dort die Pest gewütet, der ein großer Teil der Bewohner zum Opfer gefallen war. Vage konnte sie sich an die Angst der Menschen neckarabwärts vor dem schwarzen Tod erinnern. Zum Glück jedoch waren Heilbronn und seine Dörfer verschont geblieben.

Auf einem Feld bei Lauffen lagerte der Bottwarer Haufen unter Matern Feuerbach. Er war ähnlich wie Hans Berlin kein Bauer, sondern Wirt und Ratsherr in Bottwar. Durch seinen Beruf war er mit den Nöten des gemeinen Mannes vertraut, und er kannte die Stimmung im Neckartal gut. Reisende Handwerker und Kaufleute, die in seinem Gasthof Rast machten, berichteten häufig von den überhöhten Abgaben, der Willkür der Herren und der Hoffnungslosigkeit der Bauern. Feuerbach, der es selbst zu einigem Reichtum gebracht hatte, sah die Forderungen der Bauern, wie sie in den Zwölf Artikeln niedergelegt waren, als gerechtfertigt an. Im Rat vertrat er seit langem die Anliegen der Handwerker, Weinbauern und ärmeren Schichten der Stadt. Gleichzeitig verschafften ihm seine gute Bildung sowie seine weit verzweigten Kontakte, die bis in die Schweiz reichten, das Vertrauen der Bürger. Sie sahen in ihm ebenfalls einen der ihren. Die Bauern waren froh, einen so angesehenen Hauptmann für ihre Sache gewonnen zu haben.

Matern Feuerbach zählte zu den Gemäßigten. Nach seiner Vorstellung sollten die kirchlichen Güter an die Bauern verteilt und mit dem Adel Verhandlungen geführt werden, um zu einer einvernehmlichen Lösung zu gelangen. Er war aber klug genug, um zu wissen, dass Verbesserungen für die Bauern nur aus einer Position der Stärke heraus durchgesetzt werden konnten. Deshalb war er bereit gewesen, die Führung eines Bauernhaufens zu übernehmen.

Als der Neckartaler Haufen auf die Bottwarer traf, begrüßte ihn kein Jubel wie kurz zuvor in Öhringen. Feuerbach begegnete Jäcklin und Margarethe distanziert, ohne jedoch ein offenes Wort der Ablehnung zu äußern.

Unter dem Eindruck des vereinten Bauernheeres schickte der Rat von Lauffen einen Boten, der ihm seine Unterstützung zusicherte. Die Bauern beschränkten sich deshalb darauf, das Kloster zu plündern. Das geschah diszipliniert, denn Matern Feuerbach wollte seine Verbündeten nicht verärgern. Er würde sie benötigen, wie die Nachrichten aus Oberschwaben nahelegten.

Die Bottwarer hatten Kunde erhalten, dass sich der Truchsess von Waldburg mit dem bündischen Heer von Ulm kommend Richtung Württemberg bewegte und die Entscheidung suchte. Über alle Meinungsverschiedenheiten hinweg war den Bauern klar, dass sie eine möglichst große Streitmacht zusammenbekommen mussten. Die Aussicht darauf war gut. In Gaildorf im Osten Württembergs waren die Bauern aufgestanden. Jäcklins Vorgehen in Weinsberg hatte sie dazu angespornt, was Feuerbachs Misstrauen gegen die Gaildorfer nährte. Auch Pfullingen war von den Bauern eingenommen worden, und die Reste des geschlagenen

Leipheimer Haufens zogen nach Württemberg, um sich mit den dortigen Bauern zu verbünden.

Rohrbach und Feuerbach vereinbarten, zunächst den Neckar hinaufzuziehen. Bei Besigheim verließ der Tross das Neckartal und bog in das Tal der Enz ab, wo er auf den Zabergäuer Haufen traf. Sein Hauptmann, Hans Wunderer von Pfaffenhofen, war ein alter Bekannter von Feuerbach, und sie verfolgten ähnliche Ziele für die Bauern. Den Neckartalern war das nicht bewusst, und sie merkten es erst, als sie nichts mehr dagegen unternehmen konnten.

Gemeinsam zog der Tross weiter nach Vaihingen. Während die Bauern vor den Toren der Stadt lagerten, tauchte plötzlich eine Gruppe vor dem Zelt der Hauptleute auf. Später erinnerte sich Margarethe noch häufig daran, und sie fragte sich, ob es wirklich ein so unvermittelter Besuch war, wie es den Anschein hatte. Und je länger das Ereignis zurückreichte, desto klarer wurde ihr, dass der scheinbar spontane Auftritt von langer Hand geplant war. Aber als ihr das deutlich geworden war, spielte es längst keine Rolle mehr.

Die Gruppe forderte die drei Hauptleute lautstark auf, vor das Zelt zu treten. Ihre Begleitung, zu der Margarethe zählte, folgte. Margarethe kannte keinen der Bauern, die lauernd vor dem Zelt warteten. Böckinger oder andere Neckartaler waren nicht darunter, was ein unangenehmes Gefühl hinterließ.

»Wir Bauern aus Württemberg haben uns erhoben, weil wir nicht länger unter dem Joch der Herren leben wollen. Dazu gehört, dass wir in jeder Weise bestimmen, was gut für uns ist. Wir wollen auch unsere Führer selber wählen.«

Hätte Margarethe bemerkt, wie sich Matern Feuerbach und Hans Wunderer für einen kurzen Moment einen verschwörerischen Blick zuwarfen, hätte sie Verdacht geschöpft. Nun aber stand sie ratlos wie die anderen Böckinger vor dem Zelt und fragte sich, was die Bauern im Schilde führten.

»Führer kann nur sein, wer das Vertrauen aller genießt«, fuhr der Sprecher fort, ein kräftiger, älterer Mann mit einer leicht gebeugten Haltung, die ein Leben harter Arbeit hinterlassen hatte. »Es reicht nicht, von seinem eigenen Haufen anerkannt zu sein.«

Plötzlich ahnte Margarethe, worauf der Mann hinauswollte. Sie, die Neckartaler, waren der mit Abstand kleinste unter den Haufen. Wenn die anderen Jäcklin ihr Misstrauen aussprachen, müsste er als Hauptmann abdanken; seine eigenen Leute konnten das nicht verhindern.

Und sie lag richtig. Die Männer forderten, der Haufen möge sich seine Hauptleute neu wählen, was von diesen teils aus Berechnung, teils aus Unbedarftheit akzeptiert wurde. Sie hatten auch einen Plan parat. Der gesamte Haufen solle sich sammeln und dreimal mit den Füßen abstimmen, wer von den Hauptleuten sein Vertrauen besitze. Alle, die Matern Feuerbach befürworteten, wandten sich nach rechts, die ihn ablehnten, nach links. Danach würde die gleich Prozedur für Hans Wunderer durchgeführt und schließlich für Jäcklin Rohrbach.

Bei der Wahl von Feuerbach und Wunderer wandte sich beinah der gesamte Haufen nach rechts. Dann stand Rohrbach zur Wahl, und Margarethe ahnte, was passieren würde. Die Bottwarer und Zabergäuer wandten sich geschlossen nach links. Die wenigen Neckartaler auf der rechten Seite wirkten verloren. Rohrbach erstarrte. Das Misstrauen traf ihn wie ein Faustschlag. Blass und fassungslos stand er da, wie jemand, der nicht begreifen konnte, was um ihn herum geschah.

Noch bevor er etwas hervorbringen konnte, hörte er die kräftige Stimme des wortführenden Bauern: »Damit sind Matern Feuerbach und Hans Wunderer von Pfaffenhofen zu unseren Hauptleuten gewählt worden. Jäcklin Rohrbach ist kein Hauptmann mehr, sondern kämpft wie jeder andere in den Reihen der Bauern mit.«

Die Stimme riss Jäcklin aus seiner Erstarrung. Seine Farbe veränderte sich schlagartig. Jetzt ließ Zorn sein Gesicht rot anlaufen.

»Das ist Verrat, nicht nur an mir, sondern an allen Neckartalern«, polterte er noch lauter als sein Vorredner. »So einfach werdet ihr mich nicht los.«

Doch der Angesprochene blieb unbeirrt. »Freie Bauern lassen sich von niemandem herumkommandieren. Es war eine ehrliche Entscheidung. Du hast gesehen, es gibt kein Vertrauen für dich. Damit musst du dich abfinden.«

»Warum?«, schleuderte ihm Jäcklin entgegen. Sein Zorn wurde immer unkontrollierter.

»Das weißt du genau. Die Bluttat von Weinsberg hat unserer Sache schwer geschadet. Wir sind keine Mordgesellen, wir sind ehrbare Bauern.«

»Ich bin auch ein ehrbarer Bauer. Ein Mordgeselle war der Helfenstein, der viele unbewaffnete Bauern hinterrücks niedermeucheln hat lassen. Was bedauert ihr ihn?«

Je mehr sich Jäcklin erregte, desto ruhiger wurde sein Gegenüber.

»Niemand bedauert ihn und jeder weiß, dass er ein Mordgeselle war. Aber auch einen Mordgesellen sollte man nicht hinterrücks niedermeucheln. Was für eine Ordnung willst du? Eine gerechte, in der alle gleich sind vor dem Evangelium des Herrn, das Liebe und Vergebung fordert? Oder neues Unrecht, indem du dich so aufführst wie die Herren?«

»Mäßige dich, wer immer du bist! Wie kommst du dazu, mich mit den Herren zu vergleichen? Nenn mir einen Unschuldigen, dem ich jemals etwas angetan hätte ...« Mit diesen Worten stürmte Jäcklin auf sein Gegenüber los und griff ihm nach dem Hals.

Dessen Gefährten waren aber auf einen Angriff vorbereitet und warfen sich dazwischen. Sie packten Jäcklin hart an der Schulter und rissen ihn zu Boden, was wiederum die Neckartaler Bauern aufbrachte.

Margarethe war entsetzt, sie musste handeln, bevor es zu einer größeren Rangelei käme. Entschlossen warf sie sich zwischen die Raufenden.

»Württemberger Bauern!«, rief sie, »wisst ihr noch, was ihr tut? Wie wollen wir den Krieg gewinnen, wenn wir gegeneinander kämpfen statt gegen den Truchsess? Er wird seine Freude an diesem Krieg haben, wenn er von unseren Zwistigkeiten erfährt!«

Ihre Worte brachten die Hitzköpfe tatsächlich zur Einsicht, und sie ließen voneinander ab.

Nur Jäcklin zeigte sich ungerührt. Er lag am Boden, und der Hass auf die Bottwarer stand ihm ins Gesicht geschrieben. Seine Augen funkelten gefährlich, auch wenn ihn seine hilflose Lage davon abhielt, noch einmal auf seine Widersacher loszugehen. Seitdem er auf den Fleiner Höhen zum Hauptmann ausgerufen worden war, hatte er nur Triumphe erlebt. Demütigungen war er nicht mehr gewohnt, und eine solche hatte er ohnehin noch nie erlebt. Dass sie ihm von seinem eigenen Stand zugefügt worden war, für den er kämpfte, konnte er nicht fassen.

Die anderen zeigten ihm dagegen deutlich, dass die Angelegenheit für sie erledigt war. Einer nach dem anderen wandten sie sich einfach ab und überließen ihn sich selbst.

»Komm mit«, raunzte Margarethe ihm unauffällig zu.

Auch wenn er nicht mehr beachtet wurde, musste sie alles vermeiden, was so aussah, als ob sie ihn lenken würde. Das mochte er nicht und schon gar nicht in dieser Situation. Entschlossen ging sie voran und tatsächlich folgte er ihr mit gehörigem Abstand. Sie bahnte sich den Weg durch den Neckartaler Haufen, der – da hatte Rohrbach recht – die Absetzung seines Hauptmanns als Schmach und Schande empfand. Umgeben von Getreuen, konnte Margarethe offen mit Jäcklin reden.

»Meine Sorge bestätigt sich. Leider. Deinem Vorgehen in Weinsberg folgen viele Bauern nicht. Die Gemäßigten suchen den Ausgleich mit dem Adel, nicht dessen Vernichtung.«

»Aber es ist falsch!«, fuhr Rohrbach ihr ins Wort. »Adel und Bauern werden niemals die gleichen Interessen haben. Die Herren werden immer nur ihre Vorteile suchen, und wenn sie sich jetzt auf Verhandlungen einlassen, dann nur, weil wir stark sind.«

»Du magst recht haben«, versuchte ihn Margarethe zu beruhigen.

Doch Jäcklin brauste gleich wieder auf: »Ich habe recht, verdammt. Redest du jetzt wie einer der Gemäßigten?«

Margarethe wunderte sich, mit wie viel Verachtung jemand das Wort »Gemäßigte« aussprechen konnte. Bei Jäcklin klang es so wie »Pest«.

Sie ging auf den Angriff nicht ein, sondern fuhr unbeirrt fort: »Ja, du hast recht, aber es nützt uns trotzdem nichts, wenn die Gemäßigten« – sie legte eine besondere Betonung auf das Wort – »das nicht einsehen. Solange die Herren nicht endgültig geschlagen sind, müssen wir uns einig sein. Nichts wäre schlimmer, als wenn wir uns selber aufspalten in ›Gemäßigte‹ und ›Umstürzlerische‹. Dann hat der Schwäbische Bund ein leichtes Spiel. Sobald wir endgültig frei sind, können wir die neue Ordnung festlegen und bestimmen, welche Rolle dem Adel darin zukommt.«

Sie hielt inne und atmete schwer. Angst stieg in ihr auf, die sie nicht beherrschen konnte. Zum ersten Mal kam ihr der Gedanke, dass es mit der großen Freiheit womöglich nicht so einfach werden würde. Die Art, wie die Bottwarer und Zabergäuer Bauern Jäcklin entmachtet hatten, erschien ihr plötzlich wie ein Vorzeichen für das, was noch auf sie zukommen konnte. Wenn sie sich schon im gemeinsamen Kampf mit so viel Misstrauen begegneten, wie sollte es erst werden, wenn es keinen Feind mehr gab? Würden die Unterschiede zwischen Umstürzlerischen und Gemäßigten dann in eine offene Konfrontation münden? Das durfte nicht geschehen.

Jäcklin schien ihre sorgenvollen Gedanken lesen zu können. Er wurde ruhiger und fragte sie beinah schüchtern: »Und wie sollen wir jetzt vorgehen?«

Margarethe schloss die Augen. Sie war genauso ratlos und kämpfte gegen die aufsteigende Panik an. Sie mussten sich einigen, bevor sie gegen den Truchsess in die Entscheidungsschlacht zogen, aber mehr noch, um einer friedlichen Zukunft nach der Befreiung entgegenzugehen.

Ihre Stimmung steckte alle an. Aus zornigen und wütenden Neckartaler Bauern wurde innerhalb weniger Minuten ein verzagter Haufen.

Dann hellte sich Margarethes Gesicht auf. »Es ist noch nicht zu spät!«, platzte es aus ihr heraus. »Wir müssen nur geschickt vorgehen. Wir werden nicht ohne einen eigenen Hauptmann als Untergruppe der Bottwarer und Zabergäuer Bauern mitmarschieren. Das fördert nicht unsere Kampfmoral. Der große Haufen will jetzt nach Stuttgart weiterziehen. Soll er ohne uns aufbrechen, wir wenden uns nach Maulbronn, wo auch württembergische Bauern lagern. Mit ihnen vereinigen wir uns. Das können wir verantworten, denn der Truchsess ist noch weit weg mit seinem Heer. Bis er den Neckar erreicht hat, bleibt genug Zeit.« Dann wandte sie sich Jäcklin zu: »Vor Maulbronn wirst du dann zeigen, dass du verantwortungsvolle Entscheidungen treffen kannst.«

Niemand unter den Neckartalern widersprach diesem Plan. Als Matern Feuerbach und Hans Wunderer davon hörten, zeigten sie sich nicht überrascht, und sie unternahmen keinen Versuch, die Neckartaler von ihrem Vorhaben abzubringen. In gewisser Weise wirkten sie sogar erleichtert, offenbar hatten sie mit mehr Widerstand gegen die Absetzung Rohrbachs gerechnet.

14. Kapitel

Das Kloster Maulbronn war von Zisterziensern aus dem Elsass gestiftet worden. Bilder auf der fast 400 Jahre alten Stiftungstafel zeugten davon, in welch einer wilden Gegend sie sich niedergelassen hatten: Räuber überfielen Wanderer und stachen sie mit Schwert und Dolch nieder. Inzwischen hatte das segensreiche Wirken der Mönche für Frieden und Sicherheit gesorgt, zumindest in der näheren Umgebung. Auch die weltlichen Pfründe der frommen Männer hatten sich prächtig entwickelt. 60 Dörfer, die Abgaben entrichten mussten, nannte das Kloster sein Eigen. Von Armut und Abgeschiedenheit war in Maulbronn deshalb nicht mehr viel zu spüren. Das mochte manch einer der Mönche nun bedauern, als er den Bauernhaufen betrachtete, der vor dem Kloster lagerte und an das Schicksal von Schönthal oder Lichtenstern dachte; oder auch an das eigene nur sechs Jahre zuvor, als der Ritter Franz von Sickingen mit seinen Truppen plötzlich vor dem Kloster aufgetaucht war und es kurzerhand geplündert hatte. Die Mönche hatten einige Jahre benötigt, um sich davon zu erholen, obwohl der Aufbau vor allem zu Lasten der Dörfer gegangen war, die vom Abt mit weit überhöhten Abgaben und Frondiensten belegt worden waren.

Die Bauern vor Maulbronn waren nicht gut organisiert, aber entschlossen, sich für die harte Schinderei der letzten Jahre zu rächen. Jäcklin Rohrbach war ihr Held, und als dieser Held leibhaftig bei ihnen auftauchte, unterstellten sie sich ihm sofort.

»Dann stürmen wir das Kloster gemeinsam, plündern es und brandschatzen, was noch übrig ist«, schlug der alte Anführer begeistert vor.

»Welche Gelegenheit, dein Ansehen zu verbessern!«, raunzte ihm Margarethe grinsend zu.

Das war auch Jäcklin klar. Wenn er sich diesem wilden Haufen als Hauptmann zur Verfügung stellte und die Plünderung befehligte, wäre sein Ruf als Raufbold in ganz Württemberg festgemauert wie eine Schießscharte in einer Burgmauer, und niemand in den großen Verbänden würde ihn noch als Hauptmann respektieren. Wenn er aber hier eine mäßigende Haltung einnahm, konnte das seinem Ruf nur gut tun. Also legte er den Bauern dar, warum es nicht sinnvoll war, das Kloster zu stürmen und zu brandschatzen.

»Die Entscheidungsschlacht naht. Das Heer des Truchsesses ist auf dem Weg nach Württemberg. Wenn wir ihn besiegen, ist der Krieg gewonnen, aber dafür benötigen wir alle Unterstützung, egal von wem. Womöglich können uns sogar die Pfaffen nützlich sein. Deshalb wäre es ungeschickt, sie nun ihrer Existenz zu berauben.« Als Jäcklin die Enttäuschung in den Gesichtern der Bauern sah, fügte er listig und verschwörerisch hinzu: »Glaubt mir, ich mag die Pfaffen so wenig wie ihr, und das letzte Urteil über sie ist noch nicht gesprochen. Vielleicht holen wir nach der endgültigen Befreiung nach, was wir jetzt besser unterlassen.«

Diese Aussicht besänftigte die Bauern, aber vor allem war es die Autorität des berüchtigten Jäcklin Rohrbach, die sie zum Einlenken bewegte.

Jäcklin hatte damit eines der größten Klöster in Württemberg gerettet, doch Margarethe ging noch einen Schritt weiter. Was nützte es seinem Ruf, wenn niemand etwas davon erfuhr?

»Keiner muss wissen, wie leicht es war, die Bauern von ihrem Vorhaben abzubringen. Ich rate dir, schreib einen Brief an den Rat der Stadt Heilbronn. Was dort die Runde macht, wird weitergetragen. Erklär in dem Brief, dass die Bauern das Kloster Maulbronn stürmen wollen. Bitte um Unterstützung, damit das verhindert wird.«

Ungläubig sah Jäcklin sie an. »Und wenn sie sich an der Nase herumgeführt fühlen?«

»Niemand fühlt sich in diesen Zeiten von den Bauern an der Nase herumgeführt. Dafür sind sie zu mächtig geworden, man muss sie ernst nehmen.«

Tatsächlich sorgte der Brief in Heilbronn und darüber hinaus für großes Aufsehen. Die Handwerker sahen sich in ihren Forderungen gestärkt, mit den Bauern gemeinsame Sache zu machen, da diese jetzt einen gemäßigten Kurs eingeschlagen hätten und mit dem Klerus nach einer gerechten Ordnung suchten. Das Misstrauen der Bürger gegen Jäcklin und die Neckartaler Bauern weichte allmählich auf, zumal niemand vorhersagen konnte, wie sich das Kriegsgeschehen entwickeln würde. Vieles sah nach einem Sieg der Bauern aus, und nichts fürchteten die Heilbronner mehr, als sich auf die Seite der Verlierer zu schlagen. Die Kunde von dem Brief erreichte auch die anderen Bauernhaufen, von denen sie beinah noch ungläubiger zur Kenntnis genommen wurde.

Die Mönche von Maulbronn feierten Jäcklin wie einen Erlöser. Sie hatten fest damit gerechnet, dass ihnen das Schicksal der anderen großen Klöster nicht erspart bliebe. Nun hatte das ausgerechnet der Bauernführer mit dem schlimmsten Ruf von allen verhindert. Erleichtert lud der Abt Rohrbach und seine engsten Vertrauten zu einem großen Schmaus ein. Er wollte ihnen seinen Dank aussprechen und gleichzeitig wissen, ob die meisten Bauern tatsächlich der Lehre des Doktor Martin Luther nahestanden. Für sie hielt er eine Überraschung parat.

Jäcklin war davon wenig begeistert. Nach wie vor interessierte er sich nicht für theologische Fragen. Margarethe dagegen freute sich arglos auf den Austausch.

Nach einer salbungsvollen Dankesrede kam der Abt zu dem, was ihm in erster Linie auf dem Herzen lag. »Ist es richtig, dass die Bauern den Lehren des Doktor Martin Luther anhängen, der inzwischen offen auf eine Spaltung der Heiligen Mutter Kirche hinzielt? Sind sie dadurch angeregt worden, gegen die Obrigkeit aufzubegehren?«

Margarethe antwortete: »Die Lehren des Martin Luther sind nicht die Ursache dafür, dass wir unsere Ketten abwerfen. Aber sie haben uns Mut gemacht, Unrecht und Unterdrückung nicht als gottgewollt anzusehen. Wir Bauern sind gottesfürchtige Leute und wir streben nichts an, was dem Wort Gottes widerspricht.«

Margarethe spürte förmlich, wie sich Jäcklins Nackenhaare sträubten, doch das war ihr herzlich egal. Er hatte in den letzten Wochen deutlich gespürt, dass kaum jemand unter den Bauern zum Kampf zu bewegen war, ohne Gottes Wort auf seiner Seite zu wissen. Danach musste er sich richten, wenn er wieder anerkannt werden wollte. In gewisser Weise bereitete es ihr sogar Freude, Jäcklin bei einer solchen Zusammenkunft zu wissen. Am Ende erwarteten die Bauern schließlich nicht nur warme Worte als Dank, sondern großzügige Gaben in Form von Korn, Wein, Bier und Geld.

Der Abt, der sich wunderte, dass offenbar nur eine Frau aus dem Neckartaler Haufen Interesse an einer theologischen Debatte hatte, hob wieder an: »Aber gerade der Doktor Luther will nichts mit den Bauern zu tun haben. Wir, die einzig wahre Kirche in der Nachfolge Jesu Christi und des heiligen Petrus, wir halten uns aus dem Streit heraus, denn wir wissen, dass auch die Bauern ihren wichtigen Beitrag in Gottes Ordnung leisten und deshalb …«

Weiter kam er nicht, denn das war zu viel für Jäcklin. »Davon haben wir bisher wenig mitbekommen, außer wenn es unsere Aufgabe sein sollte, andere reich und fett zu machen. Mein eigener Leibherr ist …«, er verbesserte sich, »nein, er war Priester aus dem Stift Wimpfen. Solange ich noch Leibeigener war, hatte ich nie das Gefühl, dass er mich als Teil von Gottes Ordnung betrachtete.«

Der Abt blieb gelassen. »Aber Freund!«

Ungehalten verzog Jäcklin das Gesicht, als ob ihn jemand geschlagen hätte. Margarethe fiel es schwer, sich ein Grinsen zu verkneifen.

»Überall gibt es schwarze Schafe. Wichtig ist der Kopf. Niemand, der in der Heiligen Kirche Verantwortung trägt, hat sich jemals gegen die Bauern gewandt. Dieser Luther aber, der dabei ist, die von Gott eingesetzte Autorität zu spalten, hat sich jetzt zum Aufstand der Bauern geäußert.«

Interessiert schauten alle Neckartaler auf. Das waren spannende Neuigkeiten, und der Abt genoss die ungeteilte Aufmerksamkeit, die ihm nun zuteilwurde. Er wusste, seine Gäste würden noch hellhöriger werden.

»Der Anlass war der Blutsonntag von Weinsberg, wie dieses Ereignis im ganzen Land genannt wird.«

Vielsagend sah er Jäcklin an. Der fühlte sich nicht mehr wie ein siegreicher Feldherr.

»Die Schrift trägt den Titel ›Wider die räuberischen und mordenden Rotten der Bauern‹, und so ist auch ihr Inhalt. Der Kirchenspalter schreibt darin …«

Mit diesen Worten holte er ein Papier aus seinen Unterlagen hervor. Ohne erkennbare Schadenfreude las er vor:

Dreierlei gräuliche Sünden wider Gott und Menschen laden diese Bauern auf sich, dafür haben sie den Tod verdient an Leibe und Seele: Zum Ersten, dass sie ihrer Obrigkeit geschworen haben, untertänig und gehorsam zu sein, wie von Gott gefordert, der da spricht: Gebt dem Kaiser, was des Kaisers ist. Und Römer 13: Jedermann sei der Obrigkeit untertan etc. Weil sie aber diesen Gehorsam mutwillig brechen und sich frevelhaft ihren Herren widersetzen, haben sie damit Leib und Seele verwirkt.

Zum andern, dass sie Aufruhr anrichten, frevelhaft Klöster und Schlösser rauben und plündern, die ihnen nicht gehören, damit stehen sie auf der Stufe von Straßenräubern und Mör-

dern, die vielfältigen Tod an Leib und Seele verschulden. Aufruhr bringt mit sich ein Land voll Morden, Blutvergießen und macht Witwen und Waisen und zerstört alles wie das allergrößte Unglück. Drum soll hier schlagen, würgen und stechen, heimlich oder öffentlich, wer da kann, und gedenken, dass es nichts Giftigeres, Schädlicheres, Teuflischeres geben kann als einen aufrührerischen Menschen, so wie man einen tollen Hund totschlagen muss: Schlägst du nicht, so schlägt er dich und ein ganzes Land mit dir.

Zum Dritten, dass sie solche schreckliche, gräuliche Sünde mit dem Evangelium decken. Sie nennen sich christliche Brüder, nehmen Eid und Hulde und zwingen die Leute, an solchen Gräueln teilzunehmen, damit sie die allergrößten Gotteslästerer und Schänder seines heiligen Namens werden. Sie ehren und dienen aber nur dem Teufel unter dem Schein des Evangeliums. Dafür haben sie wohl zehnmal den Tod verdient an Leib und Seele, denn von einer hässlicheren Sünde habe ich noch nie gehört.

Der Esel will Schläge haben, und der Pöbel will mit Gewalt regiert sein. Das wusste Gott wohl; also gab er der Obrigkeit nicht einen Fuchsschwanz, sondern ein Schwert in die Hand. Drum, liebe Herren, erbarmt euch der armen Leute! Stecht, schlagt, würgt sie, wer da kann! Stirbst du selbst dabei, wohl dir! Einen seligeren Tod kann es nicht geben, denn du stirbst in Gehorsam zum göttlichen Wort und Befehl (Römer 13) und im Dienst der Liebe, deinen Nächsten zu retten aus der Hölle und des Teufels Banden.

Auf den Gesichtern der Zuhörer spiegelte sich Unglauben und Entsetzen. So war also die Stimmung im Land. Und wenn schon das Kloster Maulbronn, so weit weg von der Heimat des Doktor Luther, über dieses Papier verfügte, dann mussten sie davon ausgehen, dass es im ganzen Reich bekannt war.

Margarethe sah Jäcklin an, der ihr nur ein verächtliches »alles Pfaffen« zuraunzte. Sie aber war sehr verunsichert und jetzt verstand sie, warum sogar der Pfarrer von Böckingen, den sie nicht als Lakaien der Herren eingeschätzt hatte, die Erhebung verurteilte. Wenn sie aber nicht auf die Reformatoren setzen konnten, wo sonst fanden sie Verbündete?

»Ihr seht«, schloss der Abt, »der neue Glaube verspricht den Bauern nichts Gutes, keine Befreiung, keine Unterstützung, nur Verfolgung und Tod. Schaut deshalb genau, wer eure Freunde und eure Feinde sind.«

Jetzt verspürte auch Margarethe keine Neigung mehr, sich weiter solche Ermahnungen anzuhören. »Und wie ist es mit der Heiligen Kirche, ist sie bereit, uns zu unterstützen? Ist sie bereit, ihre Leibeigenen freizulassen und dafür zu sorgen, dass alle Bauern in Würde leben können?«

Damit hatte der Abt nicht gerechnet.

»Die Kirche verurteilt nicht und folgt damit dem Wort des Herrn, der bei Matthäus im 7. Kapitel gesagt hat: *Richtet nicht, damit ihr nicht gerichtet werdet. Denn nach welchem Recht ihr richtet, werdet ihr gerichtet werden; und mit welchem Maß ihr messt, wird euch zugemessen werden.* Aber selbstverständlich kann sie auch nicht alles gutheißen, denn der Herr sagt auch im 22. Kapitel des Evangeliums nach Matthäus: *So gebt dem Kaiser, was des Kaisers ist, und Gott, was Gottes ist*, worauf sich frevelhafterweise auch dieser Kirchenspalter bezieht.«

»Das haben wir schon so häufig gehört«, fiel ihm Jäcklin ins Wort. »Für jedes Verhalten gibt es einen Spruch aus der Bibel, und wir dürfen sie nicht lesen. Wenigstens das hat dieser Reformator geändert mit seiner Übersetzung. Jetzt können wir uns selber die Sprüche heraussuchen, die uns passen.« Seine Geduld war zu Ende und er schleuderte dem Abt die Worte mit einer Verachtung ins Gesicht, die diesem selten begegnete.

Dennoch ließ der Abt sich nicht beeindrucken: »Das ist der große Irrtum, an dem diese Zeit krankt. Jeder glaubt, über das Evangelium verfügen und es auslegen zu können, als handele es sich um ein beliebiges Schreiben der Obrigkeit. Es handelt sich aber um das Wort Gottes, und deshalb tut die Kirche gut daran, es nur von denen auslegen zu lassen, die dazu berufen sind. Es zu übersetzen und allen zugänglich zu machen, ist geradezu eine Verhöhnung des Heiligen.«

Margarethe fand ihn ziemlich unverfroren für einen Abt, der noch kurze Zeit vorher fürchten musste, dass sein Kloster gestürmt und gebrandschatzt würde.

Der Abt fuhr fort: »Wenn die Bauern wieder wissen, wo ihr Platz ist, dann werden sie in der Heiligen Mutter Kirche immer eine Fürsprecherin finden. Und sie können gewiss sein, dass wir uns um ihr Heil kümmern werden, ihr Seelenheil, das wichtiger ist als alles andere, was wir für einen Menschen tun können.«

Jäcklin wollte noch heftiger aufbrausen, doch Margarethe warf ihm einen so durchdringenden Blick zu, dass er seine Antwort heruntschluckte. Gerade jetzt hielt sie es für unerlässlich, dass er etwas für seinen Ruf tat und nicht alles wieder zunichtemachte.

»Ehrwürdiger Abt«, sagte sie, »wir danken Euch für die Auskünfte, die sehr wichtig für uns sind. Jetzt können wir uns ein besseres Bild von unseren Gegnern und unseren Freunden machen. Wenn Ihr uns nun noch die vereinbarten Güter zukommen lasst, werden wir Eure wertvolle Zeit nicht länger in Anspruch nehmen.«

Es drängte sie zurück ins Lager, und die großzügige Summe sowie die Naturalien des Klosters entschädigten sie für den ansonsten unerfreulichen Aufenthalt.

»Freiwillige Spende für unseren Kampf«, bemerkte Jäcklin später grinsend im Lager.

Margarethe war nicht nach Scherzen zumute. »Hast du gehört?«, herrschte sie ihn auf dem Rückweg an, »man spricht im ganzen Land vom Weinsberger Blutsonntag. Auf diese Art Berühmtheit können wir verzichten.«

Jäcklin reagierte ebenso ungehalten: »Am meisten kann ich darauf verzichten, immer wieder kritisiert zu werden, zumal von meinen eigenen Vertrauten. Was geschehen ist, ist geschehen, und ich kann es nach wie vor nicht bedauern, mit diesen gemeinen Mördern so verfahren zu sein, wie man nun mal mit gemeinen Mördern verfährt. Wenn wir uns bei jeder Gelegenheit darüber streiten, wird das unsere Kampfmoral nicht stärken.«

»Ich hatte mir vorgenommen, das Ereignis nicht mehr anzusprechen«, lenkte Margarethe ein, »es war deine Entscheidung und deine Angelegenheit. Ich hätte nicht so entschieden, aber ich bin kein Hauptmann und war nicht dabei. Wenn ich nun aber höre, dass der Doktor Martin Luther von den räuberischen und mordenden Rotten der Bauern spricht, die man stechen, schlagen und würgen soll, dann trifft mich das bis ins Mark. Es hat jedoch in der Tat keinen Sinn zu streiten. Nur vereint werden wir endgültig frei. Ich werde den Vorfall nicht mehr ansprechen.«

Nach einer Weile fügte sie hinzu: »Und ich bete zu Gott, dass es auch keinen Grund mehr dazu geben wird.«

Unter den Neckartaler Bauern wusste niemand, was die Ermordung des Grafen Helfenstein im Land für Reaktionen ausgelöst hatte. Margarethe hatte nicht das Bedürfnis, es ihnen zu erzählen, und Jäcklin erst recht nicht. Sie würden es noch früh genug von irgendwelchen reisenden Händlern oder anderen Bauern erfahren. Dabei kam ihr plötzlich ein Gedanke. Wenn der dem Doktor Luther zugeschriebene Aufruf gar nicht echt gewesen wäre? Wenn der Abt ihnen etwas vorgemacht hätte, um sie zu verunsichern und auf ihre Seite zu ziehen? Das konnte sie nicht ausschließen, und sie hoffte, dass sie mit dem Verdacht richtig lag. Sie verstand zwar nicht, warum Reformatoren wie Johann Lachmann und seine Anhänger so vehement dagegen wetterten, dass sich die Bauern auf das Evangelium beriefen, wenn sie für ihre Rechte eintraten. Aber dennoch stand sie dem neuen Glauben entschieden näher. Welch eine Anmaßung von dem Abt, die Lektüre und Auslegung der Heiligen Schrift nur für sich und seinesgleichen in Anspruch zu nehmen.

Nach allem, was sie von Luise wusste, war Jesus ein einfacher Mann gewesen, Sohn eines Zimmermanns, umgeben von Fischern und Tagelöhnern. Da war es doch nicht mehr als selbstverständlich, dass seine Worte für jedermann gedacht waren. Sie sah entschieden nicht ein, dass die Auslegung allein der Kirche vorbehalten sein sollte.

Aber im Moment waren das nicht ihre größten Sorgen. Immer mehr Einzelheiten sickerten über das Vorgehen des Truchsesses in Oberschwaben durch, und sie erschreckten die Bauern. Nach dem Verrat waren die bündischen Truppen mit großer Brutalität vorgegangen und hatten tausende Bauern einfach in die Donau getrieben, wo sie jämmerlich ertranken.

Die Neckartaler Bauern hielten sich deshalb nicht mehr lange vor Maulbronn auf. Einheit war das Gebot der Stunde, aber es war auch wichtig gewesen, sich nach Maulbronn zu begeben, denn die Nachricht, dass ausgerechnet Jäcklin Rohrbach das Kloster vor der Zerstörung gerettet hatte, verbreitete sich immer weiter. Nun aber wurde es Zeit, sich wieder mit den anderen zusammenzuschließen. Dabei würde der Hauptmann der Neckartaler eine stärkere Position einnehmen, zumindest hofften das seine Anhänger.

In dem Haufen, der vor dem Kloster Maulbronn lagerte, befanden sich auch einige Frauen. Sie hatten von Margarethe gehört und brachten ihr die gleiche Bewunderung entgegen wie die Männer Jäcklin. Als Margarethe sie reden hörte, schwankte sie zwischen Stolz und Befremden. »Heilen blutende Wunden und Verletzungen wirklich sofort, wenn du deine Hand darauf legst? Und kannst du wirklich die Kugeln aus den Kanonen und Gewehren der Landsknechte von unseren Kämpfern fernhalten?«, wollten die Frauen wissen, und sie sahen dabei Margarethe so treuherzig an, dass diese gar nicht in Gelächter ausbrechen konnte, obwohl ihr danach zumute war.

Offenbar erzählte man sich solche Geschichten in den Dörfern, und Margarethe war froh, dass sich die Zeiten geändert hatten, sonst wäre sie längst als Hexe angeklagt worden. Es war noch gar nicht lange her, da hatte Papst Innozenz VIII. eine Bulle über den Hexenzauber in Deutschland veröffentlicht und zwei deutsche Dominikaner beauftragt, in einem Buch genau festzulegen, wie Hexen entlarvt werden konnten und wie dann mit ihnen zu verfahren sei. Heinrich Institoris und Jakob Sprenger hatten ihre Sache sehr ernst genommen. »Malleus Maleficarum« hieß ihr Buch, zu Deutsch »Hexenhammer«, und darin blieb für eine Frau, die der Hexerei angeklagt war, nur der Tod, egal ob schuldig oder nicht.

Aber jetzt hatte die Kirche keine Macht mehr, diese Anweisungen in die Praxis umzusetzen. Margarethe musste also keine Angst wegen des Geredes haben, und kurz vor der Entscheidungsschlacht mit dem Schwäbischen Bund hielt sie es nicht für angebracht, den einfachen Menschen ihren Glauben zu nehmen. Der Glaube an übersinnliche Kräfte konnte dem bäuerlichen Heer Mut und Selbstvertrauen geben. Doch bestätigen wollte sie solche Gerüchte auch nicht.

»Nur Gott allein kann Wunder vollbringen. Das dürfen wir niemals vergessen. Ich verstehe mich ein wenig auf Heilkunst und mit Gottes Hilfe kann ich Wunden heilen, denn ich hatte in meiner Jugend das Glück, von einer wahrhaft heilkundigen Frau zu lernen. Das, was ich dort erfahren habe, konnten früher viele Frauen, und in den neuen Zeiten, die jetzt angebrochen sind, werden es auch viele wieder erlernen, denn die Kirche konnte es noch nicht ganz ausrotten«, entgegnete sie.

Das Zusammentreffen mit den Frauen weckte in ihr einen lange unterdrückten Wunsch. Es war Beltane, ein altes heidnisches Fest, das sie in ihrer Jugend mit Luise und anderen Frauen gefeiert hatte. Danach war es immer gefährlicher geworden. Seit der »Hexenhammer« erschienen war, verfolgte die Kirche alle, die dieser Tradition treu blieben. Doch jetzt konnte sie nach langer Zeit wieder mit anderen Frauen Beltane feiern, selbst in unmittelbarer Umgebung eines Klosters.

Auch einigen der Frauen war die Tradition noch vertraut, und sie nahmen den Vorschlag gerne auf, etwas entfernt vom Lager die Beltane-Feuer anzuzünden. Männer wollten sie nicht dabeihaben, denn die wussten nichts mehr von Beltane, obwohl sie in der ganz alten Zeit bei dem Fruchtbarkeitsfest nicht wegzudenken gewesen waren. Die stärksten der Männer waren mit einem Hirschgeweih erschienen und hatten in der Nacht mehr als nur eine Frau genommen. Heute interessierten sie sich jedoch nicht mehr dafür, sondern widmeten sich dem Wein und dem Bier aus dem Kloster.

Einige wenige Männer, die von den Plänen der Frauen erfuhren, lästerten, dass nun der Hexensabbat beginne und die Frauen auf dem Besen zum Leibhaftigen fliegen würden. So hatten sie es von den Dominikanern gehört. »Passt auf, dass wir euch nicht mitnehmen«, gab Margarethe zurück und brachte sie damit zum Schweigen, denn die Männer hatten Angst, dass sie womöglich ihre Drohung wahrmachen würde.

Margarethe war es in dem Moment egal, ob ihr die Männer so etwas wirklich zutrauten. Falls es so war, würde sie nichts unternehmen, um es ihnen auszureden.

Mehrere der ortskundigen Frauen schwärmten aus, um Feuerholz zu sammeln. Das erste Beltane-Feuer in der Freiheit sollte ein großes Ereignis werden. Zudem hatte es einen praktischen Nutzen. Zwar war die Natur endgültig aus dem Winterschlaf erwacht, doch waren die Nächte noch kalt. Beltane fand genau zwischen der Nacht, die so lang war wie der Tag, und der kürzesten Nacht des Jahres zu Johanni statt. Die naturkundigen Frauen konnten zu dieser Zeit bei klarer Sicht mit ihren Augen erkennen, um wie viel der Bogen der Sonne jeden Tag länger wurde. Jetzt begann die intensive Zeit des Frühlings, und es war gut, sie mit Tänzen und Gesängen zu begrüßen.

Der Platz, den die Frauen ausgesucht hatten, befand sich am Rande eines Waldstücks. Es windete ein wenig, aber es war lau dabei, und in den Wipfeln der Bäume hörten sie die alten Geister. Die einheimischen Frauen übertrugen Margarethe die ehrenvolle Aufgabe, das Beltane-Feuer anzuzünden. Sie waren so viele, dass sie sich im Kreis um den stattlichen Reisighaufen herum aufstellen und an der Hand halten konnten.

Margarethe rief zunächst die vier Elemente an. Ein Gefäß mit Wasser, eine Handvoll Erde und eine Habicht-Feder hatte sie aus dem Lager mitgebracht, Symbole für die Elemente Wasser, Erde und Luft.

Zum Schluss rief sie das Feuer: »Element der Wandlung, dich benötigen wir in diesen Zeiten ganz besonders. Wild bist du und unbezähmbar, einmal am Lodern, kaum zu beherrschen. Du sorgst für die Reinigung, die Läuterung. Mit deiner Hilfe werden wir die Welt neu gestalten, so unaufhaltsam wie du selbst.«

Lauter Jubel begleitete ihre Fackel, die sie an den Reisighaufen hielt. Daraufhin schlugen einige Frauen die Trommel und in ihrem Rhythmus begann der Kreis zu tanzen. Zunächst langsam, aber kaum merklich wurde der Rhythmus der Trommlerinnen schneller, und die Füße der Frauen folgten ihm.

Dann stimmten sie Töne an, und ihr Gesang wurde in dem Maße kräftiger, wie sich der Rhythmus der Trommeln beschleunigte. Bald tanzte der Kreis wild und ungehemmt. Alle wirkten wie befreit von Ketten, die sie seit Jahrhunderten gefesselt und niedergedrückt hatten. Das Gefühl schien ihnen Flügel zu verleihen. Es waren nicht Schritte, es waren Sprünge, mit denen sie sich um das Feuer bewegten, mal Arm in Arm eng beieinander, mal jede für sich. Ihre Lieder hallten durch die Nacht als Ausdruck unbändiger Freude über die neu gewonnene Freiheit. Ohne die Ketten der Herren und die Drohungen der Kirche war das Leben ein Fest, das spürte jede in dieser Nacht.

Der Wind hatte sich gelegt, dadurch loderte das Feuer hoch nach oben und strahlte seine Wärme nach allen Seiten aus. Selbst nach Stunden wirkte kaum eine erschöpft. Wenn einmal eine ins Gras sank, wurde sie von anderen aufgehoben, in die Mitte genommen und wieder in den wilden Rhythmus der Trommeln und Gesänge hineingeführt. Lange nach Mitternacht sanken immer mehr Frauen erschöpft nieder. Sie ließen sich einfach übereinander und nebeneinander fallen, schmiegten sich aneinander und wärmten sich, wenn ihnen allmählich kälter wurde. Um nicht auszukühlen, holten einige Frauen Decken hervor. Am Ende bildeten sie einen großen Knäuel. Wohlige Laute und Lachen bezeugten, wie gut sie sich dabei fühlten. Margarethe amüsierte der Gedanke, was Vertreter der Kirche unternommen hätten, wenn sie hier aufgetaucht wären. »Sie hätten uns vor die Richter der Inquisition geführt, aber sie haben keine Macht mehr über uns«, dachte sie voller Zufriedenheit.

Die Feier hatte allen ein Bewusstsein von ihrer Kraft zurückgegeben. Kein Mann wäre so lange um das Feuer herumgetanzt. In der neuen Zeit wollten die Frauen sich nicht länger an den Rand drängen lassen, so wie es in den letzten Jahrhunderten geschehen war.

15. Kapitel

Matern Feuerbach und sein Haufen, der weiteren Zulauf erhalten hatte, befand sich im Tal der Rems östlich von Stuttgart, als die Neckartaler von Maulbronn aufbrachen. Dorthin wollten sie sich begeben, doch unterwegs erhielten sie die Nachricht, dass ihre Verbündeten bereits Richtung Stuttgart gezogen seien und mit der Stadt verhandelten. Sie wollten erreichen, dass sich Stuttgart ebenfalls den Bauern anschloss.

Die Stadt war, wie viele andere, gespalten. Es gab Kreise, die sich entschieden für die Bauern aussprachen. Zu ihnen gehörte der bekannte Bildhauer und Maler Jörg Ratgeb. Aber die reichen Kaufleute wandten sich ebenso entschieden dagegen und versuchten die Bauern mit falschen Versprechungen hinzuhalten. Die Mehrheit befand sich dazwischen. Sie wollte sich nicht entscheiden, sondern abwarten, wie sich der Krieg entwickelte. Dann konnte sie sich auf die Seite der Sieger schlagen. So zogen sich die Verhandlungen hin, bis auch die Neckartaler vor Stuttgart auftauchten.

Rohrbach hatte Feuerbach einen Brief zukommen lassen. Darin versprach er, mit 1400 Mann zu erscheinen. Das waren weit mehr, als sich bei Vaihingen vom Bauernheer entfernt hatten. Die Maulbronner Bauern standen ohne Ausnahme zu Jäcklin, und auf dem Weg nach Stuttgart waren weitere zu ihnen gestoßen. Dennoch reichte ihre Zahl noch nicht an 1000 heran.

»Warum gibst du Versprechungen, die wir doch nicht halten können?«, bemängelte Margarethe. »Selbst wenn du Feuerbach durch den Brief zunächst beeindruckst, wird er dich am Ende wieder für einen Aufschneider halten. Du tust dir keinen Gefallen damit.«

Jäcklin lachte nur. »Ich bin ein Optimist. Natürlich haben wir noch keine 1400 Bauern zusammen, aber das ist mein Ziel, und wir sind noch nicht in Stuttgart. Bis dorthin bleibt noch Zeit, meine Ankündigung wahrzumachen. Der Truchsess ist nicht weit, es kommt zur Entscheidung, da werden sich die letzten Zweifler auf unsere Seite schlagen, denn der Truchsess schont keinen Bauern, egal ob er gekämpft hat oder nicht, das hat er in Leipheim bewiesen.«

Margarethe war nicht überzeugt. »Das wissen wir. Aber wissen das alle Bauern? Viele sind einfach zu gutgläubig. Sie können sich nicht vorstellen, dass es stimmt, was erzählt wird. Und wenn sie es dann merken, ist es womöglich zu spät.«

»Manchmal habe ich den Eindruck, du glaubst gar nicht mehr an unseren Sieg, Margarethe. Was immer dich so verzagt macht, es ist nicht gut für unsere Kampfmoral.«

»Verzagt bin ich nicht«, widersprach Margarethe heftig. »Es ist das, was ich immer wieder sage: Wir sind nur dann erfolgreich, wenn wir unsere Kräfte richtig einschätzen. Wir werden schmerzhaft dafür zahlen müssen, wenn wir uns selbst etwas vormachen.«

Jäcklin hatte kein Interesse mehr an einem weiteren Austausch mit Margarethe. Er sah in ihren Mahnungen nur eine Schwächung und wollte das nicht länger hören. Sein Versprechen Feuerbach gegenüber konnte er nicht einhalten, doch es war ein beachtlicher Trupp, der kurz vor Stuttgart auftauchte.

Noch bevor die Neckartaler die Stadt erreichten, war das Hauptheer jedoch nach Westen weitergezogen. Die Verhandlungen mit Stuttgart waren zu keinem Ergebnis gekommen. Der Rat hatte sie betrügen wollen, doch Jörg Ratgeb und einige andere Ratsherren, die den Bauern nahestanden, verrieten die Pläne, so dass die Bauern gewarnt waren. Die

Stadt dafür zu bestrafen und zu stürmen, wäre unverantwortlich gewesen angesichts des heraneilenden Truchsesses. Die Bauernführer hatten deshalb beschlossen, zunächst die kleineren umliegenden Orte einzunehmen, in denen die Stimmung mehr den Bauern zuneigte.

Eine andere Nachricht alarmierte die Bauern. Wendel Hipler hatte sich mit Hans Berlin vom Rat in Heilbronn zusammengetan. Diese Nachricht allein reichte aus, um die Neckartaler in Aufregung zu versetzen. Sie kannten Berlin als Mann, der sich immer mit den Mächtigen gut stellte. Auf einen solchen Verbündeten konnten sie gewiss verzichten. Selbst dem Götz war eher zu trauen. Noch schlimmer aber waren Anlass und Ergebnis des Treffens. Die beiden hatten drei Tage nach Beltane im Kloster Amorbach eine Deklaration der Zwölf Artikel verfasst, die diese wesentlich abmilderte, »zum beiderseitigen Vorteil von Obrigkeit und Untertan«, wie sie verkündeten.

»Damit hat Hipler die Grundlage zerstört, auf der Tausende von Bauern ihren Eid geschworen haben. Ob ihm das bewusst ist?«, fragte Jäcklin grimmig.

Margarethe war fassungslos.

»Und du hast mich getadelt, weil ich mich schlecht über ihn geäußert habe. Siehst du endlich ein, dass nur Bauern die Bauern führen können?«, setzte Jäcklin nach.

Margarethe schwieg. Diesmal musste sie ihm recht geben. Das hätte sie Hipler nicht zugetraut. Sie hielt ihn nicht für unbedarft, auch nicht für falsch. Was mochte ihn dazu veranlasst haben?

»Ich finde es nicht schlimm, denn es klärt die Fronten«, griff Jäcklin das Gespräch wieder auf, »und wer sagt denn, dass die anderen Bauern den beiden folgen? Für uns gelten die Zwölf Artikel und keine Deklaration, wer sie auch immer verfasst haben mag.«

Auch damit behielt er recht. Die überwältigende Mehrheit der Bauern nahm es Hipler und Berlin übel, die Zwölf Artikel verändert zu haben. Für sie galt weiterhin das, was die Bauern in Oberschwaben vor Ostern verfasst hatten.

Der Bauernhaufen lagerte vor Herrenberg, einer modernen Stadt. Die Gründung lag zwar bereits einige Jahrhunderte zurück, doch vor einer Generation war die Stadt niedergebrannt. Die Alten konnten sich noch an die Katastrophe erinnern. Die Überlebenden hatten Herrenberg nach den neuesten Erkenntnissen der Architektur mit herrschaftlichen Fachwerkhäusern, soliden Stadtmauern und repräsentativen Toren wiedererrichtet. Über den Fachwerkbauten der Altstadt thronte die mächtige Stiftskirche und noch höher lag das Schloss, das vom Brand verschont geblieben war.

Kurz vor der Erhebung der Bauern hatten die Brüder vom gemeinsamen Leben die Stadt übernommen. Diese fromme Bewegung stammte aus dem niederländischen Deventer, hatte aber auch im Deutschen Reich viel Zulauf. Sie stand den Augustinern nahe und eiferte der urchristlichen Gemeinde nach. Privatbesitz war verpönt, alle übergaben ihre Güter der Gemeinschaft, Männer und Frauen lebten strikt getrennt voneinander.

In der Kirche hatte Jörg Ratgeb einen doppelten Wandaltar geschaffen. Er zeigte auf acht großflächigen Bildern jeweils drei Szenen aus der Passions- und Apostelgeschichte sowie dem Leben Mariens. Die Malerei war sehr eigenwillig. Manche vermuteten, bei der Darstellung der Menschen um Jesus habe sich Ratgeb die Bauern aus der Umgebung vor Augen gehalten.

Viele Bauern fühlten sich Herrenberg deshalb besonders verbunden und so wollten sie die Stadt unbedingt einnehmen.

»Aber ohne zu plündern und zu brandschatzen«, betonte Matern Feuerbach ausdrücklich.

Jäcklin Rohrbach stimmte ihm zu und schlug vor, Herolde vor die Stadttore zu schicken und um eine friedliche Übergabe zu bitten.

Jäcklins besonnenes Verhalten vor Maulbronn hatte auch bei Feuerbach seine Wirkung nicht verfehlt. Zwar war er nicht bereit, ihn wieder als Hauptmann des Haufens anzuerkennen, aber er sah, dass Jäcklin mehr als ein einfacher Kämpfer war.

»Nach der entscheidenden Schlacht mit dem Schwäbischen Bund werden wir sehen, welche Rolle dir zufällt«, vertraute er ihm an.

Jäcklin hatte zwar mehr Wertschätzung erwartet, doch er fügte sich. Auch mit den Bauern aus Maulbronn war sein Trupp noch immer der kleinste in dem großen Haufen.

Die Herolde kamen unverrichteter Dinge zurück. Die Brüder vom gemeinsamen Leben wollten den Bauern die Tore nicht öffnen.

Sie unterschätzten damit deren Entschlossenheit. Selbst unmittelbar vor der wichtigsten Schlacht des Krieges ließen sie es sich nicht nehmen, Städte zu besetzen, die sie für eine leichte Beute hielten. Doch leicht war es nicht. Die Brüder hatten Bewaffnete aufgeboten, die von sicheren Stadtmauern aus das Bauernheer abwehren sollten. Sie konnten die Eroberung jedoch nur hinauszögern, nicht verhindern. Der verbesserten Bewaffnung und der großen Masse der Angreifer hatten sie auf Dauer nicht genug entgegenzusetzen.

Mit Rammböcken hämmerten die Bauern auf die Stadttore ein. Sie schwächten dadurch die Verteidiger, die nicht genug an der Zahl waren, um alle Tore gleichzeitig zu sichern. Als gegen Mittag das erste Tor aus den Angeln gehoben wurde, flohen die Söldner und die Stadt stand den Bauern offen. Feuerbachs strikter Befehl, Herrenberg zu schonen, wurde weitgehend umgesetzt, so dass es nur zu vereinzelten Plünderungen und geringen Zerstörungen kam.

Beflügelt von dem Sieg in Herrenberg und der Beute, die ihnen die Brüder überlassen mussten, zogen die Bauern zurück nach Böblingen. Wenn es in dieser Gegend zur entscheidenden Schlacht kam, dann war Böblingen der ideale Ort. Die Stadt stand auf Seiten der Bauern, daran hegten sie keinen Zweifel, und die Umgebung kam ihrer Kriegsführung entgegen. Es gab zahlreiche Hügel, die das Bauernheer rechtzeitig besetzen konnte, und dazwischen viele Sümpfe, in denen die Reiterei des bündischen Heeres wenig ausrichten konnte. Einen besseren Ort konnte es nicht geben.

Ein weiterer kampferprobter Adeliger stieß zu dem Bauernheer. Bernhard Schenk von Winterstetten war ein Parteigänger von Herzog Ulrich, der wenige Jahre zuvor von den bündischen Truppen als Herrscher über Württemberg abgesetzt worden war. Nun suchte er nach neuen Verbündeten, und dabei waren ihm sogar die Bauern recht. Bernhard Schenk von Winterstetten war von seinem Herrn beauftragt worden, sich der Sache der Bauern anzuschließen. Im Falle eines Sieges hoffte der skrupellose Herzog, wieder zu Macht und Einfluss zu gelangen, doch davon ahnten die Bauern nichts.

Die Anführer wählten den Goldberg im Norden von Böblingen zu ihrem Stützpunkt. Sie verfügten inzwischen über zahlreiche Planwagen, in denen sie ihre reiche Beute und Waffen untergebracht hatten. Diese Wagen stellten sie auf dem Goldberg im Kreis auf, so dass es wie eine Burg aussah; eine Trutzburg, uneinnehmbar auf dem höchsten Punkt der Umgebung. Vom Goldberg aus hatten sie einen freien Blick bis Böblingen und darüber hinaus. Jede militärische Bewegung im weiten Umfeld konnten sie genau beobachten.

Durch ihre Späher hatten die Bauern inzwischen Kunde erhalten, dass der Truchsess sein Heereslager in Weil im Schönbuch aufgeschlagen hatte. Das war nicht weit entfernt, wenige Stunden nur, und in der dortigen Umgebung konnte man sich nicht verschanzen. Die Bauern gingen also davon aus, dass sich der Truchsess nicht lange dort aufhalten würde. Auf dem Goldberg mit Böblingen an ihrer Seite konnten sie das Heer gelassen erwarten. Zudem brachten die Späher wichtige Neuigkeiten. Die Moral der bündischen Truppen war schlecht. Sie hatten schon lange keinen Sold mehr erhalten, und es gab sogar Männer, die sich von dem Heer entfernten, weil sie sich von Überfällen auf eigene Faust mehr versprachen. All das steigerte die Zuversicht der Bauern, denn war das bündische Heer besiegt, gab es niemanden mehr, der sich ihnen entgegenstellen konnte.

Die Bauern schätzten den Truchsess richtig ein. Er hegte nicht die Absicht, lange in Weil im Schönbuch zu bleiben, doch zunächst schickte er drei Gesandte in die Wagenburg der Bauern.

Jäcklin plädierte dafür, sie sofort wegzuschicken. »Sie sind hier, um uns auszuspionieren, um dem Truchsess zu verraten, von welcher Art unsere Stellungen sind.«

»Sollen sie doch, dann wird er sehen, wie aussichtslos seine Lage ist, und all seine Söldner werden Reißaus nehmen.«

Matern Feuerbach war so überzeugt von der guten Aufstellung und der Stärke des Bauernheeres, dass er keine Veranlassung sah, dies vor den Boten des Truchsesses zu verheimlichen.

»Aber denk an Leipheim, die Bauern waren auch stark. Der Truchsess ist ebenso unehrlich wie listig. Wenn wir unsere Stellungen und unsere Stärke preisgeben, wird er versuchen, einen Vorteil daraus zu ziehen.« Nun war es Jäcklin, der zur Vorsicht mahnte und dafür Spott erntete.

»Fürchtet sich der Held von Weinsberg etwa vor dem Truchsess?«

Feuerbachs Bemerkung schnitt Rohrbach tief ins Herz. So musste er sich nicht verhöhnen lassen. Wütend sprang er auf, doch drei Männer hielten ihn nieder.

»Lass gut sein, Rohrbach«, fuhr Feuerbach ungerührt fort, »wir werden die Boten des Truchsesses empfangen.«

Eine Stunde später standen drei Gesandte des Truchsesses im Zelt der Hauptleute. Rohrbach hatte sich wütend entfernt, obwohl ihn niemand dazu aufgefordert hatte. Margarethe allerdings nahm an der Zusammenkunft teil. Es hatte sich herumgesprochen, dass sie beim Weinsberger Blutsonntag nicht dabei gewesen war, und die Berichte über ihre magischen heilerischen Fähigkeiten waren allen Hauptleuten vertraut. Auch wenn Matern Feuerbach solchen Geschichten skeptisch gegenüber stand, wusste er um deren Wirkung auf die Moral der Truppe. Deshalb wünschte er sich, dass Margarethe bei dem Treffen dabei war.

Die Boten des Truchsesses traten zunächst respektvoll und zurückhaltend auf, was Feuerbachs Glauben an die eigene Stärke festigte.

»Wir sind allein hier, um die Verantwortlichen für den Weinsberger Blutsonntag zur Rechenschaft zu ziehen, nicht um die Bauern zu bekämpfen. Liefert diese Verbrecher dem Truchsess aus, dann ziehen wir mit ihnen ab und überantworten sie der weltlichen Gerechtigkeit.«

»Und welche Verbrecher wollte der Truchsess in Leipheim jagen, als seine Truppen Tausende von Bauern abgeschlachtet und in die Donau getrieben haben?«, fragte Margarethe in den Raum.

Die Boten des Schwäbischen Bundes, die offenbar erst jetzt wahrnahmen, dass sich eine Frau unter den Bauernführern befand, schauten sie mit einer Mischung aus Verwunderung und Verachtung an, die Margarethe amüsierte.

Sekundenlang herrschte betretenes Schweigen. Dann fand der Sprecher der Boten seine Worte wieder: »Wir wussten nicht, dass bei den Bauern die Frauen das Sagen haben. Bei uns im Schwäbischen Bund ist das nicht der Fall, und wir haben es deshalb nicht nötig, uns gegenüber Frauen zu rechtfertigen.«

Seine Überheblichkeit raubte ihm jegliche Achtung der Bauern.

»Wir Bauern schätzen Klugheit, egal ob sie von einem Mann oder einer Frau kommt, aber ich will auf eure Beschränkungen gern Rücksicht nehmen und wiederhole deshalb die Frage: Und welche Verbrecher wollte der Truchsess in Leipheim jagen, als seine Truppen Tausende von Bauern abgeschlachtet und in die Donau getrieben haben?« Feuerbach klang so zuckersüß dabei, dass sich die Gesandten verhöhnt fühlten.

»Wenn ihr Bauern glaubt, ihr könnt dem Schwäbischen Bund, dessen Repräsentanten wir sind, nichts als Spott und Hohn entgegenbringen, obwohl wir euch ein ehrliches Angebot unterbreitet haben, dann können wir auch anders.«

Der Sprecher hatte seine Fassung verloren, doch je mehr er sich erregte, desto ruhiger wurde Matern Feuerbach.

»Sie wollen uns drohen? Womit denn?«, fragte er die Gesandten ruhig.

Mit hochrotem Kopf, aber ohne ein weiteres Wort verließen die Boten das Zelt. Man hörte noch das Gelächter der Bauern, als sie sich eilends fortbewegten.

In einiger Distanz von der Wagenburg blieben sie stehen und schauten sich um. Sie prägten sich die Stellungen der Bauern und die landschaftlichen Begebenheiten gut ein. Das hatte der Truchsess ihnen in erster Linie aufgetragen, doch was sie wahrnahmen, stimmte sie nicht sehr zuversichtlich. Der strategische Vorteil der Bauern war unübersehbar. Da würde auch die List des Truchsesses nicht viel ausrichten können. Die Boten waren froh, nicht über das weitere Vorgehen entscheiden zu müssen, und sie ahnten nicht, wie wertvoll dem alten Fuchs ihre Erkenntnisse waren.

Als die Gesandten des Schwäbischen Bundes gegangen waren, rief Matern Feuerbach nach Jäcklin Rohrbach.

»Bauern werden niemals Bauern an die Herren ausliefern, egal was sie gemacht haben. Gleichwohl betrachte ich es noch immer als Belastung, die Verantwortlichen für Weinsberg in unseren Reihen zu haben, vor allem im Hinblick auf die Unterstützung durch die Städte. Unsere Stärke hängt maßgeblich davon ab, dass sich Böblingen auf unsere Seite geschlagen hat. Auch in unseren Städten neigt die Stimmung jetzt eindeutig den Bauern zu. In Heilbronn wird in wenigen Tagen ein Bauernparlament unter der Leitung von Wendel Hipler zusammentreffen. Wir sind fast am Ziel. Rohrbach, du hast das Kloster Maulbronn vor der Zerstörung bewahrt, das wissen wir zu schätzen, dennoch ist es besser, wenn du dich vor dieser entscheidenden Schlacht zurückziehst, schon damit die Verbündeten in Böblingen nicht an uns zweifeln.«

Damit hatte Rohrbach nicht gerechnet. »Du willst das Heer spalten, jetzt, wenn die Entscheidung ansteht? Du unterschätzt den Truchsess. Dieser Fuchs wird keine List auslassen, um das Blatt doch noch zu wenden. Wir benötigen jeden Mann und wir Neckartaler sind großartige Kämpfer.«

»Wir wissen von euren Verdiensten«, entgegnete Feuerbach, und Jäcklin konnte an seiner Stimme erkennen, wie ernst er das meinte. »Aber wir haben 15 000 Mann unter Waffen, dreimal so viel wie der Truchsess. Seine Reiterei nützt ihm nicht viel in den Sümpfen, und wir haben die wichtigsten strategischen Positionen besetzt.«

»Und woher weißt du, dass Böblingen auf Seiten der Bauern steht? Ich bin bei den Städten immer vorsichtig. Der Böblinger Vogt Lienhard Breitschwert ist ein verschlagener Mann, dem nicht zu trauen ist«, hielt Jäcklin dagegen.

»Du magst recht haben, was Breitschwert angeht, aber ein Vogt alleine kann die Stadttore nicht öffnen. Er hat keine Verbündeten mehr in Böblingen, das wissen wir von Pfarrer Jakob Engelfried. Seine ganze Gemeinde St. Anna steht auf unserer Seite. Er selbst wird noch zu uns stoßen und mit uns kämpfen. Wir können nicht verlieren, auch dann nicht, wenn ein Dutzend Neckartaler genötigt wird, vorübergehend seine eigenen Wege zu gehen. Es wird ein Sieg, auf den kein Schatten fällt. Anschließend haben wir alle Bürger auf unserer Seite, und wenn es dann um die Neuordnung des Reiches geht, bist du nicht länger ausgeschlossen, Rohrbach, dazu hast du mein Versprechen vor allen Hauptleuten hier.«

Margarethe suchte und fand Rohrbachs Blick. Wortlos erklärte sie ihm, dass es besser sei, sich dem zu beugen, als letztes Sühneopfer für das, was Ostern in Weinsberg vorgefallen war. Auch wenn er es nicht einsah, schluckte Rohrbach seinen Ärger herunter. Er hatte keine Möglichkeit, sich gegen die Bauern durchzusetzen, und die Erinnerung daran, wie er in Vaihingen abgekanzelt worden war, nagte an ihm.

Eine halbe Stunde später versammelten sich die Neckartaler vor ihrem Planwagen. Kaum mehr als zwei Dutzend Kämpfer hatten sich um Rohrbach geschart. Sie zogen mit ihm nach Norden. Ihr Ziel war Heilbronn, wo die Vorbereitungen für das Bauernparlament im vollen Gange waren. Hipler hatte große Pläne. Er wollte eine Volksvertretung mit einer Opposition ins Leben rufen, Münzen, Maße und Gewichte vereinheitlichen, die Zölle zwischen den Herzogtümern abschaffen und den Handel auf Kosten der Feudalherrschaft stärken. Gewaltige Aufgaben lagen vor den siegreichen Bauern.

Margarethe blieb beim Hauptheer, darüber waren sich alle einig, selbst Jäcklin, denn sie sollte seinen Einfluss sichern.

»Wir werden uns in Heilbronn wieder sehen, aber es ist nicht das Gefängnis, das dort auf uns wartet, sondern das Bauernparlament«, versicherten sie sich.

»Wendel Hipler befindet sich bereits dort. Ist es nicht eine großartige Fügung, dass sich Bauern und Bürger nun dort zusammenfinden und über ihre gemeinsame Zukunft in Freiheit beratschlagen, wo unser Kampf begonnen hat?«, fügte Margarethe gerührt hinzu.

»Du hast recht, es wird ein kurzer Abschied. Auch ein Fuchs wie der Truchsess wird gegen unsere Stärke nichts mehr ausrichten können. Und danach lasse ich mir nicht mehr sagen, an welcher Schlacht ich teilnehmen darf und an welcher nicht.«

»Wenn wir frei sind, wollen wir keine Schlachten mehr schlagen, sondern unsere Felder bestellen und unsere Erträge ernten, ohne den Herren und den Pfaffen damit ihren Lebensunterhalt zu sichern«, entgegnete Margarethe.

»Wir dürfen dennoch nicht unsere Augen davor verschließen, dass es immer Herren geben wird, die damit nicht einverstanden sind und unsere Freiheit bedrohen. Um uns gegen sie zu schützen, benötigen wir eine ständige Truppe, und dort sehe ich meine Aufgabe«, sagte Jäcklin.

Margarethe musste lächeln: »Hast du den Vorgaben von Feuerbach deshalb so schnell zugestimmt, damit er später deine Pläne unterstützt?«

»Das ist nicht von der Hand zu weisen«, grinste Jäcklin schelmisch wie ein kleiner Junge, der bei etwas Verbotenem ertappt worden war, auf das er jedoch sehr stolz war.

»Mein kleiner Stratege«, neckte Margarethe ihn. »Vielleicht kannst du ja den Truchsess beerben? Das Zeug dazu hast du.«

Jäcklin griff das Spielchen auf. »Danke für dein Vertrauen. Nichts würde meinen Fähigkeiten mehr entsprechen, als das vereinte Heer der neuen Herren zu befehlen.«

So leicht und zwanglos hatten sich die beiden Vertrauten selten unterhalten.

»Er ist wirklich gereift«, dachte Margarethe voller Bewunderung. »Hoffentlich bemerken das die anderen auch.«

Sie war zuversichtlich. So war es ein leichter Abschied, als sich Jäcklin mit seinen Getreuen kurze Zeit später auf den

Weg in Richtung Heilbronn machte. Länger als zwei oder drei Tage würde die kleine Gruppe nicht benötigen. Die Männer kannten die Umgebung und sie konnten sich viel schneller fortbewegen als ein großes Heer.

»Bis bald in Heilbronn«, waren Jäcklins Abschiedsworte.

»Bis bald in Heilbronn«, gab Margarethe zurück, und sie verstand nicht, warum ihr das Herz immer schwerer wurde.

Kaum war Jäcklin mit seiner kleinen Gruppe aus dem Blickfeld verschwunden, stürmten ein paar aufgebrachte Bauern den Wagen ihrer Anführer.

»Feuerbach hat uns verraten, Feuerbach hat uns verraten!«, schrien sie, so dass immer mehr Bauern aufmerksam wurden.

Margarethe kannte einige von ihnen und konnte sich nicht vorstellen, dass sie solche Vorwürfe grundlos erhoben. Die anderen Hauptleute mahnten zur Besonnenheit, doch das war schwierig angesichts der aufgeheizten Stimmung. Schließlich berichtete einer der Eindringlinge, was vorgefallen war.

»Feuerbach hat eigenmächtig Unterhändler zum Truchsess geschickt, um mit ihm zu verhandeln. Der hat nur gesagt, ergebt euch auf Gnade und Ungnade und liefert die Weinsberger aus, sonst gibt es nichts zu verhandeln. Was hat unser Hauptmann nur erwartet?«

Erneut reden alle durcheinander.

»Feuerbach hat uns verraten. Feuerbach muss abgesetzt werden!«, war am häufigsten zu hören.

Der Hauptmann wirkte gefasst. Er schwieg lange zu den Vorwürfen, dann erhob er sich und bat gebieterisch um Ruhe.

»Ein geborener Anführer«, dachte Margarethe, »was sollen wir ohne ihn machen?«

Seine kräftige Stimme erfüllte den Wagen und auch die vielen Bauern, die sich inzwischen davor versammelt hatten, konnten ihn noch verstehen.

»Es stimmt, ich habe Unterhändler zum Truchsess geschickt, aber nicht, um euch zu verraten, sondern um herauszufinden, ob es eine Möglichkeit gibt, sich ohne Blutvergießen zu einigen.«

»Glaubst du etwa nicht an unseren Sieg?«, rief jemand dazwischen, doch die Umstehenden geboten ihm zu schweigen.

Feuerbach ging auf den Einwurf nicht ein.

Unbeirrt fuhr er fort: »Ich sehe, dass die meisten mit meinem Schritt nicht einverstanden sind. Nichts schadet uns im Moment mehr als Streit und Uneinigkeit. Deshalb gehe ich auf eure Forderung ein und bin nicht länger euer Hauptmann.«

Damit hatte keiner gerechnet und mancher bereute es schon, diese Forderung erhoben zu haben.

Nach einer langen Pause, die niemand zu unterbrechen wagte, ergriff Feuerbach wieder das Wort. »Da der Angriff des Truchsesses unmittelbar bevorsteht, benötigen wir dringend einen neuen Hauptmann.«

»Schenk von Winterstetten!«, rief jemand in den Raum, und andere wiederholten den Namen.

»Auch ich bin der Meinung, dass Ritter Bernhard Schenk von Winterstetten der richtige Mann ist, der uns zum Sieg gegen die bündischen Truppen führen kann«, verkündete Feuerbach.

So erhielt das Bauernheer unmittelbar vor der entscheidenden Schlacht einen neuen Hauptmann.

Margarethe konnte sich keinen Reim darauf machen, warum Feuerbach so eigenmächtig gehandelt hatte, und ihr war nicht wohl bei der Entwicklung. Genugtuung, dass Feuerbach das Gleiche widerfahren war wie einst Jäcklin, verspürte sie nicht. Der bisherige Hauptmann stellte mit den Bottwarern die besten Kämpfer im Heer. Wie würden sie die Nachricht aufnehmen? Der neue dagegen hatte keinerlei eigene Truppen, und dass er ein Gefolgsmann von Herzog Ulrich war, machte sie eher misstrauisch.

Nach den sich überschlagenden Ereignissen verspürte Margarethe den dringenden Wunsch allein zu sein. Deshalb entfernte sie sich von der Wagenburg.

Immer wenn sie darüber nachdachte, was sich in ihrem Leben verändert hatte, stellte sie sich vor, sie würde ihren Körper verlassen und sich selber von außen betrachten. Darin hatte sie Übung, doch in diesen Zeiten blieb ihr wenig Muße dafür. Das Tempo der Veränderungen raubte ihr fast den Atem. Über ungezählte Generationen hinweg hatte sich im Deutschen Reich nichts bewegt. Die Bauern mussten den Herren dienen und sehen, dass ihnen selber genug zum Leben blieb. Jetzt waren sie aufgestanden. Ein Jos Fritz hatte noch vergebens versucht, sie zu vereinen. Ein Reformator war aufgetreten und hatte die Herrschaft der Kirche erschüttert, aber an ihn verschwendete Margarethe keine Gedanken mehr, wenn das stimmen sollte, was der Abt von Maulbronn vorgelesen hatte. Sie hatte zudem von Banken gehört, auf denen man Geld hinterlegen konnte, und von Kaufleuten, die zu einer einflussreichen Schicht geworden waren, doch das hatte mit ihrem Leben wenig zu tun. Was sich allerdings in den letzten Wochen ereignet hatte, war allein das Ergebnis ihrer Stärke und Entschlossenheit. Und jetzt standen sie dicht davor, die Früchte der Veränderungen zu ernten – für sich und für künftige Generationen.

Doch woher kam die Schwere in ihrem Herzen, seit Jäcklin davongezogen war? Sie hatte den Eindruck, je weiter er sich entfernte, desto schwerer wurde ihr Herz. Sie versuchte, diese Empfindungen zu verscheuchen.

»Es gibt keinen Grund dafür«, sagte sie sich. »Wir verlieren die Schlacht nicht, und das ist das Ende des Schwäbischen Bundes, das Ende der Herren.« Es nützte nichts. »Ich werde ihn nie wiedersehen«, rief eine Stimme in ihr. »Lüge, Lüge«, versuchte sie sich selbst Mut zu machen. »Du weißt, dass es so ist!« Die innere Stimme behielt die Oberhand. Was hatte das alles zu bedeuten? »Deine Ängste, nichts als deine Ängste«, sagte sie sich. Wie schwer es doch war, Ängste von der inneren Stimme zu unterscheiden.

In ihrer Verwirrung sah sie eine Frau mit weißen Haaren. Es war die Alte vom Michaelisberg, die sie in das Mysterium der weisen Frauen eingeführt und danach nie wiedergesehen hatte.

»Du wirst von nun an deinen Weg immer finden, du musst nur auf deine Kraft vertrauen«, hatte ihr die Alte mitgegeben.

Und irgendwie erschien es ihr, als sei sie selbst die Alte. Es war ein gutes Gefühl, aber es verwirrte sie noch mehr.

16. Kapitel

Es war ein Sonntag, als die Späher des Bauernheeres den Hauptleuten die Nachricht überbrachten, dass sich das Heer des Schwäbischen Bundes von Weil im Schönbuch aus Richtung Böblingen bewegte. Zwei Tage waren vergangen, seit Jäcklin mit seinen Getreuen das Bauernheer verlassen hatte und Matern Feuerbach abgesetzt worden war, zwei Tage voll zunehmender Spannung.

Was hatte der Truchsess vor? Jeder wusste, dass er in Württemberg nicht nur eingefallen war, um die Verantwortlichen für den Blutsonntag von Weinsberg zur Rechenschaft zu ziehen. Das war ein allzu offenkundiger Versuch, die Bauern zu spalten. Die Zuversicht des Heeres wich allmählich einer um sich greifenden Unsicherheit. Man durfte den Truchsess tatsächlich nicht unterschätzen, skrupellos und verschlagen, wie er war.

So waren die Bauern in gewisser Weise erleichtert, als sie die Nachricht von den heranrückenden Truppen erreichte. Das Warten hatte ein Ende. Margarethe hatte die zwei Tage damit verbracht, ihre Vorräte an Kräutern, Salben und Ölen aufzubereiten. Jetzt benötigte sie alles, was sie bekommen konnte; der Schwäbische Bund würde sich nicht kampflos geschlagen geben.

Noch bevor die Söldner des Truchsesses vom Goldberg aus gesichtet werden konnten, erschienen zahlreiche Bauern vor Margarethes Zelt.

»Weise Frau!«, riefen sie, »du verfügst über magische Kräfte. Segne unsere Waffen und mach uns unverwundbar!«

Im ersten Moment glaubte sie an einen Witz, auch wenn der Augenblick dafür sehr unpassend gewählt war, doch die

Bittsteller blieben hartnäckig und aus ihren Stimmen konnte sie entnehmen, wie ernst es ihnen war.

»Ich kann das nicht, das ist Unsinn und Frevel«, erklärte sie Schenk von Winterstetten und Pfarrer Engelfried, der inzwischen zu dem Haufen gestoßen war. »Ich verstehe mich auf Kräuter, aber ich bin keine Zauberin, falls es so etwas überhaupt gibt.«

»Natürlich ist es Unsinn, aber mach es trotzdem«, antwortete der Böblinger Gottesmann. »Es gibt ihnen Stärke und Selbstvertrauen. Die sind wichtig im Kampf, und dafür musst du Gottes Zorn nicht fürchten. Er sieht dein Herz und weiß, dass du keine Frevlerin gegen seine Allmacht bist.«

Diese Worte stärkten Margarethe. Sie besaß damit den kirchlichen Segen für eine Handlung, von der sie wusste, dass sie sich nicht gehörte. Doch irgendetwas Magisch-Teuflisches ging von dem Truchsess aus. Obwohl alle Trümpfe auf der Seite der Bauern lagen, traute ihm offenbar jeder geheime Mittel zu, die das Blatt noch wenden konnten. Auch wenn niemand offen darüber redete, spürte Margarethe, wie er alle verunsicherte.

»Du hast noch genug Zeit, um einen solchen Zauber vorzunehmen«, drängte Winterstetten.

Ungeachtet der fürsorglichen Worte von Pfarrer Engelfried hatte Margarethe noch nie so ungern ein Ritual begonnen, sie, die Rituale sehr schätzte und erst vor wenigen Tagen ein besonders eindrucksvolles durchgeführt hatte. Aber sie disziplinierte sich. Mitkämpfen konnte sie nicht, also war das ihr Beitrag zum Sieg. Die Bauern fragte jetzt auch keiner mehr, ob sie gerne kämpften.

Margarethe erklärte den Wortführern, sie sollten sich mit ihren Waffen in einem Kreis aufstellen, sie werde bald erscheinen und die Segnung vornehmen.

»Du hilfst uns sehr«, verabschiedeten sie Engelfried und Winterstetten.

Als sie sich zu dem vereinbarten Ort begab, erbleichte sie. Sie hatte ein paar Dutzend Bauern erwartet, doch ihre Zahl war unübersehbar, vermutlich weit über tausend. Mit vertrauensvollem Blick warteten sie auf die Frau mit den magischen Fähigkeiten, jeder seine Waffen präsentierend. Und manche trugen sogar noch die Waffen ihrer Gefährten, die keinen Platz mehr an dem Ort gefunden hatten. Jetzt musste Margarethe mehr bieten als nur einen kleinen Zauber. Bei so vielen Bauern konnte sie unmöglich jeden Einzelnen segnen, das würden alle einsehen, denn dann wäre sie noch beschäftigt, wenn der Truchsess längst den Goldberg eingenommen hätte.

Sie schloss die Augen und konzentrierte sich einen Moment auf ihr Herz, dann näherte sie sich dem Kreis, der sich öffnete, so dass sie in die Mitte schreiten konnte. Sie wandte sich nach Süden, dort, wo der Truchsess erwartet wurde. Als sie die Arme in die Luft streckte, stiegen gerade zwei Habichte auf. Sie umkreisten sich in der Luft, sackten ab, gewannen wieder an Höhe und achteten stets darauf, immer miteinander in Kontakt zu bleiben.

»Die Habichte zeigen uns den Weg«, begann sie mit kräftiger Stimme, als ob sie sich lange auf diesen Auftritt vorbereitet hätte. »Alle sind gleich, zeigen sie uns, Bauern und Herren, so will es die Natur, so will es Gott, der Allmächtige. Die Herren haben irgendwann angefangen, sich über uns zu erheben und die Ungleichheit zu Gottes Gesetz erklärt. Mit diesem Frevel machen wir heute Schluss. Heute kehrt die göttliche Gerechtigkeit, die wahre göttliche Ordnung auf die Erde zurück, und ihr, christliche Bauern, seid diejenigen, die dies bewerkstelligen. Ihr kämpft nicht nur für euch, sondern für eine höhere Ordnung, deshalb ist euch der Sieg gewiss. Aber auch für den Sieg einer gerechten Sache benötigt man gute Waffen.« Mit diesen Worten winkte sie einige der ihr am nächsten stehenden Bauern mit ihren Waffen herbei und deutete ihnen, sie auf den Boden zu legen.

Als die Männer in den Kreis zurückgekehrt waren, hob sie die Waffen nacheinander auf. »Stellvertretend für alle segne ich dieses Gewehr, diesen Spieß, diesen Morgenstern, diesen Dreschflegel mit seinen Eisendornen, diesen Streitkolben, diese Axt, diese Sensen ... So, wie sie Werkzeuge in eurer Hand sind, seid ihr alle Werkzeuge in einer viel größeren Hand, in der Hand Gottes. Und so, wie ihr Werkzeuge benötigt, um kämpfen zu können, benötigt Gott Werkzeuge, um seiner Ordnung zur Geltung zu verhelfen.

Aus euren gesegneten Waffen erwächst eine neue Ordnung, so wie aus einem Korn das neue Getreide entsteht. Und so wie sich der neue Keimling mit aller Kraft und Gewalt seinen Weg aus dem Dunkel der Erde zum Licht bahnt, so sorgen auch diese Waffen dafür, dass wir Bauern aus dem Dunkel der Leibeigenschaft mit aller Macht und der unvermeidlichen Gewalt ins Licht der Freiheit drängen.«

Sie machte eine Pause, um die Wirkung ihrer Worte zu verstärken.

Dann hob sie wieder an: »Aber nicht nur die Waffen sind gesegnet. Ich segne auch ihre Träger, die ihr euch zum Werkzeug des göttlichen Willens macht, die ihr seiner Ordnung hier auf Erden zum Durchbruch verhelft. Vertraut deshalb darauf, dass er seine Werkzeuge nicht im Stich lassen, sondern mit seiner göttlichen Macht beschützen wird.« Dabei erhob sie erneut ihre Hände zum Himmel empor. »Mir hat er aufgetragen, diese Macht zu euch herunterzuholen.« Mit weit ausgebreiteten Armen drehte sie sich langsam den vier Himmelsrichtungen entgegen. »Seine Macht ist ohne Grenze und sie wird euch unverwundbar machen gegen die Gewehre und Kanonen der Landsknechte. Sie kämpfen für nichts anderes als ihren Sold und das sorglose Leben ihrer Herren. Seid deshalb mutig und getrost, stürzt euch mit Zuversicht und Vertrauen in die Schlacht, der Sieg im Namen des Herrn kann euch nicht genommen werden.«

Margarethe spürte die Wirkung, die von ihren Worten ausging. Verzückte, aber auch entschlossene Gesichter strahlten sie an. Am meisten strahlten Engelfried, Winterstetten und Feuerbach, die der Zeremonie ebenfalls beigewohnt hatten.

Als sie auf Margarethe zukamen, fragte sie verlegen: »Ihr habt den ganzen Zauber mitbekommen?«

»Wir würden es bedauern, wenn es nicht so wäre«, gab Engelfried charmant zurück, »du warst großartig, Margarethe. Jetzt gibt es niemandem mehr im Heer, der an unserem Sieg zweifelt. Jetzt kann das bündische Heer kommen.«

Als die Sonne schon fast ihren höchsten Punkt erreicht hatte, tauchte es endlich auf. Die Hauptleute auf dem Goldberg erkannten, dass es tatsächlich nicht größer war, als ihre Späher gesagt hatten. Es sah nicht sehr beeindruckend aus am Horizont, ungeachtet der Fahnen und Standarten, die Reiter vor dem Zug hertrugen. Allerdings waren offenbar keine weiteren Söldner desertiert. Womöglich hatte der Truchsess gerade noch rechtzeitig den Sold aufgetrieben, um sie zu halten. Oder er hatte Versprechungen gemacht, die er niemals würde halten können.

Wie von den Bauern einkalkuliert, kam die Reiterei nur schwer voran. Sie war dem Truchsess zu nichts nutze. Langsam zogen die Bündischen vor das Südtor von Böblingen, dem Bundesgenossen der Bauern.

Hoffnungsvoll grinste Schenk von Winterstetten die anderen Hauptleute an. »Und jetzt, kluger Feldherr? Nach Böblingen kommst du nicht hinein und drum herum sind Sümpfe, in denen ihr jämmerlich absaufen werdet.«

Tatsächlich bewegte sich lange Zeit nichts. Auch die Bauern machten keine Anstalten, sich von ihrem strategisch günstigen Ort fortzubewegen. Sie hatten genug Verpflegung, um sich hier wochenlang zu verschanzen.

Dann kam plötzlich Unruhe auf unter den Landsknechten. Sie bewegten sich und die Bauern sahen es mit wachsendem Entsetzen. Die Soldaten drangen von Süden nach Böblingen hinein. Die Stadt musste ihnen die Tore geöffnet haben! Das war Verrat, schändlichster Verrat! Und dann ging alles sehr schnell. Mit einer Geschwindigkeit, die ein geübtes Söldnerheer ausmachte, verschwanden die Truppen innerhalb der Stadtmauern. Jeder wusste, wo sie wieder auftauchen würden.

Das folgenschwere Schauspiel lähmte die Bauernführer. Sie starrten sich an, als ob der Krieg bereits verloren sei. Wie kamen die Böblinger dazu? Was sollten sie jetzt tun? Allen hatte es die Sprache verschlagen.

Dann schrie Winterstetten: »Das Käppele, das Käppele, das steht ihnen jetzt offen! Wenn sie das besetzen, ist unser Vorteil dahin. Das müssen wir verhindern!«

Das Käppele war ein großenteils von Sümpfen umgebener Hügel nordöstlich von Böblingen. Von der Stadt aus war er über einen schmalen Pfad erreichbar. Da sich die Bauern vollständig auf ihren Verbündeten verlassen hatten und sie sich nicht zersplittern wollten, hatten sie das Käppele nicht besetzt. Das bereuten sie nun, denn von dort aus reichten die Kanonen bis zum Goldberg.

Winterstetten und Feuerbach suchten unter den Bottwarern und einigen Landsknechten, die auf Seiten der Bauern kämpften, rasch die Stärksten und Erfahrensten aus und gaben ihnen die beste Ausrüstung mit, die ihr Heer zu bieten hatte, darunter zahlreiche Gewehre sowie Fahnen mit dem Bundschuh und der Jungfrau Maria.

»Rennt, was ihr könnt«, ermutigte sie Winterstetten. »Ihr müsst vor den Bündischen dort oben sein, und wenn das nicht möglich ist, müsst ihr das Käppele zurückerobern. Es wird euch gelingen, denn ihr habt Gott auf eurer Seite, und da ist nichts unmöglich.«

Mit dieser Anweisung liefen die etwa 500 Kämpfer los. Sie wussten genau, dass Sieg oder Niederlage von ihnen abhingen.

Zunächst ging es den Goldberg hinunter. Das war einfach und sie rannten aus Leibeskräften. In der Talsenke schaute der Anführer kurz hoch. Auf dem Käppele war noch niemand zu sehen. Sie schöpften neue Hoffnung, auch wenn jetzt der anstrengende Teil vor ihnen lag, den Hügel hinauf. Jetzt spürten sie, wie schwer ihre Waffen und Fahnen waren, und mit jedem Schritt wurden sie schwerer. Doch alles lag an ihnen, deshalb bissen sie die Zähne zusammen. An Laufen war nicht mehr zu denken. Mit ausholenden Marschschritten gab die Spitze das Tempo vor, besessen von dem Gedanken, eher als die Bündischen auf dem Käppele zu sein. Sie schwitzten, ihre Knie begannen zu zittern, aber sie ließen nicht nach. Es war nicht mehr weit bis auf die Spitze. Sie nahmen sich nicht einmal die Zeit, nach oben zu schauen, sondern konzentrierten sich ganz auf den unerbittlich ansteigenden Weg.

Vor dem letzten Anstieg schrie einer auf: »Die Fahne, die Fahne!«

Alle Anstrengung war umsonst gewesen, denn die Bündischen brachten gerade weithin sichtbar ihre Fahne auf dem Hügel an. Sie flatterte wie ein höhnischer Gruß zu den Bauern hinüber. Es war ein aussichtsloser Wettlauf gewesen gegen die Reiterei des Truchsesses. Ohne die Lage wirklich zu erfassen, wollte der Anführer jedoch nicht aufgeben.

Derweil setzte sich auch das Hauptheer der Bauern in Bewegung.

»Nach dem Verrat von Böblingen können wir hier nicht tatenlos warten, bis die Bündischen ihre Kanonen gegen uns in Stellung gebracht haben. Wir kommen der Vorhut zu Hilfe und stellen den Truchsess. Immerhin sind wir dreimal so viele und die Reiterei wird ihm in einer offenen Schlacht auf diesem Gelände nicht viel nützen«, entschied Winterstetten, und keiner widersprach.

Margarethe fand, es sei keine gute Idee, den strategischen Vorteil auf der Höhe ohne Not aufzugeben, auch wenn sie nicht wusste, wie man sich vor den Kanonen schützen konnte. Aber ihre Meinung spielte jetzt ohnehin keine Rolle mehr.

Es war eine verunsicherte Truppe, die sich auf den Weg machte. Viele zweifelten, ob sie ihrem neuen Heerführer wirklich vertrauen konnten. Die bedeutenden Anführer – der Götz, Florian Geyer, Wendel Hipler, Jakob Metzler und all die anderen – lagerten weit im Norden.

Feuerbach, der von Winterstetten immer zu Rate gezogen wurde, verfluchte im Stillen, dass er Jäcklin Rohrbach mit Rücksicht auf den verräterischen Verbündeten Böblingen davongeschickt hatte. Rohrbach war ein furchtloser Kämpfer und ein geschickter Stratege. Das hatte er vor Weinsberg bewiesen, auch wenn davon kaum jemand sprach. »Wenn wir hier das Blatt noch einmal wenden, werde ich mich bei ihm entschuldigen«, nahm er sich fest vor.

Ehrlicherweise mussten sich Winterstetten und Feuerbach eingestehen, dass sie ratlos waren. Der Truchsess würde sich niemals zu einer offenen Schlacht zwingen lassen. Wenn aber die Bündischen das Käppele hielten und sich das Hauptheer hinter den Stadtmauern von Böblingen verschanzte, war es unsinnig, dem Feind entgegenzugehen. Gut bewaffnete und erfahrene Truppen auf einem Berg oder hinter Mauern waren für jeden Angreifer ein kaum zu bezwingender Gegner. Jetzt war es indes zu spät, noch einen anderen Befehl zu erteilen. 15 000 bewaffnete Bauern waren nicht mehr aufzuhalten.

Am Fuße des Käppele befahl der Anführer der Vorhut den Sturm. Damit erntete er heftigen Widerspruch.

»Wir sind von dem Gewaltmarsch so erschöpft, dass wir kaum noch unsere Waffen tragen können. Wie sollen wir dort hinaufgelangen und gegen die Truppen des Truchsesses kämpfen? Befiehl den Rückzug, solange das noch möglich ist«, drängten ihn seine Mitstreiter.

»Niemals«, eiferte der sich. »Ich führe den Befehl des Hauptmanns aus, und wir werden es schaffen, weil Gott mit uns ist und wir unverwundbar sind. Das hat die weise Margarethe gesagt.«

Mit diesen Worten machte er sich auf den Weg. Widerwillig folgten die anderen.

Merkwürdigerweise bewegte sich auf dem Käppele nichts außer der Fahne der Bündischen. Der Vorhut der Bauern sollte es recht sein. Je weiter sie nach oben kam, desto besser. Nur zwei Windungen noch, dann hatten sie es geschafft.

Das Hauptheer kam nur langsam voran. Immer wieder stolperten einige der schwer bewaffneten Bauern am Abhang, was weitere Stürze nach sich zog. Bisweilen lagen mehr als ein Dutzend übereinander. Viele verletzten sich dabei an ihren eigenen oder fremden Klingen und Dornen. Feuerbach war froh, endlich die Senke vor sich zu sehen. Von dort an würde seine gewaltige Streitmacht sicherer vorankommen, und die Einheimischen konnten genau sagen, welche Wege durch das sumpfige Gelände führten.

Plötzlich brach ein Höllenfeuer von Gewehren und Kanonenkugeln über die Vorhut herein. Immer neue Salven prasselten auf die hilflosen Bauern herab. Ihr Anführer fiel als Erster, er war sofort tot. Andere blieben schwer verletzt liegen und boten einen grässlichen Anblick. Panik ergriff die Nachfolgenden. Ohne zu zögern, drehte um, wer konnte, und hastete den Berg wieder hinunter, dem Hauptheer entgegen. Sie kamen schnell voran, denn als die wilde Flucht im Gange war, stellten die Bündischen das Feuer ein. Die

Bauern waren froh darüber und verschwendeten keinen Gedanken daran, was das zu bedeuten hatte.

»Lasst sie laufen, die Hasen«, befahl der Truchsess seinem Feldherrn Ritter Heinrich Traisch von Buttlar, der den Trupp auf dem Käppele befehligte.

»Du lässt sie laufen?« Ungläubig schaute der ihn an.

»Natürlich nur vorübergehend«, gab der Truchsess gut gelaunt zurück, »warte ab, was passiert, es ist ein verlorener Haufen.«

Der Truchsess vermittelte den Eindruck, als säße er in einem Theater und genösse ein grandioses Schauspiel, das einige Überraschungen bereithielt; und vermutlich fühlte er sich auch so.

Derweil hatte das Hauptheer die Senke erreicht, die den Goldberg von den gegenüberliegenden Hügeln trennte. Jetzt sahen sie die Vorhut in wilder Hatz auf sich zugerannt kommen. Die meisten hatten ihre Waffen weggeworfen, um schneller zu sein, sogar die teuren und wertvollen Gewehre, mit denen sie dem Truchsess ebenbürtig waren. Viele bluteten, und das Blut vermischte sich mit Schweiß und Dreck. In ihrer Panik boten sie einen Furcht erregenden Anblick. Am schlimmsten war der Blick der Männer, als sie näher kamen. Die Augen waren weit aufgerissen, als seien sie dem Leibhaftigen begegnet.

Der Schrecken, den die Flüchtenden verbreiteten, übertrug sich auf das Hauptheer. Keiner war zugegen, der die richtigen Befehle gab, keiner, der sich der ausbreitenden Panik entgegenstellte und für Ruhe und Disziplin sorgte.

»Lauft, lauft, rettet euch, bevor es zu spät ist!«, brüllten die Fliehenden.

Einige waren so planlos, dass sie versuchten, durch das Hauptheer hindurchzubrechen. Sie steigerten damit die Panik. Die Bauern in den ersten Reihen stoben nach links und rechts auseinander. Das Chaos übertrug sich weiter und verwandelte das mächtige Heer binnen kurzer Zeit in einen Haufen ängstlicher und kopfloser Hasen, über die weit weg von ihren schützenden Löchern ein Schwarm Bussarde hereinbrach.

In sicherer Entfernung hatte einer auf diesen Augenblick gewartet. Der Truchsess triumphierte. Die fehlende Erfahrung der Bauern hatte ihm ganz ohne sein Zutun einen wichtigen Sieg beschert. Oder beinah ohne sein Zutun. Nur ein wenig Geld zur richtigen Zeit an der richtigen Stelle eingesetzt, mehr war nicht nötig gewesen. Und jetzt war es Zeit, diesen Triumph auf seine Art auszukosten. Er schickte seine Reiterei mit dem strikten Befehl los, keinen der Bauern zu schonen. Er wollte ihnen eine Lektion erteilen, die sie auf ungezählte Generationen nicht vergessen würden.

Was Margarethe vom Goldberg aus sah, war keine Schlacht, sondern ein Abschlachten.

Die meisten Bauern versuchten nach Osten zu entkommen. Dort lag in einem Kilometer Entfernung ein Waldstück, das einen gewissen Schutz bot. Doch die Pferde der bündischen Truppen waren schneller. Margarethe glaubte nicht, was ihre Augen wahrnahmen, und sie verstand es auch nicht. Nur ihr Körper reagierte. Ihr Atem ging stockend, ihre Knie wurden weich und versagten schließlich ihren Dienst. Sie sank auf den Boden, ohne ihren Blick von dem Gemetzel zu wenden, das sich zu ihren Füßen abspielte und kein Ende nahm. Aber sie begriff nicht, dass dort neben Tausenden von Bauern auch all ihre Träume von einem Leben in Freiheit, Würde und göttlicher Gerechtigkeit starben.

Schließlich ließ sie sich mit dem Gesicht auf den Boden fallen und wartete darauf, was geschehen würde. Womöglich würde Schenk von Winterstetten als strahlender Sieger kommen und sie aus dem Albtraum erlösen.

Es war schon dämmrig, als sie Tritte und harte Hände spürte. Es war nicht Matern Feuerbach.

»Was macht so eine alte Vettel im Lager der Bauern?«

Fröhliches Gelächter folgte. Ein Trupp bündischer Söldner durchstreifte die verlassene Wagenburg der Bauern. Ihre Kleider waren blutbeschmiert, obwohl sie selbst nicht einmal einen Kratzer abbekommen hatten. Ihre Laune konnte nicht besser sein. Sie befahlen Margarethe aufzustehen und fesselten ihr die Arme auf dem Rücken.

Sie ließ es geschehen, ließ alles geschehen, auch als ihr einer der Landsknechte hart ins Gesicht schlug. Ein anderer bewahrte sie vor weiteren Misshandlungen.

»Die kenne ich, die gehört den Herren von Hirschhorn, und das sind Jagdfreunde des Truchsess. Wir sollten ihm überlassen, was er mit ihr macht. Wegen der Alten wollen wir uns doch an einem so schönen Tag keinen Ärger holen.«

Als Margarethe dem Truchsess gegenüberstand, erinnerte sie sich, ihn schon einmal gesehen zu haben. Aber das Leben vor dieser Schlacht verschwand immer mehr hinter einer Nebelwand. So hatte sie sich nach Luises Tod gefühlt.

Sie bot ein jammervolles, verwirrtes Bild, doch in den Augen des Truchsesses zeigte sich nichts als Genugtuung.

»Sie gehört nach Heilbronn. Dorthin wollen wir auch, um diesem Bauernparlament«, bei dem Wort spuckte er aus, als habe er etwas Giftiges verschluckt, »zu zeigen, wo sein Platz ist. Die Alte nehmen wir mit, und dann soll die Stadt entscheiden, was mit ihr geschieht.«

Margarethe wusste auch später kaum noch, wie sie nach Heilbronn gelangt war. Ihre Erinnerung setzte vage wieder im Gefängnis ein, im gleichen Verlies, in dem ihr Mann Peter einst seinen Lebenswillen verloren hatte und in dem sie selbst nach Peters Tod eingekerkert war, als sie sich geweigert hatte, das Hauptrecht zu zahlen.

Bald verlor sie das Gefühl für Tag und Nacht, für Frühling und Sommer. Waren es Wochen, die sie hier zubrachte, oder Monate?

Je länger sie in dem Verlies steckte, desto bewusster wurde ihr, wie abgeschnitten sie von der Welt draußen war. Was war mit Jäcklin? Lebte und kämpfte er noch? Wo hielt er sich auf? Hatte er sich gar zu den Odenwälder Bauern durchgeschlagen? Unter dem Kommando des Götz würden sie das Blatt vielleicht noch wenden können. Ein erfahrener Heeresführer war wichtig, und es tat ihr leid, dass sie so leidenschaftlich gegen den Götz gewettert hatte. Vielleicht tobte gerade eine Schlacht, die den Bauern den Sieg brachte?

Und Matern Feuerbach, der abgesetzte Feldherr, was war aus ihm geworden? Sie versuchte die Wachen auszufragen, die ihr zweimal am Tag etwas Grütze, Brot und manchmal eine dünne Suppe brachten, doch sie erfuhr nichts. Die Männer hatten den strikten Befehl, die Erhebung der Bauern mit keinem Wort zu erwähnen. Damit musste sie sich abfinden.

Margarethes Stimmung wechselte rasch. Manchmal hatte sie das Gefühl, den Verstand zu verlieren, wenn sie darüber rätselte, was seit der Böblinger Schlacht passiert war. Dann wiederum breitete sich eine Teilnahmslosigkeit in ihr aus, die sich angenehm anfühlte. In solchen Momenten wusste sie nicht einmal genau, wo sie sich befand, und wenn sie jemand nach dem Goldberg gefragt hätte, hätte sie nur mit den Achseln gezuckt.

Sobald sie sich ihre Situation wieder verdeutlichte, erschrak sie. »Margarethe, pass auf, dass du nicht verrückt wirst«, ermahnte sie sich. »Wenn ich nur den Zustand der Ruhe und Gelassenheit bewusst herbeiführen und ich mich genauso bewusst wieder daraus entfernen könnte«, überlegte sie. Der Beutel mit den Kräutern, die ihr hätten helfen können, war verschwunden. Dabei trug sie ihn, solange sie denken konnte, unter ihrem Kleid bei sich. Offenbar hatten Landsknechte sie beim Plündern durchsucht und ihr die Kostbarkeiten weggenommen. Sie glaubte nicht, dass die

Räuber wussten, welche Schätze damit in ihre Hände gefallen waren.

Wenn sie sich nicht der Kräuter bedienen konnte, musste sie etwas anderes wählen. Die vier Elemente anzurufen hatte ihr noch immer geholfen, doch in dem Verlies war das schwer. Sie benötigte symbolische Formen als Unterstützung, aber wie sollte sie daran kommen?

Dann kam ihr der Gedanke, die Aufseher zu bitten. Sie mussten gar nicht wissen, was sie taten. Zunächst besorgte sie sich Wasser.

»Ich bin häufig so durstig, würdet ihr mir einen Krug Wasser geben, damit ich mich bedienen kann?«, fragte sie den Wärter, der sie am respektvollsten behandelte.

Der hatte keine Bedenken, denn mit der Schlacht von Böblingen hatte die Bitte nichts zu tun. Und er sorgte sogar dafür, dass sich immer frisches Wasser in dem Tonkrug befand.

Seine Aufmerksamkeit machte ihr den Mut weiterzugehen.

»Ich bin Bäuerin und das Leben auf der Scholle gewohnt. Wer weiß, wie lange ich noch in diesem Verlies bleiben muss? Hättet Ihr die Güte, mir etwas Erde und einige Federn zukommen zu lassen? Das würde mich an meine Herkunft erinnern und mir etwas Trost geben.«

Zwar schüttelte der Mann leicht belustigt den Kopf. Doch warum sollte er ihr nicht auch den Gefallen tun? Er kannte und achtete Margarethe, ohne dass er es ihr zeigen durfte, denn er war einer der Städter gewesen, die einen Schulterschluss mit den Bauern gewünscht hatten. Heute war er froh, dies nie laut gefordert zu haben wie andere. Dann könnte er seinem Broterwerb als Gefängniswärter nicht länger nachgehen.

Er brachte Margarethe Taubenfedern, keine von Greifvögeln, die sie besonders schätzte, aber sie wollte sich nicht beklagen.

Nur Feuer hatte sie keines. Danach fragte sie besser nicht, sonst würde sie sich noch unnötigen Verdächtigungen aussetzen. Und genau genommen benötigte sie es auch gar nicht, denn vor dem Verlies brannten immerwährend Fackeln. Deren Feuer konnte sie anrufen.

Als sie die Erde in ihren Händen spürte, stiegen Tränen in ihre Augen. Sie rieb die Erde, roch daran, drückte sie. Sie fühlte sich gut an und schmerzte gleichzeitig.

In dem Moment war es, als würde ein Schleier von ihren Augen gerissen. Jetzt sah sie in der Erde mehr als nur eines der Elemente. Diese eine Handvoll erschien ihr wie ein Symbol für alles, was sie zum Greifen nahe vor sich und dann doch verloren hatten: ein Leben als freie Bauern auf der eigenen Scholle. Das ganze Ausmaß der Katastrophe vom Goldberg wurde ihr unvermittelt bewusst. Wenn die Odenwälder Bauern mit Götz und Geyer erfolgreicher gewesen wären und Jäcklin es geschafft hätte, zu ihnen zu stoßen, dann wäre sie nicht mehr in Haft. Ihre Gefangenschaft war der sichere Beweis, dass auch alles andere verloren war, alles.

Und sie hatten es selbst zu verantworten. Sie hatten ungeachtet aller Warnungen den Truchsess unterschätzt, seine Verschlagenheit, seine Skrupellosigkeit. Ihre Führer hatten Fehlentscheidungen getroffen, die erfahrenen Hauptleuten nie unterlaufen wären. Warum hatten sie nicht Bewaffnete in Böblingen stationiert? Die Stadt hätte sie dann nicht so leicht verraten können. Warum hatten sie das Käppele nicht besetzt? Dann hätte der Verrat weniger katastrophale Folgen gehabt. Wie hatten sie ihren strategischen Vorteil nur so leicht aus der Hand geben können?

Verzweiflung erfasste sie, die so tief und so schwarz war, dass sie fürchtete, nie wieder einen Weg zum Licht zu finden. Und wer konnte sagen, wie lange sie in diesem Verlies verbleiben müsste? Darüber hatte sie sich seltsamerweise noch gar keine Gedanken gemacht. Es war nicht wie bei ihrem ersten Aufenthalt im Gefängnis, als jeder wusste, dass sie dort einsaß und sie den Schlüssel nach draußen in Form des zu zahlenden Hauptrechts sogar selbst in der Hand hielt. Sie wusste noch nicht einmal, wer von ihren Freunden noch lebte, und von denen da draußen konnte niemand wissen, dass sie noch lebte und wo sie steckte. Damals hatte sich Philipp rührend um sie gekümmert. Womöglich war ihm jetzt gesagt worden, sie sei tot. Dann käme er gar nicht auf die Idee, nach ihr zu suchen.

Je länger sie sich ihre Situation ausmalte, desto auswegloser erschien sie ihr. Nun haderte sie mit allem. Hätte sie doch nur nicht um diese Handvoll Erde gebeten. Ein Ritual hatte sie damit machen wollen, doch stattdessen hatte die Erde sie in einen Abgrund gestürzt.

Seit dem Tag verweigerte Margarethe das Essen. Sie trank nur noch etwas von dem Wasser, das ihr der Aufseher weiterhin in ihr Verlies stellte. Sie wollte nicht jahrelang dahinvegetieren, sie wollte rasch sterben und stand kaum mehr von ihrem Lager auf.

17. Kapitel

Zunächst erfasste es Margarethe nicht, als sich eines Tages die Tür zu ihrem Verlies öffnete und ein gut gekleideter Mann in Begleitung zweier Diener erschien.

Solche Herren suchten gewöhnlich kein Gefängnis auf. Seine sanfte Stimme kam Margarethe irgendwie bekannt vor, doch sie konnte sie nicht gleich zuordnen. Alles blieb neblig und verhangen in ihrem Kopf wie an einem trüben Morgen im Spätherbst, wenn es die Sonne nicht schafft, sich gegen die graue Natur zu behaupten.

»Du bist frei, Margarethe, steh auf und komm mit, du warst lange genug hier. Es ist kein guter Ort.«

Jörg von Hirschhorn war gekommen, ihr Leibherr.

Ohne eine Regung starrte sie ihn an. War es ein Gespenst? Eine Fata Morgana? Davon hatte sie gehört. Wenn man in einer ausweglosen Situation den Verstand verlor, erschien einem manchmal die Rettung als Trugbild. Das war gefährlich. Man glaubte sich gerettet, doch das Bild verschwand sofort, wenn man es greifen wollte. Also versuchte sie es besser gar nicht.

Doch diese Fata Morgana bewegte sich, kam auf sie zu und gebot dem Diener, ihre Hand zu ergreifen. Sie konnte es deutlich spüren. Ganz selbstverständlich führte die Hand sie aus dem Verlies heraus, immer dem Gutgekleideten folgend. Die Wärter, die genauso aussahen wie immer, standen mit ihren Schlüsseln dabei und ließen es geschehen. Es schien ihr sogar, als lese sie in ihren Augen Einverständnis und Sympathie.

»Du bist frei«, wiederholte Jörg von Hirschhorn.

»Frei?«, echote Margarethe, die noch immer nichts verstand und sich unendlich schwach fühlte. Nur mit größter Mühe hielt sie sich auf den Beinen.

»Frei«, bekräftigte ihr Leibherr. »Du musst nicht länger im Gefängnis sein, und ich gebe dich frei als meine Leibeigene. Die Diener werden dich zu meinem Schloss bringen, dort werde ich dir alles Weitere erklären.«

Mit diesen Worten verschwand Jörg von Hirschhorn, und sie folgte seinen Dienern mühsam ans Tageslicht.

Allmählich dämmerte ihr, dass es doch kein Traum war und auch keine Fata Morgana. Ihr Leibherr hatte ein altes Versprechen eingelöst.

Dennoch brauchte sie lange, um wirklich zu verstehen, was in der Welt und in ihrem Leben geschah. Sie hielt sich zwei Tage im Schloss ihres Leibherrn auf, bevor er nach ihr rief. Es waren zwei angenehme Tage. Seine Bediensteten hatten ihr eines der Gästezimmer zugewiesen, ein Raum, dessen kleine Fenster nachmittags von der Sonne erreicht wurden, so dass es angenehm hell war. Am Stand der Sonne und der Natur erkannte Margarethe, dass es Hochsommer sein musste; also war sie etwa ein Vierteljahr im Heilbronner Verlies gewesen. Im Schloss hatte sie eine saubere Lagerstätte mit Strohsäcken, Frauen brachten ihr Wäsche zum Wechseln und regelmäßig ein nahrhaftes Essen, bestehend aus Grütze, Gemüse und sogar Fleisch, das sie nun gern wieder zu sich nahm.

Doch ungeachtet der äußeren Annehmlichkeiten fühlte sie sich nicht wohl in ihrer Haut. Sie brannte darauf zu erfahren, was seit ihrer Gefangenschaft geschehen war. Gut konnte es für die Bauern nicht ausgegangen sein, so viel war klar, aber was war genau geschehen und was war aus ihren Mitstreitern geworden?

So war sie froh, als ihr Leibherr sie endlich in den kleinen Empfangssaal bestellte. Schweigend sah er sie an und sie erkannte keinen Vorwurf, keine Abneigung in seinem Blick, eher Sorge. Wenn sie es sich recht überlegte, war es nicht lange her, seit sie ihn zuletzt gesehen hatte, doch es kam ihr vor wie in einer anderen Zeit, und irgendwie war es auch so.

Jörg von Hirschhorn wirkte noch immer auf eine Art jungenhaft, als habe er sich entschieden, niemals zu altern.

Endlich brach er das Schweigen. »Du hast einen guten Ruf als weise und besonnene Frau, Margarethe, sogar unter den Herren in Heilbronn, die es geschafft haben, immer auf der Seite der Sieger zu stehen. Ich bin froh, dass du jetzt in Sicherheit bist.«

»Danke, Herr, was immer Ihr für mich getan habt.«

Es fiel ihr schwer, passende Worte zu finden, ja überhaupt irgendwelche Worte.

»Natürlich willst du erfahren, was sich seit deiner Verhaftung ereignet hat. Ich nehme an, du weißt nicht viel.«

»Gar nichts, Herr, ich weiß gar nichts.«

Sie war verunsichert, hilflos, ohne Orientierung. Seine sanfte Stimme und seine Fürsorge taten gut.

»Wir«, dabei lächelte Jörg von Hirschhorn etwas verlegen, »also der Adel, oder die Herren, wie die Bauern sagen, hatten tatsächlich unser Ende kommen sehen. Gerade hier in der Gegend, in Württemberg und im Odenwald hattet ihr Armeen aufgestellt, gegen die das unzufriedene Söldnerheer des Truchsess von Waldburg eigentlich niemals hätte gewinnen können.«

»Das hatten wir uns auch eingebildet«, dachte Margarethe, und ihr Leibherr schien ihre Gedanken zu erraten.

»Aber eure Führer haben zwei große Fehler begangen: Ihr wart euch nicht einig. Ihr habt es versäumt, einen einzigen, großen Haufen zu bilden. Und ihr habt den Truchsess unterschätzt, seine Verschlagenheit, seine Skrupellosigkeit. Du weißt, ich habe ihn nie sonderlich geachtet. Nach allem, was in den letzten Monaten geschehen ist, achte ich ihn persönlich noch weniger, auch wenn ich mich als Angehöriger des Adels nicht über ihn beschweren darf. Niemand außer ihm wäre in der ausweglosen Lage im Stande gewesen, das Blatt noch einmal zu wenden.«

Jörg von Hirschhorn schwieg und ein wehmütiger Zug umspielte sein Gesicht, der eine Ahnung davon vermittelte, dass auch an ihm die Zeit nicht vorbeigegangen war. Der Herr über ein riesiges Anwesen war hin- und hergerissen zwischen seinem Gewissen und den Interessen seiner Familie, deren Erbe er hütete. Aber es spielte ohnehin keine Rolle mehr, denn die Würfel waren gefallen, endgültig.

Ohne Eile nahm er den Faden wieder auf. »Der Truchsess erkannte euren Vorteil vor Böblingen sofort. Er wusste, in einer offenen Schlacht würde er unterliegen. Um sich ein genaues Bild von der Lage zu machen, schickte er zunächst zwei Boten zu euch. Ihr wart so leichtgläubig und habt sie empfangen.«

»Jäcklin Rohrbach war dagegen«, platzte es aus Margarethe heraus, »aber die anderen Hauptleute fanden, wir hätten nichts zu verbergen und außerdem gehöre es sich unter Kriegsparteien, die Boten des Gegners zu empfangen.«

Mitleid zeigte sich in der Miene des Leibherrn. Das mochte Margarethe am wenigsten.

»Ihr hattet viel zu verbergen, aber noch fataler war die Illusion, der Truchsess würde ein Bauernheer als Kriegsgegner ansehen, dem man zu Ehrenhaftigkeit verpflichtet sei. Tollwütige Hunde sind aufständische Bauern für ihn, das hat er oft genug verkündet, und gegen tollwütige Hunde ist keine Lüge und keine Intrige verwerflich, sie gehören einfach totgeschlagen.«

Die Luft wurde immer dichter im Raum, Margarethe atmete schwer.

Nach einer weiteren Pause fuhr Jörg von Hirschhorn langsam fort: »Das hatte ich schon einmal gesagt.«

Es klang beinah, als würde ihr Leibherr bedauern, dass sich die Herren durchgesetzt und die Bauern nicht auf ihn gehört hatten.

»Nach dem Bericht seiner Kundschafter war ihm klar, dass er nur mit Hilfe der Stadt Böblingen zum Sieg kommen konnte. Blieb Böblingen auf der Seite der Bauern, wäre es besser gewesen, sich zurückzuziehen.«

»Aber wie hat er es geschafft, nach Böblingen eingelassen zu werden? Unsere Hauptleute waren sich der Unterstützung der Stadt so sicher.«

»Zu sicher«, entgegnete ihr Leibherr. »In Böblingen gab es zwei Gruppen. Die Handwerker und einige Kirchenleute standen auf Seiten der Bauern.«

»Ja, der Pfarrer von St. Anna, Jakob Engelfried, ist sogar zu uns gestoßen und hat mit uns gekämpft«, warf Margarethe ein und erntete erneut ein mitleidiges Lächeln.

»In der Stadt wäre er euch mehr von Nutzen gewesen«, setzte ihr Leibherr seinen Bericht fort. »Der Vogt Lienhard Breitschwert und die reichen Bürger unterstützten den Schwäbischen Bund. Wären Gesandte von euch in der Stadt gewesen, hätte der Truchsess womöglich nicht so viel Erfolg gehabt. Er hat den Böblingern gedroht, alle umzubringen, Mann, Weib und Kind, wenn ihm die Tore nicht geöffnet würden. Und da das allein nicht half, hat er einige seiner engsten Vertrauten mit viel Geld in die Stadt geschickt. Sie haben es den richtigen Leuten gegeben, einigen einflussreichen Ratsherren und den Wachen am Südtor. Daraufhin führten diese den Befehl des Vogts aus und öffneten das Tor für das Heer des Truchsesses. Er hatte Durchlass und konnte einen Berg vor den Toren auf der anderen Seite der Stadt besetzen, den kein Feldherr mit ein wenig Erfahrung unbeachtet gelassen hätte.«

Das klang erneut wie ein Vorwurf, aber Margarethe überhörte ihn. Sie war viel zu fassungslos über das, was sie erfuhr. Darum also hatte Böblingen seine Tore geöffnet. Niemals wäre jemand von den Bauern auf die Idee gekommen, Gesandte nach Böblingen zu schicken, um Drohungen und Intrigen der Herren zu begegnen, nicht einmal der argwöhnische Jäcklin. Wie unbedarft sie doch gewesen waren, dabei hatten sie sich so klug gewähnt.

»Böblingen ist der Verrat nicht bekommen«, ergänzte Jörg von Hirschhorn noch. »Der Truchsess hat die Stadt brandschatzen lassen. Sechs Gulden pro Kopf musste sie zahlen, um nicht geplündert und niedergebrannt zu werden, eine enorme Summe, die er als Dank an seine Söldner weitergegeben hat. Der Truchsess weiß, was sich gehört.«

Hilflos schaute Margarethe ihren Leibherrn an, als ob sie ihn bitten wollte, sie vor dem Truchsess zu schützen. Es dauerte lange, bis sie sich gefasst hatte, und auch Jörg von Hirschhorn schwieg.

Dann hob Margarethe wieder an mit einem Hauch von Hoffnung in der Stimme, wie eine Ertrinkende, die versucht, einen letzten Halm zu ergreifen, weil sie die Wirklichkeit nicht wahrhaben will: »Aber nicht alle Bauern wurden vor Böblingen geschlagen. Jäcklin Rohrbach hatte den Haufen vorher verlassen, in Heilbronn war das Bauernparlament zusammengetreten und unsere größte Streitmacht stand unter dem Kommando des Götz in Franken. Sie müssen doch gewarnt worden sein!«

Ihr Leibherr antwortete noch ruhiger, beinah flüsternd: »Jäcklin Rohrbach kam nicht weit. Mit seinem kleinen Trupp lagerte er bei Markgröningen, nicht weit von der Festung Hohenasperg. Auch das war ein unverantwortlicher Leichtsinn mit fatalen Folgen. In der Festung hatte sich nämlich der Burgvogt Bastian Emhard mit einer schlagkräftigen Söldnertruppe verschanzt. Er hatte überall verkündet, dass er sich den Bauern nicht geschlagen geben würde. Zwar war er ohne Aussicht auf einen Sieg gegen ein Bauernheer in einer offenen Schlacht, doch selbst nach einem Sieg über den Schwäbischen Bund wäre es den Bauern schwergefallen, die Festung einzunehmen. Dazu kam es aber erst gar nicht. Emhard erreichte die Kunde, dass ein kleiner, bewaffneter Trupp von Bauern bei Markgröningen lagerte. Ob er wusste, dass sich Rohrbach unter ihnen befand, ist nicht bekannt. Er wollte den Bauern in seiner Umgebung aber zeigen, wer der Herr ist, und ließ seine Söldner am frühen Morgen gegen die Bauern ausrücken. Damit überraschte er sie, die sich in Sicherheit wiegten. Sie leisteten nur wenig Widerstand, nicht einmal Rohrbach, der vermutlich erst verstand, was geschah, als er bereits in Ketten lag. Über den Fang war der Burgvogt besonders erfreut, und er entschied sich sofort, ihn an den Truchsess auszuliefern.«

Plötzlich fror Margarethe, obwohl es in dem Empfangssaal angenehm warm war. Es war die Kälte, die von innen kam und etwas Schreckliches ankündigte. Sie fraß sich durch alle Zellen ihres Körpers, ließ ihr Herz rasen, ihren Atem flach werden und zog alles Blut aus ihrem Gesicht.

»Um alles, was dann geschah, ist selbst er nicht zu beneiden, der Verantwortliche für den Blutsonntag von Weinsberg. Willst du es wirklich wissen oder reicht es dir, wenn ich sage, dass er tot ist?«

»Ja, ich will es wissen«, bekräftigte Margarethe, so überzeugend sie konnte. »Wie fürchterlich es gewesen sein mag, für mich ist die Ungewissheit noch fürchterlicher.«

»Und die Bilder, die ich mir dann selber ausmale«, fügte sie nach einer Pause hinzu.

Noch gedämpfter, als sei es ein Geheimnis, fuhr der Leibherr fort: »Als ihm Rohrbach in Ketten übergeben wurde, jauchzte der Truchsess. Noch nie war er so glücklich gesehen worden; er hatte nämlich gefürchtet, Rohrbach sei dem Gemetzel vor Böblingen entkommen. Es gab kein größeres Vergnügen für ihn, als über diesen verhassten Bauernführer verfügen zu können. Er hat weitere Ketten um ihn legen lassen, als ob die vorhandenen nicht längst gereicht hätten, um jeden Fluchtgedanken zu vertreiben. So schleppte er ihn mit bis Neckargartach. Dort schlug er auf einer Wiese das Lager mit seinem Haufen auf und ließ großzügig Speis und Trank servieren. Der Sieg bei Böblingen hat den Söldnern auch manchen ganz handfesten Vorteil in Form von Wein, Bier, Brot und Fleisch beschert.

Noch vor dem Gelage befahl der Truchsess, Rohrbach an einen Weidenbaum zu ketten. Dann ließ er im gehörigen Abstand Reisig und dünne Holzscheite im Kreis um Rohrbach und den Baum herumschichten. Während es sich die Söldner gut gehen ließen, und Alt und Jung aus der Umgebung herbeiströmte, ließ der Truchsess den Ring aus Reisig anzünden. Ein richtiges Feuer konnte aus dem wenigen Holz nicht entstehen, aber das war auch nicht die Absicht des Truchsess. Es schwelte nur, und es kroch quälend langsam auf den Angeketteten zu. Zunächst hat der versucht, mit Sprüngen und Hüpfern dem schwelenden Feuer zu entkommen, doch seine Ketten engten seine Möglichkeiten ein. Der Truchsess und seine Söldner haben sich prächtig amüsiert, heißt es. Rohrbach aber verbrannte nicht, er erstickte auch nicht am Qualm, er schmorte ganz langsam dahin.«

Das war zu viel für Margarethe. Sie spürte einen Brechreiz unaufhaltsam in sich hochsteigen, und um diesem Gefühl nicht in dem kostbaren Empfangssaal ihres Leibherrn nachgeben zu müssen, rannte sie hinaus. Weit kam sie nicht. Auf dem Flur entleerte sich der Mageninhalt, den sie in den letzten zwei Tagen zu sich genommen hatte. Mühsam schleppte sie sich in ihr Zimmer und warf sich auf ihr Bett.

Es kam ihr vor, als könne sie Jäcklins verbranntes Fleisch riechen, wie es quälend langsam dahinschmorte, Stunde um Stunde. Und sie hörte Jäcklin von unerträglichen Schmerzen gepeinigt um einen schnellen Tod flehen, doch nur das Hohngelächter der Söldner war die Antwort. Der Geruch in ihrer Nase und die Schreie in ihren Ohren ließen sie erneut würgen und beförderten den Rest ihres Mageninhalts nach draußen. Sie konnte gar nicht glauben, dass sie so viel gegessen hatte. Nur langsam beruhigte sie sich; einen solchen

Tod hatte Jäcklin nicht verdient, egal was in Weinsberg vorgefallen war.

Bald fiel sie in einen tiefen Schlaf. Wie schon einmal, kurz vor der letzten Schlacht, sah sie im Traum eine alte Frau mit schlohweißen Haaren, und sie konnte nicht unterscheiden, ob es Luises Freundin vom Michaelisberg war oder sie selbst in der Zukunft. Die Alte war mit sich im Reinen und lächelte sie an.

»Es ist gut, Margarethe«, las sie auf ihren Lippen. »Alles, was geschehen ist und was geschehen wird, ist gut. Gib dich hin, kämpfe nicht länger, und du spürst, dass es so ist.«

»Aber«, wollte sie sagen, »aber«, doch weiter kam sie nicht.

Die Alte verschloss ihren Mund sanft mit den Fingern. »Kein Aber«, flüsterte sie. »Das führt zum Schmerz.« Ohne wirklich zu verstehen, ließ es Margarethe geschehen. Es tat gut, sich der Alten nicht zu widersetzen.

Als sie aufwachte, fühlte sie sich erholt wie schon lange nicht mehr. Es war ein wunderbarer Schlaf gewesen. Nur ein unangenehmer säuerlicher Geruch erinnerte sie an das, was vorgefallen war. Mit dem Geruch kamen die Bilder von Jäcklins Tod zurück, doch sie hatten ihr Grauen verloren. Sie spürte, wo er jetzt war, hatte auch er seinen Frieden gefunden. Die innere Ruhe kam ihr beinah unheimlich vor, doch sie verscheuchte alle Gedanken, die sie ihr nehmen wollten. Und plötzlich erschienen ihr die letzten Monate in einem anderen Licht. Sie hatten nicht alles verloren; sie hatten erfahren, was Freiheit ist, und diese Erfahrung konnte ihnen niemand nehmen. »Wir sind frei gewesen«, dachte sie beinah ungläubig.

Als sie ein paar Stunden später wieder zu ihrem Leibherrn geführt wurde, war der überrascht, in welchem Zustand er sie antraf. Er hatte eine kranke, erschöpfte Frau erwartet, und er hätte sich nicht gewundert, wenn sie nichts mehr von der Niederlage der Bauern hören wollte. Da er jedoch eine längere Reise antreten musste, wollte er ihr zumindest die Möglichkeit geben, die tragische Geschichte zu Ende zu hören. Als er sie sah – erholt, ausgeglichen und hellwach – konnte er sich auf den Stimmungswandel keinen Reim machen, aber er freute sich darüber und nahm sich vor, sie später danach zu befragen.

»Wie ist der Krieg ausgegangen?«, begann Margarethe das Gespräch.

Ihre Stimme war ebenso ruhig wie ihr Auftreten. Es schien, als redete sie über irgendein Thema aus dem bäuerlichen Leben, die letzte Ernte vielleicht oder die Höhe der Abgaben.

»Den anderen Bauern erging es nicht besser«, nahm Jörg von Hirschhorn den Faden wieder auf. »Der Sieg des bündischen Heeres vor Böblingen hat den Adligen neuen Mut und Glauben an ihre Stärke gegeben, und« – jetzt erschien wieder der mitleidsvolle Blick auf seinem Gesicht – »was die Söldner vor allem in Hochstimmung versetzt hat, war die Art und Weise, wie der Sieg errungen wurde. ›Die Bauern können nicht kämpfen; wenn wir sie wieder auf ihre Scholle prügeln, tun wir ihnen einen großen Gefallen‹, spotteten sie. Und sie bekamen mächtige Unterstützung. Beflügelt von dem Erfolg hob der Kurfürst von der Pfalz eilends ein Söldnerheer aus, das dem Truchsess entgegeneilte. Der zog seinerseits weiter Richtung Norden nach Heilbronn. Dass dort ein Bauernparlament tagte, hat ihn maßlos empört. ›So etwas steht den Adligen in England zu, aber was nehmen sich die Bauern heraus?‹, hat er getobt. In Heilbronn musste er nicht kämpfen. Als die dort versammelten Bauern von der Niederlage bei Böblingen und dem anrückenden Truchsess erfuhren, machten sie sich schleunigst davon, während Hans Berlin dem Truchsess entgegeneilte, um ihm die Treue der Stadt zu versichern.«

Margarethe schüttelte den Kopf. Noch vor wenigen Stunden hätte sie eine solche Nachricht erschüttert.

»Was für ein Heuchler«, murmelte sie, »immer hat er davon gesprochen, zwischen den Herren und den Bauern zu vermitteln; zumindest solange wir noch stark waren.«

Jörg von Hirschhorn griff ihre Bemerkung auf. »Berlin war nicht der Einzige, der sich so schnell wie möglich auf die Seite der Sieger stellte. Schon auf dem Weg nach Heilbronn huldigten zahlreiche Dörfer und kleine Städte dem Truchsess, die sich zuvor zu den Bauern bekannt hatten. Den Truchsess hat es nicht abgehalten, viele der Dörfer nach Belieben zu plündern und brandzuschatzen. Noch aber waren die Bauernheere stark und den Söldnertruppen ebenbürtig, doch es war wieder die Uneinigkeit, die zu ihrer endgültigen Niederlage führte. Wendel Hipler, Florian Geyer, Götz von Berlichingen, sie konnten sich nicht einigen, wie sie ihre Stärke nutzen und vorgehen sollten; wenn sie es denn überhaupt wollten, ihre Stärke nutzen.«

Margarethe schaute etwas verwirrt. Ihre Hauptleute hatten in der Tat viele Fehler begangen, die erfahrenen Feldherren niemals unterlaufen wären, doch nie war sie auf den Gedanken gekommen, jemand hätte mit Absicht falsche Befehle gegeben.

»Das bezieht sich auf den Götz«, erklärte ihr Leibherr, »eine traurige Geschichte. Ja, ihr Bauern seid ein tragischer Haufen: Kämpft ihr alleine, sind eure Hauptleute der Verschlagenheit der Söldner nicht gewachsen. Sucht ihr euch erfahrene Verbündete, geratet ihr an den Falschen, der Götz stand nie auf eurer Seite.«

»Also war mein erstes Gefühl doch richtig«, dachte Margarethe und blieb gelassen dabei. Nach dem Bericht von Jäcklins Tod konnte sie nichts mehr erschrecken.

Sie hörte, wie ihr Leibherr die Geschichte weitererzählte: »Wendel Hipler hatte vorgeschlagen, alle bäuerlichen Truppen bei Krautheim zusammenzuziehen und sich dort dem Truchsess entgegenzustellen. Schleunigst sollten dazu auch Bauern aus dem Elsass, dem Schwarzwald und dem Hegau rekrutiert werden, die von der nahenden Entscheidung wussten. Nur ein kleiner Teil erschien jedoch bei Krautheim, viel zu lächerlich, um den Truchsess zu beeindrucken. Der Geyer blieb bei Würzburg, weil seine Truppen vom dortigen Markgrafen angegriffen worden waren. Zudem traute er dem Hipler nicht mehr, seit der sich mit Hans Berlin zusammengetan hatte. Und der Götz ist beim Zug der Bauern Richtung Krautheim einfach verschwunden. Seinen engsten Waffengefährten Dietrich Spät hat er heimlich zum Truchsess geschickt, um mit ihm zu verhandeln. Er hat ihm versichern lassen, dass ihn die Bauern gezwungen hätten, ihnen als Hauptmann zu dienen.

Ohne dass es den Truppen auffiel, ist er zu seiner Burg Hornberg geritten. Erst in Öhringen bemerkten die Bauern, dass ihr berühmter Hauptmann nicht mehr bei ihnen war. Gleichzeitig verbreitete sich die Nachricht, der Truchsess stehe kurz vor Öhringen und viele Dörfer hätten sich ihm unterworfen. Panik breitete sich unter den Männern aus, die schon lange nicht mehr an einen Sieg glaubten. Die meisten suchten ihr Heil in der Flucht, zurück in ihre Dörfer. Ganze zweitausend stießen bei Krautheim zum Hipler. Vor dem Truchsess zog sich der Hipler nach Königshofen zurück, und dort kam es am 2. Juni zur entscheidenden Schlacht. Diesmal wehrten sich die Bauern heftig, aber sie waren zu wenige und zu schlecht bewaffnet. Gegen die Pferde der Bündischen hatten sie keine Möglichkeit zu gewinnen. Das war das Ende des Aufstands.«

Margarethe fragte sich, ob es anders gewesen wäre, wenn sie gewusst hätten, mit welchen Mitteln die Herren kämpften, aber weil es eine nutzlose Frage war, sprach sie sie nicht aus. Schweigen breitete sich im Empfangssaal aus, aber es war kein sprachloses Entsetzen. Margarethe konnte aus der Haltung ihres Leibherrn nicht entnehmen, wie er zu den Ereignissen stand. Er wirkte weder empört noch erleichtert. Sie wusste, dass er die Methoden des Truchsesses, seine Skrupellosigkeit und Verlogenheit nicht guthieß, aber sie wusste ebenso, dass der Vertreter eines so mächtigen Adelsgeschlechts nicht mit den Bauern gemeinsame Sache machte wie der Geyer oder der Hipler. Womöglich schlugen zwei Herzen in seiner Brust, eines für die Gerechtigkeit und eines für seine Familie und seinen Stand. Doch das interessierte sie im Moment nicht sonderlich. Was aber war aus den Verlierern geworden? Das wusste sie, von Jäcklin abgesehen, noch nicht, und das wollte sie erfahren.

»Der Geyer ist gefallen, Hipler und Metzler hat man nicht gefangen, den Matern Feuerbach vor Böblingen auch nicht. Wo der Hipler und der Metzler stecken, weiß niemand, auch nicht, ob sie noch leben. Der Feuerbach konnte vermutlich in die Schweiz fliehen, wo er sicher ist.«

Das war neben all dem Schlimmen eine gute Nachricht. Margarethe hatte Matern Feuerbach immer geschätzt, seine ruhige, selbstgewisse Art, auch wenn er als Hauptmann viele falsche Befehle gegeben und falsche Entscheidungen gefällt hatte.

»Und der Götz, der Verräter?«

»Das ist noch nicht entschieden. Er hält sich seit seinem Abzug auf seiner Burg Hornberg auf. Vermutlich wird er sich bald vor dem Reichstag rechtfertigen müssen. Ich kann nicht sagen, wie es ausgeht, denn ich weiß nicht, ob der Truchsess ihm den Verrat an den Bauern anrechnet. Aber um ihn muss man sich keine Gedanken machen, er hat einflussreiche Freunde.«

»Wie schmeichelhaft für uns, dass es ihn retten könnte, uns verraten zu haben!« Margarethe hatte genug von all den Intrigen. »Für die Oberen geht es immer gut aus, selbst für unsere Hauptleute. Die vielen Kämpfer werden nicht so ein Glück gehabt haben.«

»Sicher nicht, aber das Verhalten der Herren hat keine klare Linie gezeigt. Nur diejenigen, die dem Truchsess oder anderen Heerführern während der Schlacht in die Hände gefallen sind, mussten sterben. Sie wurden erschossen, erschlagen, erstochen wie Hunde, Tausende und Tausende. Wer aber entkommen konnte und in die Dörfer zurückgekehrt ist, kam fast immer mit dem Leben davon. Nur ein paar Rädelsführer wurden nach der Niederlage noch hingerichtet.

»Und unsere Dörfer blieben verschont vom Strafgericht?« Margarethe konnte es nicht glauben.

»Das wäre übertrieben«, musste ihr Leibherr zugeben. »Böckingen, Flein, Weinsberg und Erlenbach wurden von den bündischen Truppen geplündert und gebrandschatzt. Da sie dort nicht viel Wertvolles finden konnten, haben sie sich mit den Plünderungen nicht lange aufgehalten. Der Verlust durch den Brand war groß, aber es kam noch härter. Die Stadt Heilbronn hat Böckingen 400 Gulden Strafe auferlegt, weil das Dorf die aufrührerischen Bauern unterstützt hat.«

»400 Gulden!« Nun verlor Margarethe doch noch ihre Fassung. »Das ist fünf Mal so viel wie unsere jährliche Steuer.«

»Und das ist vermutlich noch nicht alles. Es heißt, der Betrag solle noch erhöht werden. Dazu kommen Klagen auf Schadensersatz von den Württembergern, über deren Höhe noch nicht entschieden ist.« Jörg von Hirschhorn sprach so sachlich über die Strafmaßnahmen, dass es Margarethe wieder schwerfiel, ruhig zu bleiben.

»Aber das ist schrecklich, ganz schrecklich. Zuerst werden unsere Männer niedergemetzelt, dann wird alles niedergebrannt, und dann will man uns auch noch den letzten Rest wegnehmen, der übrig geblieben ist. Wir werden hungern und frieren, wenn der nächste Winter kommt, viele Frauen und Kinder werden sterben, die nichts mit den Kämpfen zu tun hatten. Das ist schlimmer und ungerechter als die Schlachten selbst.«

Margarethes Leibherr blieb gelassen. »Was die Städte jetzt machen, ist nicht blinde Rache, sondern Kalkül. Mit den Strafen wollen sie verhindern, dass die Bauern wieder aufbegehren. Wer um sein Leben kämpft, kommt nicht auf die Idee, seine Rechte einzufordern und gegen die Obrigkeit aufzustehen. Aber nur wenige Dörfer wurden mit so harten Strafen belegt, anderswo haben sich die Bauern sogar Respekt verschafft.«

Einmal mehr schaute Margarethe ungläubig, aber im Moment interessierte es sie nicht, was ihr Leibherr damit meinte. Deshalb wechselte sie das Thema.

»Nun habe ich alles erfahren, nur nicht, was mir am meisten auf dem Herzen liegt: Habt Ihr eine Nachricht von meinen Söhnen? Was ist aus ihnen geworden?«

»Mit dieser Frage habe ich gerechnet, und ich kann dich beruhigen. Sie leben und sind nicht weit, aber sie haben Böckingen verlassen. Dort ist kein Platz mehr für die Söhne der Hofmännin Abrecht. Man spricht sogar schon von der Schwarzen Hofmännin.«

In einer anderen Situation hätte Margarethe laut gelacht, aber danach war ihr nicht zumute. »Schwarze Hofmännin?«, wiederholte sie nur.

»Dir sagt man heute nach, du habest eine schwarze Seele«, erläuterte ihr Leibherr. »Gib nichts darauf«, besänftigte er sie sofort, »man muss die Böckinger verstehen. Kein Dorf wurde mit so hohen Strafen belegt. Verständlicherweise möchten die Böckinger sie drücken. Sie behaupten deshalb, Jäcklin Rohrbach und die Hofmännin mit der schwarzen Seele hätten sie aufgewiegelt und sie hätten sich nur aus Torheit und Einfältigkeit davon beeinflussen lassen.«

Das klang wie ein Verrat an den alten Ideen, zu denen sich viele Böckinger bekannt hatten, doch Margarethe verstand ihr Dorf. Schon in gewöhnlichen Zeiten wäre das Leben angesichts solcher Lasten nicht leicht gewesen. Wenn man aber auch noch gebrandschatzt und geplündert worden war, war es fast unmöglich, dem nachzukommen. Kein Wunder, wenn sie Jäcklin und sie selbst zum Sündenbock machten, um damit ihr Los zu verbessern.

»Aber warum lebe ich noch, wenn ich eine schwarze Seele habe?«

Jörg von Hirschhorn lächelte. Traurig und spitzbübisch zugleich sah er aus. »Weil nicht alle der Meinung sind. Und weil dein Leibherr ein recht einflussreicher Adliger ist, den auch ein Truchsess von Waldburg nicht einfach übergehen kann, geschweige denn einer seiner Söldner.« Dann fuhr er ernst fort: »Wärst du beim Weinsberger Blutsonntag dabei gewesen, hätte niemand dich retten können, auch ich nicht, aber jeder weiß, dass du damit nichts zu tun hattest. Der Truchsess erinnerte sich, dass du nach Heilbronn gehörst, und deshalb hat er dich dort im Gefängnis abgeliefert. Als ich davon Kunde bekam – es dauerte einige Zeit –, überlegte ich, wie ich dich dort herausholen könnte. Dazu musste ich in Erfahrung bringen, wie die Stimmung in der Stadt war; auch das dauerte einige Zeit.«

Fast schien es Margarethe, als entschuldigte sich ihr Leibherr dafür, dass sie drei Monate ohne Nachricht von der Außenwelt in einem Verlies gesteckt hatte.

»Die Stimmung war nicht gegen dich, deshalb brauchte ich nur schlecht über dich zu reden, und schon öffnete sich das Gefängnistor. Ich hoffe, du siehst es mir nach.«

In der Situation kam Margarethe der Humor ihres Leibherrn befremdlich vor, zumal sie keine Ahnung hatte, worauf er anspielte. Er ließ sie nicht lange grübeln.

»Ich habe dem Rat der Stadt erklärt, du habest zwar ein loses Mundwerk, doch es gehöre zum weiblichen Geschlecht, dass es einen großen Mund habe, dem keine Taten folgten.«

Margarethe war sprachlos, und ihrem Leibherrn schien es zu gefallen.

»Das war nicht schmeichelhaft, aber erfolgreich. Ich wusste, dass sie im Rat so etwas gern hörten. Aber natürlich habe ich auch noch betont, dass ich als dein Leibherr ein Anrecht auf dich habe, solange dir kein wirkliches Vergehen nachgewiesen werden könne. Deshalb bist du jetzt hier in Sicherheit. Aber ich war nicht der Einzige, der sich beim Rat für die Bauern eingesetzt hat. Auch jemand von außerhalb des Rates hat seinen Beitrag dazu geleistet hat, die Strafen abzumildern, der Prediger Johann Lachmann. Er hat all seinen Einfluss genutzt, um Todesurteile umzuwandeln und Abgaben zu reduzieren. Ein beeindruckender Mann.«

Jetzt war Jörg von Hirschhorn ganz ernst. Eine leichte Beklemmung breitete sich im Raum aus.

»Dann haben wir auf der ganzen Linie verloren«, fasste Margarethe das Gehörte beinah teilnahmslos zusammen.

»Das sieht so aus, doch es gibt nicht nur das, was man sieht«, entgegnete ihr Leibherr. Er fing ihren fragenden Blick auf und führte seinen Gedanken fort. »Auf dem Schlachtfeld habt ihr alles verloren, überall im Land. Aber wir, die Sieger«, ein gequältes Lächeln begleitete seine Ausführungen, »haben den Eindruck, dass sich manches verändert durch euren Aufstand. Vieles ist noch im Fluss, man kann es noch nicht abschließend beurteilen, aber es gibt Geschehnisse, die es vorher nicht gab. Ich sagte bereits, vielerorts haben die Herren heute einen größeren Respekt vor euch als zuvor, denn sie wissen sehr gut, wie nah ihr dem Sieg wart; und es gibt unter uns Adligen nicht nur Leute wie den Truchsess von Waldburg. Nachdem die Rädelsführer bestraft worden waren, haben sich viele Herren mit den Bauern vertraglich geeinigt, welche Abgaben und welche Frondienste vertretbar sind. Glaub mir, nur wenigen Dörfern wurden wie Böckingen neue Lasten auferlegt. Gerade eure Wut hat viele von dem überzeugt, was wir auf Hirschhorn schon immer gesagt haben: Nur bei einem friedlichen Miteinander von Obrigkeit und Untertan kann es allen gut gehen. Selbst auf dem Reichstag, der im nächsten Jahr in Speyer tagen wird, sollen die Forderungen der Bauern zur Sprache kommen. Schon jetzt ist die Rede davon, dass ihr mehr Möglichkeiten erhalten sollt, um gegen Willkür und unzulässige Fron zu klagen. Auch das ist das Ergebnis eures Aufstands.«

Margarethe wusste, dass dies kein billiger Trost war, um ihr über den verlorenen Kampf und den Tod vieler Freunde hinwegzuhelfen. Offenbar hatten sie etwas bewirkt, wenn auch ganz anders, als sie es geplant hatten.

Dann fuhr Jörg von Hirschhorn fort: »Meine Pflichten als Schlossherr nötigen mich, auf eine längere Reise zu gehen. Wann ich zurückkehre, weiß ich noch nicht. Ich wiederhole, was ich im Heilbronner Gefängnis bereits sagte, du bist eine freie Frau, entlassen aus der Leibeigenschaft. Du kannst gehen, wohin du willst. Das weiß jeder hier im Schloss, und ich habe Anweisungen gegeben, dir Hilfe zukommen zu lassen, damit du die erste Zeit überlebst, bevor du einen neuen Ort gefunden hast. In Böckingen ist kein Platz mehr für dich, aber bei deinen Fähigkeiten als Kräuterkundige, die weit bekannt sind, wird es dir nicht schwerfallen, einen Ort zu finden, wo man das zu schätzen weiß. Nur eines möchte ich gern noch von dir wissen. Ich hatte nach den Erzählungen von gestern eine erschöpfte und kranke Frau erwartet, doch stattdessen wirkst du gefasst und stark. Woher kommt dieser Wandel?«

Margarethe zögerte. Dieser Frage wäre sie lieber ausgewichen.

Sehr bedacht wählte sie ihre Worte: »Ich kann sagen, was geschehen ist, aber ich kann es nur schwer erklären. Zuerst fühlte ich mich elend, dann fiel ich in einen erholsamen Schlaf, und eine alte Frau erklärte mir, dass alles gut sei und ich nicht gegen das aufbegehren sollte, was geschehen ist. Das gab mir einen tiefen Frieden.«

Margarethe verschwieg, an wen sie die Alte erinnert hatte. Sie wollte das Verständnis ihres Leibherrn nicht zu sehr strapazieren.

Der schaute recht verständnislos drein. Er hatte wenig Erfahrung mit Träumen und wusste nicht, was er davon halten sollte. Aber er sah, wie sich Margarethe verändert hatte.

»Ich wünschte, mir würden auch manchmal Ratgeber im Traum erscheinen, wie Joseph in Ägypten … oder Margarethe in Hirschhorn«, seufzte er.

Unvermittelt spürte Margarethe erneut, wie ihre Knie zu zittern begannen, doch es war nicht der Schrecken, sondern die Rührung. Sie konnte kaum fassen, was dieser Mann für sie getan hatte. Gab es keine Standesunterschiede für ihn, einen der reichsten und einflussreichsten Adligen in Süddeutschland? Er hatte sie nicht nur aus dem Gefängnis befreit, er schenkte ihr die Freiheit ein zweites Mal, indem er sie aus der Leibeigenschaft entließ.

»Herr, warum tut Ihr das? Und wie soll ich Euch dafür danken? Wie soll ich so viel Gnade jemals wieder gutmachen?«, sprudelte es aus ihr heraus.

»Das erwartet niemand«, antwortete er gelassen. »Andere Leibherren würden so etwas nicht tun, aber das ist nicht mein Maßstab. Es gibt eine Gerechtigkeit, von der wir keine Ahnung haben. Niemand kennt sie, aber ich möchte nicht der Truchsess sein, wenn ich daran denke. Ist es gerecht, dass mir ein Leben ohne Sorge und Not in die Wiege gelegt wurde? Bauern dagegen schuften von Kindesbeinen bis zum Grab, ohne die Hoffnung zu haben, es zu ein wenig Wohlstand zu bringen. Mein Stand sagt, es sei von Gott so gewollt. Aber wer maßt sich an, Gottes Willen zu kennen? Wenn ich darüber nachsinne, was Gottes Gerechtigkeit ist, erscheint mir das Urteil der Kirche nicht sehr vertrauenswürdig. Auch

Pfarrer und Bischöfe sind nur Menschen, und die Bibel lehrt, dass Menschen fehlbar sind, auch diejenigen, die sich für sehr fromm halten, wie die Schriftgelehrten und Pharisäer. Es gibt eine Geschichte in der Bibel, die mich schon immer bewegt hat, nämlich die von Kain und Abel. War es gerecht von Gott, nur das Opfer von Abel anzunehmen, ein Lamm, das ihm wohlgefällig war? Was hat Kain falsch gemacht? Er hat ihm ebenso ehrerbietig von seiner Ernte geopfert, aber als Bauer konnte er nun einmal kein Lamm opfern, anders als Abel, der Hirte. War es gerecht, Kains Korn abzulehnen und damit seinen Neid zu wecken? Ich weiß es nicht, aber ich mache mir lieber meine eigenen Gedanken, auch wenn es nicht einfach ist.«

Er schwieg, und Margarethe wusste, dass er keine Antwort erwartete. Was sollte sie auch sagen? Sie, die Bauern, waren der Geschichte von Kain und Abel zufolge von Beginn der Menschheit an benachteiligt. Jetzt aber hatten sie unerschütterlich an Gottes Gerechtigkeit auf Erden geglaubt, die sie verwirklichen wollten. Der Verlauf des Krieges hatte sie Lügen gestraft und die Skrupellosesten gewinnen lassen. Das konnte nicht Gottes Wille sein, aber auch sie waren vermessen gewesen, sich zu Vollstreckern Seines Willens zu machen.

»Einfach ist es nicht«, wiederholte sie unwillkürlich. »Und auch wenn der Krieg all unsere Hoffnungen auf Gottes Gerechtigkeit und die Gleichheit aller zerstört hat, so lasse ich mir den Glauben nicht nehmen, dass es ein Recht gibt, in Würde zu leben. Das kann niemandem genommen werden.«

Überrascht sah ihr Leibherr sie an. Dann wechselte sein Gesichtsausdruck, und er bekam wieder den spitzbübischen Blick, obwohl es um ein ernstes Thema ging.

»Vielleicht bin ich mit meinem Verhalten dir gegenüber nur selbstsüchtig, falls diese Ordnung doch nicht Gottes Ordnung ist. Du sollst nicht mit dem Gefühl in die Freiheit gehen, dass du sie der großen Gnade eines anderen Menschen verdankst. Ich fand es schon früher einen komischen Gedanken, dass Menschen über andere Menschen verfügen können. Du hast viel Gutes getan, Margarethe. Es ist dein Recht, frei zu sein.« Nach einer Weile fügte er hinzu: »Und in Würde zu leben.«

Margarethe schwindelte ein wenig bei dem Gedanken, dass sie womöglich die Einzige von allen war, die ein Leben in Freiheit und Würde erreicht hatte, auch wenn sie keine Ahnung hatte, wie sie es gestalten sollte. Ihr Leibherr konnte sagen, was er wollte, sie hatte es seiner Güte zu verdanken.

»Ich breche auf, Margarethe«, wiederholte er, »ich wünsche dir alles Gute.«

Ihre Blicke trafen sich. Es war eine seltsame Faszination zwischen ihnen, nicht wie zwischen Mann und Frau, schon gar nicht wie zwischen Leibherr und Leibeigener. Margarethe kannte keinen Menschen in ihrem Leben, mit dem sie über eine so große Distanz eine so große Achtung verband. Zwischen ihnen war ein Vertrauen, das sie sich nicht erklären konnte, das sie aber auch nicht erklären musste. Er war ihr immer eine Stütze gewesen, wie groß, das erkannte sie nie so deutlich wie in diesem Moment. Jetzt war sie frei – und so voll Wehmut.

»Trotz allem, danke, Herr«, flüsterte sie.

Er verneigte sich kurz, drehte sich elegant um und verschwand. Sie wusste, dass sie ihn nie wiedersehen würde.

»Der Preis der Freiheit«, dachte sie voller Schmerz, und sie musste all ihre Disziplin aufbringen, um die Tränen zurückzuhalten.

Wie benommen kehrte sie zurück in ihr Zimmer. Bedienstete hatten ein Bündel hinterlegt. Es enthielt eine Decke und warme Kleidung, obwohl Hochsommer war, dazu getrocknete Nahrungsvorräte, die sie monatelang aufbewahren konnte. Ihr Leibherr plante weit voraus. Niemand nötigte sie, jetzt schon das Schloss zu verlassen, doch sie wollte nicht länger bleiben.

Als sie aufbrach, kam eine der Bediensteten zu ihr. »Ein junger Herr wartet vor dem Tor auf Sie.«

Margarethe horchte auf. Vielleicht Philipp und Thomas? Aber sie wollte sich nicht zu großen Hoffnungen hingeben. Außerdem wären das zwei junge Herren, denn sie ging davon aus, dass beide zusammengeblieben waren, die Frau hatte aber nur von einem gesprochen. Zu der Hoffnung mischte sich Sorge. Ihr Leibherr hatte gesagt, ihre Söhne wüssten, dass sie hier sei. Wie sollten sie sich finden, wenn sie das Schloss verlassen hatte?

Es war Philipp, der auf sie wartete.

»Sie leben, Mutter! Tatsächlich. Ich hielt Sie schon wieder für tot, wie seinerzeit, als Sie in Heilbronn Vater aus dem Gefängnis holen wollten. Und selbst als Boten des Grafen uns die gute Botschaft überbrachten, konnte ich es kaum glauben.«

Ihr Ältester trug wie immer sein Herz auf der Zunge. Die Freude, seine Mutter wohlbehalten wiederzusehen, ließ ihn alle Ängste und Niederlagen der letzten Monate vergessen, die auch er durchgemacht hatte. Und Margarethe dankte allen höheren Mächten von Herzen für dieses Wiedersehen.

Von Philipp erfuhr sie, dass Thomas davongezogen war. Er wollte irgendwo in der Rheinebene sein Glück in der Stadt versuchen und ein Handwerk erlernen.

»Er war nie ein Bauer mit Leib und Seele, und er hat auch für unseren Aufstand nicht viel Verständnis gezeigt.«

Margarethe war überrascht von der Offenheit, mit der Philipp die Situation der Familie beschrieb.

»Und was ist mit dir? Du bist ein Bauer, aber hast du eine Zukunft?«

»Ja, ich bin ein Bauer mit Leib und Seele. Und wenn ich davon leben will, dann bleibt mir nichts anderes übrig, als mir einen Leibherrn zu suchen. Freie Bauern gibt es leider nicht, und als Tagelöhner möchte ich mich nicht verdingen.«

»Vermutlich sind Leibeigene im Moment sehr gefragt«, bemerkte Margarethe grimmig und dachte an die vielen, die in den Schlachten totgeschlagen worden waren.

»Ja, Mutter«, entgegnete Philipp ernst, »und seien Sie bitte nicht enttäuscht von mir. Ich war nie so ein Kämpfer. Ich habe Sie immer bewundert und war stolz auf Sie, aber ich wollte in meinem Herzen immer nur meinen Acker bestellen, auch wenn ich den Herren dafür hohe Abgaben zahlen musste.«

»Ach, mein Sohn.« Zärtlich sah sie ihn an. »Was willst du mir denn gestehen?«

Er holte tief Luft. »Ich habe mich bei den Herren vom Stift Wimpfen verdingt.«

Jetzt war es Margarethe, die nach Luft schnappte, doch er beeilte sich auszureden.

»Verurteilen Sie mich nicht, es gibt nicht nur einen Pfaffen Ferber dort, ich bin überhaupt niemandes persönlicher Leibeigener, sondern gehöre dem gesamten Stift. Das macht es einfacher. Die Bedingungen sind gut. Und es gibt sogar einen Platz für Sie. Als ich erfahren habe, dass Sie noch leben, habe ich mich gleich darum gekümmert.«

»Ach, mein Sohn«, wiederholte Margarethe.

Sie musste schlucken ob seiner Fürsorge. Mühsam rang sie nach Worten, um ihn nicht zu verletzen. Er liebte sie so.

»Ich verurteile dich bestimmt nicht, im Gegenteil, ich freue mich sehr, dass du einen neuen Platz gefunden hast, an dem du dich wohlfühlst, nachdem ich es für uns in Böckingen gründlich verdorben habe. Aber versteh bitte auch mich. Ich bin eine freie Frau und einfach zu alt, um noch einmal in die Leibeigenschaft zu gehen; zumal ich einen Leibherrn hatte, wie man im ganzen Reich keinen zweiten findet.«

In der folgenden Nacht sah sich Margarethe im Traum bei einer Gruppe von Bauern am Rande eines Waldes. Die Männer und Frauen wirkten finster, verschlossen und sie waren mit Heugabeln und Dreschflegeln bewaffnet. Langsam machten sie sich auf den Weg, doch Margarethe ging nicht mit ihnen. Irgendetwas hielt sie zurück und ließ sie einen anderen Weg einschlagen, ein vom Regen aufgeweichter, unsicherer Weg, bei dem sie aufpassen musste, nicht wegzurutschen. Nach einiger Zeit lichtete sich der Wald, und sie sah am Horizont ein großes Gebäude mit hohen Türmen. Je näher sie kam, desto imposanter erschien es ihr. Bald erkannte sie, dass es sich um eine Kathedrale handelte, eines jener modernen Gotteshäuser, die den Eindruck erweckten, als wollten ihre Türme den Himmel berühren. Sie näherte sich der Kathedrale mit wachsender Erwartung, ihr Schritt wurde schneller und schneller. Das letzte Stück lief sie, weil sie es gar nicht erwarten konnte, dorthin zu gelangen. Bald hörte sie die Menschen singen, wunderschöne Lieder zum Lobe Gottes.

Außer Atem und gleichzeitig von tiefer Ehrfurcht erfasst, blieb sie im Portal stehen. Es war höchst kunstvoll gestaltet mit Szenen aus der Heiligen Schrift. Unzählige Steinmetze mussten über Jahre hinweg daran gearbeitet haben. Lange sammelte sie sich, dann trat sie ein und war wie geblendet von einer Schönheit, die sie noch nie gesehen hatte. Doch es waren nicht die Fenster aus bunten Scheiben, in denen sich das Licht in immer neuen Farben brach, es waren nicht die lebensgroßen Steinfiguren, die die Wände zu tragen schienen und gleichzeitig so elegant und leicht erschienen, es war nicht der mächtige, vergoldete Hochaltar mit Christus dem Erhöhten, was sie am meisten überwältigte; es waren die Menschen in der Kathedrale.

Ohne irgendwelche Standesunterschiede zu beachten, standen von der Sonne gebräunte Bauern in schmutziger

Arbeitskleidung neben blassen, feinen Adelsdamen in ihrer vornehmsten Ausgehtracht; Alte und Kinder, Gelehrte und Ungebildete, reiche Kaufleute und abgerissene Bettler sagten vereint das Lob Gottes, als gäbe es nichts Selbstverständlicheres auf der Welt. Und mit der gleichen Selbstverständlichkeit streckten sich Margarethe zahlreiche Hände entgegen, um sie in den Kreis aufzunehmen.

»Alle sind gleich vor Gott, so lehrt es die Bibel«, strahlte sie eine adelige Dame an.

Margarethe liefen die Tränen, und ein Bauer wischte sie mit einem Tuch weg.

Dann wachte Margarethe auf. »Schade«, dachte sie, »schade, dass es nur ein Traum war.« Gleichzeitig fühlte sie sich reich beschenkt.

Epilog

Im Laufe der Zeit verbreitete sich, dass in den Wäldern von Bad Wimpfen eine alte Frau lebte, die sich auf Kräuter verstand und heilerische Kräfte besaß. Sie konnte Wunden stillen und Krankheiten heilen, gegen die die Bader und Medici, ja selbst die Hebammen keine Mittel wussten. Jeder konnte zu ihr kommen, sie verlangte nichts dafür, aber wer etwas geben wollte, der konnte das tun. Die meiste Zeit streifte sie umher, sammelte Kräuter und Früchte. Man erzählte sich, dass sie auch Brennholz sammelte, was streng verboten war. Doch niemand wagte es, dieser Frau etwas zu verbieten. Er hätte einen Aufruhr heraufbeschworen, so angesehen und beliebt war sie.

Sie lebte in einer kleinen Hütte, die zunächst nicht mehr als ein Unterschlupf aus dichten Zweigen war. Im Lauf der Zeit wurde daraus eine Behausung, die mit dichtem Moos bedeckt vor Nässe und Kälte schützte. Zur Winterzeit boten ihr viele Menschen, denen sie geholfen hatte, Unterschlupf in ihren Häusern an, doch sie lehnte immer höflich ab. »Dazu bin ich zu alt«, war ihre immer gleiche Antwort.

Die Menschen gewöhnten sich an ihre Eigenarten und nannten sie bald das Waldweiblein von Bad Wimpfen. Als ihr jemand sagte, dass der Bauernjörg, wie Georg Truchsess von Waldburg inzwischen genannt wurde, noch in recht jungen Jahren, geplagt von Gicht und einer unglücklichen Ehe, verstorben sei, wirkte sie befreit und glücklich.

Die Frau in den Wäldern von Bad Wimpfen überlebte den Bauernjörg um vier Jahre.

Geschichtlicher Hintergrund

Was weiß die Forschung über Margarethe Renner? Was für Frauen aus den adligen Schichten mit wenigen Ausnahmen gilt, gilt ausnahmslos für Bäuerinnen: In historischen Quellen kommen sie so gut wie nicht vor. Nur zwei Frauen hat die Geschichtsschreibung aus der Epoche des Bauernkriegs überliefert, eine namentlich nicht bekannte »Wahrsagerin ... am Pursenperg in der Nähe von Bludenz« (Vorarlberg), die den Sieg der Bauern prophezeit hatte und damit für die Obrigkeit gefährlich war,[1] sowie eben die »Schwarze Hofmännin« Margarethe Renner, verheiratete Abrecht. Dass dies nicht den wirklichen Einfluss der Frauen wiedergibt, belegen moderne Forscherinnen wie die Historikerin Marion Kobelt-Groch.[2]

Auf Margarethe Renner wurde die Geschichtsschreibung aufmerksam, weil sie als besonders blutrünstig galt. Noch Wilhelm Zimmermann schreibt in seinem Standardwerk »Geschichte des Bauernkrieges« von 1856: »Als eine ganz eigentümliche Gestalt im Bauernheere ragt die Böckingerin hervor, die man unter dem Namen ›die schwarze Hofmännin‹ in der ganzen Gegend kannte. Der Volkskrieg dieser Zeit hatte auch seine Heldinnen; und klebt ihr auch Blut und Grausen an und scheint sie der Menschlichkeit fast wie der Weiblichkeit entwachsen ... Den Adel haßte sie furchtbar. Was diesen Haß, diesen Durst nach Rache in der Brust dieser gewaltigen, leidenschaftlichen Bäuerin veranlasste, ist unbekannt: sie ruhte nicht, bis sie das Landvolk unter Waffen sah. Auch die Städter haßte sie, besonders die stolzen Städterinnen von Heilbronn. Man hörte sie sagen, sie wolle noch den gnädigen Frauen die Kleider vom Leibe abschneiden, dass sie gingen wie die gerupften Gänse ... Schwarzes, unterdrücktes Weib, aus der Hütte am Neckar, mit der starken, verwilderten Seele, voll Leidenschaft, gleich stark in Haß und Liebe ... Noch der Leichnam des gefallenen Grafen wurde verhöhnt und misshandelt. Die schwarze Hofmännin stach mit ihrem Messer ihm in den Bauch, und schmierte sich mit dem herauslaufenden Fette die Schuhe, wandte ihn mit eigener Hand um, und trat mit den Füßen auf ihn, ›den Schelm‹, wie sie sagte ...«[3] Die Heimatforschung sah es bis vor wenigen Jahrzehnten nicht anders.[4] Die Leichenschändung vom Weinsberger Blutsonntag hat das Bild von Margarethe Renner über Jahrhunderte geprägt[5] und auch die literarischen Werke über sie bestimmt.[6] Während sie zumeist als »das Böse« schlechthin dargestellt wird, sieht der Böckinger Heimatdichter Wilhelm Klink, der 1907 ein Theaterstück über sie verfasst hat,[7] immerhin noch eine Motivation für ihre Untaten: Er lässt sie den Tod ihres Mannes rächen, für den der geschändete Graf verantwortlich gewesen sei, was nicht belegt ist. Mit dieser Tradition brachen erstmals Künstler aus der Arbeiterbewegung, die Margarethe Renner als frühsozialistische Revolutionärin vereinnahmten, was ihr letztlich ebenso wenig gerecht wird.[8] Seit den 1960er Jahren bemüht sich die Heilbronner Heimatforschung um ein realistischeres Bild. Das ist nicht einfach, denn die Quellen sind dürftig und einseitig, Interpretationen unvermeidlich.

Ihr Geburtsjahr wird mit 1475 angegeben, doch es gibt keine Urkunde oder ein Kirchenbuch, in denen dies belegt ist. Ihre Familie ist seit dem frühen 15. Jahrhundert in Böckingen nachgewiesen. 1430 sind dort ein Hans Renner und seine Frau Katharina belegt, möglicherweise Margarethes Großeltern.[9] 1459 und 1475 ist abermals ein Hans Renner belegt, womöglich ihr Vater. Die Familie war Erblehensträger des Klosters Schöntal. Im 16. Jahrhundert kommt der Name Renner in den Kirchenbüchern nicht mehr vor. Mütterlicherseits ist eine Abstammung aus Hirschhorn denkbar, da sie Leibeigene der Grafen von Hirschhorn war; dies wurde von der Mutter an die Tochter weitergegeben.

Margarethes Mann Peter Abrecht war kein Böckinger, wurde von ihm doch ein Bürgergeld verlangt, als er 1509 nach Böckingen zog, um Margarethe zu heiraten und einen Hof des Deutschordens zu pachten. Als solcher war er ein »Hofmann« und seine Frau eine »Hofmännin«. Über seine Herkunft ist nichts bekannt, allerdings wurde er Leibeigener der Stadt Heilbronn.

Von der Eheschließung abgesehen, ist Margarethe 1520 erstmals öffentlich vermerkt, als die Stadt Heilbronn zusätzliche Abgaben forderte, um Kriegsschulden bezahlen zu können. Ihr Mann gehörte zu den vier Böckinger Bauern, die den willkürlichen Akt verweigerten.

Nach seinem Tod forderte die Stadt Heilbronn von den Hinterbliebenen eine Entschädigung nach dem »Hauptrecht«. Margarethe weigerte sich und der folgende Rechtsstreit radikalisierte sie, obwohl der Schiedsspruch auf dem Hintergrund der damaligen Rechtssprechung vergleichsweise moderat ausfiel. Als wenig später der allgemeine Aufstand der Bauern ausbrach, war Margarethe teilweise beim Bauernheer dabei, ohne selbst zu kämpfen. Sie dürfte einigen Einfluss auf den 25 Jahre jüngeren Anführer Jäcklin Rohrbach ausgeübt haben, war aber gewiss nicht seine Geliebte, wie es bisweilen dargestellt wird. Ob sie den gesamten Zug der Bauern begleitet hat, ist dagegen zweifelhaft; auch ist nicht bekannt, ob die Bauern ihr übersinnliche Kräfte zugestanden haben und sie Waffen gesegnet hat. Der Böckinger Alt-Bürgermeister und Heimatforscher Erwin Fuchs hält entsprechende Überlieferungen für eine Legende.[10]

Nach der für die Bauern vernichtenden Schlacht vom 12. Mai 1525 bei Böblingen wurde Margarethe verhaftet, an die Stadt Heilbronn ausgeliefert und schließlich durch die Intervention ihres Leibherrn freigelassen. Diesen Akt betrachtet die moderne heimatkundliche Forschung als Beweis, dass sie mit dem Weinsberger Blutsonntag vom 16. April 1525 nichts zu tun hatte, sie wäre sonst vermutlich hingerichtet worden.[11]

Offen bleibt, warum sich ihr Leibherr mit Nachdruck gegenüber der Stadt Heilbronn für die Freilassung von Margarethe eingesetzt hat. Auch neue Quellen sehen darin eher Eigennutz, schließlich war sie sein Eigentum und im Kerker nützte sie ihm nichts. Das greift jedoch zu kurz. Als etwa 50-jährige Bäuerin war Margarethe nach damaligen Vorstellungen steinalt und aus materieller Perspektive »wertlos«. Zudem verfügte sie über keine wirtschaftliche Basis mehr, da der siegreiche Georg Truchsess von Waldburg zahlreiche Häuser und Höfe der geschlagenen Bauern hatte niederbrennen lassen, auch in Böckingen. Die Intervention des Grafen von Hirschhorn war ein gewagter Akt, der als Parteilichkeit für die geschlagenen Bauern hätte verstanden werden können. Wenn die Ursache dafür nicht materieller Art gewesen sein kann, so muss sie menschlicher Art gewesen sein. Offensichtlich hat der Leibherr seiner Leibeigenen eine außergewöhnliche Wertschätzung entgegengebracht, auch wenn es dafür keine Quellen gibt.

Der Name Abrecht taucht nach dem Bauernkrieg in den Kirchenbüchern von Böckingen und Heilbronn nicht mehr auf. Margarethe sowie ihre Söhne Philipp und Thomas haben offenkundig ihre Heimat verlassen. Wohin sie sich gewandt haben, verliert sich im Dunkel der Geschichte. Das »Waldweiblein von Bad Wimpfen« ist allen Vermutungen nach nicht mit Margarethe identisch, aber völlig ausgeschlossen ist es nicht.

1 Kobelt-Groch, Marion: Aufsässige Töchter Gottes, Frankfurt 1993, S. 52

2 Kobelt-Groch, a. a. o., S. 52

3 Zimmermann Wilhelm: Geschichte des Großen Bauernkrieges, Essen 1856 (Neuauflage), S. 248–252

4 Von Rauch, Moritz: »Heilbronn im Bauernkrieg«, 1906 (als Vortrag), 1932 (veröffentlicht)

5 Siehe auch: Jäger, Carl: Geschichte der Stadt Heilbronn, 1828, S. 34

6 Z. B. Wolf, Julius: Das schwarze Weib, 1894, Spiess, Philipp (Pseudonym für Pfarrer Staehle): Der Steinmetz von St. Kilian, 1895. Darin wird sie als Verbündete des Teufels dargestellt und ihr unterstellt, sie habe sogar vom Blut des ermordeten Grafen getrunken. Völlig unhistorisch wird sie zum Schluss für ihre Untaten »in Stücke gehauen«.

7 Klink, Wilhelm, Die Schwarze Hofmännin von Böckingen«, 1907, überarbeitet 1912

8 Z. B.: Hildebrandt, Otto: Die schwarze Margret, Berlin-Ost, 1975. Auch die Künstlerinnen Käthe Kollwitz und Lea Grundig interpretierten Margarethe Renner in ihren Bildern ähnlich.

9 Steinhilber, Wilhelm: »Wer war die schwarze Hofmännin?« in: Schwaben und Franken (Heilbronner Stimme), 11. Juli 1964

10 Fuchs, Erwin: »Die streitbare Kämpferin hat viel Respekt verdient«, Heilbronner Stimme/Lokalanzeiger für Böckingen und Klingenberg, August/September 1993

11 Fuchs, Erwin, a. a. o.

Nachwort der Schauspielerin Petra Wolf

Als ich mich Anfang 2017 für eine TV-Dokumentation über Ketzerinnen auf die Rolle der Margarethe Renner vorbereitet habe, hatte ich das Glück, über den großartigen, im wahrsten Sinne wunderbaren Roman »Die Schwarze Hofmännin« von Klemens Ludwig zu »stolpern«.

Von Anfang an zog mich dieser Roman in seinen Bann, entführte mich (als gebürtige Calwerin!) in meine süddeutsche Heimat, in die Wälder, Dörfer und Städte (Böckingen, Heilbronn, Böblingen …) während der Zeit der Bauernkriege und ließ die außergewöhnliche, leidenschaftliche und starke Margarethe Renner, die »Schwarze Hofmännin«, vor meinem inneren Auge mit Leib und Seele lebendig werden. Eine bessere Vorbereitung für eine Schauspielerin, sich einer Rolle nähern zu können, kann ich mir nicht vorstellen!

Klemens Ludwig versteht es großartig, nicht nur die Zeit der Bauernkriege ganz unmittelbar und basierend auf historischen Fakten lebendig werden zu lassen, sondern auch Margarethe Renner in all ihren Facetten zu zeigen: zart, klug, empfindsam, liebend, leidenschaftlich, freigeistig, unabhängig und kämpferisch – aber auch zweifelnd und verzweifelt, doch nie zerstörerisch, sondern, spirituell verwurzelt und um die geistigen Gesetzmäßigkeiten wissend, eine immer wieder sehr klug und besonnen handelnde starke Frau. Eine Frau, die mutig und unerschrocken, trotz vieler persönlicher Schicksalsschläge, der Obrigkeit die Stirn bietet.

Das schreibt Klemens Ludwig sensibel, spannend und packend, zu gegebenen Anlass auch wuchtig mit einem immer sicheren Gespür für glaubwürdige Dialoge. Das berührt und geht unter die Haut, ohne jemals vordergründig auf billigen Effekt zu setzen.

Dem Autor gelingt es, mit großem Feingefühl und Gespür für die weibliche Seele, Margarethe Renner als eine kluge, sehr menschliche, liebende Frau zu würdigen und sie somit aus dem Schatten der Dämonisierung herauszuholen und ihr ein Denkmal zu setzen.

Mein herzlicher Dank gilt dem Autor, der mir mit diesem Roman nicht nur ein großes Wissen über Margarethe Renner geschenkt hat, sondern mir als Schauspielerin auch Inspiration und Schutz war; der mir Margarethe Renner, die »Schwarze Hofmännin«, mit seiner genauen Beschreibung so nah gebracht hat, dass ich nicht anders konnte, als sie ganz einfach nur sehr zu mögen, zu verstehen und zu schätzen. Für mich als Schauspielerin, die diese außergewöhnliche Frau darstellen durfte, ein großartiges Geschenk! Und ich bin überzeugt, auch für jede Leserin und jeden Leser dieses Romans.

Vielen Dank, lieber Klemens Ludwig, für diesen tollen Roman – und viel Glück für die Neuauflage!

Von Herzen Petra Wolf

Glossar

Altane (auch Söller genannt) | Offene Plattform im Obergeschoss eines Gebäudes.

Altes Recht (auch Göttliches Recht) | Ordnungssystem, das den Bauern bestimmte Abgaben wie den Zehnten abverlangte, sie aber gleichzeitig vor Willkür schützte. Die Respektierung des alten Rechts war eine der Hauptforderungen der Bauern.

Hauptrecht | Eine Abgabe, die beim Tod eines Leibeigenen von den Hinterbliebenen an den Leibherrn gezahlt werden musste. Dabei hatte der Leibherr das Recht, selbst über die Abgabe zu bestimmen. In den meisten Fällen handelte es sich deshalb um das beste Stück Vieh; bisweilen musste eine hinterbliebene Frau dem Leibherrn auch sexuell verfügbar sein.

Hirschhorn | Adelsgeschlecht am unteren Neckar mit ausgedehnten Besitztümern im Odenwald, Kraichgau und am Rhein; 1230 erstmals erwähnt, 1632 erloschen.

Schultheiß | Beamter, häufig Richter, der im Auftrag eines Herrn Abgaben einzog und auf die allgemeinen Pflichten der Untertanen zu achten hatte.

Schwäbischer Bund | Vereinigung süddeutscher Adelsgeschlechter mit Sitz in Ulm, gegründet 1488 auf dem Reichstag in Esslingen. Sein Heer war der Hauptgegner der Bauern im Bauernkrieg. Nach der Reformation und der konfessionellen Zersplitterung verfiel der Bund.

Truchsess von Waldburg-Zeil, Georg | auch Bauernjörg genannt (25.01.1488–29.05.1531), Oberbefehlshaber des Schwäbischen Bundes und militärischer Gegner der Bauern. Bekannt für seine beispiellose Brutalität und Skrupellosigkeit. Noch nach der

Kapitulation ließ er die Bauern jagen, foltern und hinrichten, ihre Dörfer niederbrennen. Stammsitz der Familie ist bis heute das Schloss Zeil bei Leutkirch.

Weinsberger Blutsonntag | Am 16. April 1525, dem Ostersonntag, stürmten die Bauern unter Jäcklin Rohrbach die nur schlecht gesicherte Burg Weibertreu oberhalb von Weinsberg. Dort hielt sich Graf Helfenstein auf, ein (illegitimer) Schwiegersohn des Kaisers und Bauernhasser. Die Bauern nahmen ihn gefangen und trieben ihn mit seinen Rittern durch die Spieße, der schändlichste Tod der damaligen Zeit. Dieser Gewaltakt war eine Art Wendepunkt im Krieg, weil er den Bauern die Sympathie der meisten Städter nahm, die ihnen vorher zugeneigt waren. Zudem war er der Anlass für Luthers Aufruf »Wider die räuberischen und mordenden Rotten der Bauern«.

Zehnte | Traditionelle Steuer von zehn Prozent der Erträge für die geistlichen und weltlichen Herren, die im Mittelalter in Naturalien entrichtet wurde. Sie geht zurück auf das 3. Buch Mose.

Zwölf Artikel der oberschwäbischen Bauern | Wichtiges, von allen anerkanntes Dokument mit den Forderungen der Bauern. Erstmals am 6. März 1525 in Memmingen gegenüber dem Schwäbischen Bund erhoben. An erster Stelle stand die freie Wahl des Pfarrers.

Noch nicht genug?

In Ihrer Buchhandlung

Gudrun Maria Krickl

Die Töchter von Rosengarten

Historischer Roman

Rosengarten bei Hall, 1634: Inmitten der Wirren des Dreißigjährigen Krieges pflegt die Bauerntochter Marie den schwer verletzten böhmischen Adeligen Janek von Schwanberg gesund. Die zarte Romanze endet, als Janek weiterziehen muss. Nach der Niederlage der württembergischen Armee in der Schlacht bei Nördlingen macht sie sich auf den Weg ins sichere Straßburg – eine folgenreiche Entscheidung.

400 Seiten. ISBN 978-3-8425-1465-2

Jürgen Seibold

Der Arme Konrad

Historischer Roman

Liebe und Hass, Verlogenheit und Kämpfe vor der Kulisse einer Rebellion aus blanker Not: Jürgen Seibold lässt die Zeit des »Armen Konrad« wieder lebendig werden.

512 Seiten,
ISBN 978-3-8425-1297-9

www.silberburg.de